Harper
Collins

Alle Rechte, einschließlich das des vollständigen oder
auszugsweisen Nachdrucks in jeglicher Form, sind vorbehalten.

Alle handelnden Personen in dieser Ausgabe sind frei erfunden.
Ähnlichkeiten mit lebenden oder verstorbenen Personen wären rein zufällig.

Der Preis dieses Bandes versteht sich einschließlich
der gesetzlichen Mehrwertsteuer.

*Umwelthinweis:*
Dieses Buch wurde auf chlor- und säurefreiem Papier gedruckt.

*Joyce Maynard*

# Die Guten

Roman

Aus dem Amerikanischen von
Constanze Suhr

harper
Collins

HarperCollins®
Band 100038
1. Auflage 2016

HarperCollins® Bücher
erscheinen in der HarperCollins Germany GmbH,
Valentinskamp 24, 20354 Hamburg
Geschäftsführer: Thomas Beckmann

Copyright © 2016 by HarperCollins
in der HarperCollins Germany GmbH
Deutsche Erstveröffentlichung

Titel der amerikanischen Originalausgabe:
Under the Influence
Copyright © Joyce Maynard 2016
erschienen bei: William Morrow, New York

Published by arrangement with
William Morrow, an imprint of HarperCollins Publishers, LLC.

Konzeption/Reihengestaltung: fredebold&partner GmbH, Köln
Umschlaggestaltung: büropecher, Köln
Redaktion: Daniela Peter
Titelabbildung: büropecher, Köln
Autorenfoto: ©Sébastien MICKE PARISMATCH SCOOP
Satz: GGP Media GmbH, Pößneck
Druck und Bindearbeiten: GGP Media GmbH, Pößneck
Printed in Germany
Dieses Buch wurde auf FSC®-zertifiziertem Papier gedruckt.
ISBN 978-3-95967-048-7
www.harpercollins.de

Dieser Roman ist David Schiff gewidmet,
einem Freund fürs Leben,
dessen Integrität mich inspiriert hat,
den stillen Helden dieser Geschichte zu schaffen.

## 1. KAPITEL

Es war Ende November, und seit einer Woche regnete es ununterbrochen. Bevor die Schule wieder angefangen hatte, war ich mit meinem Sohn aus dem alten Apartment gezogen, doch ich hatte unsere letzten Habseligkeiten noch nicht aus dem Lagerraum geholt, den ich gemietet hatte. Da nur noch zwei Tage bis zum Monatsende blieben, beschloss ich, nicht länger auf trockenes Wetter zu warten. Es gab Schlimmeres als ein paar nasse Kartons. Das wusste ich aus eigener Erfahrung.

Ich war froh, dass ich diese Stadt endlich hinter mir gelassen hatte. Vor nicht allzu langer Zeit hatte ich bei dem Rechtsanwalt, der mich vor mehr als zwölf Jahren in meinem Sorgerechtsstreit vor Gericht vertreten hatte, die letzten Raten abgezahlt. Oliver und ich wohnten jetzt näher an meiner neuen Arbeitsstelle in Oakland in einer größeren Wohnung – in der mein Sohn endlich ein bisschen Platz für sich und ich dazu noch ein kleines Arbeitszimmer zur Verfügung hatte. Nach einer langen harten Zeit sah die Zukunft vielversprechend aus.

Da das Geld wie immer knapp war und Ollie das Wochenende bei seinem Vater verbrachte, kümmerte ich mich allein darum, die letzte Fuhre mit Dingen, die wir nicht mehr benötigten, zu Goodwill zu bringen. So gut wie alles war pitschnass, genauso wie ich. Ich stand an einer Kreuzung und wartete, bis ich fahren konnte. Ich wollte in diesem Moment nur noch raus aus dieser Stadt. Danach, das wusste ich, würde ich nie wieder zurückkehren.

Fast zehn Jahre war ich Ava Havilland nicht mehr begegnet. Und an diesem Tag dann sah ich sie.

Es gibt ein Phänomen, das ich schon von früher kannte: Dass der Blick in einer Umgebung, in der es so viel scheinbar Unbedeutendes zu sehen gibt, von einer kleinen Sache angezogen wird, die unter all diesen tausend Dingen sonderbar wirkt. So als würde sie geradezu nach einem rufen. Zwischen allem anderen, das das Auge erfasst und das Hirn als unwichtig erkennt, richtet sich der Blick plötzlich auf diese eine Sache, die nicht so recht ins Bild passen will oder vielleicht eine Bedrohung darstellt. Oder sie erinnert einen einfach nur an eine andere Zeit und einen anderen Ort. Und man starrt wie gebannt darauf.

Es ist das, was man nicht erwartet hat. Dieses eine Objekt in der Umgebung, das hervorsticht. Das jemand anders vielleicht gar nicht wahrnehmen würde.

Ich erinnere mich an einen Tag, als ich mit Ollie bei einem Baseballspiel war – einer dieser unzähligen Versuche, innerhalb der engen Grenzen meiner seltenen Sechs-Stunden-Besuche eine normale, glückliche Zeit mit ihm zu verbringen. Ein paar Sitzreihen höher am anderen Ende des Baseballplatzes – unter Tausenden anderer Fans – hatte ich einen Mann entdeckt, den ich von meinen Dienstagstreffen der Anonymen Alkoholiker kannte. Er hatte ein Bier in der Hand und lachte auf eine Art, die mir zeigte, dass es nicht sein erstes war. Ein Gefühl von Traurigkeit – oder mehr noch Entsetzen – hatte mich überfallen, denn erst eine Woche zuvor hatten wir gefeiert, dass er seit drei Jahren trocken war. Und wenn er so scheitern konnte, was war dann mit mir?

Damals hatte ich den Blick abgewandt. Mich stattdessen zu meinem Sohn umgedreht und eine Bemerkung über den Pitcher gemacht – die Art von Kommentar, die jemand, der mehr vom Spiel versteht, in so einem Moment seinem Sohn gegenüber machen würde. In einem Moment, in dem eine Mutter das Erlebnis eines Baseballspiels mit ihrem Sohn teilen und dabei alles andere vergessen will. Eine Mutter, deren Kind nie gesehen hat, wie sie Weinflaschen unter den Cornflakespackungen ganz unten im Mülleimer versteckt oder wie sie in Handschellen auf den Rücksitz eines Streifenwagens verfrachtet wird. Eine Mutter, die ihr Kind jeden Abend sieht, nicht nur für sechs Stunden an zwei Samstagen im Monat. Jahrelang hatte ich mir nichts mehr gewünscht, als eine solche Mutter zu sein. Das war lange her. Damals hatte ich die Havillands noch nicht einmal gekannt. Ich hatte auch Elliot noch nicht getroffen (der später alles gegeben hätte, um meinen Sohn und mich zu einem Baseballspiel einzuladen und ein Teil unserer kleinen problembelasteten Familie zu werden). Viele Dinge waren in jenen Tagen noch nicht passiert.

Hier saß ich nun am Steuer meines alten Honda Civic und wartete an einer Kreuzung in einem heruntergekommenen Viertel von San Mateo, wo die Flugzeuge nach dem Start oder vor der Landung auf dem nahen Flughafen so tief flogen, dass es sich manchmal anfühlte, als würden sie einem das Fahrzeugdach abrasieren.

Ein schwarzer Wagen fuhr an mir vorbei. Kein Polizeiauto, obwohl es wie ein Dienstwagen aussah, keine Limousine. Doch es war nicht der Fahrer, der meinen Blick auf sich zog, sondern die Person auf dem Rücksitz. Sie sah aus dem Fenster in den Regen, und für einen kurzen Moment trafen sich unsere Blicke.

In den wenigen Sekunden, bis der schwarze Wagen von der Kreuzung verschwunden war, erkannte ich sie. Im ersten Moment wollte ich ihr – einem Instinkt folgend, der sich noch nicht auf die neue Situation eingestellt hatte – zur Begrüßung etwas zurufen wie einer lange vermissten Freundin. Für eine Sekunde überkam mich eine Welle spontaner ungetrübter Freude. Es war Ava.

Dann erinnerte ich mich wieder. Wir waren keine Freundinnen mehr. Auch nach so langer Zeit fühlte es sich immer noch merkwürdig an, sie zu sehen und nicht nach ihr zu rufen. Nicht einmal die Hand zur Begrüßung zu heben.

Ich ließ sie vorbeifahren. Zeigte keine Gefühlsregung. Sollte sie mich erkannt haben (und etwas an ihrem Blick, als sie die wenigen Sekunden aus dem Fenster zu mir herüberstarrte, sagte mir, dass dies der Fall war, schließlich hatte sie mich direkt angesehen), so ließ sie sich das ebenso wenig anmerken wie ich.

Sie hatte sich sehr verändert, seit wir uns das letzte Mal gesehen hatten. Nicht nur, weil sie älter geworden war. (Ich schätzte, dass Ava jetzt zweiundsechzig sein musste, sie hatte bald Geburtstag.) Ava war immer sehr schlank gewesen, aber das Gesicht, das ich jetzt durchs Fenster gesehen hatte, war nur noch Haut und Knochen. Sie ähnelte einer Toten, die sie nur noch nicht begraben hatten. Oder einem Geist – und in vieler Hinsicht war sie das für mich inzwischen.

Früher, als wir täglich miteinander gesprochen hatten – mehr als einmal am Tag in der Regel –, hatte Ava immer tausend Dinge zu berichten gehabt. Doch ich hatte auch ihre Bereitschaft geliebt, mir zuzuhören. Ihr starkes Interesse an dem, was ich zu erzählen hatte.

Immer hatte sie gerade irgendein Projekt in Arbeit, und jedes davon war aufregend. Eine Aura von Entschlossenheit und Zuversicht umgab sie, wie ich es bei keiner anderen Person kannte. Wenn Ava einen Raum betrat, war klar, dass etwas passieren würde. Etwas Wundervolles.

Die Person, die ich an diesem Tag auf dem Rücksitz des offiziell wirkenden schwarzen Wagens erblickte, sah wie jemand aus, der nichts Gutes mehr zu erwarten hatte, dessen Leben vorbei war. Nur ihr Körper funktionierte noch weiter.

Ihr Haar war offensichtlich grau geworden, auch wenn es größtenteils von einer merkwürdigen roten Kappe verdeckt wurde, einer Kopfbedeckung, die die Ava, die ich gekannt hatte, niemals getragen hätte. Diese Art Mützen gab es auf Handarbeitsmärkten für Senioren zu kaufen, von alten Damen aus Polyestergarn gestrickt, weil es billiger war als Wolle. „Polyester", hatte Ava mal zu mir gesagt. „Hörst du nicht schon allein beim Klang des Wortes, dass dieses Zeug nichts taugt?"

Aber es war auf jeden Fall Ava. Niemand sonst sah so aus wie sie. Nur dass diese Ava nicht mehr am Steuer eines silberfarbenen Mercedes Sprinter Vans saß. Diese Ava residierte nicht mehr in dem riesigen Haus an der Folger Lane mit dem exotischen Rosengarten, gepflegt von einem angestellten Gärtner, und dem Swimmingpool mit dem schwarzen Boden. Es gab keine guatemaltekische Haushälterin mehr, die ihre Kleidung aus der Reinigung holte und dafür sorgte, dass in ihrem ausladenden Kleiderschrank alles sorgfältig nach Farben sortiert war, zusammen mit den schönen Schuhen in den Originalkartons und den Tüchern und dem Schmuck, den Swift für sie ausgesucht hatte, in den mit Samt beschlagenen Kästchen. Die Frau auf dem Rücksitz des schwarzen Wagens verschenkte keine Kaschmirschals oder Socken mehr an die Glücklichen, die sie zu ihrem Freundeskreis zählte, oder verteilte Shepherd's Pie an Vietnamveteranen und Knochen an streunende Hunde. Es war eigentlich unmöglich, sich Ava ohne ihre Hunde vorzustellen, aber hier war sie.

Das Unfassbarste von allem aber war: Hier war Ava ohne Swift.

Es hatte Zeiten gegeben, in denen für mich kein Tag verging, ohne ihre Stimme zu hören. Fast alles, was ich tat, war direkt von dem beeinflusst, was Ava mir erzählte oder nicht einmal aussprechen musste, denn ich wusste bereits vorher, was Ava dachte. Und was es auch war, ich glaubte dasselbe. Dann kam die lange dunkle Zeit, nachdem Ava mich aus ihrer Welt verbannt hatte, in der das schmerzhafte Bewusstsein dieses Verrats mein Leben bestimmte – noch quälender war nur der Verlust des Sorgerechts für meinen Sohn gewesen. Nachdem ich Avas Freundschaft verloren hatte, war es mir schwergefallen, mich darauf zu besinnen, wer ich ohne sie sein konnte. Sosehr mich ihre Gegenwart auch beeinflusst hatte, ihre Abwesenheit prägte mich noch viel stärker.

Als ich sie hinter dem Fenster des vorbeifahrenden Wagens entdeckte, war ich überrascht, festzustellen, dass ich schon so lange nicht mehr an sie gedacht hatte. Und als ich sie nun sah, verspürte ich einen kurzen Stich von Bedauern. Nicht dass ich mir die alten Zeiten in der Folger Lane zurückwünschte. Jetzt wünschte ich nur, ich hätte niemals einen Fuß in dieses Haus gesetzt.

## 2. KAPITEL

Das Haus. Ich werde damit beginnen. Inzwischen wohnt jemand anders in der Villa der Havillands. Sie haben die behindertengerechte Rampe abbauen lassen und Avas Kamelien heruntergeschnitten, um einen größeren Parkplatz zu schaffen. Auf dem parkt nun ein silberfarbener Hybrid-SUV, aus dem ich kürzlich zwei blonde Kinder habe steigen sehen, zusammen mit einer Frau, die ihre Nanny zu sein schien. Auch wenn mich in den seltenen Momenten, in denen ich an diesem Haus vorbeikomme, große Traurigkeit überfällt, ist diese immer verbunden mit dem anderen Gefühl, das ich jedes Mal hatte, wenn ich diese Auffahrt hochfuhr – der Überzeugung, nach langer Zeit an einem Ort angekommen zu sein, an dem ich mich zu Hause fühlte. Dort konnte ich endlich wieder atmen, und die Luft, die ich atmete, war schwer von Jasmin.

Ich habe in diesem Gebäude nicht gewohnt. Aber mein Herz war dort zu Hause. Es wirkt paradox, das nach allem, was vorgefallen ist, zu sagen, aber ich habe mich bei den Havillands *geborgen* gefühlt. Zweifellos ist es ein Teil meiner Geschichte und der Grund, warum dieser Ort so große Bedeutung für mich hatte, dass ich in den achtunddreißig Jahren vor meinem ersten Besuch in der Folger Lane so etwas nur selten, wenn überhaupt jemals gefühlt hatte.

Damals, als Ava und Swift noch in dem Haus lebten und mit ihrem Mercedes vor der Einfahrt hielten, sprangen die Hunde immer zuerst aus dem Auto – drei Hunde unbestimmter Rasse. („Es sind Hunde von der Straße", hatte sie jedem erklärt, der es noch nicht wusste.) Das Fahrzeug war mit einem elektrischen Speziallift ausgestattet, der sie in ihrem hochmodernen Rollstuhl aus der Fahrerkabine transportierte. Unzählige Male hielt ich vor dem Haus, und da war Ava, die in ihrem Rollstuhl auf mich zugefahren kam, mit weit ausgestrecktem Arm – der, mit dem sie nicht den Stuhl steuerte –, um mich zu begrüßen.

„Ich habe ein Paar wundervolle Stulpen für dich", sagte sie dann. Oder es war vielleicht eine Tasse, ein schönes ledergebundenes Tagebuch oder Honig von Bienen, die sich ihren Nektar nur von Lavendelfeldern holten. Sie hatte immer ein kleines Geschenk für mich: einen Pullover in einer Farbe, die ich sonst nie trug, bei der ich aber plötzlich feststellte, dass sie meinem Teint wundervoll schmeichelte, ein Buch, von dem sie glaubte, es würde mir gefallen, oder eine Vase mit einem Sträußchen Gartenwicken. Ich bemerkte nicht einmal, dass die Sohlen meiner Sneakers heruntergelaufen waren, doch Ava sah es, und da sie meine Schuhgröße und meine Lieblingsmarke kannte (oder eine noch bessere), brachte sie mir ein Paar neue mit. Wer sonst würde einer Freundin ein Paar Schuhe kaufen? Und dazu noch gestreifte Socken. Sie wusste, ich würde sie mögen, und sie irrte sich nicht.

Sammy und Lillian (die beiden kleineren Hunde) leckten mir dann meine Knöchel, und Rocco (der etwas schwierige Charakter, der sich meist zurückhielt, es sei denn, er beschloss zuzubeißen) rannte im Kreis wie immer, wenn er aufgeregt war, was er ständig war, und wedelte wie verrückt mit dem Schwanz. Ava nahm mich bei der Hand, wenn sie einen Arm frei hatte, und wir eilten gemeinsam ins Haus, wo sie laut nach Swift rief: „Sieh doch nur, wen ich hier habe!" Obwohl er das natürlich schon wusste.

Wann immer ich in die Folger Lane kam, servierte Ava mir etwas zu essen, und ich verschlang genussvoll alles, was sie mir vorsetzte. Irgendwann im Laufe der Jahre hatte ich, ohne es auch nur zu merken, den Appetit auf gutes Essen verloren. Genau wie den Appetit aufs Leben. Die Havillands gaben ihn mir zurück. Ich spürte es jedes Mal, wenn ich den leicht geschwungenen Pfad zu ihrer offenen Tür heraufkam und von einer Fülle wunderbarer Düfte empfangen wurde. Suppe auf dem Herd. Gebratenes Huhn im Ofen. Eine Schale mit schwimmenden Gardenien in jedem Zimmer. Und von draußen strömte der Geruch von Swifts kubanischer Zigarre herein.

Dann wurde gelacht. Swifts lautes herzhaftes Lachen, das fast klang wie der Balzruf eines Aras im Dschungel. „Ich schätze mal, es ist Helen", rief er dann.

Einfach nur zu hören, dass ein Mann wie Swift meinen Namen aussprach, gab mir das Gefühl, wichtig zu sein. Womöglich zum ersten Mal in meinem Leben.

## 3. KAPITEL

Swift ging nicht mehr ins Büro. Das tat er schon seit Jahren nicht mehr. Er hatte eine Reihe von Start-up-Unternehmen im Silicon Valley aufgezogen – zuletzt eines, das für wohlhabende Geschäftsreisende kurzfristig Platzreservierungen für Nobelrestaurants organisierte. Sie hatten ihm so viel Geld eingebracht, dass er aufgehört hatte zu arbeiten. Als ich sie kennenlernte, gründeten Ava und er gerade ein gemeinnütziges Unternehmen namens BARK, das ausgesetzten Hunden ein neues Heim vermittelte und die Sterilisation der Tiere finanzierte. Zurzeit führte er die Geschäfte der Stiftung von ihrem Poolhaus aus. Er telefonierte viel, stand ständig an seinem Stehpult und sprach mit seiner lauten Stimme mit potenziellen BARK-Spendern. Aber immer wenn Ava nach Hause kam, ließ er alles stehen und liegen, um zu ihr ins Haus zu stürzen.

„Ich sage dir, warum Swift so gut mit den Tieren auskommt", sagte Ava ganz am Anfang. „Weil er selbst eins ist. Dieser Mann lebt nur für Sex. Das ist eine Tatsache. Er kann die Hände nicht von mir lassen." Ihre Stimme klang bei dieser Bemerkung eher belustigt als genervt. Oft sprach Ava über Swift, als wäre ihr Mann wie eine Fliege, die auf ihr gelandet war, die sie aber problemlos wegschnipsen könnte. Trotzdem zweifelte ich nie daran, dass sie ihn anbetete.

Auch wenn Ava das Zentrum seines Universums darstellte, hatte Swift noch zahlreiche andere Leidenschaften: sein 1949er Vincent-Black-Lightning-Motorrad (das er nach langer Suche gekauft hatte, weil er den Song von Richard Thompson liebte und unbedingt selbst so ein Ding besitzen musste), die Schule für Straßenkinder in Nicaragua, die er unterstützte, seinen Qigong-Kurs, seine Fechtstunden, seine Studien chinesischer Heilmethoden und afrikanisches Trommeln. Dazu fand sich tagtäglich eine endlose Reihe von jungen Reiki-Praktikerinnen, Energetikerinnen und Yogalehrerinnen für Einzelsitzungen im Haus ein. Ava schien solche Übungen vielleicht nötiger zu haben, aber wann immer jemand – in der Regel eine Frau und meistens sehr hübsch – mit einer Matte oder einem Massagetisch oder irgendeinem anderen undefinierbaren Gerät an der Tür erschien, dann stellte sich heraus, dass sie für eine Stunde mit Swift verabredet war.

Das Haus an der Folger Lane war der Ort, an dem alles stattfand. Swift und Ava hatten ein Ferienhaus am Lake Tahoe, zu dem sie ab und zu fuhren. Doch abgesehen von Swifts gelegentlichen Trips für die Stiftung, reisten sie ansonsten nicht. Sie mochten es nicht, länger voneinander getrennt zu sein, sagte Swift. Oder von den Hunden, fügte Ava hinzu.

Es gab einen geliebten Sohn, Cooper – Swifts, nicht Avas –, aber der studierte jetzt an der Ostküste, und wenn er nach Hause fuhr, dann wohnte er gewöhnlich bei seiner Mutter. Doch jeder, der das Haus an der Folger Lane besuchte, sah anhand der Fotos an den Wänden von Swifts Bibliothek (Cooper beim Heliskiing mit seinen Verbindungsbrüdern in British Columbia, beim Reiten am Strand von Hawaii mit seiner Freundin Virginia oder mit seinem Vater bei einem 49er-Spiel, wo er einen riesigen Bierkrug hebt), dass Swift seinen Sohn anbetete.

Ihre Kinder seien die Hunde, sagte Ava mir. Und vielleicht, dachte ich, war sie zu den Menschen und Hunden, die sie liebte, so außerordentlich großzügig, weil sie keine Kinder hatte. Es war nicht zu übersehen, dass die Hunde bei ihr an erster Stelle standen, doch sie hatte die verblüffende Fähigkeit, auch zu erkennen, wann ein Mensch Hilfe brauchte.

Nicht nur ich, obwohl ich eine besondere Stellung bei Ava einnahm, sondern auch Fremde. Es konnte passieren, dass ich mit ihr unterwegs war, wir irgendwo in einem kleinen Restaurant zu Mittag aßen (sie zahlte natürlich) und sie auf dem Parkplatz einen Mann entdeckte, der die Müllcontainer durchforstete. Eine Minute später sprach sie mit der Kellnerin, gab ihr zwanzig Dollar und bat sie, dem Mann einen Hamburger mit Pommes und ein Malzbier mit Vanilleeis zu bringen. Wenn ein Obdachloser mit einem Schild an der Straße stand und einen Hund dabeihatte, hielt Ava jedes Mal an, um ihm eine Handvoll Biohundekuchen zu geben, die sie in einem großen Kübel im Kofferraum ihres Wagens aufbewahrte.

Sie freundete sich mit einem Mann namens Bud an, der in dem Blumenladen arbeitete, in dem wir Rosen und Gardenien kauften – massenweise –, die sie gern in einer Schale neben ihrem Bett stehen hatte. Als wir Bud eine ganze Weile nicht sahen und sie erfuhr, dass er Krebs hatte, besuchte sie ihn noch am selben Tag im Krankenhaus und brachte ihm Bücher und Blumen und einen iPod, auf den sie die Soundtracks von *Guys and Dolls* und *Oklahoma* geladen hatte, weil sie wusste, wie sehr er Musicals liebte.

Sie ging nicht nur an diesem einen Tag zu Bud ins Krankenhaus. Ava blieb dran. Ich hatte immer behauptet, Ava sei die treueste Freundin, die man nur haben konnte. Wenn Ava eine Person zu ihrem Projekt machte, dann war das eine Lebensaufgabe.

„Du wirst mich nie wieder loswerden", sagte sie einmal zu mir. Als wenn ich das jemals gewollt hätte.

## 4. KAPITEL

Ich lernte die Havillands an Thanksgiving auf einer Vernissage in San Francisco kennen. Es war eine Ausstellung von Gemälden psychisch kranker Künstler. Um mir etwas Geld dazuzuverdienen, arbeitete ich abends für eine Catering-Firma. Vor zwei Monaten war ich achtunddreißig geworden, und ich war seit fünf Jahren geschieden. Wenn mich an diesem Abend jemand gebeten hätte, etwas Gutes über mein Leben zu sagen, dann hätte ich alle Mühe gehabt, darauf zu antworten.
Diese Vernissage war eine ziemlich merkwürdige Veranstaltung. Mit der Ausstellung sollte Geld für eine Stiftung für psychische Gesundheit gesammelt werden. Bei der Mehrzahl der Besucher an diesem Abend handelte es sich um die psychisch kranken Künstlerinnen und Künstler und deren Familien, die ebenfalls ein bisschen verwirrt wirkten. Da waren ein Mann in einem orangefarbenen Overall, der seinen Blick nicht vom Boden heben konnte, und eine sehr kleine Frau mit Rattenschwänzen und einer Unmenge von Plastikclips im Pony, die ständig mit sich selbst redete und zwischendurch Pfiffe von sich gab. Es war nicht überraschend, dass Ava und Swift aus dieser Schar hervorstachen. Obwohl Ava und Swift in jeder Menschenmenge auffielen.
Ich wusste noch nicht, wie die beiden hießen, aber meine Freundin Alice, die an der Bar arbeitete, kannte sie. Swift bemerkte ich zuerst, nicht weil er auf herkömmliche Art gut aussah, nicht im Entferntesten. Einige hätten ihn vielleicht sogar als eher unansehnlichen Mann beschrieben, aber da war etwas Faszinierendes an ihm – etwas Wildes, Ungestümes. Er war nicht groß, wirkte aber durchtrainiert, und sein dunkelbraunes Haar stand auf verrückte Weise nach allen Seiten ab. Er hatte große Hände, einen dunklen Teint, und er trug Jeans – eine

teure Marke, keine Gap oder Levi's. Eine Hand hatte er auf Avas Nacken gelegt. Diese Art, sie zu berühren, wirkte intimer, als würde er ihre Brust streicheln.

Er hatte sich zu ihr hinübergebeugt, um ihr etwas ins Ohr zu sagen. Da sie saß, musste er sich weit hinunterlehnen, und dabei vergrub er das Gesicht in ihrem Haar und verweilte kurz so, als würde er ihren Duft einatmen. Auch wenn er allein da gewesen wäre, hätte ich sofort gewusst, dass er kein Mann war, der mich jemals beachtet oder überhaupt bemerkt hätte. Dann lachte er, und es war ein lautes Lachen. Er klang mehr wie eine Hyäne als wie ein Mensch. Man konnte ihn bis ans andere Ende des Raumes hören.

Den Rollstuhl hatte ich zuerst gar nicht bemerkt. Ich dachte, sie würde einfach nur sitzen, aber als sich die Menge teilte, sah ich ihre unbeweglichen Beine in der silberfarbenen Seidenhose und den teuren Schuhen, die wohl niemals den Boden berührten. Ich hätte sie nicht als im üblichen Sinne schön bezeichnet, aber sie hatte ein Gesicht, das auffiel: große Augen und einen großen Mund, und wenn sie redete, bewegte sie die Arme wie eine Tänzerin. Ihre Arme waren lang und schlank, mit fein definierten Muskelsträngen. Sie trug an beiden Händen übergroße Silberringe, und ein breites silbernes Armband lag wie eine Handschelle um ihr Gelenk. Man konnte sehen, dass sie ziemlich groß wäre, wenn sie hätte aufstehen können – wahrscheinlich größer als ihr Ehemann. Doch auch wenn man sie dort sitzen sah, wusste man sofort, dass es sich bei ihr um eine starke Frau handelte. Ihr Rollstuhl wirkte mehr wie ein Thron.

Obwohl ich an diesem Abend mit meinen Tabletts voller Häppchen sehr beschäftigt war, dachte ich kurz darüber nach, wie es wohl sein musste, diese vielen Menschen aus ihrer Perspektive zu sehen – das Gesicht ungefähr auf Brusthöhe der meisten Leute um sie herum. Falls sie das störte, so zeigte sie es nicht. Sie saß gerade in ihrem Rollstuhl, mit der Haltung einer Königin.

Ich schätzte, dass sie etwa fünfzehn Jahre älter war als ich, so Anfang fünfzig. Ihr Mann – obwohl er in guter Form zu sein schien, mit straffer Haut und vollem Haar – sah eher aus wie knapp sechzig, was sich später als richtig herausstellte. Ich erinnere mich an meinen Wunsch, gern so auszusehen wie diese Frau, wenn ich älter wäre, auch wenn mir klar war, dass dies nie passieren würde.

Tagsüber arbeitete ich als Porträtfotografin. Was eine wohlwollende Bezeichnung dafür war, dass ich stundenlang hinter der Kamera stand und versuchte, gelangweilt aussehenden Geschäftsleuten und widerspenstigen Kindern ein Lächeln zu entlocken. Die Tage waren lang und die Bezahlung gering. Daher meine gelegentlichen Catering-Auftritte. Trotzdem konnte ich Gesichter gut einschätzen, und ich wusste auch, was ich selbst zu bieten hatte. Keine großen Augen. Eine weder besonders große noch besonders kleine Nase, nicht sehr markant. Ich hatte immer ein normales Gewicht gehabt, aber keinen Körper, der Männer umwarf. Und auch wenn man sich alles Weitere besah – Hände, Füße, Haar –, gab es nichts an meiner Erscheinung, das im Gedächtnis blieb – weshalb sich wohl selbst Leute, die ich bereits mehrere Male getroffen hatte, oft nicht an mich erinnerten. Daher war es umso überraschender, dass Ava unter all den Personen, mit denen sie an diesem Abend in der Galerie hätte sprechen können, mich auswählte.

Ich ging gerade mit einem Tablett Frühlingsrollen und Thaihuhn-Spießchen herum, als sie von dem Gemälde, das sie eben noch studiert hatte, aufblickte.

„Wenn Sie eines dieser Bilder kaufen wollten", sagte sie zu

mir, „und wüssten, dass Sie es dann für den Rest Ihres Lebens jeden Tag ansehen würden, welches würden Sie auswählen?"

Ich stand dort mit dem Tablett in der Hand, während ein ausdruckslos blickender Mann (wahrscheinlich ein Autist) nach dem vierten oder fünften Hühnchenspieß griff, ihn in die Erdnusssoße tunkte, einen großen, gierigen Biss nahm und noch einmal tunkte. Manche Leute hätte das wohl abgestoßen, aber Ava gehörte nicht dazu. Sie tunkte ihre Frühlingsrolle direkt nach ihm in die Soße und steckte sich das ganze letzte Stück auf einmal in den Mund.

„Das ist schwer zu sagen." Ich blickte mich in der Galerie um. Da war ein Porträt von Lee Harvey Oswald, auf eine Holzplatte gemalt. Am unteren Bildrand stand eine lange Reihe von Wörtern, die ungefähr so viel Sinn ergaben wie eine mit dem Text aus einem alten Highschool-Chemiebuch durchsetzte Einkaufsliste. Dann stand dort eine Schweineskulptur, in leuchtendem Pink glasiert, um die ein halbes Dutzend ebenfalls pinkfarbener kleinerer Keramikschweine gruppiert war, als würden sie gesäugt. Es gab eine Serie von Selbstporträts einer großen Frau mit knallig orangefarbenem Haar und Brille – etwas plump gemacht, aber die Persönlichkeit war so gut eingefangen, dass ich die Künstlerin beim Betreten der Galerie sofort erkannt hatte. Doch die Arbeit, die mir am besten gefiel, wie ich Ava sagte, war das Bild eines Jungen, der einen Karren zog, in dem ein Junge saß, der eine ähnliche, aber kleinere Karre mit einem Hund darin an einem Seil hielt.

„Sie haben ein gutes Auge", sagte Ava. „Das werde ich kaufen."

Ich blickte nach unten, war aber zu unsicher, um sie direkt anzusehen. Doch ich hatte sie gut genug beobachtet, um zu wissen, dass sie eine außergewöhnliche Frau war: mit diesem

Schwanenhals, der glatten gebräunten Haut. In diesem Moment fühlte ich mich wie eine Schülerin, die von ihrer Lehrerin gelobt wurde. Eine Schülerin, die es nicht gewohnt war, gelobt zu werden.

„Aber natürlich bin ich voreingenommen", fügte sie hinzu. „Ich bin eine Hundeliebhaberin." Sie streckte eine Hand aus. „Ich heiße Ava", sagte sie und blickte mir so fest in die Augen, wie das nur wenige Menschen tun.

Ich sagte ihr meinen Namen, und obwohl ich es kaum noch irgendjemandem verriet, erklärte ich ihr, dass ich Fotografin wäre. Oder gewesen sei. Dass Porträts meine Spezialität seien. Was ich wirklich gern tue, so sagte ich ihr, sei, mit meinen Fotos Geschichten zu erzählen. Ich liebte es, Geschichten zu erzählen, Punkt.

„Als ich jung war, dachte ich, ich würde so jemand wie Imogen Cunningham werden", sagte ich. „Aber das hier scheint eher meine Berufung zu sein." Ich lachte zynisch und deutete mit dem Kopf auf das leere Tablett in meiner Hand.

„Sie sollten diese negative Energie nicht so herauslassen", sagte Ava. Ihr Tonfall war freundlich. Aber bestimmt. „Sie wissen doch nicht, was Sie in einem Jahr tun werden. Wie die Dinge sich ändern können."

Ich wusste sehr gut, wie sich die Dinge ändern konnten. Nicht zum Guten in meinem Fall. Ich hatte mal in einem Haus gewohnt, zusammen mit einem Mann, den ich zu lieben glaubte und von dem ich dachte, dass er mich ebenfalls liebte. Und mit einem vierjährigen Jungen, für den meine tägliche Anwesenheit offensichtlich so unentbehrlich war, dass er mich einmal dazu überreden wollte, ihm zu versprechen, niemals zu sterben. („Nicht in der nächsten Zeit", hatte ich ihm geantwortet. „Und wenn es dann so weit ist, wird es einen richtig tollen Menschen in deinem Leben geben, der dich genauso liebt wie ich, vielleicht auch Kinder. Und einen Hund." Das war etwas, das er sich immer gewünscht, das sein Vater, Dwight, ihm aber nie erlaubt hatte.)

Dwight ärgerte sich immer darüber, wenn Ollie in unserem Schlafzimmer auftauchte und sich zu uns ins Bett legen wollte, aber mich hat das nie gestört. Jetzt schlief ich allein und träumte von dem heißen Atem meines Sohnes an meinem Hals, von seiner kleinen verschwitzten Hand in meiner und von seinem Vater, der auf der anderen Seite murmelte: „Nun, ich nehme an, wir haben heute Abend keinen Sex, was?"

Dwight wurde schnell wütend, und über die Jahre unserer Beziehung wurde ich immer öfter zum Ziel seiner Wut. Aber es hatte auch Zeiten gegeben, in denen mein Mann mich, wenn er mich auf einer überfüllten Party oder bei einem Kindergartenfest unseres Sohnes in der Menge entdeckte, so angrinste wie Swift Havilland seine Frau an diesem Abend und sich dann durch die Menge kämpfte, den Arm auf meinen Rücken legte und mir ins Ohr flüsterte, es sei Zeit, nach Hause und ins Bett zu gehen.

Diese Zeiten waren vorbei. Niemand beachtete die Frau, die das Tablett in der Hand hielt. Zumindest hatte das lange niemand getan, bis Ava mich sah.

Jetzt studierte sie mein Gesicht so eindringlich, dass ich spürte, wie ich rot wurde. Ich wollte weggehen und mich um die anderen Gäste kümmern, aber es erschien mir nicht fair, eine Person im Rollstuhl mitten im Gespräch so zurückzulassen. Man kann sich schneller wegbewegen, als sie es kann.

„Was ist Ihr Lieblingsfoto von denen, die Sie gemacht haben?", wollte sie wissen. Es müsse nicht unbedingt das Beste sein, aber das, welches ich am meisten liebte.

„Das ist die Serie, die ich von meinem schlafenden Sohn gemacht habe, als er drei war", erwiderte ich. „Nachdem er eingeschlafen war, habe ich an seinem Bett gestanden und ihn fotografiert, jeden Abend, ein Jahr lang. Auf jedem Bild sieht er anders aus."

„Und das tun Sie jetzt nicht mehr?", fragte sie.

Normalerweise war ich nicht so – ich behielt meine Probleme immer für mich –, aber etwas an Ava, dieses Gefühl, dass sie es tatsächlich hören wollte und es sie interessierte, was ich zu sagen hatte, ließ mich merkwürdig reagieren.

Ich weinte nicht, aber ich muss wohl diesen Blick gehabt haben, als würde ich es jeden Moment tun.

„Wir leben nicht mehr zusammen", sagte ich ihr und hielt mir die Hand vors Gesicht. „Ich kann jetzt nicht darüber sprechen."

„Tut mir leid", murmelte sie. „Und dann halte ich Sie auch noch von Ihrer Arbeit ab."

Sie gab mir ein Zeichen, dass ich mich zu ihr hinunterbeugen sollte, bis unsere Gesichter sich auf einer Höhe befanden. Dann streckte sie den Arm aus und tupfte meine Augen mit einer Serviette trocken.

„So", sagte sie zufrieden. „Wieder so schön wie vorher."

Ich richtete mich wieder auf, erstaunt, dass diese wundervolle Frau mich als schön bezeichnet hatte.

Sie wollte mehr über meine Fotografie wissen. Ich hätte meine Kamera schon seit einem Jahr nicht mehr herausgeholt, erklärte ich ihr. Die Arbeit, die ich für meinen Job machte, zählte nicht.

Sie fragte, ob es zurzeit einen Mann in meinem Leben gebe, und als ich verneinte, meinte sie, das müssten wir ändern. Sie sagte „wir", so als wären wir bereits ein Team aus zwei Spielerinnen. Ava und ich.

Das andere Thema – die Sache mit Ollie – war nichts, was ich vertiefen wollte.

„Ich will damit nicht sagen, dass mit einem Mann alle Probleme gelöst wären", sagte sie. „Aber die Probleme erscheinen einem nicht so erdrückend, wenn man jede Nacht in den Armen eines Mannes liegt, der einen anbetet." So, wie sie das sagte, schien es klar, dass sie dies mit ihrem Mann erlebte.

„Und dann ist da der Sex", fuhr sie fort. Etwas weiter entfernt konnte ich den Mann sehen, der Swift hieß, wie Alice mir erzählt hatte. Er war in eine Unterhaltung mit einer seltsamen Frau vertieft – zweifellos eine der Künstlerinnen –, die etwas um den Hals trug, das aussah wie ein Stück Alufolie. Sein Nicken ließ vermuten, dass er angestrengt versuchte zu verstehen, was sie ihm erzählte. In diesem Moment traf sein Blick Avas, und er grinste ihr zu. Perfekte weiße Zähne.

„Sie sollten niemals Ihre Ansprüche senken", sagte Ava. „Warten Sie, bis der Richtige kommt. Wenn Sie nicht ganz verrückt nach ihm sind, vergessen Sie es lieber. Und wenn der Tag kommt, an dem es vorbei ist, dann gehen Sie. Vorausgesetzt, Sie können gehen", sagte sie mit einem Auflachen, das keine Spur von Bitterkeit enthielt.

Sie schien zu denken, dass ich etwas Großartiges und Wunderbares verdiente. Eine großartige und wundervolle Karriere und einen großartigen und wundervollen Mann und Liebhaber. Ein wunderbares Leben. Ich konnte mir nicht vorstellen, wie sie darauf kam.

„Sie müssen mich unbedingt bei mir zu Hause besuchen", sagte sie. „Ich möchte alles über Sie erfahren."

## 5. KAPITEL

Als ich am nächsten Tag zur Folger Lane fuhr – in Portola Valley, über den Highway nur zwei Ausfahrten von meinem kleinen Apartment in Redwood City entfernt –, dachte ich über Avas Bemerkung nach. *Ich möchte alles über Sie erfahren.* Ich war immer gut im Geschichtenerzählen gewesen, solange es nicht meine eigenen waren. Vor allem nicht die wahren Geschichten. Die hielt ich unter Verschluss. Und die Aussicht darauf, dass diese Frau, die so eine ungewöhnliche Einladung ausgesprochen hatte, alles herausfinden könnte, ließ bei mir Zweifel aufkommen, ob ich überhaupt dort erscheinen sollte. Als ich mit meinem Honda Civic in die Folger Lane einbog, dachte ich kurz daran, eine Kehrtwendung zu machen und das Ganze zu vergessen.

Ich hatte noch nie ein Haus wie das der Havillands betreten. Auch wenn es nicht so opulent war wie manche Villen, die in Magazinen abgebildet wurden, oder auch andere Häuser in der Gegend, in der Swift und Ava wohnten. Die Räume strahlten eine verspielte Lässigkeit aus – die weichen weißen Ledersofas mit den bestickten guatemaltekischen Kissen darauf, die Sammlung von italienischem Glas und die erotischen japanischen Radierungen, Vasen, die fast überquollen von Rosen und Pfingstrosen, der afrikanische Kopfschmuck an der Wand und der unpassend altmodische Kronleuchter, dessen Licht alles in Regenbogenfarben tauchte, die Schalen mit Steinen und Muscheln, eine Conga-Trommel, eine Sammlung von Miniaturrennwagen aus Metall, Spielwürfel. Überall Hundespielzeug. Und die Hunde selbst.

In diesem Haus gab es so viele Hinweise auf Leben – Leben und Wärme. Und alles schien direkt von Ava auszugehen, als wäre das Haus ein Körper und sie dessen Herz.

Auf einem Sideboard in der Eingangshalle stand das wundervollste Objekt von allen: zwei winzige aus Knochen geschnitzte Figuren, nicht größer als sechs Zentimeter, aber perfekt ausmodelliert. Der kunstvoll geschnitzte Untergrund stellte ein wunderschönes winziges Bett dar. Darin lagen ein Mann und eine Frau, nackt und ineinander verschlungen. Ich berührte die Figurine mit dem Zeigefinger und strich vorsichtig über die zarte Rundung des Frauenrückens. Ohne es zu bemerken, musste ich dabei einen langen Seufzer von mir gegeben haben. Ava bekam es natürlich mit. Ava bemerkte alles.

„Sie beweisen wieder einmal ein gutes Auge, Helen", sagte sie. „Das ist eine chinesische Arbeit aus dem zwölften Jahrhundert. Im alten China wurden solche Figuren zur Hochzeit an königliche Familien verschenkt, als Glücksbringer."

Lillian und Sammy saßen vor dem Rollstuhl zu ihren Füßen, während wir uns unterhielten. Lillian leckte Avas Knöchel. Sammy hatte ihr den Kopf auf den Schoß gelegt. Ava streichelte ihn. Sie hatte Estella, ihrer guatemaltekischen Haushälterin, aufgetragen, Rocco für eine halbe Stunde ins Auto zu sperren. „Er regt sich immer zu sehr auf", erklärte Ava. Das sollte Roccos Pause sein.

„Ich nenne dieses Paar die freudigen Sünder, weil sie so glücklich miteinander aussehen", sagte Ava. „Sie sollten diese Figurine also jedes Mal berühren, wenn Sie zu uns kommen."

*Jedes Mal.* Das hieß, es würde weitere Besuche geben.

An diesem Tag servierte Estella das Mittagessen im Wintergarten („meine Helferin", wie Ava sie nannte). Sie stellte ein Tablett mit Weichkäse, Feigen und warmem Baguette vor uns ab, gefolgt von Salat aus Birnen und Endivien und einer cremigen Suppe mit gerösteten roten Paprika.

„Ohne Estella könnte ich gar nicht leben", sagte Ava, nachdem die Haushälterin sich wieder in die Küche zurückgezogen hatte. „Sie gehört zur Familie. *Mi corazón.*"

Als sie dort mir gegenüber im Rollstuhl saß und auf den Garten blickte – im Hintergrund das Geräusch von Wasser, das über die Steine plätscherte, Vogelgesang, glückliche Hunde und von Weitem Swifts Stimme beim Telefonieren und immer wieder sein gelöstes Lachen –, fragte Ava mich nicht, warum ich, die ich mich als Fotografin bezeichnete, bei einer Vernissage Tabletts mit Frühlingsrollen herumreichte. Oder was mit diesem Sohn passiert war, den ich ein ganzes Jahr lang jeden Abend fotografiert hatte – und bei dessen Erwähnung mir am Abend zuvor noch die Tränen gekommen waren. Als sie mir ein Glas Chardonnay anbot und ich ihr sagte, dass ich keinen Alkohol trinke, sagte sie nichts dazu.

Ich hatte mich vor den Fragen gefürchtet, die Ava mir über mein Leben stellen könnte. Aber sie wollte nichts über meine Vergangenheit wissen. Ava fragte nach dem, was gerade jetzt passierte. Sie wollte wissen, wie wir aus mir eine glückliche, erfolgreiche Person machen könnten, die ich zurzeit offensichtlich nicht war. Da sie selbst mir so durchweg glücklich und erfolgreich erschien, beschloss ich an diesem Tag, ihren Anweisungen zu folgen. In allem.

„Wir müssen dafür sorgen, dass dein Leben schön wird", erklärte sie, nachdem wir zum vertraulichen Du übergegangen waren. Als würde sie mir vorschlagen, eine neue Bluse zu kaufen oder ein interessantes Küchengerät von Williams-Sonoma.

Das war es, was mir an ihr gefiel: Ava schien sich mehr dafür zu interessieren, wer ich war, als woher ich kam und was mich hierhergebracht hatte. Und eigentlich traf das auch auf sie selbst zu. Irgendwann im Laufe unserer Freundschaft bekam ich mit, dass sie vor vielen Jahren in Ohio gelebt hatte. Doch in der ganzen Zeit, die wir miteinander verbrachten, hat sie ihre

Eltern nie erwähnt. Wenn sie Brüder oder Schwestern hatte, waren diese nicht mehr von Bedeutung. Wenn ich nicht so sehr damit beschäftigt gewesen wäre, meine eigene Geschichte zu verbergen, hätte ich diesem Aspekt im Leben meiner neuen Freundin vielleicht mehr Aufmerksamkeit gewidmet. Aber so wie die Dinge standen, gehörte das zu dem, was ich an Ava liebte – dass ich die alte Geschichte nicht erklären musste. Ich konnte eine neue erfinden.

Die Havillands sammelten alle möglichen Dinge. Kunst ganz offensichtlich. Sie besaßen einen Sam Francis und einen Diebenkorn, ein Pferd von Rothenberg und einen Eric Fischl (Namen, die mir nichts sagten, aber durch Ava lernte ich sie irgendwann kennen), ebenso eine Zeichnung von Matisse, die Swift ihr einmal zu ihrem Hochzeitstag geschenkt hatte, und drei erotische Radierungen, die Picasso innerhalb seiner letzten drei Lebensjahre angefertigt hatte. („Kannst du dir das vorstellen?", fragte sie. „Der Mann war neunzig, als er das hier schuf. Swift meint, so will er mit neunzig sein. Ein geiler alter Bock.")

Aber es war nicht nur hochpreisige Kunst, die bei den Havillands an den Wänden hing. Ava hatte eine Schwäche für die Werke von Außenseitern (für Außenseiterkunst wie für Außenseiter selbst), vor allem für Arbeiten von Menschen wie dem Mann vor dem Café und dem Obdachlosen mit Hunden – und von mir natürlich –, Menschen, die offensichtlich eine schwere Zeit durchgemacht hatten. An einem prominenten Platz, direkt unter dem Diebenkorn, hing ein Bild von einer autistischen Künstlerin aus der Galerie, in der wir uns kennengelernt hatten – ein Goldfischglas mit einer Frau darin, die herausstarrte.

Ava wollte mir eine Sammlung von Fotos zeigen, die sie kürzlich erworben hatten: eine Serie von Schwarz-Weiß-Porträts von Pariser Prostituierten aus den 1920er-Jahren. Etwas im Gesicht der einen Frau, so meinte Ava, würde sie an mich erinnern.

„Sie ist so schön", sagte sie, während sie die Fotografie betrachtete. „Aber sie ist sich dessen nicht bewusst. Sie sitzt fest."

Ich sah mir das Bild daraufhin etwas genauer an und versuchte, eine Ähnlichkeit mit mir zu entdecken.

„Manche Leute brauchen einfach einen starken Menschen in ihrem Leben, der sie ein bisschen ermutigt und ihnen eine Richtung vorgibt", behauptete Ava. „Es ist einfach so schwer, alles allein zu schaffen."

Ich musste das nicht kommentieren. Mein Gesichtsausdruck sagte wohl genug.

„Dafür bin ich da", erklärte sie.

## 6. KAPITEL

Ava war achtunddreißig gewesen – genauso alt wie ich jetzt, das sei ein gutes Omen, sagte sie –, als sie Swift kennenlernte. Sie war nie verheiratet gewesen und war sich damals nicht sicher, ob sie es je sein würde.

„Ich saß nicht in diesem Ding hier." Sie klopfte auf die Armlehnen ihres Rollstuhls. „Einen Tag bevor wir uns kennenlernten habe ich am Marathon teilgenommen."

Ich hätte sie fragen können, was passiert war, aber ich wusste, sie würde es mir erzählen, wenn sie so weit war.

„Ich hatte ein großartiges Leben", sagte sie, „bin überall in der Welt herumgereist. Und ich hatte ein paar wunderbare Liebhaber. Doch als ich Swift begegnet bin, wusste ich, das war etwas ganz anderes. Da war so ein Kraftfeld, das ihn umgab. Das habe ich nicht erst gespürt, als er den Raum betrat. Bevor ich hörte, wie er die Auffahrt hochkam, wusste ich, dass er kommt."

Er war vorher schon einmal verheiratet gewesen, mit der Mutter seines Sohnes. Kurz bevor Ava und er sich trafen, hatte er sich aus dieser unglückseligen Beziehung gelöst. „Wenn ich dir verraten würde, wie viel Geld sie bekommen hat", sagte Ava, „du würdest es nicht glauben. Sagen wir einfach mal, das Haus allein war zwölf Millionen Dollar wert. Dazu kamen noch die Unterhaltszahlung und die Alimente für das Kind."

Aber das Wichtigste war, er hatte seine Freiheit. Und sie beide hatten sich gefunden. Wie konnte man das mit Geld aufwiegen?

„Als wir uns zwei Wochen kannten, verkaufte Swift seine Firma und gab sein Büro in Redwood City auf", erzählte sie mir. „Die nächsten sechs Monate kamen wir kaum aus dem Bett. Es war so intensiv, dass ich dachte, ich muss sterben."

Ich versuchte mir das vorzustellen, für sechs Monate im Bett zu bleiben, oder auch nur für einen Tag. Was machte man die ganze Zeit? Was war mit Einkaufen, Wäsche waschen, Rechnungen bezahlen? Während ich darüber nachdachte, fühlte ich mich unbedarft und langweilig. Fade. Ich hatte mir immer eingeredet, Dwight zu lieben. Und wenn ich es zuließ, konnte ich mich an Zeiten erinnern, in denen für mich einzig und allein zählte, mit ihm zusammen zu sein. Doch die Frau, die ich in den Jahren danach geworden war, bezweifelte, dass sie jemals wieder Leidenschaft erleben würde. Und manchmal fragte ich mich, ob ich das je getan hatte.

„Kurz vor meinem vierzigsten Geburtstag musste unsere Liebe die erste harte Probe bestehen", berichtete Ava weiter und goss sich das zweite Glas Sonoma Cutrer ein, während ich nach meinem Mineralwasser griff. „Die Kinderfrage."

Sie dachte, sie wünsche sich ein Kind. Swift wusste, dass er keines wollte.

„Es ging nicht so sehr darum, dass er bereits einen Sohn hatte", sagte Ava. „Er wollte mich einfach mit niemandem teilen." Er wollte nicht, dass etwas in das, was sie beide miteinander hatten, eindrang. Irgendetwas, das ihre Beziehung hätte stören können. „Und letztendlich wusste ich, er hatte recht."

Dann passierte der Unfall. Ein Autounfall, wie ich annahm, obwohl ich mir nicht sicher war, woher ich das wusste. Ich hörte das Wort „Rückgratverletzung" in einem Tonfall, der mir alles sagte, was ich wissen musste. Jede Hoffnung darauf, ihre Beine wieder bewegen zu können, schien sich damit für sie zerschlagen zu haben, genauso wie jeglicher Gedanke daran, ein Kind zu bekommen.

Das war lange her, wie sie sagte. Zwölf Jahre. Sie rückte den silbernen Armreif an ihrem schmalen, eleganten Handgelenk zurecht, als wolle sie signalisieren, dass dieses Thema für sie nun beendet war.

„Wir führen ein wundervolles Leben", sagte sie. „Und nicht weil wir dieses Haus haben und das am Lake Tahoe oder das Boot oder was auch immer." Sie wedelte mit ihrem langen schlanken Arm in Richtung des Gartens, zum Gästehaus, zum Pool. „Nichts von all dem ist wirklich wichtig ... Schon merkwürdig, wie es manchmal kommt", sagte sie dann. „Ich hätte sonst nie erfahren, was zwei Menschen füreinander empfinden können. Eine solche Nähe."

Ihre Aufmerksamkeit galt nun voll und ganz Swift – sie konzentrierte sich darauf, ihn zu lieben und von ihm geliebt zu werden. Und dann gab es noch die Hunde.

Ob es einen Hund in meinem Leben gab, wollte sie wissen. (Ava benutzte nie die Formulierung „einen Hund besitzen". Die Beziehung zu einem Hund beruhe auf Gegenseitigkeit, nicht auf Besitzansprüchen. Die meisten Menschen würden – selbst mit einem Geliebten, den Eltern oder einem Kind – diese Art von bedingungsloser Akzeptanz und Hingabe nie erleben, die ein Hund dem Menschen in seinem Leben schenkte. Doch das, was sie mit Swift habe, komme dem schon nahe.)

Aber ein Problem gebe es, wenn man einen Hund liebte und ihm statt einem Kind sein Herz schenkte.

Hunde starben.

Schon diese Worte laut auszusprechen, schien Ava schwerzufallen.

Versprich mir, nicht zu sterben, hatte mein Sohn mich einmal angefleht. Nun, nein, das konnte ich nicht. Ich dachte mir zwar gern Geschichten aus, aber eine Lügnerin war ich nicht.

An diesem Tag draußen auf ihrer Terrasse, mit ihrem Rollstuhl so in der Sonne, wie sie es mochte, schien es Ava nicht zu stören, dass nur sie redete.

„Sieh dir zum Beispiel Sammy an", sagte sie. Er sei elf Jahre alt, der älteste der drei Hunde. Bei der guten Versorgung durch Ava – und dem schönen Leben, das er habe, weil er so geliebt werde (ein Faktor, den man nie unterschätzen solle) – würde er noch viele Jahre leben. Ava zögerte einen Augenblick. Nun ja, einige jedenfalls.

Die meisten Menschen mussten nicht mit dem Wissen leben, dass ihre Kinder vor ihnen starben. Aber bei einem Hund ... Sie konnte den Satz nicht beenden.

„Wir mussten uns damit natürlich in der Vergangenheit schon auseinandersetzen", sagte sie. Dann führte sie mich ins Esszimmer, um mir ein Porträt von zwei Hunden zu zeigen, das Swift für sie hatte anfertigen lassen. Ein Boxer und ein Mischling, die Vorgänger der gegenwärtigen Gruppe. Das Gemälde hinter dem langen Walnussholztisch füllte fast eine ganze Wand des Raumes aus.

„Alice und Atticus", sagte sie. „Zwei der besten Hunde überhaupt."

Ich stand da, betrachtete das Gemälde und nickte.

„Komm bald wieder vorbei, ja?", sagte sie zu mir. „Ich möchte gern einige deiner Fotos sehen. Und vielleicht kannst du ein paar Porträtaufnahmen der Hunde machen. Du könntest mit Swift und mir zu Abend essen."

Ihr Interesse an meinen Fotos gefiel mir. Aber noch glücklicher machte es mich, einfach zu wissen, dass Ava mich wiedersehen wollte. Die Frage, warum eine so außerordentliche Frau wie Ava meine Freundin sein wollte, verdrängte ich. Sie sagte, da sei etwas, das sie in mir sehe – etwas, das sie auch im Gesicht dieser Pariser Prostituierten gesehen habe, wie sie mir erklärte. Vielleicht war es einfach die Tatsache, dass ich gerettet werden musste und Ava die Angewohnheit hatte, sich um die zu kümmern, die vom Weg abgekommen waren.

# 7. KAPITEL

Als ich klein war und die anderen Kinder mich fragten, wo mein Vater sei, dachte ich mir immer Geschichten aus. Er sei ein Spion, behauptete ich. Der Präsident habe ihn mit einem Auftrag nach Südamerika geschickt. Dann gehörte er zu einem kleinen Team von Wissenschaftlern, die ausgewählt worden waren, die kommenden fünf Jahre in einem klimatisierten Labor in der Wüste zu verbringen und Experimente zum Wohl der Menschheit durchzuführen.

Ein anderes Mal – anderes Jahr, andere Schule – sagte ich, mein Vater sei tragischerweise ertrunken, während er amerikanische Kriegsgefangene befreite, die nach dem Vietnamkrieg auf einer Insel im Pazifik gestrandet waren. Er habe sie auf ein Floß gebracht und sie mit dem Seil zwischen den Zähnen durch das von Haien bevölkerte Meer vor Borneo gezogen.

Später auf dem College war ich einfach eine Waise, die nach einem Flugzeugabsturz, den ich als Einzige überlebt hatte, ohne Familie zurückgeblieben war.

Der Grund, warum ich mir Geschichten über meine Familie ausdachte, war einfach. Selbst wenn sie voller Unglück waren, waren die von mir erdachten Geschichten besser – größer, interessanter, voller tiefer und starker Gefühle, eindrucksvoller Hingabe und heroischer Aufopferung, eine aufregende Zukunft versprechend – als die tatsächlichen Umstände meiner Herkunft. Mir gefielen Katastrophen und Zerstörung besser als die Wahrheit. Die war das Fadeste und Traurigste überhaupt: die einfache Tatsache, dass weder meine Mutter noch mein Vater das geringste Interesse an mir zeigten. Von früh auf war klar, dass meine Existenz ihre Pläne durchkreuzt hatte. Wenn sie denn welche gehabt hatten.

Gus und Kay (meine Mutter wollte, dass ich sie mit ihren

Vornamen ansprach) waren jung, als sie sich kennenlernten – siebzehn – und ließen sich scheiden, als Kay einundzwanzig wurde und ich drei Jahre alt war. An diese Zeit habe ich kaum Erinnerungen, abgesehen von einem vagen Bild eines Wohnwagens, in dem sich den ganzen Tag lang ein Ventilator drehte, ohne wirklich Abkühlung zu bringen. Oder wie Kay mich im Kindergarten ablieferte, wo ich immer so lange blieb, dass die Leiterin der Stätte, in einem Abstellraum einen Karton mit Wechselkleidung für mich aufbewahrte. (In späteren Jahren trug ich immer eine Zahnbürste mit mir herum in der Hoffnung, eine Schulfreundin würde mich über Nacht zu sich einladen. Alles war besser als unsere Wohnung.)

Ich erinnere mich an eine große Menge Wurstbrote und Müsliriegel. An einen Radiosender namens Top 40, der Hits aus den Siebzigern spielte, und den ständig laufenden Fernseher. An alte Lotteriescheine auf dem Küchentresen, die nie die richtigen Zahlen abbildeten. An den Geruch von Marihuana und verschüttetem Wein. An Stapel von Bibliotheksbüchern unter meiner Bettdecke – das, was mich rettete.

Ich kannte Gus so wenig, dass ich ihn bei einer Gegenüberstellung auf dem Polizeirevier, wo er einige Male in seinem Leben gelandet war, zwischen den anderen nicht erkannt hätte. Als ich jung war, hatte er uns ein einziges Mal besucht – ich war dreizehn und er war gerade auf Bewährung aus der Haft entlassen worden (wegen irgendwas mit Scheckbetrug). Zwölf Jahre später rief er mich plötzlich an und meinte, er würde mich gern kennenlernen. Das hatte ich ihm tatsächlich geglaubt. Als er drei Tage später dann nicht wie verabredet auftauchte, war ich verzweifelt. Ich machte mir noch einige Male Hoffnungen und ließ mich erneut enttäuschen, bis mir klar wurde, dass er niemals vorbeikommen würde. (Andere Männer schon. Sie kamen, um Kay zu treffen, nicht mich. Und sie alle waren dann kurze Zeit später wieder verschwunden.)

Wenn ich in meiner Jugend eines ganz genau wusste, dann, dass ich nicht so werden wollte wie die beiden Personen, die meine Geburt zu verantworten hatten. Ich wollte aufs College gehen. Ich wollte einen guten Job haben und etwas machen, das ich gern tat. Doch mehr als alles andere wollte ich in einem richtigen Haus wohnen, mit einer richtigen Familie. Für mein eigenes Kind – und ich wusste, ich würde irgendwann eines bekommen – würde ich eine andere Mutter sein als die, die mich aufzog. Darauf würde ich achten.

Sobald ich alt genug war, Fahrrad zu fahren, radelte ich in die Bibliothek. Dort gab es diese Nischen, wo man mit Kopfhörern Filme ansehen konnte. Wenn ich gerade nicht las, tat ich das. Als wir dann einen eigenen Videorekorder hatten, lieh ich mir Videos aus der Bibliothek. Während Kay irgendwo draußen war, um zu trinken oder einen Mann zu treffen – was oft passierte –, sah ich mir diese Filme immer wieder an. Zuerst in unserem Wohnwagen, später dann, als wir aufgestiegen waren, in unserer Mietwohnung in der Nähe des Highways in San Leandro. Im Nachhinein war es offensichtlich, dass ich Filme so liebte, weil es mich tröstete, in eine andere Welt einzutauchen, die so weit wie möglich entfernt war von allem, was ich kannte. An einem Tag war ich Candice Bergen, an einem anderen Cher. Besonders liebte ich Geschichten von einsamen Mädchen vom Typ Mauerblümchen, die irgendwann von einem wundervollen, freundlichen, gut aussehenden Mann (natürlich reich) entdeckt wurden, der sie aus ihrer trostlosen Existenz herausholte. Manchmal – wenn ich bis spät in die Nacht alte Filme gesehen hatte – war ich Shirley MacLaine oder Audrey Hepburn. Nie ich selbst.

Nachdem ich *Sabrina* gesehen hatte, begann ich zu erzählen, Audrey Hepburn sei meine Großmutter. Ich bezweifle, dass die Kinder in der Schule überhaupt wussten, wer sie war, aber deren Mütter kannten sie. Der Mutter einer Mitschülerin, die ehrenamtlich bei uns aushalf, erzählte ich, ich würde die Sommerferien bei Audrey in ihrem Haus in der Schweiz verbringen und hätte sie als Kind auf einem ihrer UNICEF-Trips nach Afrika begleitet. (Ein Trick, den ich beim Lügen sehr früh gelernt hatte: Die Geschichten sollten mit so vielen Details wie möglich angereichert werden, die für die Zuhörer glaubhaft klangen. Die Leute wussten vielleicht nicht, ob Audrey Hepburn eine Enkelin hatte, aber ihnen war bekannt, dass sie sich für UNICEF engagierte, also war die Wahrheit nicht ganz so weit von meiner Erzählung entfernt.)

Da ich so viel Zeit mit meiner erfundenen Großmutter Audrey verbrachte, war es nicht überraschend, dass ich mit einem leichten Akzent sprach, der irgendwie an ihren im Film *Sabrina* erinnerte (halb Französisch, halb Britisch), und nur Ballerinas trug. Einmal begegnete ich einer Mitschülerin und ihrer Mutter im Schwimmbad. (Ich sinnierte gerade darüber, wie es wäre, eine Mutter zu haben, die mich zum Schwimmen begleitete, meinen Rücken mit Sonnencreme einrieb und Snacks für mich kaufte.) Sie wunderte sich, dass ich nicht in der Schweiz war. „Ich fliege nächste Woche", sagte ich ihr. Dann ließ ich mich nicht mehr im Schwimmbad blicken.

Jahre später, als ich auf dem College war (ich hatte ein volles Stipendium bekommen) und man in den Nachrichten von Audrey Hepburns Krebstod erfuhr, schickte mir diese Mutter einen Brief, um ihr Beileid auszudrücken. Ich schrieb ihr zurück, um ihr zu danken, und berichtete, dass meine Großmutter mir eine Perlenkette hinterlassen hätte, die ihr einer ihrer vielen Verehrer geschenkt habe: Gregory Peck. Ich würde diese Kette für immer wie einen Schatz aufbewahren, schrieb ich.

Es wäre schwieriger gewesen, die Illusion aufrechtzuerhalten, dass meine Geschichten der Wahrheit entsprachen, wenn ich gute Freundinnen gehabt hätte. Aber die hatte ich nicht – und das lag vielleicht auch daran, dass ich meine Geheimnisse unbedingt bewahren wollte. Die Kommilitonen waren zwar nett, aber ich schloss keine engeren Freundschaften – wie hätte das auch funktionieren sollen? Ich arbeitete sehr hart, um meine guten Zensuren zu halten und mein Stipendium nicht zu verlieren. Ich hatte Kunst als Hauptfach gewählt mit dem Schwerpunkt Fotografie, schrieb mich aber in einem Workshop für Drehbuchschreiben ein. Mein ganzes Leben lang hatte ich mir Geschichten ausgedacht, also war das nur logisch.

Der Workshop wurde von einem Autor und Regisseur geleitet, der einen einzigen Film gedreht hatte, in den Siebzigern, und jetzt Drehbuchseminare in Konferenzzentren von Hotels gab. Nach dem Seminar lud er mich zu einem Kaffee ein – beeindruckt von meiner Kenntnis der Filmgeschichte, wie er sagte. Aus dem Kaffee wurde ein Dinner, dem eine lange Fahrt ans Meer folgte. Im Auto erzählte er mir, er habe genug von den Filmstudios und davon, wie sie dort seine Arbeit missachteten, von all den oberflächlichen Leuten, mit denen ein Künstler sich abgeben müsse, wenn er seinen Film realisieren wollte. Sein letztes Projekt sei Mist gewesen, sagte er. Seine Ehe sei Mist. Hollywood sei Mist. Er finde es so erfrischend, eine junge Frau wie mich kennenzulernen, die noch immer die Leidenschaft besaß, die er einst für Filme gehabt hatte.

Jake begann mich aus Los Angeles anzurufen und schrieb mir Briefe. Ich dachte nie darüber nach, ob ich diesen Mann überhaupt mochte. Ich war einfach nur erstaunt, dass er so an mir interessiert war. Erstaunt und geschmeichelt natürlich. Eines Tages sagte er: „Komm zu mir nach Palm Springs." Und als er mir ein Flugticket schickte, tat ich das. Es war mir nicht in den Sinn gekommen, dass ich meine eigenen Entscheidungen im Leben treffen könnte. Ich wartete ab, was die Menschen um mich herum wollten, und wenn jemand einen Vorschlag machte, folgte ich ihm. Er sagte, er würde seine Frau verlassen. Hätte sie bereits verlassen. Meinte, wir könnten zusammen Filme drehen, er würde mein Mentor sein. Versprach, nach Norden zu meinem Campus zu kommen, um mich abzuholen. Er könnte einen Gepäckträger auf sein Autodach montieren – so könnte ich all meine Habseligkeiten mitnehmen, ich hatte ja so wenig. Er wäre am nächsten Morgen da. „Ich bin jetzt deine Familie", sagte er. „Die einzige Familie, die du brauchst."

Eine Woche später hatte ich mein Stipendium aufgegeben und war aus meinem Studentenzimmer ausgezogen, um mit ihm zusammenzuleben. Sechs Monate darauf war Jake wieder zu seiner Frau zurückgekehrt. Das College hatte sich für mich erledigt. Da ich selbst jemand war, der ständig Geschichten erfand, hätte man meinen können, ich würde es bemerken, wenn jemand anders das Gleiche tat. Aber ich hatte diesem Mann voll und ganz vertraut. Und nachdem er mich verlassen hatte, befand ich mich eine Weile in einer Art Schockzustand und war davon überzeugt, die Liebe dieses brillanten Mannes nicht verdient zu haben. Alle Schuld und alles Versagen sah ich bei mir.

Während ich mit Jake zusammen war, hatte er mir eine Nikon-Kamera gekauft und mir ein bisschen was über Licht, Brennweiten, Objektive und Bildkomposition beigebracht. Um Geld zu verdienen, fotografierte ich nun Camping-Ausrüstungen für einen Outdoor-Katalog. Es war eine öde Arbeit, aber nur vorübergehend, und die Hauptsache war, dass ich niemals mehr mit Kay zusammenwohnen müsste.

Ohne Geld, ohne Ausbildung und mit keinerlei Kontakten außer zu diesem Mann, der meine Telefonanrufe nicht mehr beantwortete, erschien es mir aussichtslos, einen Job in der Filmbranche zu finden. Sobald ich genug Geld zusammengespart hatte, kaufte ich mir ein paar gute Objektive und brachte mir bei, sie einzusetzen. Ich nahm mir vor, meine Geschichten nun innerhalb eines Bilderrahmens zu erzählen. Es stellte sich heraus, dass ich Talent dafür besaß, und ich bekam Aufträge. Es waren keine großartigen Jobs, aber ich konnte meine Kamera benutzen und verdiente genug Geld, um die Miete für mein eigenes kleines Apartment zu zahlen.

In jenen Tagen lief ich oft stundenlang ziellos durch die Straßen und schoss Fotos. Auf einem meiner Ausflüge begegnete ich Dwight. Er arbeitete als Hypothekenmakler in einem Büro neben einem Matratzengeschäft in einer Einkaufspassage am Highway. Ich hielt dort mit dem Auto, weil eine junge Frau vor dem Laden meine Aufmerksamkeit erregt hatte. Sie war eine von den Personen, denen Firmen mickrige Löhne zahlten, damit sie sich in lächerliche Kostüme zwängten und mit einem Schild vor dem Laden herumtänzelten, um Käufer anzulocken.

Etwas an diesem tanzenden Matratzenmädchen hatte mich berührt, erinnerte mich an mich selbst. (Das könnte ich sein, dachte ich. So tief könnte ich sinken.) Sie versuchte, die Aufmerksamkeit der Kunden zu erregen, aber ohne Erfolg. Ich stieg aus und holte meine Kamera heraus.

Während ich dabei war, kam Dwight auf dem Fußweg auf mich zu. „Gute Kamera", sagte er.

Das war nicht unbedingt die originellste Art, jemanden anzusprechen, aber er sah gut aus und hatte diese lässige kumpelhafte Art, die in seinem Job sehr nützlich war. Später bemerkte ich die Kehrseite seiner Leutseligkeit: Er war zu jedem nett, zumindest so lange, bis die Person außer Hörweite war. Da er dafür bezahlt wurde, sich mit Leuten anzufreunden und Zahlen so zu verdrehen, dass sie positiv erschienen, hatte er sich eine Art zu reden angewöhnt, bei der ich mich später fragte, ob überhaupt irgendetwas davon echt war. Er hörte sich an wie ein Radiomoderator. Immer freundlich, immer gut gelaunt. Zumindest an der Oberfläche. Was darunter lag, konnte man nur ahnen. Doch irgendwann lernte ich es kennen, und es war nichts Gutes.

Als Dwight mich das erste Mal zum Dinner einlud, erzählte er mir von seiner Familie in Sacramento – es gab vier weitere McCabe-Geschwister, und alle standen sich nahe. Seine Eltern waren nicht nur noch miteinander verheiratet, sondern liebten sich tatsächlich. Wann immer die Familie zusammenkam – und das passierte sehr oft –, spielten sie Scharade oder Touch-Football, und unterm Weihnachtsbaum wurde gewichtelt. Die Eltern lebten noch in dem Haus, in dem Dwight aufgewachsen war. An der Küchentür befanden sich noch die Bleistiftmarkierungen, die das Wachstum der Kinder dokumentierten. Das war mein Traum vom Familienleben.

„Ich habe meiner Mutter alles von dir erzählt", sagte Dwight ein paar Tage später, als er mich anrief, um sich wieder mit mir zu verabreden. „Wie schwer du es als Kind damals hattest, ohne deinen Vater und mit einer Mutter, die auch oft nicht da war. Ich musste ihr versprechen, dich am Sonntag zum Familiendinner mitzubringen."

Seine Eltern würden mich lieben, meinte er. Was für eine großartige Geschichtenerzählerin ich sei. Wie lustig ich sei. Und außerdem so hübsch. Niemand hatte das jemals zu mir gesagt.

An diesem Wochenende in Sacramento war ich so glücklich, dass ich kaum essen konnte – aber ich erinnere mich, mehr getrunken zu haben als sonst, nur um mich zu beruhigen. Dwights Mutter hatte einen Braten serviert, der mit Ananasscheiben garniert war. Ich hatte es nicht über mich gebracht, ihr zu sagen, dass ich Vegetarierin bin. An diesem Abend beschloss ich, es von nun an nicht mehr zu sein.

„Kochen Sie gern?", wollte seine Mutter wissen. Von da an war die Antwort darauf Ja.

Am Wochenende darauf nahm Dwight mich zu ihrer Hütte in den Bergen mit. Er machte ein Feuer und grillte Forelle. Und in dieser Nacht stand außer Frage, dass wir das Bett miteinander teilten.

„Ich habe mir immer eine Frau wie dich gewünscht", sagte er zu mir.

Ich wollte ihn fragen, was für eine Art Frau das sei. Wie immer die Antwort ausfiel, genau so wollte ich sein. Vielleicht war es diese Bereitschaft, mich jeder Situation anzupassen, die mich zu seiner idealen Partnerin machte. Aber das begriff ich erst später.

Ich hatte keine beste Freundin, aber ich erzählte meiner Chefin in der Firma, für die ich technische Geräte fotografierte, dass ich einen Mann getroffen hätte, den ich heiraten wolle. „Dann sind Sie verliebt?", fragte sie.

Ich antwortete mit Ja. Selbst jetzt bin ich mir noch nicht vollkommen sicher, ob ich das jemals war. Von früh an hatte ich mir angewöhnt, keine hohen Erwartungen zu stellen und mein Leben von anderen Personen bestimmen zu lassen, die darin zufällig auftauchten und besser als ich wussten, was sie taten. Dass dieser freundliche, gut aussehende, scheinbar ausgeglichene Mann mich so mochte, war für mich Grund genug, ihn ebenfalls zu mögen. Schließlich hatte vorher noch niemand großes Interesse an mir gezeigt – weder meine Mutter noch mein Vater, und Jake, der Dozent für Drehbuchschreiben, nur sehr kurz. Es überwältigte mich, dass Dwight mich seiner Aufmerksamkeit, womöglich sogar seiner Liebe, für wert befand. Ich verspürte nicht nur Glück, sondern auch große Dankbarkeit – nicht einfach nur für die Liebe dieses zufriedenen, anscheinend normalen Mannes, eines Menschen, in dessen Leben alles bestens lief und dessen Lieblingssatz „Alles ist gut" war, sondern ebenso für seine ganze Familie, die mich wie eine von ihnen in ihren Kreis aufgenommen hatte.

Sechs Monate nachdem Dwight und ich ein Paar geworden waren, stellte ich fest, dass ich schwanger war. Mutter zu werden war das Schönste, was ich mir hätte erträumen können – jemanden zu haben, der immer da sein würde, ein eigenes Familienmitglied, das ich zu diesen wundervollen Abendessen mit der großen McCabe-Familie in Sacramento mitbringen würde, ein Kind, dessen Wachstum nun neben dem all der anderen am Rahmen der Küchentür dokumentiert werden könnte. Ich verschwendete keinen Gedanken daran, dass ich wie bei so vielen bedeutenden Ereignissen in meinem Leben keine bewusste Entscheidung darüber getroffen, sondern es einfach nur zugelassen hatte.

Als ich zum ersten Mal einen der Wutanfälle meines Mannes erlebte, war ich im achten Schwangerschaftsmonat. Ich hatte bereits aufgehört zu arbeiten. Wir fuhren auf dem Freeway in Richtung Los Angeles zur Hochzeit seiner Cousine, und der Wagen hinter uns stieß gegen unsere Stoßstange. Dwights Gesicht wurde dunkelrot, und einen Augenblick saß er einfach nur da, aber ich wusste, dass sich etwas anbahnte. Er stieg aus dem Wagen und schrie die Fahrerin des anderen Autos an, beschimpfte sie als blöde Kuh und trat gegen ihre Autotür. Wer war dieser Mann, den ich geheiratet hatte?

Ich begann ein Muster zu erkennen. Wenn Dwight müde oder gestresst war – was oft vorkam –, ließ er das an demjenigen aus, der gerade in der Nähe war. Normalerweise war ich das. Es reichte dann eine Kleinigkeit, wie die Entdeckung, dass ich seinen 49ers-Bierkrug zerbrochen oder vergessen hatte, Erdnussbutter zu kaufen. Wenn er einmal losgelegt hatte, war Dwight wie ein Betrunkener, nur dass kein Alkohol im Spiel war.

Aber wir hatten ein Baby. Ich beschloss, dass das ausreichte. Nach Ollies Geburt, fünf Monate nach unserer kleinen Hochzeit in Sacramento, an der fast ausschließlich Dwights Verwandte teilgenommen hatten, war ich überzeugt, mir nichts weiter vom Leben zu wünschen, als die Mutter dieses Kindes und ein Teil dieser Familie zu sein. Meine Schwiegermutter hatte meinen Geburtstag in ein Buch eingetragen, das sie führte („Denn jetzt bist du eine McCabe", hatte sie gesagt.). Auf der Seite gab es noch Platz für Dinge wie Kleidergröße und Lieblingsfarbe – wahrscheinlich für zukünftige Geschenke. Ich notierte mir auch ihr Geburtstagsdatum und nannte sie Mom, was mir nicht schwerfiel, da ich noch niemanden sonst so genannt hatte, auch nicht die Frau, die mich geboren hatte.

Als Ollie sechs Monate alt war, wurde Dwight in seiner Firma befördert. Da ich vor dem Baby keine nennenswerte Karriere gehabt hatte, blieb ich gern zu Hause – und schoss unzählige Fotos von unserem Sohn aus allen möglichen Winkeln und in allen möglichen Situationen unseres kleinen geregelten Lebens (der Spaziergang, das Baden, Spielen auf dem Boden, Windeln wechseln, noch ein Spaziergang, wieder Windeln wechseln, noch einmal spielen). Das Normale an meinem Leben begeisterte mich. Für andere war das wahrscheinlich weniger interessant, aber ich stellte fest, das ich in einem war richtig gut zu sein, und zwar darin, die Mutter meines Sohnes zu sein.

Inzwischen hatte ich gelernt, den Wutanfällen meines Mannes aus dem Weg zu gehen oder mich mit einem Glas Wein dagegen zu wappnen. Merkwürdigerweise fand ich es noch beunruhigender, wenn Dwight keine schlechte Laune hatte, als wenn er laut brüllte, denn wenn er zornig wurde, waren seine Emotionen wenigstens echt. Es war vor allem sein unverbindliches Vertreterverhalten, das mir ein Gefühl des Alleinseins vermittelte. Wenn ich ihn mit seinen Kunden telefonieren hörte oder selbst im Gespräch mit einem seiner Brüder in Sacramento, stellte ich mit einem leichten Schaudern fest, dass sein Tonfall immer der gleiche blieb. Sogar als er einem Paar die Nachricht übermitteln musste, ihnen keinen Kredit gewähren zu können, behielt er diese lockere, gut gelaunte Stimmlage bei. („Wir finden schon eine andere Lösung", sagte er. „Alles wird gut.") Mit mir sprach er nicht anders. Oder mit seinen Eltern. Nicht mal mit unserem Sohn.

Als ich einmal die Fotos ausdruckte, die ich bei einem Familientreffen gemacht hatte, fiel mir auf, dass mein Mann auf jedem Bild den gleichen Gesichtsausdruck hatte. Wenn er von der Arbeit nach Hause kam, klang alles, was er sagte, wie etwas, das er im Fernsehen gehört hatte. Unsere Ehe begann sich hohl und leer anzufühlen. Ich kannte den Mann gar nicht richtig, den ich geheiratet hatte. Und er kannte mich ganz bestimmt nicht. Ich bezweifle, dass er mich überhaupt kennenlernen wollte.

Aber ich liebte meinen Sohn heiß und innig. Ich konnte mir ein Leben ohne ihn nicht vorstellen.

Vielleicht war es die Beziehung zu meinem Sohn, die mir – zum ersten Mal in meinem Leben, denke ich – zeigte, wie sich echte Liebe anfühlt. Mir wurde bewusst, dass ich mich gar nicht in diesen Mann verliebt hatte, sondern in die Aussicht auf das Leben, das ich haben könnte, wenn ich mit ihm zusammen war. Insofern war ich für das Scheitern unserer Ehe genauso verantwortlich wie Dwight. Im Grunde hatten wir wahrscheinlich nicht viel gemeinsam, wenn überhaupt etwas. Ich war gut darin, Bilder zu produzieren. Mit dem Sucher meiner Kamera. Und in meinem Leben.

Ich war vierunddreißig – unser Sohn vier –, als Dwight von der Arbeit nach Hause kam und erklärte, er habe mir etwas zu sagen. Er habe sich in eine Frau verliebt, die er in seiner Firma kennengelernt hatte. Deshalb fühle er sich schrecklich, sagte er, aber er und Cheri seien Seelenverwandte. Selbst als er mir diese Nachricht überbrachte, war sein Vortrag vorhersehbar: Er sprach wie ein Fernsehansager, der über ein Erdbeben irgendwo berichtete, oder der Wettermann, der zum Ferienwochenende Regen voraussagte. „Ich wünschte, es wäre anders", sagte er zu mir, „aber so ist es. Das Leben ist manchmal schon komisch."

So unvermittelt, wie Dwight in mein Leben getreten war, verschwand er auch wieder. Seinen Abgang, dessen Warnsignale mir entgangen waren, hatte er offensichtlich schon eine Weile geplant, denn an diesem Wochenende zog er aus.

Als Dwight mich verließ, hatte ich keinerlei Illusionen mehr, was unsere Ehe betraf. Der größere Schock war wohl, zu sehen, wie sich Dwights Abkehr von mir auf meine Beziehung zu seiner Familie auswirkte. Die ich inzwischen auch als meine Familie betrachtete. Doch es stellte sich heraus, dass sie das nicht war. Und am meisten von allem schockierte mich, wie leicht ich mich blenden ließ, wie wenig ich mich auf meinen Instinkt verlassen konnte, wenn es darum ging, eine Täuschung zu erkennen.

Nachdem Dwight mir die Neuigkeit mitgeteilt hatte, rief ich zuerst seine Mutter an und stellte mir vor, dass sie ihren Sohn vielleicht überreden könnte, unserer Ehe eine zweite Chance zu geben. Wenigstens Ollie zuliebe. Oder dass sie mich zumindest trösten würde.

„Ich sage das nicht gern, Helen", erklärte mir meine Schwiegermutter. „Aber wir haben das alle schon eine Weile kommen sehen. Du kannst deinen Mann nicht die ganze Zeit ignorieren und dann erwarten, er würde nicht auf jemanden reagieren, der ihm zeigt, dass er etwas Besonderes ist. Kein Wunder, dass er immer so aufbrausend war."

Es gab keine Einladungen mehr zum Familienessen. Ollie besuchte seine Verwandten, aber nur noch mit seinem Vater, nicht mit mir.

Meine Mutter, Kay, war zu dieser Zeit bereits wieder verheiratet. Sie lebte in Florida mit einem Mann namens Freddie, der seinen ersten Cocktail gewöhnlich um elf Uhr vormittags trank und dann damit weitermachte. Dadurch fühlte sie sich mit ihrer eigenen Vorliebe für Gin Tonic wahrscheinlich besser. In den ersten Jahren nach Ollies Geburt hatte ich Weihnachten lieber mit der Familie meines Mannes verbracht, statt uns diesen Abenden mit den unvermeidlichen Saufgelagen und dem folgenden Kater auszusetzen. Aber nachdem Dwight mich verlassen hatte, fuhr ich in der schwachen Hoffnung, dass wir irgendwie eine lange vermisste Familienzusammengehörigkeit entwickeln könnten, nach Daytona Beach, um Weihnachten mit Kay zu verbringen. Ich nahm sogar einige meiner Fotos mit, weil ich hoffte, dass sie Kay interessierten. Sie blätterte in meinem Portfolio, als säße sie in einem Schönheitssalon und hätte das *People*-Magazin in der Hand. Wahrscheinlich hätte sie das interessanter gefunden. Mein Sohn, der sich immer einen eigenen Hund gewünscht hatte, spielte die meiste Zeit mit dem Shih Tzu meiner Mutter.

Am zweiten Tag unseres Besuchs kehrte ich nach dem Einkaufen ins Haus meiner Mutter zurück und fand sie mit ihrem offensichtlich bereits dritten oder vierten Drink auf der Couch, wo sie sich einen Quentin-Tarantino-Film ansah, neben ihr mein Sohn, der seine Decke umklammerte.

Als ich ihr sagte, dass das nicht gerade die Art von Film sei, die Ollie sehen sollte, erwiderte sie: „Du weißt, wo die Tür ist."

## 8. KAPITEL

Vielleicht war da etwas, das uns als Familie verband. Wenn es so war, dann war es keine schöne Verbindung. Ich hatte vor langer Zeit festgestellt, dass ich mich mit Alkohol entspannte und er mir, wenn auch nur kurzzeitig, in bedrückenden Situationen Trost spendete. Aber erst an den langen kalten Abenden, nachdem mein Mann mir das mit Cheri eröffnet und mich verlassen hatte, begann ich ernsthaft zu trinken. Ich wartete immer, bis Ollie im Bett war, und zuerst gestattete ich mir lediglich ein Glas. Ich war nicht betrunken, aber mir gefiel es, wie der Wein mich mit dem Tag versöhnte, wie alles ein bisschen verschwommen wirkte, wenn ich einen Cabernet getrunken hatte. Ich fühlte mich lockerer, weniger ängstlich, und wenn der Alkohol mir auch meine Traurigkeit nicht nehmen konnte, so ließ er sie weniger intensiv erscheinen, der Schmerz wurde eher zu einem dumpfen, hohlen Gefühl statt eines bohrenden, stechenden Übels. Das brachte mich dazu, noch ein zweites Glas einzugießen. Und nachdem ich das getrunken hatte, fiel es nicht schwer, ein drittes einzuschenken. An einigen Abenden leerte ich die ganze Flasche.

Es passierte öfter, dass ich dann auf der Couch einschlief, das Glas neben mir auf dem Boden. Wenn ich morgens aufstand, hatte ich Kopfschmerzen, doch das lernte ich schließlich zu vermeiden, indem ich noch am Abend davor eine Tylenol nahm.

Tagsüber trank ich nicht. Wenn Ollie wach war, niemals. Anders als meine Mutter wollte ich ihm das Gefühl vermitteln, das Wichtigste in meinem Leben zu sein, und mehr als alles andere wollte ich, dass er sich bei mir sicher und behütet fühlte.

Da wir beide allein waren, fand ich nichts dabei, unser Abendessen auf einem Beistelltisch oder einer Picknickdecke auf dem Boden zu servieren, während wir uns Filme ansahen – nicht nur Disney und Cartoons, sondern auch Charlie Chaplin und Dick und Doof, die Ollie liebte. Unser Esstisch war mit Bastel- und Malutensilien und Physikexperimenten bedeckt. Stapel von Bibliotheksbüchern lagen herum, ebenso wie Kostüme, die wir aus Zeug kreierten, das wir bei Goodwill fanden. Manchmal gingen wir los, um zu fotografieren – nicht zu den üblichen Orten wie dem Zoo oder dem Strand, sondern zum Schrottplatz oder einem Skate-Park, einer Baumschule oder einem Tiergeschäft, Ollies Lieblingsplatz. Dort sahen wir uns die Welpen an und wählten aus, welchen wir kaufen würden, wenn sie in dem Apartmenthaus, in dem wir inzwischen wohnten, Hunde erlaubt hätten. An den Wochenenden kochten wir zusammen – Nudeln oder Tacos, selbst gemachte Pizza. Aber wenn uns danach war, machten wir uns einfach eine große Schüssel voll Popcorn mit Butter und aßen das als Dinner. Wir kuschelten uns mit warmen Decken in mein Bett, und ich las ihm vor – meist Fantasygeschichten oder Gedichte von Shel Silverstein. Wenn Ollie dabei einschlief, ließ ich ihn dort liegen.

Zuerst trank ich nur an den schlechten Tagen – wenn Kay, was selten vorkam, aus Florida angerufen hatte, oder nachdem mein Auto kaputtgegangen war und die Reparatur mich den Rest meines Sparkontos gekostet hatte. An dem Abend, als ich (von meinem Sohn) hörte, dass Cheri schwanger war (und später, als ich von der Geburt des Kindes erfuhr), da überkam mich das Bedürfnis nach der Flasche.

Ich wartete, bis Ollie beim Vorlesen eingeschlafen war, und schaltete das Licht aus. Dann holte ich den Wein vom obersten Regal des Schranks. Während ich die Folie entfernte und den Korkenzieher drehte, konnte ich bereits den angenehm warmen und tröstlichen Nebel in mir spüren, den das erste Glas bewirken würde. Da es aktuell keinen Mann in meinem Leben gab, wurde der Wein so etwas wie mein ständiger Begleiter.

Wenige Monate nach Ollies fünftem Geburtstag passierte dann das große Unglück. Es war einer dieser Abende – immer häufiger inzwischen –, an denen ich eine ganze Flasche geleert hatte. Ich lag halb eingeschlafen auf der Couch, aber die Stimme meines Sohnes alarmierte mich sofort. Er rief nach mir. Ollie lag stöhnend im Bett und hielt sich die rechte Seite. Wein oder nicht, ich wusste, was eine Blinddarmentzündung war. Man musste so schnell wie möglich operiert werden. Ich trug Ollie zu meinem Wagen, setzte ihn mit einer Decke auf den Beifahrersitz und schnallte ihn an.

Wir waren nur noch wenige Minuten vom Krankenhaus entfernt, als ich das Blaulicht sah. Mein erster Gedanke war: Ich bin zu schnell gefahren. Wenn der Polizist Ollie sah und hörte, wohin wir wollten, würde er das verstehen.

Aber der Polizist verlangte, dass ich aussteige.

„Gehen Sie bitte mal eine gerade Linie entlang", sagte er.

„Ich muss meinen Sohn ins Krankenhaus bringen", erklärte ich ihm. „Er hat eine Blinddarmentzündung."

„Sie werden das Kind nirgendwohin fahren", sagte er. „Wenn Ihr Junge krank ist, rufe ich einen Krankenwagen."

Er ließ mich von hundert rückwärts zählen. Dann hielt er einen Finger vor mein Gesicht, und ich sollte dessen Bewegung vor und zurück mit den Augen verfolgen. Vom Beifahrersitz hörte ich, wie Ollie stöhnte und nach mir rief.

Der Krankenwagen kam ein paar Minuten später. Der Polizist hatte mir inzwischen Handschellen angelegt. So schrecklich das auch war, noch schlimmer fand ich, dass mein Sohn Schmerzen hatte und ich nicht bei ihm sein konnte. Und obwohl er so litt, hatte Ollie mitbekommen, wie der Beamte mich in Handschellen legte.

Ollie kannte Polizisten aus den Filmen, und meist fingen sie Leute ein, die etwas Furchtbares getan hatten. „Meine Mom ist nicht böse", sagte er. Krank wie er war, hielt er sich die Seite und schrie noch lauter, nicht nur wegen der Bauchschmerzen.

Das Letzte, was ich sah, als sie mich auf den Rücksitz des Polizeiautos verfrachteten, war, wie Ollie auf der Trage in den Notfallwagen geschoben und die Tür hinter ihm geschlossen wurde. Auf dem Weg zum Polizeirevier fragte der Polizist nach der Telefonnummer vom Vater meines Sohnes.

So war es Dwight, der dafür sorgte, dass Ollie operiert wurde, und der dort war, als unser Sohn nach der OP aufwachte. Seine Mutter, meine ehemalige Schwiegermutter, rief mich später an. „Gott sei Dank hat er sich um Ollie gekümmert", sagte sie. „Denn du hast es ja offensichtlich nicht geschafft."

Vier Tage später – Ollie war wieder zu Hause und ich wartete auf den amtlichen Bescheid über meinen Führerscheinentzug – erhielt ich einen Brief von einem Rechtsanwalt, in dem mir mitgeteilt wurde, dass mein Exmann beabsichtigte, das volle Sorgerecht für unseren Sohn zu beantragen. Ich sei „untauglich, die Mutterpflichten zu übernehmen", lautete der Vorwurf.

Eine Prozessvertreterin wurde mit der Untersuchung beauftragt – das hieß, dass Ollie mehrmals befragt wurde. Auch wenn ich es mir kaum leisten konnte, engagierte ich einen Rechtsanwalt – was mir einen Schuldenberg von mehr als dreißigtausend Dollar einbrachte. Ich kaufte mir für den Prozesstag ein Kostüm – das konservativste Modell, das ich beim Versandhaus finden konnte. Dwight erschien mit meinen ehemaligen Schwiegereltern und einem halben Dutzend weiterer Verwandter, in deren Scharade-Teams ich mal gewesen war, und zusammen mit Cheri, zu jener Zeit hochschwanger. Mein

Verteidiger, der mich vor dem Gerichtssaal begrüßte, erklärte mir, er sei optimistisch. Da dies meine erste Straftat sei, würde der Richter sicher erlauben, dass Ollie weiterhin bei mir wohnte und seinen Vater am Wochenende besuchte.

Im Gerichtssaal war es heiß an diesem Tag. Ich spürte, wie sich der Schweiß unter meiner Kostümjacke sammelte, der Bund meiner Strumpfhose schnitt mir in die Taille. Ich hatte die falsche Größe gekauft, da ich so etwas schon seit Jahren nicht mehr getragen hatte. Beide Rechtsvertreter erklärten ihre Sicht der Sachlage, doch ich hatte Mühe, mich zu konzentrieren. Ich versuchte mir vorzustellen, ich sei die Gerichtsfotografin und sollte hier von all diesen Leuten Fotos machen, so als hätte nur mein Job mich hierhergeführt und es würde nicht mein ganzes Leben als Mutter auf dem Spiel stehen.

Die Prozessvertreterin redete als Erste. In dem Bericht, den sie dem Gericht präsentierte, hieß es, obwohl mein Exmann seinen Wunsch äußerte, das Sorgerecht für Ollie zu übernehmen, habe sie den starken Eindruck, dass es tatsächlich seine Eltern seien, die darauf drängten. Oliver habe berichtet, sein Vater würde ihn oft anschreien, und dessen Ehefrau ließ ihn offenbar den ganzen Tag lang Videospiele spielen, wenn sein Vater beim Golf war. Oliver habe ganz offensichtlich eine stärkere Bindung zu mir, sagte sie. Sie führte weiter aus, sie hätte keinen Zweifel daran, dass ich eine verantwortungsvolle Mutter sei, wenn ich mich verpflichtete, regelmäßig an den Treffen der Anonymen Alkoholiker teilzunehmen. Ihre Empfehlung war, dass Oliver weiterhin unter meinem Sorgerecht verbleiben solle und dem Vater regelmäßige Besuche seines Sohnes garantiert würden.

Dann ergriff der Richter das Wort, und in diesem Augenblick war mir klar, ich hatte ein Problem.

„Es mag vielleicht stimmen, dass die Mutter die gute Absicht hat, das Beste für ihren Sohn zu tun", begann er. „Ich kann nur hoffen, dass es so ist. Aber sie hat bereits deutlich gezeigt, dass sie durch ihre Alkoholsucht nicht in der Lage ist, ihre guten Vorsätze in die Tat umzusetzen. Sie hat das Leben ihres Sohnes aufs Spiel gesetzt. Und nicht nur seins, sondern auch das anderer Bürger da draußen auf den Straßen."

Er begann einen Vortrag über betrunkene Autofahrer, angereichert mit Statistiken. Obwohl ich natürlich stocknüchtern war – seit dem Abend meiner Verhaftung hatte ich nichts mehr getrunken –, schien sich der Saal vor meinen Augen zu drehen.

„Ich werde in diesem Fall meine übliche Rolle als Richter kurz verlassen", sagte er und sah mich dabei direkt an, „um von einem persönlichen Erlebnis zu berichten. Vor vier Jahren wurde meine vierunddreißigjährige Frau von einem betrunkenen Autofahrer getötet."

Ich sah meinen Verteidiger an. War das nicht der Zeitpunkt, in dem er das Wort ergreifen und Einspruch einlegen sollte? Offensichtlich nicht.

„Ich habe lange und gründlich darüber nachgedacht", fuhr der Richter fort, „ob mein eigener persönlicher Verlust es erfordert, diesen Fall wegen Befangenheit abzulehnen, habe jedoch anders entschieden. Meine Erfahrung mit Trunkenheit am Steuer und die Tatsache, dass die Mutter, die heute vor Gericht steht, nur allzu leicht einen oder sogar mehrere Menschen hätte töten können, als sie unter Alkoholeinfluss Auto gefahren ist, hilft mir in einem Fall wie diesem, zu einem gerechten und vernünftigen Urteil zu kommen."

Er sagte noch mehr, aber ich hatte Schwierigkeiten, das alles aufzunehmen. Ich hörte nur noch die abschließenden Worte.

„Ich kann nicht zulassen, dass eine Mutter, die das Leben ihres Sohnes aufs Spiel setzt, weiterhin für ihn verantwortlich ist. Deshalb übertrage ich das volle Sorgerecht an den Vater und seine neue Ehefrau, die beide gezeigt haben, zu dem fähig zu sein, was die Mutter nicht schafft: ihrem Sohn ein sicheres und stabiles Elternhaus zu bieten."

Ich hatte das Gefühl, die Wände des Gerichtssaals würden auf mich zukommen, und musste nach Luft schnappen. Mein Verteidiger legte mir die Hand auf die Schulter. Irgendwo auf der anderen Seite des Saals hörte ich eine vertraute Stimme sagen: „Gott sei gesegnet", und ich erkannte, dass es meine ehemalige Schwiegermutter war. Weder sie noch die anderen Mitglieder von Dwights Familie, die an diesem Tag anwesend waren, sprachen ein Wort mit mir, als wir den Gerichtssaal verließen. Nicht an diesem Tag und auch später nie wieder.

Mir wurden Besuche am Wochenende erlaubt, sofern mein Exmann zustimmte. Kein Autofahren. Keine Übernachtungen. Mir wurden Kurse zur Kindererziehung verordnet. Ebenso eine Therapie. Für mich und auch für meinen Sohn, der die traumatische Erfahrung hatte machen müssen, mit einer alkoholabhängigen Mutter zu leben.

Als der Richter seine Rede beendet hatte und das Verfahren abgeschlossen war, legte ich den Kopf auf den Tisch. Ich wollte nicht aufblicken und das verkrampfte Lächeln der neuen Frau meines Exmanns sehen, die dort wie eine Madonna saß und mit beiden Händen ihren runden Bauch umfasste. Oder den bedauernden Blick meines Verteidigers, der wahrscheinlich weniger mit seiner Sorge um mich zu tun hatte als mit der Erkenntnis, dass es eine Weile dauern könnte, bis er sein Honorar erhielt.

Ich hatte bereits meinen Führerschein verloren, er war mir für achtzehn Monate entzogen worden. Das bedeutete, dass ich auch meinen Job aufgeben musste. Die einzige Möglichkeit, nach Walnut Creek zu kommen, um Ollie zu besuchen, war, mit Bus und Bahn zu fahren – und zudem mit dem Taxi – oder jemanden zu finden, der mich fuhr.

Bei den AA-Treffen – die ich regelmäßig besuchte und zu denen mich andere Teilnehmer netterweise im Auto mitnahmen – erfuhr ich, wie sehr die meisten Leute kämpfen mussten, um ihre Tage und Nächte ohne Alkohol durchzustehen. Ich traf die Entscheidung, mit dem Trinken aufzuhören, erstaunlich schnell und fand auch die Kraft, dies durchzuhalten. Den Wein aufzugeben, war nichts im Vergleich zu dem wirklichen Verlust, den ich erlitten hatte.

Mein Sohn war nicht mehr bei mir.

## 9. KAPITEL

Außerhalb der AA-Sitzungen versuchte ich nicht über das zu sprechen, was vorgefallen war. Doch an jenem Nachmittag im Wintergarten der Havillands in der Folger Lane, als Ava mir in ihrem Rollstuhl gegenübersaß, die duftenden Gardenien in der geschliffenen Glasschale und der köstliche Käse zwischen uns auf dem Tisch, und einer der Hunde vertraulich meine Knöchel leckte, platzte alles aus mir heraus. Ich hatte nicht vorgehabt, irgendetwas davon zu erzählen. Aber als ich an diesem Abend ging – die Sonne stand tief am Horizont, Ava drückte mir ein Einweckglas mit selbst gekochter Suppe und einen Sweater in die Hand, den sie, wie sie sagte, nie trage und der genau meine Farbe hatte, und erinnerte mich dann, dass wir am Freitag zum Dinner in diesem Restaurant verabredet seien, das sie und Swift so liebten –, da hatte ich ihr alles erzählt. Von meiner Kindheit. Meiner Ehe. Vom Verlust meines Sohnes. Den kurzen unangenehmen Besuchen im Haus seines Vaters, um ihn zu sehen, und davon, wie Ollie, wenn ich ihn jetzt traf, mit jedem Mal distanzierter und verschlossener wurde.

„Ich kann im Moment nicht mal an eine neue Beziehung denken", sagte ich zu Ava. „Das Einzige, was mir zurzeit wichtig ist, ist, Ollie wieder zu mir zurückzuholen. Ich weiß, ich müsste einen Rechtsanwalt beauftragen, aber ich habe noch nicht mal die Rechnung von dem, den ich vorher hatte, bezahlt."

„Es wird wieder besser werden", versprach Ava. „Wenn ich ein Problem angehe, kann mich nichts aufhalten."

An diesem Abend war alles aus mir herausgesprudelt. Ava war eine gute Zuhörerin.

Ich beschrieb ihr den Tag, als mein Sohn aus meiner Wohnung ausgezogen war. Ich wollte nicht, dass Ollie mich weinen sah, als wir seine Sachen zusammenpackten. Aber als Dwight ihn abholen kam – nachdem er unseren Sohn wie gewohnt im Tonfall eines Fernsehtalkmasters begrüßt hatte –, wusste ich, es war unmöglich, vor ihm zu verbergen, wie schrecklich es mir ging.

„Wir werden uns ganz bald wiedersehen", sagte ich zu Ollie, als ich am Bordstein neben dem Wagen meines Exmanns stand. Als wäre es keine große Sache, dass sich die Kleidung meines Sohnes zusammen mit seinem Lego, der Steinsammlung und dem Stoffschwein nun in Kisten verstaut im Kofferraum befand. Ollie saß steif auf der Rückbank mit dem Hamsterkäfig auf seinem Schoß (das einzige Zugeständnis seines Vaters: Er durfte Buddy mit nach Walnut Creek bringen), den Kopf so zur Seite geneigt, dass ich wusste, er lutschte am Daumen.

Das Gericht hatte entschieden, dass ich Ollie jeden zweiten Samstag für sechs Stunden sehen durfte, vorausgesetzt, sein Vater war einverstanden und ich trank keinen Alkohol mehr – aber selbst wenn ich meinen Führerschein gehabt hätte, wäre es unmöglich gewesen, mit Ollie in dieser kurzen Zeit zu mir in die Wohnung zu fahren und ihn trotzdem zum Abendessen zurück nach Walnut Creek zu bringen, und es war mir nicht gestattet, ihn über Nacht bei mir zu behalten. Ollie – der kleine Junge, der nachts immer an mich geschmiegt geschlafen hatte, seine Beine mit meinen verschlungen, eine meiner Haarsträhnen um seinen Finger gewickelt – wurde ein Kind, das ich hin und wieder besuchte, wenn sein Vater es erlaubte.

Am Anfang, nachdem Dwight ihn zu sich nach Walnut Creek geholt hatte, klammerte sich Ollie an mich, sobald ich ihn besuchte, und bettelte, ich solle ihn mit nach Hause nehmen. Doch in letzter Zeit sprach er kaum mit mir, wenn ich im Haus seines Vaters ankam.

Ich kann mich kaum an die erste Zeit ohne Ollie erinnern. Ich zog in eine kleinere Wohnung in Redwood City – ziemlich dunkel, in einer zwielichtigen Gegend, aber sie war billiger und mit öffentlichen Verkehrsmitteln besser zu erreichen. Ich ging jeden Abend zu den AA-Sitzungen, zu denen mich mein Betreuer fuhr. Ich strickte Pullover für meinen Sohn, die er vermutlich nie trug. Ich machte Porträtaufnahmen von den Kindern anderer Leute – zu den Jobs kam ich mit dem Bus oder manchmal auch, wenn es sehr eilig war, mit dem Taxi. Ich sah mir dumme Fernsehshows an: *American Idol*, *Survivor*, *Die Osbournes*. Und ich ging oft ins Kino.

Ich hatte eine Freundin. Alice kannte ich von einer Privatparty, bei der ich als Aushilfe gearbeitet hatte – ein Nebenjob, den ich mir in der Zeit kurz nach meiner Scheidung besorgt hatte, als Ollie noch bei mir wohnte. An den Wochenenden, die er bei seinem Vater verbrachte, jobbte ich für Catering-Firmen, um etwas Extrageld für die Ferien mit Ollie zu verdienen. Ich wollte mit ihm eine Reise zum Dinosaurierpfad in Montana machen, von dem wir uns Fotos im *National Geographic* angesehen hatten.

Alice war ein paar Jahre älter als ich und ebenfalls geschieden (so lange schon, sagte sie, dass sie vergessen habe, wie ihr Ehemann aussah; so lange, behauptete sie, dass ihre Vagina wahrscheinlich schon mit Moos bewachsen sei. So redete Alice).

Alice hatte eine Tochter, Becca, die aufs College ging und kaum noch nach Hause kam. Die Beziehung zu ihrer Tochter schien für Alice nun hauptsächlich aus hohen Kreditkartenrechnungen für Schuhe, Maniküre und Wochenendtrips mit Freunden zu bestehen, die monatlich im Briefkasten der Mutter landeten. Alice hatte in ihrem Haus ein Zimmer an einen pensionierten Lehrer vermietet (null Aussichten auf eine romantische Beziehung) und sparte Geld, indem sie im Schongarer einen Eintopf kochte, der mit Reis gestreckt fast die ganze Woche reichte.

In früheren Tagen, bevor ich das Sorgerecht für Ollie verlor, war meine Freundin oft für Pizza-Abende vorbeigekommen. Wir drei – Ollie, Alice und ich – hatten Monopoly und Memory gespielt oder Kissen aufgetürmt, um auf der Couch alte Filme anzusehen. Oder wir hatten versucht, Michael Jacksons Tanzschritte im *Thriller*-Video nachzuahmen. Nachdem Ollie ausgezogen war, gingen Alice und ich mindestens einmal die Woche zusammen ins Kino, wenn wir nicht irgendwo einen Catering-Job hatten und ich tagsüber zu meinem AA-Treffen gehen konnte. Wir kauften dann einen großen Becher Popcorn – mit Butter – und für Alice noch eine Packung Schokorosinen. Alice hatte es mit den Männern irgendwann aufgegeben und gab sich keine Mühe mehr, in Form zu bleiben. Sie hatte schon immer einen starken Knochenbau gehabt – sie war groß, und Sport oder Wandern interessierten sie nicht sonderlich –, aber über die sechs Jahre, die ich sie kannte, war sie wahrscheinlich von Kleidergröße 40 zu 44 übergewechselt.

„Soll ich mich zu Tode hungern, nur damit mich irgend so ein idiotischer Resthaarkünstler begrapscht?", sagte sie. „Dann nehme ich lieber die Butter."

Sie gehörte zu den Freundinnen, mit denen nie etwas wirklich Aufregendes passierte. Alice hatte eine ziemlich raue Art, aber sie war lustig, und ich wusste, sie hatte ein gutes Herz. Ich konnte ihr vertrauen. Nach dem Film gingen wir meistens in eine Bar in der Nähe des Kinos – Wein für sie, Club Soda für mich –, wo wir dann noch ein paar Stunden saßen. Einmal kamen zwei Männer an unseren Tisch und fragten, ob sie sich dazusetzen könnten. Sie sahen nicht besonders aufregend aus, aber auch nicht unbedingt wie die letzten Loser. Wenn es nach mir gegangen wäre, hätte ich Ja gesagt, aber Alice schüttelte den Kopf.

„Also Mädels", sagte einer von ihnen und rutschte bereits auf die Bank in unserer Nische. „Was haltet ihr davon, wenn wir euch einen Drink spendieren?"

Ich hätte sie vielleicht einfach machen lassen, aber Alice nicht. „Warum spart ihr euch nicht das Geld", sagte sie, „und kauft euch lieber eine Mundspülung?"

Damit hatte sich die Sache für unsere Verehrer natürlich erledigt. Sie hatten wahrscheinlich nicht erwartet, dass zwei Frauen wie Alice und ich – die ebenso wenig wie sie der Hauptgewinn zu sein schienen – dermaßen wählerisch wären. Aber das liebte ich an Alice: Anders als viele Single-Frauen, die ich kannte, würde sie nie eine Freundin fallen lassen, wenn sich etwas Vielversprechenderes anbot. Nicht dass einer von uns jemals etwas in Aussicht stand, aber sie würde zu mir halten, das wusste ich.

Bevor ich Ava kennenlernte, hatten Alice und ich fast jeden Morgen beim Kaffee miteinander telefoniert, und abends redeten wir noch einmal. Es gab selten besonders viel zu erzählen, da wir ja jeden Tag miteinander sprachen. Aber wir fühlten uns weniger einsam, wenn wir die Stimme der anderen am Telefon hörten.

„Ich überlege, ob ich mir neue Rollos kaufe", sagte sie einmal. Ob ich Stabjalousien schrecklich fand?

In jenen Tagen sprach ich viel über den Sorgerechtsstreit – immer wieder kam ich auf die Situation im Gericht zurück, wünschte mir, ich hätte einen besseren Verteidiger gehabt, wünschte mir, eine zweite Chance zu bekommen. Ich war bei einem sozialen Verein für Frauen in San Mateo gewesen, um mich nach einer Rechtsberatung zu erkundigen, aber sie konnten mir nicht helfen, und der eine Rechtsanwalt, bei dem ich angefragt hatte, wollte einen Honorarvorschuss von zehntausend Dollar.

Immer öfter saß Ollie jetzt in seinem Zimmer am Computer, wenn ich ihn besuchte. Dwight war gewöhnlich beim Golf oder verteilte bei offenen Besichtigungen von Kaufimmobilien seine Visitenkarten an potenzielle Klienten. Ich kannte den Ablauf. Sobald Dwight nach Hause kam, berichtete Ollie, beschwerte er sich, wenn Spielzeug auf dem Boden lag. Dwight mochte es ordentlich. Auch das war mir vertraut. Genauso wie seine Wut, wenn die Dinge nicht so liefen, wie er es gern hätte.

„Mistkerl", sagte Alice, wenn es um Dwight ging. Es war nicht unbedingt die Sorte von Gespräch, die einen weiterbrachte, aber es fühlte sich gut an, jemanden auf meiner Seite zu haben.

Ich gab mir Mühe, mit Alice auch über andere Dinge als nur über den Verlust meines Sohnes zu reden, aber es war nicht so einfach, ein Thema zu finden. Ich erwähnte, dass ich einen Zahnarzttermin hatte. Sie erzählte mir von Beccas Plan, in den Frühjahrsferien nach Mexiko zu reisen.

Es waren Dinge, die man seinem Partner erzählte, wenn man verheiratet war. Diese alltäglichen Begebenheiten. (Obwohl ich mir später, als ich die Havillands kennenlernte, nicht vorstellen konnte, dass Ava und Swift so miteinander sprachen. Und diese Erkenntnis machte mir erneut bewusst, wie mittelmäßig und langweilig mein Leben war. Oder gewesen war.)

Aber so unspektakulär unsere Gespräche gewesen sein mögen, Alice war eine zuverlässige Konstante in jenen düsteren Tagen. Die einzige wahrscheinlich, und sie war so loyal wie niemand sonst, treu wie ein Hund, pflegte sie zu sagen. Wenn ich über Ollie nachgrübelte – darüber, dass es sich manchmal anfühlte, als würde er mich überhaupt nicht mehr kennen –, dann war es Alice, die ich anrufen konnte.

# 10. KAPITEL

Als Ollie nach Walnut Creek gezogen war, verstaute ich alles, was mich an unsere gemeinsame Zeit erinnerte, in einem Schrank: den Tritthocker, den er benutzte, um neben mir am Küchentresen arbeiten zu können, seine Kreidetafel, seinen Spider-Man-Umhang. Jetzt, wo mein Sohn nicht mehr da war, gab es keinen Grund, das Aquarium zu behalten. Oder lustige Sprüche mit Magnetbuchstaben an den Kühlschrank zu schreiben. Oder die alte Musik zu spielen, die er so liebte und zu der wir in der Küche getanzt hatten. Als der CD-Player kaputtging, kaufte ich keinen neuen.

Ich hatte eine alte Digitalkamera, mit der ich ihn fotografieren ließ. Einmal machte ich den Fehler, mir die Fotos anzusehen, die wir zusammen aufgenommen hatten – Bilder, die Ollie von seinem Hamster gemacht hatte, von seinem alten Zimmer oder von einem Kuchen, den wir gebacken hatten und den er mit Zuckerguss in allen Farben hatte verzieren dürfen. Ich nahm die Kamera nie wieder in die Hand.

Da er die Einstellung seines Vaters zu Haustieren kannte – sie machten viel Dreck und verursachten eine Menge Tierarztkosten –, hatte Ollie es aufgegeben, um einen kleinen Hund zu betteln. Er hatte seinen Hamster Buddy, aber das war nicht dasselbe. Ebenso wenig der Roboterhund, den seine Stiefmutter ihm geschenkt hatte und von dem sie behauptete, er habe alle Vorteile eines Hundes, aber ohne den Stress. Alles, was man tun musste, war hin und wieder neue Batterien kaufen.

Im Leben meines Sohnes gab es jetzt jede Menge technischer Geräte. Jedes Mal wenn ich bei seinem Vater zu Hause anrief, um mit Ollie zu sprechen, schien er mit einem Videospiel beschäftigt zu sein. Wenn er ein Leben jenseits seines

Computers hatte, dann spielte sich das nun an seinem neuen Wohnort ab – meist handelte es sich um Schulveranstaltungen. Von gelegentlichen Geburtstagspartys abgesehen, bekam ich nie den Eindruck, dass Ollie Freundschaften pflegte, was mir Sorgen machte.

„Cheri möchte nicht, dass andere Kinder zu Besuch kommen", erzählte er mir einmal. „Sie meint, wir machen zu viel Krach und wecken das Baby auf." Das Baby war Jared, Ollies Halbbruder, der – nicht lange nachdem Dwight das Sorgerecht für unseren Sohn bekommen hatte – geboren worden war. So klein er auch war, Ollie hatte schon bald bemerkt, dass dieses Baby für seine Stiefmutter Priorität hatte. „Sie redet mit mir wie die gute Hexe im *Zauberer von Oz*", sagte er zu mir. Dann imitierte er ihr künstliches Lachen.

Und dann waren da die Verwandten in Sacramento – die Großeltern und all die Onkel, seine Tante und die Cousinen und Cousins, von denen immer irgendeiner Geburtstag zu haben schien oder seinen Abschluss feierte oder eine Baby-Shower-Party, und alle diese Feiern fanden an einem Samstag statt. Wie sollte ich meinem Sohn sagen, er solle nicht daran teilnehmen? Was hatte ich denn anzubieten, das da mithalten konnte?

Ich machte mich auf den Weg nach Walnut Creek, wann immer es möglich war. Jeden zweiten Samstagmorgen, wenn Ollie Zeit hatte, fuhr Alice mich dorthin, sodass ich ihn zu einem Ausflug abholen konnte. Wir gingen in den Park und anschließend zum Mexikaner oder Pizza essen. Manchmal kam Alice mit uns, manchmal blieb sie mit einem Buch im Auto sitzen und wartete auf mich.

Tatsächlich wollte Ollie nie lange im Park bleiben. Für Klettergerüste und Rutschen wurde er langsam zu alt. Wir gingen manchmal zum Bowlen, aber er traf meist nur in die Rinne und war frustriert. „Ich spiele lieber Playstation", sagte er. Er hatte gerade ein neues NASCAR-Spiel bekommen.

Am meisten sehnte ich mich danach, Zeit mit meinem Sohn zu verbringen, die nicht durchgeplant war. Mahlzeiten, die wir nicht im Restaurant einnahmen, gemeinsame Stunden, die nicht mit seinen anderen Aktivitäten abgestimmt werden mussten. Ich vermisste den Alltag mit ihm: auf der Couch herumzuhängen, auf den Stufen vor dem Haus zu sitzen und zusammen zu lesen, manchmal gar nicht reden zu müssen, Einkaufen im Supermarkt, Fotosafaris, ihm Sneakers zu kaufen oder beim Autofahren im Rückspiegel sein Gesicht zu sehen. Ich war eine Bowlingbahn-Mutter geworden, eine Frau, die die Speisekarten der großen Restaurantketten auswendig kannte. Ich machte nicht mehr die Wäsche meines Sohnes oder trocknete ihn ab, wenn er aus der Badewanne stieg. Als ich einmal mit ihm schwimmen war (mit dem Holiday-Inn-Pool-Gutschein, den ich aus der Zeitung ausgeschnitten hatte) und ihm in seine Badehosen helfen wollte, fiel mir auf, dass ich seinen kleinen nackten Körper schon länger als ein Jahr nicht mehr gesehen hatte. Aber Ollie schob mich weg. „Ich mach das alleine", sagte er.

Ich wusste, dass sein Vater ihn oft anschrie, aber Ollie redete nicht darüber. Oder über andere Dinge, die in seinem Leben passierten. Dass er keine Freunde hatte. Das Baby, auf das sich die gesamte Aufmerksamkeit der Stiefmutter zu richten schien. Als er fünf war – nach der Scheidung, aber bevor ich ihn verloren hatte –, hatten wir die Sonntagvormittage damit verbracht, zusammen zu fotografieren. Aber seitdem er bei seinem Vater lebte, wollte er das nicht mehr. Oder irgendetwas anderes. Über die Monate – und dann war es ein Jahr und daraus wurden zwei – kam es mir so vor, als säße Ollie in einem kleinen Boot – und ich stünde am Strand und beobachtete, wie er langsam aufs Meer hinaustrieb. Immer weiter und weiter von mir fort.

Eines Tages, kurz nachdem ich meinen Führerschein wiederbekommen hatte, parkte ich vor dem Haus und erkannte meinen Sohn erst, als er dicht neben dem Auto stand. Er machte ein jämmerliches Gesicht, wie inzwischen fast immer, und als er mich sah, veränderte sich seine Miene nicht. Sein Vater und seine Stiefmutter hatten ihm neue Kleidung gekauft, Sachen, die ich für ihn niemals ausgewählt hätte – T-Shirts mit Aufschriften wie „Kleine Nervensäge" oder (von meiner ehemaligen Schwiegermutter) „Meine Oma war in Las Vegas und hat mir nur dieses blöde T-Shirt mitgebracht", außerdem eins, dessen Aufdruck vermuten ließ, dass er am Ferienprogramm der Kirche teilgenommen hatte. Sie hatten ihm das Haar geschnitten und ihm einen Topfschnitt mit großen Löchern um die Ohren herum verpasst. Aus irgendeinem Grund entsetzte mich das mehr alles andere – diese zarte rosige Haut, inmitten derer seine Ohren noch größer wirkten, sodass er fast tollpatschig aussah. Der Haarschnitt ließ Ollie so klein und verletzlich erscheinen. So ungeschützt.

„Gefällt es dir?", wollte er wissen. Zu diesem Zeitpunkt vertraute mir mein Sohn nicht mehr an, was ihn bedrückte, aber sein Tonfall sagte mir, wie schlecht er sich wegen seines Aussehens fühlte. Und er hatte recht.

„Das wächst doch wieder", sagte ich.

Auch wenn ich nun meinen Führerschein wiederhatte, kam Ollie nie mit in meine Wohnung – das neue dunkle Apartment in Redwood City. Meine Besuchszeit war zu kurz, und selbst wenn wir das irgendwie hinbekommen hätten, wollte Ollie nicht mehr zu mir kommen. Ich wusste, dass er es mir übel nahm, diesen ganzen Schlamassel zugelassen zu haben und nicht in der Lage zu sein, es wieder in Ordnung zu bringen.

Und er verhielt sich jetzt auch anders. Manchmal, wenn ich Ollie reden hörte und ihn über den Tisch des Restaurants hinweg, in welchem wir zu Abend aßen, ansah, dann erinnerten mich sein gequälter Gesichtsausdruck, seine Art zu sprechen, die neue Angewohnheit, mir nicht direkt in die Augen zu sehen – sondern mich unter seinen langen, dichten Wimpern hervor von der Seite anzublicken –, an sein Verhalten während der schrecklichen Besuche bei meiner Mutter und ihrem neuen Mann in Florida. Ich war genauso eine Fremde für ihn. Schlimmer noch. Jemand, gegen den er Misstrauen hegte.

Zu dieser Zeit hatte ich einen Job als Fotografin bei einer Firma, die Porträts von Schülern anfertigte, welche die Eltern im Set kauften, um sie an die Verwandtschaft zu verschenken (20 x 25 glänzend, zweimal 13 x 18 und ein Dutzend in Brieftaschengröße). Nachdem ich eine Weile dort gearbeitet hatte, verstand ich, dass viele Eltern diese Foto-Sets aus einer merkwürden Mischung von Schuldgefühlen und Aberglauben kauften. Denn ihre Kinder würden sich womöglich ungeliebt fühlen, wenn alle anderen Eltern diese Bestellformulare ausfüllten und Geld dafür ausgaben, nur die eigenen nicht. Und es wirkte fast, als würde man das Unglück herausfordern, wenn man nicht bezahlte. Meine Firma löschte dann die Bilddateien. Und wer wollte schon, dass die Fotos seiner lächelnden Kinder – mit frisch geschnittenem Pony, glatt gekämmten widerspenstigen Strähnen, fehlenden Vorderzähnen – im Papierkorb des Computers landeten?

Als ich Fotografie studiert hatte, war es nicht mein Ziel gewesen, am Tag dreihundert Kinder für Happy Days Portraits zu knipsen – aber jetzt war ich glücklich, den Job zu haben. Ich schuldete meinem Scheidungsanwalt vierunddreißigtausend Dollar, dazu hatte ich ein paar Tausend Dollar Kreditkartenschulden, ganz zu schweigen von den unglaublich hohen

Autoversicherungskosten. Ich brauchte das Geld dringend, aber dass ich in jener Zeit so viel arbeitete, hatte noch andere Gründe. Es gab nichts Schlimmeres und Traurigeres für mich, als mit meinen Gedanken allein zu sein, Zeit zu haben, darüber nachzugrübeln, was für ein Desaster mein Leben geworden war, wie weit ich mich von meinen früheren Träumen entfernt hatte. Ich nahm jeden Job, den ich finden konnte.

Meine direkten Nachbarn in dem Wohnkomplex waren auf der einen Seite ein junges Paar mit einem Dreijährigen und Zwillingen im Säuglingsalter und auf der anderen ein alter Mann namens Gerry, der den ganzen Tag und den größten Teil des Abends den Fernseher laufen ließ. Gerry sah am liebsten Fox News und schimpfte manchmal mit dem Fernseher. Wenn ich las oder versuchte, mit meinem Sohn zu telefonieren, konnte es vorkommen, dass ich ihn laut rufen hörte: „Die verdammten Liberalen! Erschießt sie alle, sage ich!" Dann schrien die Zwillinge auf der anderen Seite oder deren Mutter Carol weinte, und kurz darauf wurde eine Tür zugeschlagen, was hieß, dass ihr Mann Victor offensichtlich die Nase voll hatte. Dann weinte Carol noch lauter. Dann wieder Gerry: „Das geschieht ihnen recht!"

Aber mit Ollie am Telefon zu sprechen funktionierte sowieso nicht besonders gut. Wenn ich versuchte, etwas über seinen Tag zu erfahren, was in der Schule gewesen war, ihn dazu zu bringen, mir von einem Freund zu erzählen oder von einem Naturkundeprojekt, blieb seine Stimme tonlos. Seine Antworten auf meine Fragen waren einsilbig, und ich konnte spüren, wie er ungeduldig wurde. Ich hörte im Hintergrund das Baby von Dwight und Cheri oder den laufenden Fernseher. Manchmal merkte ich auch, dass er am Computer spielte, während wir redeten, die Geräusche der Superhelden und Monster verrieten ihn. *Piep, piep, piep. Knirsch.*

„Was spielst du gerade?"
„Nichts."
„Was hast du denn in letzter Zeit bei Mr. Rettstadt gelernt?"
„Nichts."
„Ich vermisse dich so, Ollie."
Schweigen. Was auch immer er dabei fühlte, in seinem Vokabular gab es keine Worte dafür.

Dann war wieder das Geschrei der Säuglinge zu hören, oder die Stimmen der konservativen Moderatoren Glenn Beck oder Rush Limbaugh rasselten nebenan aus dem Fernseher. In früheren Tagen, vor dem Sorgerechtsfiasko, hätte Ollie dieses ganze Theater vielleicht ulkig gefunden. Wir hätten uns mit unserem Dick-und-Doof-Film auf die Couch gekuschelt, und wenn Gerry irgendetwas als Reaktion auf einen Fernsehreport gerufen hätte, hätten wir darüber gelacht. Dann hätte Ollie vielleicht so getan, als wäre er Gerry, und seine Faust geschwungen und gerufen: „Ja genau, Rush, sag's ihnen!"

Jetzt, wenn ich abends allein zu Hause war und die Geräusche der Nachbarn mein kleines dunkles Wohnzimmer füllten – die schreienden Babys, der wütende alte Mann – und der Geruch von Brathuhn aus dem Imbiss durch die Gipswand drang, saß ich einfach nur da und nahm alles in mich auf. Ich ging zu einer Menge AA-Treffen, blieb aber nie zum Kaffee. An den meisten Abenden rief ich Alice an, auch wenn ich nicht viel zu erzählen hatte. Ich bearbeitete die Fotos von diesem Tag und ging früh ins Bett.

## 11. KAPITEL

So schlecht, wie es bei mir im Moment lief, konnte ich für die Suche nach einem neuen Mann nicht viel Enthusiasmus aufbringen. Alles, was mich interessierte, war, nüchtern zu bleiben und meinen Sohn zurückzubekommen. Mein Gesellschaftsleben bestand hauptsächlich aus den AA-Treffen. Als ich mich bei Match.com anmeldete, tat ich das vor allem, um mich abzulenken.

Man musste natürlich ein Profil erstellen. Nachdem ich ein paar aufregende Versionen meiner Geschichte für die Website geschrieben hatte (etwas, das ich schon immer gut konnte), entschied ich mich dann letztendlich für die Wahrheit – nur die Trunkenheit am Steuer und das Sorgerechtsverfahren ließ ich weg. Unter „Hobbys" nannte ich Fotografieren und Radfahren, obwohl ich seit über einem Jahr keine Fotos mehr gemacht hatte – die Porträts fremder Kinder zählten nicht – und mein Rad Staub ansetzte. Ich nannte mein richtiges Alter und gab an, dass ich einen Sohn hatte. Wenn jemand davon noch nicht abgeschreckt war und den Rest meines Profils las, würde er aber erfahren, dass dieser Sohn nicht bei mir lebte. Als Profilbild wählte ich kein Foto von mir in den Zwanzigern oder eine glamouröse Aufnahme im Cocktailkleid oder in hautengen Jeans mit verführerischem Augenaufschlag – was offenbar viele andere taten. Ich machte ein Foto mit Selbstauslöser, die Kamera auf dem Stativ, in der Küchennische meiner Wohnung unter einer Leuchtstoffröhre.

Nachdem ich das schlechte Selbstporträt hochgeladen hatte, beschloss ich, noch ein paar andere Bilder einzustellen – nicht von mir, sondern Fotos, die ich vor langer Zeit auf meinen Ausflügen mit Ollie an unseren Lieblingsorten in der Bay Area gemacht hatte: am Russian River, den Marin Headlands, Half

Moon Bay. Dann war noch ein Foto dabei, das mein Exmann von mir und meinem Sohn in einem Diner in Point Reyes nach einer langen Wanderung im Wapiti-Reservat gemacht hatte. Ich suchte es aus, weil ich normalerweise auf Fotos so ernst aussah, aber auf diesem lachte ich.

Mein Online-Profil (unter dem Nickname „Shuttergirl") wirkte so langweilig, dass ich mir nicht vorstellen konnte, damit bei jemandem Interesse zu wecken. Ich gab es trotzdem frei und ließ mich erstaunlicherweise bald von dem Ganzen mitreißen. Wenn ich nicht mit Alice im Kino war oder auf einem AA-Treffen und auch keinen Catering-Job hatte, war ich nun abends online und scrollte durch die Match.com-Mitteilungen.

Ich fand selten etwas Vielversprechendes. Trotzdem klickte ich mich durch die Profile und die täglich hereinkleckernden Antworten.

*Hambone: „Ich habe dein Foto gesehen, und du siehst nett aus. Ich suche eine freundliche, herzliche Frau, die gern Angeln geht und Gospelmusik mag. Ich bin so was wie ein Teddybär-Typ, aber mit einem richtigen Mädchen, das mich begeistert, würde ich mich bei den Weight Watchers anmelden."*

*Tantra4U: „Ich vertrete die Ansicht, dass die Menschen ihre Erlebnisfähigkeit voll ausschöpfen und sich nicht an eine einzige Person binden sollten. Ich suche nach einer offenen Beziehung, ohne gesellschaftliche Einschränkungen, die nur unser Potenzial der vollen sexuellen Entfaltung unterdrücken. Wie siehst du das?"*

*PeppyGramps: „Lass dich nicht durch mein Alter davon abhalten, mir zu antworten."* (Der Schreiber dieser

*Nachricht outete sich als Vierundsiebzigjähriger.) „Ich habe noch viel Schwung im Schritt, abgesehen von meiner kleinen Apotheke in der Schublade."*

Den allergrößten Teil der Nachrichten beantwortete ich nicht, aber ab und zu schrieb ich – zum wachsenden Verdruss meiner Freundin Alice – an einen der Männer, worauf dann oft ein Telefongespräch folgte. Meist wusste ich nach den ersten sechzig Sekunden, dass die Person am anderen Ende der Leitung nicht zu mir passte. Aber es war nicht immer leicht, das Gespräch dann zu beenden. Manchmal sagte ich es geradeheraus. „Ich glaube nicht, dass wir zusammenpassen." Einmal erhielt ich daraufhin eine dreiseitige Antwort per Mail. Die Beschimpfungen des Schreibers, den ich ja noch nie getroffen hatte, hätten mich nicht berühren sollen. Doch sogar die Beleidigungen eines Fremden schafften es auf beunruhigende Weise, mich zu verunsichern.

„Männer verschlingende Fotze", schrieb er (der Typ nannte sich selbst „Regenbogensucher"). „Ich kenne solche wie dich. Keiner ist dir gut genug. Ich wollte es vorher nicht sagen, aber du könntest ruhig ein paar Pfund abnehmen, meine Liebe. Und ganz taufrisch bist du auch nicht mehr. Was ist denn überhaupt mit deinem Sohn? Welche Mutter lebt denn nicht mit ihrem Kind zusammen?"

Manchmal drängten sich die Männer, die mir schrieben, in meine Träume. Noch verstörender war es, wenn die Frauen auftauchten – die Exfrauen, über die sie so lange redeten, noch Jahre nach der Scheidung. Wenn das passierte, glaubte ich, dass ich die Exfrauen wahrscheinlich sympathischer finden würde als die Männer. Und ich stellte mir vor, was mein Exmann – der nun mit seiner neuen Frau und dem Baby in Walnut Creek wohnte – auf einer solchen Datingplattform über mich sagen würde. Oder was er Cheri erzählte. Vielleicht sogar Ollie.

*Sie hat ein Alkoholproblem. Es ist traurig, wie die Sucht das Leben eines Menschen ruinieren kann. Natürlich kommt sie aus einer zerrütteten Familie. Wenn du ihre Mutter kennen würdest, könntest du verstehen, warum sie so tief gesunken ist.*

Da hatte er nicht ganz unrecht. Bis auf Ollie hatte ich nicht einen einzigen Verwandten, den ich liebte. In der kurzen Zeit meiner Ehe hatte ich geglaubt, Teil einer großen glücklichen Familie geworden zu sein. Dann war sie wieder verschwunden – und mein Kind ebenfalls. Abgesehen von meiner einen Freundin war ich allein auf dieser Welt.

So fühlte ich mich, als ich die Havillands kennenlernte.

## 12. KAPITEL

Ein paar Tage nachdem ich Ava in dieser Galerie kennengelernt hatte, rief Alice mich an. „Was hast du denn mit dieser Kunstsammlerin im Rollstuhl zu besprechen gehabt?", wollte sie wissen.

„Ava hat mich eingeladen, mir ihre Sammlung anzusehen", erwiderte ich.

„Und wirst du hingehen?", fragte sie. Ich sagte ihr nicht, dass ich bereits dort gewesen war.

„Sie hat ein paar Originalabzüge von berühmten Fotos von Prostituierten", sagte ich. „Sie meint, an die eine würde ich sie erinnern."

„Na großartig."

„Sie wollte was über meine Bilder hören."

„Hat sie auch welche von den Zurückgebliebenen eingeladen?", fragte Alice. In ihrer Stimme klang die alte Bitterkeit mit. Früher hätte mich das nicht gestört, aber jetzt schon. Sie klang fast ein wenig eifersüchtig.

„Entwicklungsgestörte, nicht Zurückgebliebene", betonte ich. „Aber nein."

„Na ja, das ist ja mal eine Einladung."

„Wahrscheinlich tat ich ihr nur leid", sagte ich. „Vermutlich höre ich nie wieder was von ihr." Doch ich wusste, ich würde sie wiedersehen. Sobald ich zu Hause angekommen war, hatte ich mir das Datum im Kalender notiert. Nicht dass ich es vergessen würde. Dinner bei Vinny's mit Ava und Swift am Freitagabend. Und nun saß ich hier und log.

„Ich dachte, wir wollten gestern was zusammen unternehmen." Mehr sagte Alice nicht, aber mir wurde klar, dass ich es vergessen hatte. Wir wollten uns den neuen Film der Coen-Brüder ansehen.

„Oje!", sagte ich. „Bei der Arbeit ist gerade so ein Chaos. Ich rufe dich an, wenn sich alles ein bisschen beruhigt hat, dann können wir uns für einen anderen Tag verabreden."

„Sicher", sagte Alice. Aber an ihrem Tonfall hörte ich, dass sie mir die Entschuldigung nicht abkaufte. Mein Job war langweilig, niemals chaotisch. „Sag mir Bescheid, wenn es dir passt."

Aber ich rief sie nicht an. Und als Alice mich das nächste Mal fragte, ob ich mit ins Kino käme, sagte ich, ich hätte zu tun. Ava und Swift hatten mich zum Dinner in ein anderes Restaurant eingeladen. Diesmal mediterran. An einem anderen Tag rief Alice mich wieder an und schlug vor, zusammen einen Film anzusehen, wieder sagte ich Nein. Die Havillands hatten mich nicht eingeladen. Aber ich hoffte, dass sie es noch tun würden. Und das war Grund genug.

„Ich schätze, du gehörst jetzt zu den beliebten Mädchen", sagte Alice.

## 13. KAPITEL

„Vielleicht sollten wir etwas an deiner Kleidung ändern", sagte Ava. Es war Sonntagvormittag, und ich war gerade in der Folger Lane angekommen. Estella hatte mir bereits einen Smoothie eingeschenkt und einen Teller mit einem noch warmen Karottenmuffin vor mich gestellt. Swift war auf dem Weg zu seinem Qigong-Kurs. „Lass dich von ihr nicht verunsichern", rief er mir zu. „Ich mag Jogginghosen."

Auch wenn sie nichts Besonderes vorhatte, war Ava immer extravagant gekleidet. An diesem Tag trug sie eine handbemalte Seidenbluse und eine Leinenhose, dazu eine silberne Kette, die ich an ihr noch nie gesehen hatte, und passende Ohrringe.

„Ich habe das nur schnell angezogen, weil es praktisch ist", erklärte ich ihr. Ich trug ein verblichenes T-Shirt zu der ausgeleierten Hose.

„Es ist ganz egal, ob du Tabletts mit Häppchen herumreichst oder die Toilette putzt", sagte Ava – nicht dass sie mit Letzterem jemals ihre Zeit verbrachte. „Du fühlst dich einfach besser, wenn du etwas Schönes anhast."

„Ich fürchte, ich denke nicht mehr viel über meine Kleidung nach", sagte ich. Das stimmte nicht ganz. Ich liebte schöne Klamotten. Ich besaß einfach nur keine.

„Es geht darum, sich selbst wertzuschätzen, Helen. Und der Welt zu zeigen, was für ein Mensch du bist."

Obwohl ich inzwischen viel Zeit in ihrem Haus verbracht hatte, war ich noch nie im oberen Stockwerk gewesen. Doch nun nahm sie mich in ihrem speziellen Lift mit. „Es wird Zeit, dass du meinem Kleiderschrank einen Besuch abstattest", sagte sie.

Avas Kleiderschrank war ungefähr so groß wie mein gesamtes Apartment. An einer Wand befanden sich nur Schuhe (auch wenn sie nie abgenutzt wurden). Sie musste um die hundert Paar besitzen, die – zweifellos dank Estella – nach Farben geordnet waren. Eine Reihe handgefertigter Cowboystiefel stand auf dem Boden. Dann gab es die Wand mit den Hüten und Schals und den Taschen. Ein ganzes Regal nur mit Kaschmirpullovern in jeder Farbnuance außer Gelb. Ava hasste Gelb. Dann gab es Seidenblusen und indische Tuniken, die fließenden Seidenhosen, die sie am liebsten trug, weil sie verbargen, wie dünn ihre Beine waren, und lange Kleider. Sie besaß außerdem etwas alltäglichere Kleidungsstücke, aber auch diese ausschließlich von bester Qualität. Das war die Abteilung, die sie sich nun für mich genauer ansah.

„Wir müssen eine gute schwarze Hose für dich finden", sagte sie. „Das ist ein Muss. Die schwarze Hose ist das Fundament. Du kannst alles damit kombinieren, aber die Hose ist der Ausgangspunkt. So ähnlich wie die sexuelle Anziehungskraft in einer Beziehung. Wenn die nicht da ist, kannst du was auch immer dazutun, es bringt nichts."

Sie zog eine schicke schwarze Leinenhose von einem Bügel und hielt sie mir hin. „Wir haben ungefähr die gleiche Größe", sagte sie. Dann nahm sie einen der Kaschmirpullover – in einem Blauton irgendwo zwischen Rotkehlcheneierschale und Himmel – und einen Schal in Mauve und Grün, der von einem glitzernden blauen Faden durchzogen war. So etwas hatte ich noch nie getragen oder es mir auch nur vorgestellt. Sie suchte alles heraus, sogar Strümpfe. Dann einen Rock – schwarzes Leder – und ein Paar Stiefel dazu, ebenso schwarz.

„Das kann ich nicht annehmen", sagte ich, als ich das weiche Ziegenleder berührte und mein Blick auf das Etikett fiel.

„Natürlich kannst du das", entgegnete sie fast ungeduldig. „Das Zeug hängt doch nur hier herum. Ich würde mich freuen, wenn du es trägst."

Es gab noch mehr: ein Wickelkleid („Ein bisschen konservativ, aber vielleicht triffst du dich ja eines Tages mit einem Investmentbanker oder so") und ein weiteres Kleid in völlig anderem Stil – kurzer Rock, tiefes Dekolleté, figurbetonter Schnitt.

„Bei diesem Kleid hier", sagte sie, „kannst du allerdings nichts drunter tragen. Slipränder."

Ich dachte, sie würde mich jetzt allein lassen, damit ich die Sachen anprobieren konnte, aber sie wartete.

„Lass mal sehen", sagte sie.

Ich fühlte mich ein bisschen komisch, aber dann zog ich das T-Shirt über den Kopf.

„O mein Gott, dein BH", sagte sie. „Du hast allerdings viel mehr als ich, deshalb kann ich dir damit nicht aushelfen. Aber wir müssen auf jeden Fall Miss Elaine einen Besuch abstatten."

Wie sich herausstellte, war das Avas Dessous-Beraterin. Ein gut sitzender BH könne Wunder bewirken, meinte sie.

Ich stieg aus meinen Jogginghosen.

„Du hast einen hübschen Hintern", kommentierte sie. „Aber das wusste ich schon. Das war das Erste, was Swift über dich sagte."

Ich zog die schwarze Hose hoch und knöpfte den Bund zu. Wie sie geschätzt hatte, waren die Beine ein kleines Stück zu lang, aber ansonsten saß sie perfekt. Das Gleiche galt für den Kaschmirpullover. Ich strich über die Ärmel und fühlte die weiche Wolle.

„Es gibt nichts Besseres als Kaschmir auf der Haut", sagte Ava. „Okay, fast nichts."

Ich stellte mich vor den Spiegel und drapierte den Schal.

„Probier die mal", sagte sie und griff in eine Schublade, die voller Ohrringe war. Sie nahm ein Paar silberne Kreolen heraus und einen dazu passenden Armreif.

„Erstaunlich", sagte sie, als ich das Armband an meinem Handgelenk befestigte. „Du könntest fast ich sein." Ich hatte noch nie die geringste Ähnlichkeit zwischen uns gesehen, aber ich wusste, was sie meinte. „Ich, fünfzehn Jahre jünger und mit wundervollen Titten."

Sie lachte. Es war ein langes weiches Glucksen, wie Wasser, das über Steine plätscherte. „Und auf beiden Beinen stehend", fügte sie dazu.

## 14. KAPITEL

Zu der Zeit, als ich Ava kennenlernte, traf ich mich ab und zu – wenn auch nicht oft – mit einem Mann namens Jeff, einem Bankmanager, den ich von Match.com kannte (Nickname: „EZDuzIt"). Er war noch nicht von seiner Frau geschieden, deshalb wusste ich, es würde nirgendwohin führen. Aber noch entscheidender war, dass er so wenig Begeisterung für mich zeigte – und ich war ehrlich gesagt auch nicht besonders begeistert von ihm.

Ich sagte mir, es wäre gut, ein bisschen Gesellschaft zu haben. Und wenn er da war, machte ich wenigstens nicht so verrückte Dinge, wie meinem Exmann lange Briefe zu schreiben, die ich besser nicht abschickte. Oder am Telefon Alice etwas vorzuheulen, weil ich meinen Sohn verloren hatte, oder mich über die gerichtlich verordnete Elternschulung zu beklagen, die ich immer noch zweimal die Woche absolvieren musste und bei der Listen von schönen Aktivitäten mit Kindern ausgeteilt wurden *(Basteln Sie zusammen. Lesen Sie sich abends laut etwas vor. Gehen Sie zur Lesestunde in die Bibliothek).* Einmal verteilten sie dort Rezepte für lustige und gesunde Snacks – als Clowns bemalte hart gekochte Eier und Strichmännchen aus Karotten- und Selleriesticks mit einer Cocktailtomate als Kopf. („Ollie und ich haben mal selbst Kartoffelchips gemacht!", hätte ich der Kursleiterin, die aussah wie einundzwanzig, am liebsten entgegengeschrien. „Ollie und ich haben jedes Weihnachten zusammen ein Lebkuchenhaus gebacken!") Als wenn ich jemals genug Zeit mit meinem Sohn hätte, um ihm Snacks zu machen.

„Du warst immer eine großartige Mutter", hatte Alice gesagt. „Du warst einfach nur deprimiert – was verständlich ist.

Und eines Abends hattest du einen Drink zu viel. Das ist nichts Ungewöhnliches."

„Es war schon etwas mehr als das."

„Dieser Bulle hätte dich wahrscheinlich gar nicht angehalten, wenn dein Rücklicht funktioniert hätte. Du bist ja noch nicht mal zu schnell gefahren."

Ausreden zu finden sei ein kontraproduktives Muster, sagte unsere Suchtberaterin. Der erste Schritt zur Besserung sei, zu seinem Verhalten zu stehen.

*Mein Name ist Helen. Ich bin Alkoholikerin.*

Jeff besuchte mich gewöhnlich dienstagabends in meiner Wohnung. Zuerst hatten wir keinen Sex, aber später wurde es Teil unserer Dienstagsroutine. Thaiessen oder Pizza. Danach ein Footballspiel im Fernsehen, dann ins Bett.

An dem Dienstag, nachdem ich Ava kennengelernt hatte, rief ich Jeff in seinem Büro an.

„Ich kann heute Abend nicht", sagte ich ihm.

„Was ist los?", wollte er wissen. „Bist du krank?"

Ich wolle ihn nicht sehen, erklärte ich. Nicht an diesem Abend und auch danach nicht mehr. Es bestätigte nur, was ich über Jeff bereits wusste, dass er diese Nachricht mit der gleichen Teilnahmslosigkeit aufnahm, die unsere gesamte kurze Beziehung bestimmt hatte. Es schien ihm egal zu sein, welche Gründe ich hatte, und er versuchte auch nicht, mich umzustimmen. In weniger als einer Minute war das Telefonat beendet. Ich verspürte eine merkwürdige Mischung aus Ärger über mich selbst, dass ich mit einer solchen Person überhaupt Zeit verbracht hatte, und Erleichterung darüber, dass es nun vorbei war. Ich würde meine Zeit nicht mehr mit Menschen vergeuden, die es nicht wert waren. Wenn ich meinen Sohn zurückbekommen wollte, musste ich mir ein besseres Leben aufbauen.

Ich schrieb meine Entscheidung Avas Einfluss zu. Obwohl ich sie noch nicht lange kannte, hatte ich bereits das Gefühl, sie habe mir gezeigt, wie anders ein Mensch sein Leben gestalten konnte. Auch wenn es mir unwahrscheinlich vorkam, so etwas jemals zu erreichen, einen Partner zu haben, dessen bloße Gegenwart einen Raum für mich in einem anderen Licht erstrahlen ließ – jemanden, der das Gleiche für mich empfand –, schien das das einzig Erstrebenswerte. Wenn man das nicht haben konnte, dann war es besser, allein zu bleiben.

Bevor ich Ava getroffen hatte, war ich mehr oder weniger überzeugt gewesen, dass meine Situation hoffnungslos war, egal was ich tat – nichts würde sich jemals verändern. Ava zeigte mir ein Bild meiner Zukunft, das voller Verheißung war, und nichts überzeugte mich mehr davon als die Tatsache, dass sie und Swift daran teilhaben wollten.

Es war Anfang Dezember, als ich Ava kennenlernte, und Weihnachten stand vor der Tür. Ich hatte das Weihnachtskonzert an Ollies Schule besucht, wo ich meinen Sohn in der Reihe der Zweitklässler mit Nikolausmützen entdeckte, die *Frosty the Snowman* sangen. Aber danach gab es eine Party bei einem seiner Mitschüler, und ich wollte ihn nicht davon abhalten, sich mit seinen Freunden zu amüsieren. Also blieb gerade genug Zeit, um ihn einmal zu umarmen. Ich würde warten und mit meinem Sohn an einem Tag feiern, an dem wir mehr Zeit miteinander hatten.

Ich wusste natürlich, was sein größter Wunsch war, der gleiche wie schon sein ganzes Leben: ein kleiner Hund. Aber das würde Dwight nie erlauben. In San Francisco hatte ich auf der Straße einen Mann gesehen, der mit einem speziellen Jo-Jo die erstaunlichsten Tricks vollführte. Damals gefiel mir die Vorstellung, meinem Sohn – der inzwischen ein paar Dutzend Videospiele besaß – etwas zu schenken, das nicht elektronisch war. Aber als ich es zu Hause auspackte, konnte ich keinen der Tricks, die ich auf der Straße beobachtet hatte, nachmachen. Ich hatte Ollie das Spielzeug noch nicht mal geschenkt und war mir schon sicher, es würde unberührt unter seinem Bett landen.

Ich suchte im Internet eine einfache Digitalkamera für ihn, kleiner und cooler als die, die er früher benutzen durfte. Ich stellte mir vor, wie wir beide wie damals ungewöhnliche Orte erkunden und Fotos machen würden. Später könnte ich ihm etwas über Belichtung und Bildbearbeitung beibringen. Die Vorstellung, solche Dinge mit meinem Sohn zu teilen, war aufregend.

Als ich das nächste Mal zu Besuch in der Folger Lane war, sagte Ava, sie habe ein neues Projekt und wolle, dass ich ihr dabei helfe. Es ging darum, ihre Kunstsammlung zu fotografieren, nicht nur die Werke an den Wänden der Havilland-Villa, sondern auch mehrere eingelagerte Zeichnungen, Bilder und Skulpturen, die Ava über die Jahre erworben hatte. Einige, wie das Bild, das sie an dem Abend in der Galerie gekauft hatte, als wir uns kennenlernten, besaßen keinen großen finanziellen Wert. Andere wurden auf Zehntausende von Dollar geschätzt. Da lehnte die Schnitzerei eines alten Waldarbeiters, die Ava auf einer Fahrt durch Mendocino entdeckt hatte, neben einem Druck von Lee Friedlander an der Wand, der laut Zertifikat auf zwanzigtausend Dollar geschätzt wurde. Wunderschöne Arbeiten stapelten sich auf dem Fußboden, dazu Kisten, die offensichtlich vor Monaten eingetroffen und noch immer nicht geöffnet worden waren. Und natürlich mussten dann noch all die Kunstwerke katalogisiert werden, die bereits präsentiert wurden. Die Picassos. Die Eva Hesse. Der Diebenkorn. Dieses aus Knochen geschnitzte chinesische Paar, das ich so liebte – die freudigen Sünder – und das ich zum Fotografieren auf ein Stück schwarzen Samt stellte, damit es besonders gut zur Geltung kam.

Ich sagte Ava, ich würde diese Arbeit einfach als ihre Freundin machen. Mir gefiel die Vorstellung, in der Lage zu sein, einer Frau wie Ava, mit ihrer fast verschwenderischen Großzügigkeit anderen gegenüber, etwas von Wert zurückzugeben. Dass dieser Job ein paar Dutzend Stunden in Anspruch nehmen würde, stellte kein Problem dar. In jenen Tagen hatte ich zu viel Zeit, und ich hatte bereits festgestellt, dass ich die nirgends lieber verbrachte als in der Folger Lane. Aber Ava bestand darauf, mir vierzig Dollar die Stunde zu bezahlen, was weit mehr war als das, was ich beim Catering oder mit den Porträtaufnahmen von Schülern verdiente.

„Du tust mir damit einen großen Gefallen", sagte sie. „Ich will das alles schon seit einer Ewigkeit dokumentiert haben, aber Swift ist so eigen, wenn es darum geht, wer in unser Haus kommt. Deshalb hatte ich bis jetzt niemanden gefunden, dem er traut. Er mag dich wirklich."

Ich fühlte mich natürlich geschmeichelt. Dass ein Mann wie Swift mich überhaupt wahrnahm, überraschte mich. Doch die Person, deren Aufmerksamkeit und Interesse mir am wichtigsten waren, war von Anfang an Ava.

## 15. KAPITEL

Einige Wochen vergingen. Dwight und Cheri fuhren mit Ollie und ihrem Sohn Jared nach Disneyland, dann nach Sacramento, und danach besuchten sie Cheris Eltern irgendwo in Südkalifornien. Als ich ihn fragte, wann ich meinen Sohn sehen könne, erinnerte mich Dwight daran, dass Ollie Zeit mit seinen Großeltern verbringen müsse, die schließlich nicht jünger wurden. „Es fällt mir nicht leicht, das zu sagen, Helen, aber Ollie fühlt sich im Moment nicht besonders wohl mit dir. Wir denken, das Beste für ihn ist eine sichere familiäre Umgebung."

In einem solchen Moment hätte ich früher zur Flasche gegriffen. Aber das tat ich nicht. Jetzt nahm ich das Telefon und rief Ava an. Oder ich fuhr einfach zur Folger Lane.

Obwohl inzwischen kaum noch ein Tag verging, an dem ich keinen Kontakt zu Ava hatte, rief ich einmal Alice an, als die Filmadaption eines Jane-Austen-Romans ins Kino kam. Ich sagte ihr, ich würde mir den Film mit niemandem lieber ansehen als mit ihr, was nicht ganz stimmte. Aber Ava war nicht der Jane-Austen-Typ.

Der Kinoabend war nett, aber als ich zu Hause war, fiel mir auf, dass ich die ganze Zeit nur über die Havillands gesprochen hatte. Alice rief nicht mehr an, und ich meldete mich auch nicht mehr bei ihr. Seit ich den Auftrag bei Ava angenommen hatte, machte ich die Catering-Jobs nicht mehr. Deshalb begegneten wir uns auch dort nicht. Das Weihnachtsfest – an dem wir uns immer zusammengesetzt, alberne Nikolauspullover übergezogen und kleine Geschenke aus Billigläden getauscht hatten – kam und ging wieder vorbei.

Wenn ich jetzt an Alice dachte, fühlte ich mich wie jemand, der seinen Partner betrog. Ich vermied Orte, an denen ich ihr hätte über den Weg laufen können. Eines Tages erschien ihr Name auf dem Display als mein Telefon klingelte. Ich nahm nicht ab.

## 16. KAPITEL

Es war Mitte Januar, als ich meinen Sohn endlich sehen konnte. Wie immer, wenn ich am Samstagmorgen in das Haus seines Vaters kam, lief der Fernseher. Ollie saß mit einer Schüssel Cornflakes auf dem Boden und starrte auf den Bildschirm.
„Es ist wunderbares Wetter", sagte ich. „Ich dachte, wir könnten vielleicht früher losgehen."
Er rührte sich nicht und sah auch nicht auf. Das war der kleine Junge, der sich an mich geschmiegt hatte, wenn ich ihn hochgehoben hatte, der jeden Morgen wie ein Superheld in mein Schlafzimmer gehechtet war, einen Kissenbezug als Umhang über die Schultern geworfen, und gerufen hatte: „Setze zur Landung an!"
Jetzt versteifte er sich, als ich ihn umarmte. Sein Gesicht war ausdruckslos, und in seinen Augen lag ein kühler Blick. Ich war mal die Person gewesen, die er am meisten auf der Welt geliebt hatte, aber ich war auch diejenige, die schuld daran war, dass er diese Person verloren hatte.
„Was machen wir heute?", wollte er wissen. Er klang gelangweilt. Was konnte es schon sein: Bowlingbahn, Kindermuseum, Baseballplatz, Kino?
„Ich habe dir ein Geschenk mitgebracht." Meine Stimme klang selbst in meinen eigenen Ohren angestrengt fröhlich. „Ich dachte, wir könnten es mal ausprobieren." Ich legte die Schachtel mit der Kamera neben ihn. Sein Blick blieb auf den Fernseher geheftet.
„Ich war auf dem Space Mountain", sagte er. „Sonst war ich immer zu klein dafür, aber jetzt nicht mehr."
„Es ist ein Fotoapparat", sagte ich und zeigte auf die Schachtel, die vor ihm lag und die er immer noch nicht angerührt hatte.

„Ich habe schon einen."

„Aber nicht so einen", sagte ich und nahm ihn aus der Verpackung. „Der hier hat ein paar ziemlich coole Funktionen."

„Onkel Pete hat mich auch zum Lasertag mitgenommen", sagte er. „Ich habe ein Robotergewehr bekommen. Da haben überall Lichter geblinkt, und immer wenn du jemanden abknallst, werden deine Batterien aufgeladen."

„Mit dem Fotoapparat kannst du auch Filme drehen", versuchte ich es erneut. Ollie griff nach der Schachtel, aber ohne große Begeisterung, als wären Socken oder Medizin darin.

„Du könntest mit mir zur Lazer World gehen", sagte er. Es klang, als wollte er mich auf die Probe stellen. Wenn ich ihn liebte, würde ich mit ihm zur Lazer World gehen.

„Das könnte ich. Aber ich dachte, es wäre schön, ein bisschen Ruhe zu haben."

„Warum?"

„Wir haben uns lange nicht gesehen", erwiderte ich. Ich wollte nicht zu verzweifelt klingen. „Ich habe dich eben vermisst, und Lasertag ist so laut, da kann man sich nicht unterhalten."

Schweigen. Während der ganzen Zeit, die ich dort war, hatte Ollie nicht einmal den Blick vom Fernseher gelöst.

„Wir könnten so tun, als wären wir Fotografen vom *National Geographic*, und Fotos vom Mount Diablo machen."

Da drehte er sich zu mir um, und ein trauriger, verletzlicher Ausdruck zeigte sich in seinem Gesicht. Für einen Augenblick schien es, als bekäme der Damm Risse, weil das Wasser dagegen drückte, und es könnte jeden Moment herausbrechen, um alles zu überfluten. Das war der Moment, in dem mein Sohn mir in die Arme hätte fallen können, um mir zu sagen, dass er mich ebenfalls vermisst hatte. Er hätte sagen können, dass er gern wieder nach Hause kommen würde. Wobei *nach*

*Hause* zu mir meinte. Er hätte einfach nur einmal den Kopf gegen meine Schulter sinken lassen können, statt den Hals so krampfhaft gerade zu halten. Er hätte es zulassen können, dass ich ihm übers Haar streiche. Aber als ich die Hand nach ihm ausstreckte, wich er mir aus, und dieser kühle, wütende Blick kehrte zurück.

„Fotos machen ist langweilig", sagte er. „Du gehst nie irgendwo mit mir hin, wo man Spaß haben kann."

Ich gab ihm das Jo-Jo. Ebenso das T-Shirt mit den aufgedruckten Ottern, denn er hatte Otter immer geliebt, und dazu ein Buch mit Gedichten von Shel Silverstein.

„Erinnerst du dich daran?", fragte ich ihn. Früher hatten wir jeden Abend zusammen ein Gedicht aus diesem Band gelesen. Ein paar hatten wir sogar auswendig gelernt.

Er schüttelte den Kopf.

„Shel Silverstein. Das war mal dein Lieblingsautor."

Sollte er irgendwelche Erinnerungen daran haben, wie wir beide laut *The Land of Happy* zitierten, während wir in warmen Sommernächten zusammen in der Hängematte gelegen hatten, oder wenn ich ihn später ins Bett gebracht hatte, so zeigte er es jedenfalls nicht. Das musste irgendein anderer Junge gewesen sein mit irgendeiner anderen Mutter auf einem anderen Planeten, den sein Raumschiff schon vor langer Zeit verlassen hatte.

Irgendwo da drin in diesem Körper des Jungen, der jetzt hier saß und gebannt auf den Fernseher starrte – die Schultern angespannt, der Rücken gekrümmt, kühler Blick, zusammengepresster Mund –, befand sich das Kind, das mein Sohn war. Ich hätte ihn am liebsten bei den Schultern gepackt und geschüttelt. *Komm heraus, komm heraus.*

„Dann gehen wir eben zum Lasertag", sagte ich zu ihm.

## 17. KAPITEL

Es war März. Selbst wenn sie in ihrem Haus am Lake Tahoe waren oder bei einer ihrer wohltätigen Veranstaltungen, fuhr ich inzwischen mehrmals die Woche zu Avas und Swifts Haus – so oft, dass sogar Rocco, obwohl er mich nicht mochte, kaum noch bellte, wenn ich durch die Tür kam – er gab lediglich ein tiefes warnendes Knurren von sich. Ich konnte kommen und gehen, wie ich wollte. Ava hatte mir einen eigenen Schlüssel gegeben, an einem handgeschnitzten Schlüsselanhänger mit einem Medaillon, auf dem Frida Kahlo abgebildet war. Ich war so stolz, dass Ava und Swift mir derart vertrauten.

Aber meist waren die Havillands zu Hause, wenn ich eintraf. Wir hatten eine Routine entwickelt: Nach der großen Begrüßung überreichte Ava mir was auch immer sie an diesem Tag gefunden hatte, das für mich perfekt schien; dann folgte Swifts kurzer temperamentvoller Auftritt, bevor er wieder im Poolhaus verschwand oder zu irgendwelchen Körperübungen, die bei ihm an diesem Tag anstanden. Wir wussten alle, dass ich vor allem Avas Freundin war.

Wir setzten uns zusammen in den Wintergarten oder in den Garten, wenn es warm genug war. Es wurde wunderbares Essen auf einem Tablett serviert. Estella wusste inzwischen, dass sie mir, wenn sie die Getränke brachte, nur ein Mineralwasser mit etwas Zitrone eingießen sollte.

Mein Aufgabenbereich hatte sich mit der Zeit erweitert und schloss neben der Katalogisierung der Kunstwerke für Ava nun auch andere Dinge ein: Einladungen für die Party irgendeiner Organisation drucken lassen, in deren Vorstand Ava und Swift saßen, die Spende von diversen Kartons mit Avas aussortierter Kleidung an ein Zentrum für misshandelte Frauen organisieren, mit dem Gärtner Rodrigo besprechen, wo die hundertfünfzig Tulpenzwiebeln gepflanzt werden sollten, die extra aus Holland bestellt worden waren.

Manchmal, wenn ich zur Villa kam, stand Avas Wagen nicht da. Dann wusste ich, sie war mit den Hunden unterwegs oder bei ihrer Pilates-Stunde bei einer Trainerin, die die Reformer-Übungen auf Personen mit Rückgratverletzungen zugeschnitten hatte. Nach dem Pilates fuhr sie oft ins Tierheim, um sich die Hunde anzusehen. Dann gab es noch eine Familie in Hollister, der sie sich angenommen hatte – eine alleinerziehende Mutter, von der sie vor Monaten in der Zeitung gelesen hatte. Ihr Mann war beim Löschen eines Großfeuers in Südkalifornien umgekommen und hatte sie mit vier Kindern allein zurückgelassen. Ava besuchte sie einmal die Woche mit Lebensmitteleinkäufen.

Eines Tages hielt ich mich während meiner Arbeit an dem Katalogisierungsprojekt ungewöhnlich lange im Hinterzimmer auf – fast acht Stunden. Irgendwann an diesem langen Nachmittag hörte ich Geräusche aus der oberen Etage des anderen Hausflügels. Zuerst dachte ich, es wäre einer der Hunde, aber dann erkannte ich, dass es menschliche Laute waren und dass es zwei Personen sein mussten. Es waren Swift und Ava oben in ihrem Schlafzimmer, denen offensichtlich nicht klar war, dass ich sie von unten hören konnte. Oder vielleicht war es ihnen auch egal.

Es hätte Schreien oder Weinen sein können oder auch beides. Aber wie ich die beiden kannte, war es wahrscheinlicher, dass sie Sex hatten.

Das war der eine Teil ihres Lebens, zu dem ich keinen Zutritt hatte, und ohne es zu wollen, wurde ich ganz versessen darauf, etwas über ihr Sexleben zu erfahren. Es war so geheimnisvoll und so weit entfernt von allem, was ich selbst erlebt hatte oder mir auch nur vorstellen konnte. So vertraut ich mich auch mit Ava fühlte, ich wusste nichts Genaues über die Verletzungen, die sie in den Rollstuhl gebracht hatten – auch nicht, an welcher Stelle ihr Rückgrat beschädigt war und wie weit das ihre Gefühlsfähigkeit beeinträchtigte. Doch ich fragte nicht danach, genauso wenig fragte ich, wie es passiert war oder ob es jemals Zeiten gegeben hatte, in denen sie über ihre Situation verzweifelt gewesen war (und wie konnte das nicht so sein?). Die Tatsache, dass sie jetzt auf den Rollstuhl angewiesen war, schien Avas Aktivität jedoch keineswegs zu bremsen oder sie einzuschränken. Wenn überhaupt, schien es sie eher noch anzutreiben, obwohl ich ja nicht wusste, wie sie vorher gewesen war. Sie schaffte an einem Tag mehr als die meisten Menschen ohne Behinderung, denen ich bisher begegnet war.

Natürlich hatte sie Helfer. Nicht nur den Gärtner, auch den Pool-Mann und hin und wieder ein Catering-Team. Dazu mich. Aber die eine Person, die dafür sorgte, dass im Haushalt alles reibungslos lief, war Estella.

Estella war vermutlich in meinem Alter, obwohl sie älter aussah. Ich wusste nicht genau, wie lange sie für Ava und Swift arbeitete, aber offensichtlich hatte sie sich schon um Cooper gekümmert, als er ein Baby gewesen war, also war sie bereits in Swifts erster Ehe seine Angestellte gewesen. Sie sei als Teenager aus Guatemala in den Norden gekommen, als sie mit ihrer Tochter schwanger war, hatte Ava mir einmal erzählt – auf dem Dach eines Zuges durch Mexiko, dann durch die Wüste Arizonas mit einem Schlepper, der dafür dreitausend Dollar kassiert hatte, die sie sechs Jahre lang hatte abbezahlen müssen –, nur damit ihr Baby in den USA geboren wurde. Das war ihre Tochter Carmen. So wie Swift seinen Sohn Cooper vergötterte, liebte Estella ihre Carmen.

Estella war normalerweise sieben Tage die Woche im Haus an der Folger Lane – ging mit dem Staubwedel durch die Zimmer, machte die Wäsche, bügelte die Laken, ordnete Avas Kleiderschrank, kaufte ein, ging mit den Hunden spazieren. Ihre Englischkenntnisse waren begrenzt, und bis auf unsere Begrüßung – *buenos días* – redeten wir nicht viel miteinander. Doch als wir uns das erste Mal trafen, hatte sie mir ein Foto von Carmen gezeigt, aufgenommen an ihrem fünfzehnten Geburtstag, ihrem *Quinceañera*. „Das Mädchen ist US-Bürgerin", sagte Estella stolz. „Nicht nur schön. Auch schlau."

Ich betrachtete das Foto. Es zeigte ein hübsches Mädchen mit dunklem Teint und fast schwarzen Augen in einem lebhaften, intelligenten Gesicht.

„Mein Mädchen ist jetzt auf dem College", erzählte Estella. „Haben Sie Kinder?"

Manchmal war es leichter, einfach Nein zu sagen, aber bei Estella – einer Frau aus Guatemala, die illegal in den Staaten war und die Situation von Müttern, die von ihren Kindern getrennt lebten, wahrscheinlich kannte – nickte ich.

„Einen Sohn, er lebt bei seinem Vater."

Estella schüttelte traurig den Kopf, als sie das hörte, und legte sich die Hand aufs Herz. „Ganz schwer", sagte sie. „Meine Carmen ist mein Herz."

Als Carmen jünger gewesen war, hatte sie ihrer Mutter beim Putzen geholfen, doch Ava sagte, dass es sich komisch angefühlt hatte, wenn Carmen bei ihnen sauber gemacht hatte, während Cooper zu Hause war. Carmen und Cooper waren im gleichen Alter – mit einem Monat Abstand –, und als sie klein gewesen waren, hatten sie zusammen im Pool und im Kinderzimmer gespielt. Als sie ins Teenageralter kamen, fühlte sich Cooper unwohl, wenn er zusah, wie Carmen seine Hemden bügelte oder bei ihm im Zimmer staubsaugte. Deshalb hatte Ava beschlossen, es wäre besser, wenn Carmen nicht mehr käme.

„Um ehrlich zu sein, ich glaube, Carmen war ein bisschen in Cooper verliebt", sagte Ava zu mir. „Sie war immer verrückt nach ihm, aber was sollte er tun? Er wollte ihre Gefühle nicht verletzen. Und dann ... Na ja, sagen wir, es gab Probleme mit ihr."

Cooper war natürlich kaum noch zu Hause, seit er im Osten Betriebswirtschaft studierte. Und dank Ava hatte Carmen bei einer anderen Familie in der Nachbarschaft einen Job als Kindermädchen bekommen. Sie hatte vor Kurzem angefangen, das Community College zu besuchen, und machte sich dort wohl sehr gut. In einem Jahr würde sie für ein vierjähriges Studium an ein anderes College wechseln. Das war schon immer ihr Wunsch gewesen.

Eines Tages, als die Familie, für deren Kinder sie sorgte, weggefahren war, fuhr Carmen ihre Mutter in ihrem alten Toyota zur Arbeit und setzte sich mit ihren Lehrbüchern in den Wäscheraum.

„*Mija* bekommt eine gute Ausbildung", sagte Estella zu mir. „Später einmal wird sie Ärztin. Sie werden schon sehen."

Ich sah zu Carmen hinüber und erkannte das Shirt, das sie trug, als ein ausrangiertes von Ava aus dem Stapel, den sie vor einer Woche zusammengestellt hatte. Es war ein bisschen eng um den Busen. Carmen hatte einen reifen weiblichen Körper. Sie war eine Schönheit.

Ich hatte mich vorher noch nie mit Carmen unterhalten, obwohl ich sie ein- oder zweimal gesehen hatte, wenn sie ihre Mutter abholte. Jetzt blickte sie von ihrem Lehrbuch auf, einem dicken Band über organische Chemie.

„Meine Mom ist davon überzeugt, dass ich mal ein Medikament gegen Krebs oder so was erfinde", sagte Carmen.

„Oder zumindest ein volles Stipendium für die Stanford-Uni bekomme. So sind Mütter, was? Sie denken immer, ihr Kind wäre das schlaueste und beste von allen."

Nicht unbedingt, hätte ich darauf erwidern können, wenn ich an meine eigene Mutter dachte. Aber in Carmens Fall schien die Schwärmerei Estellas nicht so weit hergeholt. Ich hatte gehört, wie fleißig sie lernte – ganze acht Stunden an manchen Abenden, nachdem sie von ihrem Kindermädchen-Job kam, sagte Estella. An den Wochenenden ging sie zu Vorlesungen.

Sie war eine beeindruckende junge Frau, und nicht bloß aufgrund ihrer langen schwarzen Haare und des gebräunten Teints. In ihrem Blick lag eine erstaunliche Klarheit und Direktheit, und wenn sie über ihre Bücher gebeugt saß, bekam sie einen Ausdruck von intensivem Interesse, den man bei Jugendlichen aus der Folger Lane, für die der Collegebesuch selbstverständlich war, nicht oft fand.

„Eines Tages wird meine Tochter ein Haus haben", sagte Estella. „Nicht so groß wie das hier, aber schön."

„Mit einem Zimmer für dich, Mom", entgegnete Carmen. „Und dann musst du nicht mehr selbst bügeln."

„Wir finden einen netten Mann", sagte Estella. „Guter Arbeiter. Guter Ehemann. Guter Mann."

„Und wenn ich gar keinen guten Mann will?", wandte Carmen ein. „Vielleicht will ich ja lieber einen bösen." Sie lachte. Aber Estella nicht.

## 18. KAPITEL

Ich rief meinen Exmann an. „Ich dachte, vielleicht kann ich Ollie mit zu mir nehmen, wenn ich ihn am Wochenende besuche", sagte ich, als wäre das keine große Sache, sondern sei mir nur so spontan durch den Kopf gegangen. „Wenn er die Nacht über bleibt, könnte ich ihn am Sonntag nach Hause bringen."

Ich wollte nicht zu verzweifelt klingen. Aber jetzt war es schon drei Jahre her, dass ich meinen Sohn das letzte Mal ins Bett gebracht hatte und bei ihm war, wenn er aufwachte. Seine Abwesenheit spürte ich zu jeder Stunde des Tages. Manchmal war es ein stechender Schmerz. An anderen Tagen ein dumpfes, klopfendes Gefühl. Wie es sich auch immer äußerte, es war ständig da.

„Oder vielleicht könnte ich statt Samstagmorgen schon Freitagnachmittag kommen", fuhr ich fort. „Ich würde ihn am Sonntag zurückbringen."

Am anderen Ende der Leitung schwieg Dwight, als würde er nach dem Drehbuch suchen. In den seltenen Momenten, wenn ich mit Dwight sprach, erschien nichts von dem, was er sagte, natürlich oder spontan.

„Es wäre doch vielleicht auch gut für dich und Cheri", fuhr ich fort. „Ihr könntet einen Babysitter für Jared besorgen und mal was allein unternehmen."

„Ich glaube nicht, dass das funktioniert, Helen", erwiderte Dwight.

„Ich kann ihn auch am Samstag abholen. Und er könnte diesmal einfach für eine Nacht zu mir kommen." Bildete ich mir das nur ein, oder war meine Stimme eine Oktave höher gerutscht? Später würde ich vielleicht versuchen, ihn ein ganzes Wochenende zu mir zu holen. Ich würde nicht zu viel verlangen und fürs Erste nur um eine Nacht bitten.

Ich hörte, wie Dwight tief Luft holte, so wie er es immer getan hatte, als wir noch zusammen gewesen waren. Das machte er, wenn er schlechte Nachrichten zu überbringen hatte: Die Windel des Babys musste gewechselt werden. Er wollte am Samstag zum Golfspielen. Er hatte sich in eine Frau aus seinem Büro verliebt.

„Cheri und ich finden einfach, dass es keine gute Idee wäre", sagte er. „Jedes Mal, wenn Ollie dich trifft, ist er noch Tage danach ziemlich aufgewühlt. Wir denken, er fühlt sich bei dir nicht richtig sicher."

„Wir brauchen einfach mehr Zeit miteinander", sagte ich und bemühte mich, meine Stimme nicht zu erheben oder einen verzweifelten Tonfall anzuschlagen. Dwight klang durchweg wie ein Hypothekenmakler. Ganz offensichtlich war meine Kreditauskunft nicht zufriedenstellend ausgefallen.

„Seien wir doch mal ehrlich", sagte er. „Das letzte Mal, als du unseren Sohn für längere Zeit bei dir hattest, musste er zusehen, wie du in Handschellen abgeführt wurdest."

„Das ist mehr als drei Jahre her, Dwight."

„Vielleicht ändert es sich irgendwann", sagte er. „Aber im Moment sieht es nun mal so aus."

Ich stand da und umklammerte den Telefonhörer. Ich traute meiner Stimme nicht.

Dann plötzlich klang er wieder wie der aalglatte Radiomoderator. Er sprach mit mir wie mit einer alten Freundin oder auch einer Kundin. Da machte er keinen Unterschied.

„Ich sage dir was", begann er. „Wenn Oliver von sich aus sagt, dass er wirklich gern ein Wochenende bei dir verbringen möchte, dann werden wir das erlauben. Bisher habe ich von ihm so ein Signal allerdings nicht bekommen. Aber wer weiß, was im Laufe der Zeit noch geschehen kann."

Und dann kam sein liebster Spruch. „Alles wird gut."

## 19. KAPITEL

Ava und Swift waren im Garten und aßen zu Mittag, als ich in der Folger Lane eintraf. „Wir haben gestern große Neuigkeiten von Carmen bekommen", verkündete Estella, als sie einen weiteren Teller auf den Tisch stellte. „Das Erste, was ich sage, als ich es höre: Wir müssen es den Havillands erzählen."

Carmen war für einen Beitrag, den sie bei einem Wettbewerb für Naturwissenschaftsstudenten eingereicht hatte, mit einem Preis ausgezeichnet worden – es handelte sich um den Bericht über ein Experiment, das sie entwickelt hatte, um zu beweisen, dass Fruchtfliegen, die biologisch angebaute Nahrung zu sich nahmen, länger lebten als diejenigen, die konventionelle Produkte bekamen. Zusammen mit nur vier anderen Studenten (die anderen kamen von Vier-Jahres-Colleges) war sie ausgewählt worden, nach Boston zu fahren und den Campus der Harvard-Universität zu besuchen, wo sie auf einer nationalen Wissenschaftskonferenz aus ihrer Arbeit vorlesen würde.

„Wenn sie sehen, wie schlau sie ist, geben sie ihr bestimmt ein Stipendium", sagte Estella aufgeregt.

Wir bestätigten ihr natürlich alle, wie wundervoll das sei. „Als Nächstes wirst du wohl hören, dass deine Tochter irgendeinen näselnden Bostoner Brahmanen heiraten wird, der seine Wochenenden auf Nantucket beim Polospielen verbringt", sagte Swift. Estella sah ihn verwirrt an. Sie wusste garantiert nicht, was ein Bostoner Brahmane war, und hatte wahrscheinlich auch keine Vorstellung von Nantucket.

„Du übersiehst etwas ganz Wichtiges, mein Süßer", sagte Ava. „Carmen wird ihren Weg nicht gehen, indem sie einen reichen Typen heiratet, so wie ich. Sie wird aus eigener Kraft etwas erreichen, indem sie hart arbeitet und ihren beachtlichen Verstand benutzt."

„Sie muss das Ticket nicht bezahlen", sagte Estella. „Flug. Essen. Hotel. Alles umsonst. Sie schicken ihr ein Shirt mit dem Namen der Schule, damit sie es auf der Reise anzieht."

„Fantastisch", sagte Ava. Estella strahlte. Ich hatte sie noch nie so glücklich gesehen.

„Sie hat mich gefragt, ob Boston in der Nähe von Coopers Schule ist. Vielleicht kann er ihr die Stadt zeigen."

Es war nur für jemanden zu erkennen, der sie gut kannte, aber ich sah, wie sich Avas Gesichtszüge leicht anspannten. Swift war schon wieder in sein *Wall Street Journal* vertieft.

„Cooper ist in New Hampshire", sagte Ava. „Dartmouth. Vielleicht klappt es ja ein andermal."

Zu diesem Zeitpunkt hatte ich Cooper, der an der Wirtschaftsuni studierte, noch nicht kennengelernt. Aber man konnte keine zehn Minuten mit Swift verbringen, ohne dass er seinen Namen erwähnte.

„Meinem Jungen", sagte er, nachdem Estella wieder in der Küche war. „Meinem Jungen steht die Welt offen. Er kann alles erreichen, was er will. Er hat ein glückliches Händchen."

Am Wochenende zuvor war Cooper mit seinen alten Verbindungsbrüdern aus Kalifornien nach Las Vegas geflogen. Jetzt planten sie einen weiteren Trip – Heliskiing in British Columbia.

Auch wenn ich Swifts Sohn nie begegnet war, hatte ich überall im Haus Fotos von ihm gesehen. Er gehörte zu den Menschen (so wie Swift, wahrscheinlich sogar noch stärker), die sofort alle Aufmerksamkeit auf sich zogen, wenn sie einen Raum betraten. Er war viel größer als sein Vater und hatte den Körperbau eines Rugbyspielers – was er, wie sich herausstellte, auch war. Er schien auf jedem Bild zu lachen.

Ich wusste von Swift, dass Cooper überlegte, ob er eine Karriere in der Immobilienwirtschaft ansteuern oder in die

Unterhaltungsindustrie gehen sollte – sich um Filmfinanzierungen und Lizenzvergaben kümmern und solche Sachen. In der Musikbranche wäre er sicher auch gut aufgehoben, sagte Swift. Eines Abends in San Francisco hatte ihn ein Sportjournalist eines NBC-Tochterunternehmens angesprochen und ihm seine Karte gegeben. „Ich habe Sie beim Dinner beobachtet", hatte er zu Cooper gesagt. „Sie könnten beim Fernsehen Karriere machen."

„Ich habe ihm gesagt, dass man mit einem Job beim Fernsehen gute Platzkarten für die Giants-Spiele bekommt", sagte Swift. „Aber das richtige Geld verdient man in der Wirtschaft. Wenn man es da geschafft hat, kann man sich die Dauerkarte selbst kaufen."

„Er gehört zu den Menschen, die alle vom ersten Moment an lieben", sagte Ava. „Vor allem Frauen natürlich. Der Apfel fällt nicht weit vom Stamm."

„Dieser Junge wird noch vor seinem dreißigsten Geburtstag Millionär sein", fügte Swift hinzu. „Er hat diese Energie. Der Erfolg steht ihm auf die Stirn geschrieben."

„So wie bei jemand anderem, den ich kenne", sagte Ava.

Cooper hatte natürlich eine wunderschöne Freundin. Virginia. Sie hätte ein Model sein können, war aber Medizinstudentin.

„Wenn ich im Koma läge und dieses Mädchen sich über mein Bett beugen würde, dann wäre ich aber sofort wach", sagte Swift über Virginia. „Diese Titten …"

„Jetzt hör auf, Darling", unterbrach ihn Ava. „Du bist ja schrecklich." Das sagte sie ständig, aber man merkte, dass das nur ein Spiel zwischen ihnen war.

„Ich bin einfach nur ehrlich", entgegnete Swift.

„Du redest über unsere zukünftige Schwiegertochter, mein Schatz", erinnerte ihn Ava. „Die Mutter deiner Enkelkinder."

Jeder wusste – hatte es schon seit Jahren gewusst –, dass Cooper und Virginia irgendwann heiraten würden. Sie waren seit ihrem sechzehnten Lebensjahr zusammen, also jetzt sieben Jahre, und sie passten perfekt zueinander. Sie würden ein wundervolles Leben haben.

Ich fragte, wann er nach Hause käme.

„Es ist immer schwierig, Cooper auf etwas festzulegen", sagte Ava. „Er hat so viele Eisen im Feuer."

Jetzt mischte sich Swift ein. „Cooper wurde von einer großen Investmentfirma in New York für ein Praktikum angeheuert", sagte er. „Man weiß ja, wie das mit diesen neuen Kundenbetreuern läuft. Die machen sie fertig, bis sie ihre ersten zehn Millionen Dollar verdient haben."

Ich sagte nichts dazu. Zu Themen, von denen ich nichts verstand, schwieg ich lieber, und davon gab es eine Menge.

Swift redete weiter. „Eines Tages, wenn wir nicht damit rechnen, sitzen wir mit den Hunden draußen im Garten, und plötzlich hören wir einen großen Krach. Dann kommt er in den Garten gestürmt und springt mit einer Arschbombe in den Pool oder so was. Oder er fährt in einem Maserati vor, den er jemandem für eine Testfahrt abgeschwatzt hat. So ist Cooper. Dieser Kerl bewegt sich in Lichtgeschwindigkeit. Mit oder ohne Sportwagen."

„Manchmal wünschte ich, er würde sein Tempo ein bisschen drosseln", sagte Ava. Ich hörte einen leicht besorgten Unterton heraus. Aber dann kam Estella mit einem Teller noch warmer Brownies zurück. Und es gab mehr Wein. Das Gespräch über Carmen und Cooper schien beendet.

„Du musst Carmen unbedingt sagen, wie stolz wir auf sie sind", sagte Ava zu ihr.

„Dieses Harvard", fragte Estella, „ist das eine gute Schule?"

## 20. KAPITEL

Jeden Abend – vor meinen AA-Treffen oder, wenn ich schon nachmittags dort gewesen war, danach – rief ich in Walnut Creek an, um mit Ollie zu sprechen. Beim Telefonieren konnte ich fast die Hand meines Sohnes am Controller seiner Playstation sehen, während ich versuchte, ihn in so etwas wie eine Unterhaltung zu verwickeln.

„*Ja.*"
„*Nein.*"
„*Nein.*"
„*Vielleicht.*"
„*Ich weiß nicht.*"
„*Egal.*"

„Konntest du die neue Kamera schon ausprobieren?", fragte ich ihn. „Ich dachte, wenn wir ein bisschen mehr Zeit zusammen haben, könnten wir wieder auf eine unserer Fototouren gehen, so wie wir das früher gemacht haben. Vielleicht wenn du über Nacht hier bei mir bleibst."

„Ich weiß nicht."

„Wir könnten danach Popcorn machen und uns auf der Couch Filme ansehen."

Schweigen am anderen Ende der Leitung. Dann Cheris Stimme, die sagte, es sei Zeit fürs Bett. Es war erst sieben Uhr, aber Dwight und Cheri waren der Meinung, dass man früh schlafen gehen sollte.

Wenn ich den Hörer auflegte, weinte ich meistens. In diesen Momenten sehnte ich mich am allermeisten nach einem Drink. Stattdessen machte ich mir einen Tee. Wenn ich in Versuchung geriet, brauchte ich nur an das eine zu denken, das wichtig war: Ollie zurückzubekommen. Nicht nur zu erreichen, dass er wieder mit mir unter einem Dach wohnte, auch wenn diese Herausforderung schon groß genug war. Das Schwierigste war, meinen Sohn dazu zu bewegen, mir wieder zu vertrauen. Oder mich einfach wieder zu kennen. Oder zuzulassen, dass ich ihn kennenlernte. Das war das schlimmste Gefühl von Einsamkeit.

Und dann gab es die Havillands. Ich behauptete manchmal, dass Ava und Swift wie eine Familie für mich waren. Aber sie waren nicht wie meine Familie – nicht wie *meine* Familie, die echte –, in keiner Hinsicht, und das liebte ich so an ihnen. Bis ich Ollie bekam, hatte ich – mit Ausnahme der wenigen Jahre, in denen Dwights Familie mich scheinbar in ihren Kreis geschlossen hatte – wie ein streunender Hund oder eine Waise gelebt. Und nachdem man mir meinen Sohn genommen hatte, tat ich das mehr oder weniger wieder.

„Ich frage mich, wessen Namen du in deiner Brieftasche hast", sagte Ava eines Tages.

Zuerst verstand ich nicht, was sie meinte.

„Auf dieser Karte, die man immer dort aufbewahren soll, zusammen mit dem Führerschein", sagte sie. „Wo steht: Im Notfall diese Person anrufen ... Welchen Namen hast du eingetragen?"

Ich hätte so eine Karte nicht, sagte ich ihr. Oder vielmehr hatte ich die Karte, die seit Jahren in meinem Portemonnaie steckte, nie ausgefüllt. Nicht einmal, während meiner Ehe.

Da war natürlich Alice gewesen. Aber auch bevor sie aus meinem Leben verschwunden war, hatte sie nie eine große Sache aus unserer Freundschaft gemacht. Sie war eben einfach da.

„Jetzt kannst du unsere Telefonnummer dort eintragen", sagte Ava. Sie griff nach meiner Tasche, nahm meine Brieftasche heraus und schrieb in ihrer elegant geschwungenen Handschrift – mit einem speziellen Füller, den sie gerne benutzte – ihren Namen zusammen mit ihrer Festnetz- und ihrer Handynummer auf die Rückseite der Karte.

„Vielleicht sollten wir dich einfach adoptieren", sagte sie. „So wie Lillian, Sammy und Rocco."

Manche Leute hätten sich dadurch womöglich beleidigt gefühlt. Aber wenn Ava jemanden mit ihren Hunden verglich, war das ein großes Kompliment.

## 21. KAPITEL

Nachdem Ava und Swift in mein Leben getreten waren und ich mich von Jeff, dem Bankmanager, getrennt hatte, checkte ich die E-Mails mit den Dating-Empfehlungen von Match. com nicht mehr. Auch die vereinzelten Mails von Männern, die mein Profil gesehen hatten und sich auf einen Drink mit mir treffen wollten, öffnete ich nur selten.

Eine Zeit lang hatte ich mich nach der Aufmerksamkeit eines Mannes gesehnt. Doch seit meine neuen Freunde auf der Bildfläche erschienen waren, verspürte ich nicht mehr diese Dringlichkeit, jemanden zu finden, mit dem ich meine Sorgen und Freuden hätte teilen können. Sollte ich tatsächlich einen Mann finden, konnte ich mir kaum vorstellen, wie ich die Zeit erübrigen sollte, mich mit ihm zu treffen, so sehr war ich mit den Angelegenheiten in der Folger Lane beschäftigt. Und wie sollte ich jemals jemanden finden, dessen Gesellschaft sich mit der der Havillands messen konnte? Vor allem: Sollte ich es tatsächlich schaffen, meinen Sohn zurückzubekommen, hätte ich noch weniger Zeit für einen Mann.

Doch wenige Wochen nachdem wir uns kennengelernt hatten, beschloss Ava, dass ich einen Freund brauchte und dass sie sich darum kümmern würde. Sie drängte mich, mein Profil zu aktualisieren, und zwar mit einem besseren Foto (obwohl sie mit dem neuen auch nicht ganz zufrieden war). Außerdem sollte ich den Teil mit meinem Sohn entfernen („Du kannst das mit Oliver erklären, wenn dich jemand zu einem schönen Dinner einlädt", sagte sie. „Eins nach dem anderen."). Ich gab nach, weniger weil ich noch immer davon träumte, jemanden zu finden, sondern eher Ava zuliebe. Wenn sie wollte, dass ich mich mit Männern verabredete, dann würde ich das tun.

Meine Perspektive veränderte sich. Es gab einen neuen Aspekt in meinen Online-Erfahrungen, obwohl ich nicht glaube, dass ich mir dessen richtig bewusst war: Ich wollte Swift und Ava unterhalten. Und das konnte ich mit den Geschichten über die Männer, die mir schrieben (und ich erzählte Ava und Swift alles über sie). Sie liebten meine Geschichten, je enttäuschender, desto besser.

Die meisten Antworten erhielt ich genau von solchen Männern, mit deren Zuschriften man rechnet, wenn man sich auf seinem Online-Profil als blasse, unscheinbare und ungeschminkte Frau mit zurückgekämmtem Haar zeigt, die auf dem Foto vor ihrem Kühlschrank steht, nicht trinkt und als Lieblingsbeschäftigung Fotografieren und alte Filme angibt, jedoch hinzufügt, dass sie nicht mehr oft dazu kommt.

Die Gruppe der Männer, die mir nun schrieb, bestand aus Endfünfzigern oder Arbeitslosen oder seit Kurzem trockenen Alkoholikern oder noch immer Verheirateten, die planten, sich irgendwann demnächst scheiden zu lassen.

Ein Mann, dessen Frau kürzlich gestorben war, schrieb mehrere Seiten (abgeschickt, wie ich erkennen konnte, um kurz nach drei Uhr nachts) über ihren Kampf gegen den Eierstockkrebs. Etwa auf der vierten Seite erwähnte er, dass sie ihn mit vier Kindern alleingelassen hatte, alle unter dreizehn, und ihm das Geld für eine Haushaltshilfe fehlte. Er sei schrecklich ungeschickt im Haushalt, schrieb er. Ob ich kochen könne?

Dann war da der Ukulele-Spieler mit dem zuckenden Augenlid (das fand ich heraus, weil ich mich tatsächlich mit ihm zum Kaffee verabredete, oder genauer zum Tee). Er hatte so große Angst vor Keimen, dass er mir lieber nicht die Hand gab. Danach kam der Typ, der mir während unseres ganzen Spaziergangs (meine übliche Ein-Kilometer-Kennenlernstrecke) detailliert seine Probleme mit Ekzemen beschrieb. Da war ein

Mann – auf dem Foto überraschend attraktiv –, der während des zweistündigen Telefonats vor unserem Treffen versäumt hatte, zu erwähnen, dass er kleinwüchsig war. Und es gab diesen einen, der wissen wollte (ebenfalls bei dem ersten und letzten Treffen), was ich von Gruppensex hielt.

„Da fängt man doch an, an sich selbst zu zweifeln", sagte ich zu Ava, als sie mich (wie ich erwartet hatte) um einen Bericht über die aktuellen Kandidaten bat. „Wenn jeder, mit dem ich mich verabrede, sich als eine derartige Niete herausstellt, was sagt das dann über mich? Ich habe mir diese Männer doch ausgesucht. Wir haben telefoniert, bevor wir uns getroffen haben. Diese Männer kamen mir am Telefon eigentlich ganz vernünftig vor. Was stimmt denn nicht mit mir?"

„Du bist eben ein Mensch", sagte Ava. „Und Optimistin. Du willst immer das Beste in den Menschen sehen. Das ist ein netter Zug."

Nach und nach wurde es mir immer unwichtiger, als was sich diese Männer entpuppten. Denn selbst wenn sie sich als Enttäuschung erwiesen (und das Treffen schrecklich war), gab das eine gute Geschichte für Ava und Swift.

Manchmal ertappte ich mich während des Dinners mit einem Kandidaten von Match.com bei der Vorstellung, wie viel Spaß ich später mit Swift und Ava haben würde, wenn ich die Szene in ihrem Lieblingsrestaurant für sie nachspielte. Und was machte das schon für einen Unterschied? Alles, was mich wirklich interessierte, war mein Sohn. Wenn ich einen attraktiven Mann fand, würde das die Sache womöglich noch komplizierter machen.

Ava sah das natürlich anders. „Der Zwerg hätte interessant sein können", fand sie. „Er hat wahrscheinlich erstaunliche sexuelle Fähigkeiten entwickelt, um das auszugleichen. Könnte ein unglaublich guter Liebhaber sein."

„Pass bloß auf, wenn ein Typ sein Haar hinten zu kurz trägt", sagte Swift und machte ein Zeichen in Richtung des Pool-Mannes, der ins Haus gekommen war, während wir über eines der letzten verunglückten Dates sprachen. „Daran erkennst du, dass jemand sich immer an die Regeln hält. Bringt keinen Spaß im Bett."

Ich sagte dazu nichts. Aber ich merkte mir alles, was die beiden mir erzählten.

Draußen im Garten der Havillands mit einer Flasche Zinfandel und meinem obligatorischen Pellegrino-Wasser auf dem Tisch, berichtete ich von dem Projektentwickler, der mich auf dem Parkplatz nach unserem ersten (und letzten) Dinner so fest gepackt hatte, dass ich befürchtete, er könnte mir den Arm brechen, wenn ich mich losrisse. Er war ein Vietnamveteran, und der Krieg war für ihn noch immer nicht vorbei.

„Ich schlafe nie länger als eine Stunde am Stück", hatte er mir erzählt. „Ich habe diese Träume. Wenn eine Frau wie du neben mir im Bett läge, würden die Albträume bestimmt aufhören." Ich konnte gar nichts dazu sagen, weil er sich so an mir festklammerte.

„Ich will dich heiraten", eröffnete er mir dann. „Ich kaufe dir alles, was du haben möchtest."

An dem Abend, als ich ihnen von dem Antrag des Vietnamveteranen berichtete, aßen wir Scampi, die Ava zubereitet hatte. Estella war an diesem Tag mit den größten Scampi vom Bauernmarkt gekommen, die ich je gesehen hatte, und die türmten sich nun in Butter und Knoblauch mit Pasta und Erbsen auf meinem Teller, dazu gab es Salat aus jungem Blattgemüse mit Ziegenkäse. Ich war nie eine Rosé-Trinkerin gewesen, aber jetzt, wo ich den Wein in Swifts und Avas Gläsern sah, verspürte ich Lust auf einen Drink. Dieser Wein hatte eine wundervolle Farbe. Nicht Rosa wie der billige Rosé, den Alice früher bei Low-Budget-Catering-Jobs ausgeschenkt hatte, sondern einen zarten Pfirsichton.

„Es wird dich schon nicht umbringen, wenn du mal probierst", sagte Swift und deutete auf die Flasche.

Ich schüttelte den Kopf.

„Dieser Mann", sagte Ava. „Der Veteran. Was hast du zu ihm gesagt, als er dir einen Antrag gemacht hat?"

„Ich habe ihm gesagt, er soll meinen Arm loslassen", erwiderte ich. „Aber wenn er mit jemandem reden möchte, würde ich zuhören. Ich habe ihm erklärt, dass ich ihn nicht heiraten kann, weil ich ihn nicht kenne und er mich ebenso wenig. Schließlich haben wir noch drei Stunden vor dem Restaurant gesessen, und er hat mir von einer Operation im Dschungel erzählt, an der er beteiligt war. Wie seine Abteilung die Leichen von einigen abgeschlachteten amerikanischen Marinesoldaten ausgraben musste, die sie dann sechzehn Kilometer weit auf dem Rücken geschleppt haben."

„Du hast einfach ein großes, weiches Herz, Helen", sagte Ava. „Du hast etwas an dir, das den Leuten das Gefühl vermittelt, bei dir sicher zu sein. Dieser Typ war vielleicht ein bisschen kaputt, aber er hat trotzdem erkannt, was er an dir hatte. Und du hast ihm auch vertraut. Manche Leute hätten befürchtet, er würde gleich ein Jagdmesser vorziehen und ihnen die Kehle aufschlitzen. Aber dir käme es nie in den Sinn, dass du dich vor jemandem in Acht nehmen musst. Swift und ich sollten dir ein gesundes Maß an Misstrauen gegenüber anderen Menschen beibringen. Nicht dass wir dich nicht so lieben, wie du bist, das ist es nicht. Wir wollen nur verhindern, dass man dich ausnutzt."

„Die Welt ist voller Raubfische, Helen", fügte Swift hinzu. „Ich glaube, du hast uns gerade noch rechtzeitig gefunden."

Ich sah die beiden über den Tisch hinweg an, wie sie dort

nebeneinandersaßen. Natürlich waren sie dafür zu jung, aber kurz stellte ich mir vor, sie wären meine Eltern. Nicht die Eltern, die ich tatsächlich hatte. Eltern, wie ich sie mir gewünscht hätte.

„Also dieser Typ mit dem posttraumatischen Stresssymptom ...", sagte Swift, immer noch auf so eine beschützende Art, die mir nie begegnet war, bevor ich die beiden getroffen hatte. „Was für einen Wagen hat er denn gefahren?"

Es sei ein BMW gewesen, erwiderte ich. Brandneu aus der Fabrik, die Papiere klebten noch an der Scheibe.

„Du hättest es schlechter treffen können", fand Swift. „Vielleicht solltest du es dir noch mal überlegen."

„Jetzt hör auf, Schatz", sagte Ava. „Du bist schrecklich. Wir müssen Helen emotional unterstützen und sie aufmuntern, statt ihr dazu zu raten, sich mit irgendeinem verrückten Veteranen zusammenzutun, nur weil er ein schickes Auto fährt."

„Aber natürlich", sagte er und ließ wie üblich seine Zähne blitzen. „Das hatte ich für einen Augenblick einfach vergessen."

Diesmal, bei der Sache mit dem Vietnamveteranen, war die Wahrheit noch interessant genug, um meine Freunde zu fesseln. Aber irgendwann, nachdem ich angefangen hatte, von meinen Match.com-Dates zu erzählen, stellte ich fest, dass meine Erlebnisse im Großen und Ganzen langweilig waren. Also nahm ich meine alte Gewohnheit wieder auf und begann, Details auszuschmücken oder, wenn nötig, vollkommen zu ändern, sodass die Geschichten eine gute Abendunterhaltung für Swift und Ava abgaben. Das betrachtete ich als meinen Beitrag zu all diesen teuren Abendessen in den Restaurants. Nicht dass mir das Essen so wichtig war. Es waren die Havillands und die erstaunliche Tatsache, dass sie mich zu ihrer Freundin auserkoren hatten. Ava und Swift waren eine bessere Gesellschaft als jeder Mann, den ich jemals im Internet finden würde.

## 22. KAPITEL

Es gab nur eine Geschichte, die ich den Havillands nicht vollständig erzählte. Die Geschichte über meinen Sohn.

Natürlich hatte ich Ava und Swift von Ollie erzählt. Sie wussten von meiner Trunkenheit am Steuer und von dem Sorgerechtsstreit – von der Prozessvertreterin und dem schrecklichen Richter und dass ich jeden zweiten Samstag nach Walnut Creek fuhr, um meinen Sohn für ein paar Stunden zu sehen, wenn er nicht gerade bei irgendwelchen Familienunternehmungen war, was allerdings sehr oft vorkam. Sie wussten von der Menge Geld, die ich meinem Rechtsanwalt schuldete, und dass mein Exmann unseren Sohn anbrüllte (obwohl Ava fand, das Schlimmste an Dwight sei, dass er unserem Sohn nicht erlaubte, einen Hund zu haben).

Sie erfuhren aber nichts von meiner Angewohnheit, manchmal – nicht an meinen Besuchstagen, sondern mitten in der Woche – die eine Stunde und fünfzehn Minuten zu Ollies Schule zu fahren, wenn der Unterricht zu Ende war, einfach nur, um ihn kurz aus der Ferne zu sehen. Ich hielt dann den Atem an, wenn ich ihn aus dem Schulgebäude kommen sah. Mit seinem viel zu großen Rucksack trottete er zum SUV seiner Stiefmutter, das Gesicht halb von der Kapuze seiner Jacke verdeckt, wie jemand, der sich im Zeugenschutzprogramm befand.

Als Ollie kleiner gewesen war, hatte er immer fremde Leute im Supermarkt gegrüßt und war zu den anderen Kindern auf den Schaukeln oder an den Kletterseilen gelaufen, um zu fragen, ob er mitspielen könne. Wenn er jetzt durch die Tür des Schulgebäudes kam, war er fast immer allein. Auf den Treppenstufen vor der Schule wimmelte es von Kindern, doch niemand schien ihn zu beachten.

Ollie lief über den Schulhof geradewegs auf Cheris Auto zu, aber es machte nicht den Eindruck, als wäre er besonders erpicht darauf, dort anzukommen. Er zog die Schultern im Gehen ein, hatte den Kopf gesenkt und die Hände zu Fäusten geballt – als würde er sich durch einen Windtunnel oder einen Hagelschauer kämpfen oder als könne hinter jeder Ecke irgendetwas Schlimmes lauern und er müsse ständig dagegen gewappnet sein.

Wenn es mir gelang, in diesem Moment einen Blick in OIlies Gesicht zu erhaschen, dann sah ich darin einen angespannten, missmutigen Ausdruck, und er wirkte so undurchdringlich wie eine verschlossene Tür. Sein Gesichtsausdruck veränderte sich nicht, wenn er zum Auto kam. Auch dann nicht, wenn – wie es oft der Fall war – sein Halbbruder Jared in seinem Kindersitz auf der Rückbank saß.

Von meinem Beobachtungsposten aus auf der anderen Straßenseite konnte ich nur Cheris Hinterkopf sehen. Aber ich hätte erwartet, dass eine Frau, die einen achtjährigen Jungen von der Schule abholt, sich zumindest zu ihm umdreht und ihn anlächelt, wenn er in den Wagen klettert, ihn fragt: „Wie war's heute?" oder sich die Bastelarbeit zeigen lässt, die er womöglich dabeihat – irgendetwas aus Toilettenpapierrollen, Eierkartons und Eisstielen.

Doch das tat sie nie. Die ganze Zeit, während sie mit dem Auto am Fahrbahnrand stand, sah Cheri auf die Straße vor sich, die Hände am Steuer. Ich beobachtete Ollie, während er steif auf den Rücksitz kletterte wie ein müder alter Mann, der nach einem langen, anstrengenden Flug in ein Taxi stieg. Ich blieb bewegungslos stehen, bis der Wagen wegfuhr. Das war es: alles, was ich bis Samstag von meinem Sohn zu sehen bekam.

Ich wäre so gern zu ihm gelaufen, wollte alles hören, was Ollie an diesem Tag erlebt hatte. Ich wollte meinen Sohn umarmen und ihn mit zu mir nach Hause nehmen, ihn zu einem Malzbier mit Vanilleeis einladen, ihn bitten, mir seine Pappkonstruktion zu erklären, und lachen, wenn er mir einen unanständigen Zweitklässlerwitz erzählte. Aber es war nicht meine offizielle Besuchszeit, und außerdem wusste ich – das war der traurigste Teil der Geschichte –, dass Ollies Laune sich in meiner Gegenwart genauso wenig bessern würde wie in der seiner Stiefmutter. Er sah aus wie jemand, der glaubte, ganz allein auf dieser Welt zu sein, und das Gefühl kannte ich.

## 23. KAPITEL

Wenigstens einmal die Woche, wenn ich nachmittags in der Villa war und es halb sechs, sechs wurde, schlug mir einer der Havillands vor – manchmal Ava, manchmal Swift –, zum Dinner bei ihnen zu bleiben.

„Du wirst doch mit uns essen, oder?", sagte Ava, als sie mich das erste Mal einlud.

Ich hatte nie etwas anderes vor. Und selbst wenn das der Fall gewesen wäre, hätte ich es abgesagt.

Ich bekam ein schönes Abendessen. In einem Restaurant oder bei ihnen zu Hause. Aber immer ziemlich früh.

Die Havillands gingen um halb neun ins Bett. Nicht zum Schlafen, einfach ins Bett, betonte Ava. Zuerst gab Swift ihr immer eine Massage.

„Wir lassen uns durch nichts von unserer Zeit zu zweit abbringen", sagte Ava zu mir. „Nicht mal von den Hunden."

Ich versuchte mir vorzustellen, wie es wäre, jeden Tag so ausklingen zu lassen. Mit einem Mann, der mich anbetete und mich mit Öl einrieb. Und zweifellos noch andere Dinge tat. Diese Vorstellung ließ mich mit der traurigen Erkenntnis zurück, dass, so nah wir drei uns auch waren, immer eine Wand zwischen mir und den Havillands stehen würde. Wie konnte es auch anders sein? Ich war wie das Mädchen mit den Zündhölzern, das Gesicht gegen die Fensterscheibe gepresst, um im Inneren des warmen Hauses den Tisch mit der köstlichen Mahlzeit und den glühenden Herd zu bewundern. Nicht ganz vielleicht, denn ich wurde ja tatsächlich zum Essen eingeladen. Sie baten mich, am Feuer Platz zu nehmen. Es war diese andere Seite von ihnen, die unvorstellbare Intimität, die diese beiden teilten und die für mich unergründlich war.

Trotzdem war es keine Kleinigkeit, dass sie mich so oft zum

gemeinsamen Abendessen einluden. Und natürlich war es immer ein köstliches Essen.

Nicht nur Estella kochte in der Folger Lane großartige Mahlzeiten. Ava war ebenfalls eine wunderbare Köchin – die Art von Köchin, die keine Rezepte benötigte, sondern einfach den Kühlschrank öffnete und dann eine überaus gelungene Mahlzeit aus Dingen bereitete, die sie anscheinend ohne große Mühe zusammenstellte. Der Kühlschrank und die Speisekammer der Havillands waren immer mit den besten Zutaten gefüllt: alles Mögliche an Gemüse vom Bauernmarkt, frisches Brot vom Bäcker, Käse und das feinste Olivenöl, lange gereifter Balsamicoessig, fünf verschiedene Sorten handgemachtes italienisches Eis.

An Abenden, an denen Ava keine Lust hatte zu kochen, schlug Swift vor, dass wir drei auswärts aßen. Sie gehörten nicht zu den Leuten, die angesagte Lokale in der Stadt besuchten, aber sie hatten ihre Lieblingsrestaurants in der Nähe der Folger Lane – ein birmanisches Restaurant, dessen Besitzer uns immer seinen besten Tisch anbot, an dem Ava genug Platz für den Rollstuhl hatte, und der uns interessante Speisen servieren ließ, die nicht einmal auf der Karte standen, und unser anderes Stammlokal, Vinny's. Wenn die beiden ihren Wein vor sich stehen hatten – und ich mein Mineralwasser –, hob Swift grinsend sein Glas. Ich wusste dann, was kommen würde. Wieder Fragen über meine Dating-Erfahrungen. Wenn möglich, über mein Sexleben. Meine Geschichten über die Männer, die ich online kennenlernte, waren zu Swifts Lieblingsthema geworden und somit auch zu Avas.

Ich wusste nicht, warum, aber das begann mich zu beunruhigen. Irgendwie verstand ich nicht, wie die beiden Spaß haben und womöglich Erregung empfinden konnten, wenn sie die Geschichten von meinen deprimierenden Treffen hörten.

So unglücklich meine Erfahrungen auch waren, die Erlebnisse, über die ich nachher zu berichten hatte – all diese Treffen im Starbucks oder Peet's oder in irgendeiner Bar, bei denen ich zuerst herausfinden musste, ob der Typ dort wirklich derjenige war, mit dem ich mich verabredet hatte, obwohl er zehn Kilo schwerer und zehn Jahre älter aussah –, schafften es immer, Swift und Ava zu unterhalten.

Das wurde zum Problem. Ich wusste nicht, wie ich damit weitermachen sollte. Kürzlich hatte ich überlegt, mein Profil einfach von der Website zu löschen. Aber dann machte ich mir Sorgen darum, was ich den Havillands an diesen Abenden erzählen könnte.

„Dann erzähl uns doch mal von diesem Typen, mit dem du gestern verabredet warst", sagte Swift, als wir uns an einem Samstag an unseren gewohnten Platz beim Birmanen gesetzt hatten. Er hatte eine Flasche Cabernet für Ava und sich bestellt und dazu mein übliches Pellegrino. Als er sein Glas an die Lippen setzte, war mir klar, ich müsste nun eine Story zum Besten geben. Zweifellos wäre die Wahrheit eher traurig, aber für die Havillands würde ich es lustig erzählen.

Zu jener Zeit stand mein Profil bereits über ein Jahr online, und es erschien mir inzwischen aussichtslos, auf diesem Weg jemals einen passenden Mann zu finden, selbst wenn ich mehr Enthusiasmus für eine Beziehung hätte aufbringen können. Aber ich wollte meine Freunde nicht enttäuschen.

Als Swift an jenem Abend mit dieser Frage das Gespräch begann, überkam mich ein merkwürdiger Impuls. Nicht völlig fremd, wohl nur im Inneren verborgen. Plötzlich kam die alte Gewohnheit wieder zum Vorschein, meine Neigung, mir Geschichten auszudenken. Ich musste ein Bild von mir entwerfen, das fesselnder war als die Realität.

„Ich weiß nicht, ob ich das erzählen soll", begann ich mit

gesenkter Stimme und studierte die Faltung meiner Serviette. „Nachher denkt ihr schlecht über mich. Das ist ein bisschen ... schräg."

Ein aufgeregtes Flackern zeigte sich in ihren Gesichtern. Ava griff nach ihrem Drink. Swift legte seine Stäbchen beiseite.

„Schräg?"

Ich erinnerte mich an die vielen Geschichten, die ich über die Jahre erzählt hatte, um die peinliche Wahrheit über meine wirkliche Herkunft zu verbergen. Ich hatte Tragödien erfunden, um die Abwesenheit meiner Eltern zu erklären, um Mitgefühl und Bewunderung zu erheischen und einen Gegenentwurf zur traurigen Realität zu erschaffen. (Meine Großmutter Audrey Hepburn. Die tödliche Krankheit, die meinem Leben bereits vor meinem siebenundzwanzigsten Geburtstag ein Ende machen würde. Der Bruder, der mich gerettet hatte, als unser Kanu bei einem Campingausflug kenterte, und dann mit der Strömung mitgerissen worden war. Einmal, bei einer Verabredung mit einem Mann, den ich kein weiteres Mal treffen wollte, hatte ich ihm von einem seltenen Symptom erzählt, unter dem ich litt: Wann immer ich Sex hätte, würde mein ganzer Körper von nässenden Ekzemen bedeckt.)

An diesem Abend verspürte ich wieder einen Schauer der Vorfreude, den dringenden Wunsch, für Swift und Ava eine wundervolle Geschichte zu erfinden, um mich selbst für sie interessanter zu machen. Ich dachte an *Tausendundeine Nacht* – ein Buch, das ich mit Ollie vor langer Zeit zusammengerollt auf der Couch gelesen hatte – und vor mir erschien das Bild der Scheherazade, wie sie diese faszinierenden Geschichten erfand, immer im Wissen, dass der König sie köpfen lassen würde, sobald ihr nichts mehr einfiele.

„Ich sollte euch das wirklich nicht erzählen", flüsterte ich jetzt, damit die Leute am Nachbartisch mich nicht hören konnten, sondern nur Ava und Swift, die sich jetzt zu mir vorbeugten.

„So was habe ich vorher noch nie getan. Ihr könntet mich für verdorben halten."

Das würden sie natürlich nie. Sie waren meine Freunde. Die beiden Menschen, denen ich vertraute, die zu mir hielten, egal was passierte.

„Es ist wirklich ... schlimm", sagte ich.

Auf Swifts Gesicht erschien ein Ausdruck, der mich an einen Hund erinnerte, welcher Fleisch oder Blut witterte.

„Komm schon, Helen", sagte er. Das sollte scherzhaft klingen, aber es steckte mehr dahinter. Dringlichkeit.

„Na gut", sagte ich, zögerte dann aber wieder. „Es ist nicht so einfach ..."

„Meine Liebe", sagte Ava. „Du redest doch mit *uns*."

Wieder entstand eine lange Pause. Ich holte zweimal tief Luft.

„Wir sind aus dem Kino gekommen", begann ich. „Er wollte mich nach Hause bringen, unterwegs aber noch beim Safeway anhalten, bevor sie zumachten, weil er dort was besorgen musste. Glühbirnen. Fragt mich nicht, warum."

Während ich erzählte, betrachtete ich die Tischdecke, so wie jemand, der zu beschämt war, um dem Gegenüber in die Augen zu sehen. Aber dann hob ich den Kopf – und erkannte in den Gesichtern meiner Freunde gespannte Erwartung. Ich war solch ein aufmerksames Interesse mir gegenüber nicht gewohnt, eher, dass ich es anderen zeigte. Zwar gehörte Avas Interesse an allem, was ich ihr zu erzählen hatte, zu den Eigenschaften, die ich an ihr so mochte, aber es war eine ungewohnte Erfahrung, am Tisch ihre ungeteilte Aufmerksamkeit zu haben. Es gefiel mir.

„Bis auf die zwei Kassierer war niemand mehr im Laden",

sagte ich leise. „Als wir hineingingen, schalteten sie bereits überall die Lichter aus."

Eine lange Pause. Ich spürte, wie Swift atmete. Ich hatte ihn.

„Er führte mich zum hinteren Ende des Ladens. In den Teil des Geschäfts, in dem sie Sachen wie Verlängerungskabel verkauften. Und natürlich Glühbirnen."

Wieder eine Pause. Jetzt holte ich selbst tief Luft, als müsste ich mich überwinden, die folgenden Worte herauszubringen.

„Er hat mir die Hand unter den Rock geschoben", flüsterte ich. „Dann zog er ein Verlängerungskabel aus dem Regal und wickelte es um meine Handgelenke. Er meinte, ich soll mich nach vorn beugen."

„Im Safeway?", sagte Ava. „Mitten im Gang?" Ihre Stimme klang gedämpft, aber aufgeregt. Swift, der neben ihr saß, hatte ihr seine große Hand in den Nacken gelegt und streichelte sie.

„Es war ja niemand mehr da. Sie wollten in wenigen Minuten schließen. Das Licht war schon fast überall ausgeschaltet."

„Trotzdem."

„Warst du sehr scharf auf den Typen?", wollte Swift wissen. „Habt ihr schon im Auto ein bisschen herumgemacht?"

Ich schüttelte den Kopf. „Bis dahin hatte er mich überhaupt nicht angerührt. Tatsächlich war er ein bisschen kühl und zurückhaltend. Reserviert. Aber dann hat er sich plötzlich verändert. Sogar seine Stimme. Sie klang auf einmal ganz tief und heiser. Dann hat er noch was anderes vom Regal genommen. Einen Spachtel."

„Du machst Witze", sagte Ava.

„Nein."

„Und dann hat er's getan?", wollte Swift wissen. „Das ganze Programm?"

An dieser Stelle schnappte ich nach Luft und hielt mir die Hand vor den Mund, als würde ich alles in meiner Erinnerung noch einmal erleben. „Ihr werdet es nicht glauben", sagte ich. „So was habe ich vorher noch nie empfunden."

Dann sah ich ihm direkt in die Augen. Ich fühlte mich wie ein völlig anderer Mensch. Wie eine sehr faszinierende Person. „Diesen Typen muss ich kennenlernen", sagte Swift. „Der scheint es draufzuhaben."

Bis zu diesem Moment hatte ich es geschafft, vollkommen ernst zu bleiben und dabei vielleicht auch ein bisschen gequält auszusehen. Als wäre mein Bewusstsein irgendwie verändert. Aber jetzt konnte ich mich nicht mehr beherrschen. Ich brach in schallendes Gelächter aus, und für den Bruchteil einer Sekunde fragte ich mich, ob ich zu weit gegangen war. Ich hätte Swift verärgern können, indem ich ihn so vorgeführt hatte. Aber nein.

„Du hast mich echt überzeugt." Er schüttelte den Kopf. Dann begann er ebenfalls zu lachen – dieses laute explosive Lachen, das ich am ersten Abend vom anderen Ende der Galerie gehört hatte. „Das muss ich dir wirklich lassen, Helen."

Ava atmete aus – nachdem sie anscheinend eine Weile die Luft angehalten hatte. „In dir steckt noch viel mehr, als man auf den ersten Blick sieht, Helen", sagte sie. „So etwas hätte ich gar nicht von dir erwartet."

„Du wärst bestimmt gut beim Poker", fügte Swift hinzu. „Oder an der Wall Street. Strafverteidiger lieben Leute wie dich – sie könnten dich in den Zeugenstand stellen und dich sagen lassen, was sie wollen. Du würdest alles verkaufen, als wäre es die Wahrheit. Nichts als die reine Wahrheit." Und mit seiner großen Hand streichelte er weiter sanft Avas zarten Nacken.

## 24. KAPITEL

Den ganzen Frühling über veranstalteten die Havillands alle paar Wochen eine Party, und bis auf einige Ausnahmen bestand die Gästeliste immer aus derselben Gruppe von Stammgästen. Ich gehörte nun dazu.

Das Merkwürdige war, dass die Partys, obwohl die zu dieser Gruppe gehörenden Personen kaum etwas gemeinsam hatten als die Freundschaft zu Ava und Swift, immer großartig waren. Einmal hatte Ava eine Hellseherin engagiert, die herumging und den Gästen ihre Zukunft voraussagte – mit Schwerpunkt auf deren Sexleben. Ein anderes Mal landete ein Hubschrauber am Pool, vier Reggae-Musiker stiegen aus und fingen an, auf der Steeldrum und den Gitarren zu spielen, die schon für sie bereit standen. Es gab einen Feuerschlucker und zwei Breakdancer, die Ava in San Francisco auf der Straße gesehen und auf der Stelle engagiert hatte. Einmal hatten Swift und Ava jedem Gast einen Zettel mit dem Namen einer prominenten Person auf den Rücken geheftet. Wir mussten herumgehen und den anderen Fragen stellen, bis wir errieten, welchen Namen wir trugen. Ich war Monica Lewinsky. Swift war Ted Bundy, der Serienkiller. Ein anderes Mal hatten sie einen Magier angeheuert, der irgendwann plötzlich Avas BH aus seinem Zylinder zauberte, oder eine Rockband, die jeden Hit der letzten vierzig Jahre spielen konnte, den man ihr nannte. Jeder von uns sollte mal ans Mikrofon und einen Song seiner Wahl singen. Ich suchte mir Cyndi Laupers *Time After Time* aus.

Ohne die Havillands hätte ich keine der Personen aus Avas und Swifts engerem Freundeskreis je kennengelernt, aber nun fühlten wir uns auf merkwürdige Weise miteinander verbunden. Nicht direkt durch Freundschaft, sondern einfach, da wir das Glück teilten, ein Paar wie die Havillands zu unseren Freunden zählen zu können.

Ernesto, Avas Physiotherapeut – ein riesiger dunkelhäutiger Mann mit Händen groß wie Pizzateller, der immer in Schwarz gekleidet war –, gehörte zu denen, die immer dabei waren. Die dünne blasse Frau, von der Swift seine chinesischen Kräuter für ein langes Leben bezog, Ling, kam mit ihrem Ehemann Ping. Ich fand nie heraus, ob er Englisch sprach, weil er nie etwas sagte. Es gab ein lesbisches Paar, Renata und Jo, beide Bauunternehmerinnen, die Ava und Swift kannten, seit sie ihr Haus hatten barrierefrei umbauen lassen. Obwohl er zwei Autostunden entfernt in Vallejo wohnte, kam auch Bobby, Swifts ältester Freund aus Kindertagen, zu jeder Party und brachte seine gerade aktuelle Freundin mit. (So ist Swift, dachte ich. Ein Mann, der seinen Freunden nie den Rücken kehrt. Es war egal, dass Bobby auf dem Bau einen Gabelstapler fuhr und in einer Einzimmerwohnung lebte. Er und Swift waren die besten Freunde und würden es immer bleiben.)

Swifts Rechtsanwalt Marty Matthias saß immer in der Nähe des Gastgebers. Marty stammte aus dem Osten – Pittsburgh vielleicht –, und selbst nach fünfundzwanzig Jahren in Kalifornien war immer noch zu spüren, dass er zwischen Kohleminen aufgewachsen war. Er spielte kein Tennis. Er würde lieber eine Wasserfolter über sich ergehen lassen, als wandern zu gehen. Als ich ihn einmal fragte, auf welches Feld er sich spezialisiert habe, antwortete er: „Auf jedes, in dem mein Kumpel hier Hilfe braucht, um keinen Ärger zu bekommen." Er tat alles für Swift, und Swift erwiderte diese Ergebenheit.

„Dieser Mann ...", sagte Swift einmal auf einer Party, als er einen Toast auf Marty aussprach, um diesem für einen brillanten steuerrechtlichen Schachzug zu seinem Vorteil zu danken. „Dieser Mann würde eher jemandem das Ohr abbeißen und es runterschlucken, bevor er zulässt, dass ich einen Pfennig zu viel ans Finanzamt bezahle. Stimmt's, Marty?"

Dann waren da noch Avas Freunde Jasper und Suzanne, zwei gut aussehende, elegante Kunsthändler aus der Stadt. Erst kürzlich – aber noch bevor sie mich unter ihre Fittiche genommen hatten – hatten die Havillands sich mit einer Frau namens Evelyn Couture angefreundet, einer verwitweten Hundeliebhaberin Ende siebzig, die ein riesiges Haus in Pacific Heights besaß. An Partyabenden wurde Evelyn von ihrem Fahrer in der Limousine gebracht. Auf den ersten Blick passte sie nicht so richtig in diese Partygemeinschaft, doch es stellte sich heraus, dass sie Swift vergötterte und er ihr immer einen Platz in seiner Nähe an dem langen mit Leinen bedeckten Tisch zuteilte. An dem Abend, als sie die Karaoke-Band engagiert hatten, stand Evelyn auf und sang: *How Much Is That Doggy in the Window?*

Zusätzlich zu den regulären Gästen konnten wir immer mit irgendeinem Neuzugang rechnen – jemandem, den Ava auf einem ihrer Ausflüge mit den Hunden oder in der Warteschlange bei Starbucks kennengelernt und ins Herz geschlossen hatte. So jemand hätte auch ich sein können, doch ich hatte schnell und auf wundersame Weise die nächsthöhere Ebene erreicht, auf der sich diejenigen befanden, die nicht nur einen einmaligen Auftritt hatten, sondern zu den Stammgästen gehörten. Anfangs machte ich mir Sorgen, dass ich nichts zu den Gesprächen beitragen könnte, doch das war kein Problem. Die meisten redeten gern viel über sich selbst und waren glücklich, jemanden zu finden, der ihnen zuhörte.

Obwohl sowohl Estella wie auch Ava gute Köchinnen waren, bestellte Ava für die Partys immer ein Catering, damit es nicht zu stressig wurde. Estella musste lediglich ein paar Teller mit Oliven, Salami, Käse, Artischocken aus North Beach und

Kaviar auf köstlichem Brot anrichten und herumreichen. Gewöhnlich brachte Estella ihre Tochter mit, die ihr beim Aufräumen der Küche half. Wenn Carmen zur Arbeit kam, hatte sie immer ein paar Lehrbücher aus dem College dabei, falls es mal eine Flaute in der Küche gab, die ihr ein bisschen Zeit zum Lernen ließ. Sogar während sie das Geschirr abwusch oder den Boden wischte, trug sie Kopfhörer und hörte Hörbücher. Sie wollte ihr Englisch verbessern, sagte sie zu mir. Damit sie nicht mit Akzent sprach, was sie nicht tat.

Als ich das erste Mal zu einer von Avas und Swifts Dinnerpartys kam, brachte ich einen Strauß Gerbera mit, ohne zu ahnen, dass Ava kunstvolle Blumenarrangements für jedes Zimmer der Villa bestellt hatte. Als ich das nächste Mal fragte, womit ich ihr bei den Partys helfen könne, schlug Ava vor, ich solle meine Kamera mitbringen.

„Ich wollte immer, dass unsere Zusammenkünfte irgendwie festgehalten werden", sagte sie. „Nichts Gestelltes. Mehr wie eine Dokumentation. In Schwarz-Weiß. So wie die Bilder der Fotografin Sally Mann, die über die Jahre all diese großartigen natürlichen Aufnahmen von ihren Kindern gemacht hat, während sie aufwuchsen."

Natürlich sagte ich zu. Für mich war ein Platz am Tisch reserviert, aber auf den folgenden Partys saß ich kaum noch, weil ich ständig Fotos machte. Und ich wollte ungewöhnliche Aufnahmen haben. Ich ging in die Küche, wo Estella und Carmen das Geschirr abwuschen, oder zum Pool, an dem sich einige Gäste aufhielten, oder in die Bibliothek, wo Ava gern am Kamin saß, um mit diesem oder jenem Neuigkeiten auszutauschen, von denen nicht unbedingt die ganze Partygesellschaft erfahren musste. Anders als Swift, der sich gern ins Getümmel warf, interessierte sich Ava mehr für lange, intensive Gespräche mit einzelnen Personen.

Da ich wusste, wie sehr Ava ihre Hunde liebte, folgte ich auch Sammy, Lillian und Rocco und versuchte, ein paar Bilder von ihnen zu machen, die sich von den Hunderten bereits vorhandenen unterschieden. Wie Ava einmal bemerkte, konnte ich mich gut unsichtbar machen – das tat ich auch oft, wenn ich nicht fotografierte. Mit Ausnahme von Rocco, der immer noch knurrte, wenn er mich sah, schien niemand zu bemerken, dass ich ihn vor die Linse nahm oder dass ich überhaupt anwesend war.

Für den fünften Mai, den *Cinco de Mayo*, besorgte Ava ein mexikanisches Festtagskleid für Estella, das sie tragen sollte, wenn sie die mexikanischen Speisen servierte. (Sie war natürlich Guatemaltekin. „Das ist doch ganz in der Nähe", sagte Ava.)

Jasper und Suzanne brachten eine Künstlerin mit, die sie in ihrer Galerie präsentierten – eine sehr schöne junge Frau namens Squrl. Irgendwann nach dem Dinner ging ich nach draußen zum Pool, um aus der Ferne ein paar Aufnahmen von der Party zu machen. Als ich vor dem Poolhaus stand und ein paar Dutzend Meter vom Geschehen entfernt die Kamera einstellte, hörte ich hinter mir Geräusche aus dem Inneren des Hauses. Ich drehte mich um und blickte durch die Doppeltür, deren Glasscheiben nur teilweise von Vorhängen verdeckt waren.

Erst kurz zuvor hatte ich im Haupthaus Fotos von Suzannes Mann Jasper gemacht, während er sich über ihren geplanten Besuch auf der Art Basel ausgelassen hatte. Jetzt erblickte ich durch den Vorhang Suzanne und Squrl auf dem dicken tibetanischen Teppich, beide fast nackt und in einer leidenschaftlichen Umarmung ineinander verschlungen. Ich dachte, dass Ava sicher keinen Schnappschuss von Suzanne und Squrl im Kopf gehabt hatte, als sie Sally Manns Fotos von ihren Kindern erwähnte, und machte mich davon, bevor eine der beiden mich entdeckte.

Ich sah noch andere Szenen durch meinen Sucher: An einem Ende des Gartens wurde ich Zeugin einer ziemlich unschönen Auseinandersetzung zwischen Ling und ihrem Mann Ping. Ich beobachtete, wie Estella ein Rib-Eye-Steak in ihrer Tasche verschwinden ließ. Das Merkwürdigste – was ich zufällig mitbekam, als ich versuchte, ein Porträt von Lillian zu machen – war wohl der Anblick von Ernestos fleischiger Hand, die unter dem Tisch auf dem dünnen weißen Schenkel der Herbalistin Ling lag, während ihr Mann auf dem Platz direkt neben ihr geräuschlos an seinem Fleisch kaute.

Von all dem sagte ich kein Wort zu Ava. So interessant diese Fotos auch hätten werden können, ich dokumentierte diese Dinge nicht mit der Kamera. Mein eigenes Leben konnte für amüsante Gespräche beim Cocktail oder Dinner mit meinen Freunden herhalten, aber die intimen Geheimnisse der anderen gingen mich nichts an. Wenn ich zufällig mal etwas aufgenommen hatte, was nicht für meine Augen bestimmt war, dann löschte ich das Foto. Ein Bild – einmal eingefangen – hatte mehr Macht, als die meisten Leute dachten.

Eines Abends, als wir uns an dem langen Teakholztisch auf der Terrasse versammelt hatten, stellte Estella einen goldenen Teller mit einer Speise auf den Tisch, die sich Bananas Foster nannte. Ava streckte ihren langen schlanken Arm aus und zündete das Gericht mit einem Kaminstreichholz an, sodass die Flammen an seinen Rändern leckten.

Ich beobachtete Avas Gesicht, wie das Licht des Feuers ihre Wangenknochen hervorhob und wie schön sie dabei aussah. Ich versuchte, das alles mit meiner Kamera festzuhalten: die brennenden Bananen, die andächtigen Gesichter der versammelten Gäste. Rauchfahnen stiegen um uns auf, als wären wir Passagiere eines vornehmen Ozeandampfers mit voll beleuchtetem Deck auf dem Weg durch die Magellanstraße oder beim Umrunden einer griechischen Insel. Der Kapitän dieses Luxusliners war selbstverständlich Swift.

Der saß dort am Ende des Tisches, thronte zurückgelehnt auf seinem Stuhl über allem, zwischen seinen weißen Zähnen eine kubanische Zigarre, und streichelte mit einer Hand irgendeinen Körperteil Avas (Knie, Ellbogen, Ohrläppchen). Fast als wären wir ihre Kinder, die sich um sie versammelt hatten, und sie die Eltern, die uns das Leben geschenkt hatten. Was sie in gewissem Sinne auch getan hatten.

Als Carmen eines Abends das Geschirr abräumte – die Flasche Far Niente, die Schalen von Dutzenden von Hummern –, gab Swift uns ein Zeichen, vom Tisch aufzustehen und mit ihm in den Garten zu kommen, wo jeder von uns eine mit einem Gaslicht beleuchtete fliegende Laterne in der Größe eines kleinen Drachens in die Hand bekam, um sie aufsteigen zu lassen. Die Lichter schwebten langsam aufwärts – zuerst über das Dach, dann über die Baumkronen und noch höher in den Nachthimmel hinauf, bis es so aussah, als hätten wir gerade ein völlig neues Sternenbild direkt über der Folger Lane erschaffen.

Niemand von uns fragte, wie das (bei den geltenden Feuerschutzbestimmungen) möglich war. In Avas und Swifts Welt schien alles erlaubt. Irgendwo dahinten in der Küche entsorgten eine guatemaltekische Mutter und ihre in den USA geborene Tochter die Reste unseres köstlichen Mahls. (Essensreste waren nicht gut für Hunde. Zu fett.) Wir standen einfach dort in der Dunkelheit um den Pool und beobachteten unsere flackernden Laternen, die langsam den Sternen entgegenschwebten. Sie leuchteten viele Minuten lang. Nachdem das letzte Licht verloschen war, kehrten wir alle ins Haus zurück, um ein Glas Champagner zu trinken und Schokoladensoufflé zu essen, das jeweils mit einem Klecks Crème fraîche und einer makellosen Himbeere garniert war. Dann sagte einer nach dem anderen Gute Nacht, und wir kehrten zurück in unsere eigenen unbedeutenden Leben, fern von diesem merkwürdigen und schönen Shangri-La, das unsere fantastischen Freunde kreiert hatten.

Ich denke, wir waren alle dankbar, für ein paar Stunden hier gelandet zu sein, wie müde Reisende, die von einer Glückswelle an diesen entlegenen prunkvollen Strand gespült worden waren. Von den Hunderten Fotos, die ich dort machte – oder Tausenden -, konnte keine Aufnahme erfassen, wie es sich für mich anfühlte, an diesem Ort zu sein und die Gesellschaft dieses magischen Paars zu genießen.

## 25. KAPITEL

Inzwischen graute es mir davor, die Mails zu lesen, die ich auf mein Online-Profil hin erhielt, weil sie alle durchweg entmutigend waren. Dann schaltete ich an einem Frühlingstag, zu der Zeit, als Avas Tulpen herauskamen, meinen Laptop an und fand eine kurze Nachricht, die sich von den anderen unterschied.

Der Mann, der mir geschrieben hatte (Nickname: „JustaNumbersGuy"), meinte, er habe mein Profil eingehend studiert und glaubte („aufgrund meiner strengen Analyse"), es gebe eine kleine Chance („Nicht vergessen, ich bin ein Pessimist", schrieb er), dass wir uns verstehen würden. Oder zumindest, so führte er weiter aus, könnte ein Treffen zwischen uns weitaus weniger schrecklich werden als all die anderen.

Es war schwierig zu sagen, ob er ein Nerd war oder Witze machte. Vielleicht beides.

Er hieß Elliot und war dreiundvierzig Jahre alt – was zu meinen achtunddreißig ganz gut passte, fand ich. Geschieden, keine Kinder.

„Um ehrlich zu sein, ich glaube nicht, dass dieses Foto von dir besonders vorteilhaft ist", schrieb er. „Ich schätze mal, dass es dir nicht gerecht wird. Aber dein Gesicht hat mir sofort gefallen, und außerdem habe ich das Gefühl, du bist jemand, der seine positiven Eigenschaften eher etwas herunterspielt. Vielleicht spüre ich das, weil ich selbst auch so bin."

Nach dem Foto, wenn es denn überhaupt der Realität entsprach (was auf die Profilbilder so vieler Männer, die ich getroffen hatte, nicht zutraf), sah Elliot nicht schlecht aus – eigentlich sogar ganz gut, auf eine streberhafte Art. Er war dünn, obwohl ein kleiner Bauchansatz zu sehen war. Irgendwie sah er aus wie der Typ Mann, der wahrscheinlich eine ganze Schublade voller weißer Socken hatte, damit er sich die Mühe sparen konnte, nach der Wäsche die passenden Paare zusammenzusuchen. Wenn das Foto aktuell war, dann hatte er wohl noch alle Haare auf dem Kopf. Er schrieb, dass er eins dreiundachtzig groß sei. („Du hast erwähnt, dass du gern tanzt", schrieb er, „und wie ich las, bist du eins vierundsechzig. Ich hoffe, wegen des Größenunterschieds wirst du mich nicht gleich als Tanzpartner ausschließen, denn ich kann dich beruhigen, das sollte kein Problem sein. Man sagt mir nach, dass ich eine schlechte Haltung habe.")

Ich musste lächeln, als ich das las. Aber diesmal nicht, weil ich meinte, dass der Schreiber ein lächerlicher Kandidat wäre und ein großartiges Objekt für eine Geschichte abgäbe, mit der ich Ava und Swift beim nächsten Dinner unterhalten könnte. Tatsächlich gefiel mir, was Elliot schrieb.

„Ich bin übrigens nicht reich", bemerkte er, „aber ich besitze ein nettes kleines Haus in Los Gatos. Und es besteht nicht die Gefahr, dass ich in nächster Zeit aus meinem Job entlassen werde, weil ich mein eigener Boss bin."

Er arbeite als Buchhalter, berichtete er. „Ich weiß, ziemlich langweilig, oder?", fügte er hinzu. „Womöglich erzähle ich dir als Nächstes, dass ich mich für Ahnenforschung interessiere. Und weißt du, was? Das ist tatsächlich der Fall."

Er habe sich vor sieben Jahren nach zwölfjähriger Ehe scheiden lassen, schrieb er weiter. Die Trennung sei aber zum Glück absolut nicht dramatisch gewesen. Er und seine Exfrau Karen seien gute Freunde geblieben. „Wir haben uns einfach auseinandergelebt. Das klingt wahrscheinlich ganz schön langweilig, aber in diesem Fall ist mir das lieber als eine dieser Geschichten, wo sich zwei Leute anonyme Hassbriefe vor die Tür legen und sich ausmalen, wie sie den anderen am besten umbringen."

Dann schrieb er weiter: „Ich gehe davon aus, dass du, obwohl du deine Stärken offensichtlich unter den Tisch fallen lässt, eine hervorragende Fotografin bist. Zu diesem Schluss kam ich nicht wegen deines Selbstporträts, sondern wegen der anderen Bilder, die du auf deinem Profil eingestellt hast und von denen ich annehme, dass du sie gemacht hast.

Was das Foto von dir und deiner Freundin betrifft ... nun, was soll ich sagen? Etwas an dem Ausdruck deiner Augen hat mich veranlasst, das Bild an diesem Abend ein halbes Dutzend Mal aufzurufen. Während ich es mir anschaute, habe ich – obwohl niemand sonst in der Wohnung war, der mich hätte hören können – laut gesagt: Ich mag diese Frau. Wichtiger noch: Als ich mir dein Profil ansah, habe ich etwas ganz Ungewohntes gespürt. Meine Lippen haben sich tatsächlich zu einem kleinen Lächeln verzogen."

Und weiter: „Ich muss dir sagen, du bist eine schöne Frau."

Vielleicht hat er mich mit Ava verwechselt, dachte ich im ersten Augenblick. Denn Ava sah auf diesem Foto natürlich umwerfend aus. So wie immer.

Dann las ich weiter, und es war, als hätte er meine Gedanken erraten.

„Und glaub nicht, dass ich dich mit deiner Freundin verwechsle", schrieb er. „Obwohl sie sicher eine nette Person ist. Aber ich rede von dir, der Stillen, in deren Blick ich eine gewisse Traurigkeit entdecke, aber auch die Fähigkeit, sich wirklich zu freuen. Die Frau im Bild rechts ist diejenige, die ich hoffe, zu einem Dinner mit mir überreden zu können. Bald hoffentlich."

## 26. KAPITEL

Ich hatte es mir zur Regel gemacht, wenn ich in Betracht zog, mich mit jemandem zu treffen, den ich online kennengelernt hatte, vorher mit demjenigen zu telefonieren. Aus der Stimme einer Person konnte man viel heraushören, auch Dinge, bei denen sofort klar war, dass ich diesen Mann nicht treffen wollte. (Eine Menge blieb natürlich unentdeckt, wie mir meine vielen katastrophalen Blind Dates zeigten.)

Aber als ich Elliot auf seine erste Mail antwortete, schlug er vor, den üblichen Telefoncheck auszulassen und sich gleich zum Dinner zu treffen. Es beruhigte mich, als er schrieb, er habe an diesem Abend etwas vor (denn ich fragte mich, ob er vielleicht irgendein merkwürdiger Stalker wäre, schließlich hatte er gesagt, er habe einen ganzen Abend damit verbracht, sich immer wieder meine Fotos anzusehen). Es gefiel mir, wenn ein Mann Freunde hatte.

„Morgen bin ich auch verabredet", schrieb er, „obwohl ich lieber mit dir essen gehen würde. Wie sieht es denn Freitag aus?"

Freitag war ich oft mit Ava und Swift zusammen, deshalb zögerte ich zuzusagen. Dann überlegte ich es mir anders. Es wäre doch wirklich lächerlich, die Einladung eines sympathisch wirkenden und nicht unattraktiven Mannes abzulehnen, der sich aus welchem Grund auch immer ehrlich für mich zu interessieren schien, nur weil die Möglichkeit bestand, dass meine Freunde mich auf die letzte Minute noch zu sich einladen könnten.

„Freitag wäre gut", antwortete ich.

„Ich würde dich gern abholen", schrieb Elliot. „Aber ich verstehe auch, wenn du einem völlig Fremden nicht deine Adresse geben möchtest. Deshalb schlage ich vor, dass wir uns gleich im Restaurant treffen."

Ich erkannte ihn sofort, als ich durch die Tür kam. Oft hatten die Männer wenig Ähnlichkeit mit den Fotos auf ihren Online-Profilen, aber Elliot sah genauso aus wie auf dem Bild. Als ich auf seinen Tisch zukam, stand er auf. Schlechte Haltung, er hatte recht gehabt. Aber er hatte schönes Haar und freundliche Augen. Er zog den Stuhl für mich zurück.

„Ich kann nicht anders, ich muss dir einfach sagen, dass ich mich auf unser Treffen gefreut habe, seit ich dein Foto auf dem Online-Portal gesehen habe", erklärte er.

Wir waren an dem Abend die Letzten, die das Restaurant verließen. Als er mich zu meinem Wagen begleitete, nahm er meinen Arm, aber nicht so wie der Vietnamveteran bei seinem Heiratsantrag. Sanft, aber bestimmt. „Ich würde dich gern küssen", sagte er. „Du musst mir sagen, wenn das ein Problem für dich ist."

„Nein, kein Problem", erwiderte ich.

Danach stand er da und sah mich an. „Ich will mich an diesen Augenblick so genau wie möglich erinnern", sagte er. „Auch wenn es unwahrscheinlich ist, dass ich ihn vergessen könnte."

„Mir hat der Abend auch gefallen", sagte ich. Normalerweise hätte ich bis zu diesem Zeitpunkt schon mindestens einen problematischen Zug an meinem Gegenüber entdeckt, der mich davon abhielt, die Beziehung weiter zu vertiefen. Doch das einzig Merkwürdige an Elliot waren seine überraschend intensiven Gefühle für mich. Es schien mir unbegreiflich, dass ich eine solche Wirkung auf einen Mann haben konnte. Das war noch nie passiert.

Noch etwas anderes überraschte mich an diesem Abend mit Elliot. Zum ersten Mal, seit ich regelmäßig mit Ava und Swift zu Abend aß, hatte ich während des Dates nicht darauf geachtet, welche witzigen und lächerlichen Begebenheiten ich den beiden später beim Dinner schildern könnte.

Elliot fragte mich, ob es mir zu schnell ginge, wenn wir uns am folgenden Abend wieder zum Essen treffen würden. „Ich könnte natürlich so tun, als wäre ich weniger interessiert", bemerkte er. „Aber ich wüsste nicht, warum."

Morgen wäre gut, versicherte ich ihm. Ich hatte zuerst gehofft, an diesem Samstag nach Walnut Creek zu fahren, aber wie so oft hatte Dwight mir am Nachmittag per E-Mail mitgeteilt, dass er und der Rest der McCabe-Familie sich in Sacramento treffen würden, um Jareds Geburtstag zu feiern. Und natürlich sollte Ollie mitfahren.

„Ich will dir keine Angst einjagen, wenn ich das sage", erklärte Elliot, „aber das war die beste Verabredung, die ich je hatte."

„Ich muss dir etwas sagen, bevor wir uns weiter treffen", begann ich, während wir immer noch auf dem Parkplatz standen. Wir hatten uns beim Dinner eine Menge erzählt, aber die eine Sache, die für mich am wichtigsten war, hatte ich noch nicht erwähnt.

„Ich habe einen Sohn, acht Jahre alt. Er lebt nicht bei mir, obwohl ich mir das wünsche. Ich habe vor etwa drei Jahren das Sorgerecht verloren. Wenn du es dir deshalb anders überlegst, würde ich dir keine Vorwürfe machen."

Einen langen Moment stand Elliot einfach nur schweigend da. „Jetzt weiß ich, dass du einen schweren Verlust in deinem Leben erlitten hast", erwiderte er schließlich. „So wie die meisten von uns, wenn wir ehrlich sind. Wenn wir uns das nächste Mal wiedersehen, bist du vielleicht so weit, mir die Geschichte zu erzählen."

„Ich versuche, die Sache zwischen mir und Ollie, meinem Sohn, in Ordnung zu bringen", sagte ich. „Aber es ist eine schwierige Situation."

„Hör zu", entgegnete Elliot. „Normalerweise bezeichne ich mich als einen vernünftigen Mann. Aber ich sag's dir am besten gleich. Ich werde verrückt nach dir sein. Wahrscheinlich bin ich es jetzt schon. Das Einzige, was für mich infrage steht, ist, ob du das Gleiche für mich empfinden könntest."

## 27. KAPITEL

Ava rief mich am darauffolgenden Vormittag an.

„Und?", sagte sie. „Es ist schon halb zehn. Warum bist du noch nicht hier? Swift und ich wollen alles erfahren."

„Ich dachte, ihr wärt noch auf dem Bauernmarkt", erwiderte ich. Das war nicht ganz richtig. Tatsächlich – und das war noch nie passiert – hatte ich ganz vergessen, dass wir uns treffen wollten. Ich hatte an den Abend mit Elliot gedacht.

„Wir sind schon seit Ewigkeiten wieder zurück", sagte Ava. „Ich habe nach deinem Wagen Ausschau gehalten. Sogar die Hunde vermissen dich. Na gut, Rocco vielleicht nicht, aber die anderen beiden. Du musst unbedingt sofort herkommen und uns alles erzählen. Die ganze schmutzige Geschichte."

Dann hörte ich sie lachen. Wahrscheinlich stand Swift jetzt hinter ihr und machte irgendeine ganz eindeutig sexuelle Geste.

„Ich versuche, mich auf das Gespräch zu konzentrieren!", rief sie. Dann: „Streich das, ich habe Swift gemeint. Du weißt ja, wie unglaublich lästig er werden kann."

Es war ebenfalls untypisch für mich, dass ich noch im Bett lag, als Ava anrief. Ich hatte eine E-Mail von Elliot gelesen. Eigentlich waren es zwei – eine hatte er noch am Abend nach unserem Treffen geschrieben, die andere an diesem Morgen.

„Ich glaube, das letzte Mal, dass ich so aufgeregt war", hieß es, „war 1992, als der Steuerfreibetrag für die Produktion von erneuerbarer Energie beschlossen worden ist."

Es gefiel mir, dass er nicht die Notwendigkeit sah, ein „LOL" oder einen Smiley dahinterzusetzen, damit ich seinen Scherz erkannte. Ich mochte eine Menge Dinge an Elliot.

„Normalerweise sage ich so etwas nicht, pessimistisch wie ich bin", schrieb er. „Aber ich glaube, aus uns kann wirklich etwas sehr Gutes werden."

Am Nachmittag fuhr ich zur Folger Lane. Ava hatte einen Cappuccino für mich vorbereitet, und es gab Croissants, die Estella von der guten Bäckerei mitgebracht hatte, mit deren Eigentümerin Ava befreundet war. Vor Kurzem hatte sie auf einem unserer Ausflüge dort angehalten, um eine Hortensie vorbeizubringen, weil sie glaubte, dass sie der Frau gefallen würde, denn die Farbe passte perfekt zu ihrer Markise. Das war typisch Ava: Erledigungen, für die man den Wagen parken, aussteigen und irgendwo hineingehen musste – Dinge, die manche Menschen, die keine Wirbelsäulenverletzung hatten, zu umständlich fanden –, waren ihr nie zu viel. Ava machte öfter irgendwo halt, kaufte Geschenke für Leute und brachte sie ihnen.

„Und?", sagte sie und reichte mir ein Croissant.

„Er hat mir gefallen", sagte ich. „Heute Abend lädt er mich wieder zum Dinner ein."

„So bald schon?", rief Ava. „Ist das nicht ein bisschen schnell?"

Swift war eben noch draußen auf der Terrasse gewesen, aber jetzt setzte er sich zu uns. „Nichts Merkwürdiges diesmal?", wollte er wissen.

Ich schüttelte den Kopf.

„Ist er klein?", fragte Ava.

„Normal. Ziemlich groß eigentlich. Mit seinen Zähnen ist auch alles in Ordnung."

„Wollte er sich die Rechnung mit dir teilen?"

„Nein."

Ava wollte wissen, wohin er mich das nächste Mal ausführen würde. Ich nannte ein Restaurant, von dem ich wusste, dass die beiden auch öfter dort aßen, allerdings ohne mich. Es war teurer als das birmanische Restaurant, in das wir normalerweise gingen.

„Nicht gerade schlecht", bemerkte sie.

Swift erkundigte sich, ob wir uns geküsst hätten und wie weit er gegangen sei.

Obwohl ich den Havillands meine Dates bisher immer bis in alle Details geschildert hatte, widerstrebte es mir diesmal in ungewohnter Weise, ihnen alles über meinen Abend mit Elliot zu erzählen. Ich hätte mir wieder eine Geschichte ausdenken können, aber dazu hatte ich keine Lust.

„Es war gut", sagte ich und klang ein bisschen lahm, wobei ich diesen Ton vielleicht sogar extra anschlug. „Alles in Ordnung."

„Das ist wunderbar, meine Liebe", sagte Ava. Aber unterschwellig hörte ich noch etwas anderes aus ihrem Tonfall heraus – vielleicht fiel es mir auch erst nachträglich auf, und womöglich bildete ich es mir auch nur ein. Sie klang ein bisschen enttäuscht.

„Dieser Typ ist nicht zufällig noch verheiratet, oder?", sagte Swift.

Ich schüttelte den Kopf. „Schon lange geschieden. Keine schrecklichen Geschichten über die fürchterliche Exfrau."

„Männer, die lange allein sind, ohne eine Frau, entwickeln merkwürdige Eigenschaften", sagte Ava. „Das ist das Alte-Junggesellen-Syndrom. Sie werden verbohrt und unflexibel."

„Aber er war zwölf Jahre verheiratet", entgegnete ich. „Und er und seine Exfrau sind immer noch gute Freunde."

„Freunde? Tatsächlich?", rief Ava. „So was kann ich nicht verstehen. Wenn Swift und ich uns jemals trennen sollten – was nie passieren wird –, dann müsste ich ihm die Kehle aufschlitzen. Vielleicht ist dieser Elliot ja kein sehr leidenschaftlicher Mann."

Ich wollte etwas erwidern, ließ es aber. Ava hatte Elliot ja noch nicht einmal gesehen, und ich wollte ihn bereits verteidigen.

„Ich glaube, er ist einfach ein wirklich netter Mann", sagte ich.

„Das ist großartig", bemerkte sie. „Wenn du nach jemandem suchst, der *nett* ist."

## 28. KAPITEL

Der zweite Abend mit Elliot war sogar noch netter als der erste. Als ich mich das so beschreiben hörte – Montagvormittag in der Folger Lane beim Kaffee im Garten mit Ava –, bereute ich es sofort.

„Nicht nur nett", verbesserte ich mich. „Wirklich fantastisch."

Ava schien zu zweifeln. „Ich will das ja nicht kleinreden", sagte sie. „Aber wenn alles stimmt, will man Hitze spüren. Erregung. Schwitzen. Als müsstest du sterben, wenn du ihn nicht wiedersiehst. Und das sollte so bald wie möglich geschehen."

Das sei erst das zweite Treffen gewesen, erklärte ich ihr. „Ich heirate den Mann ja nicht gleich. Und glaub mir, nach all den Männern, mit denen ich mich getroffen habe, ist *nett* wirklich nicht zu wenig."

„An dem Abend, als ich Swift kennengelernt habe, sind wir bei ihm in der Wohnung gelandet und das ganze Wochenende nicht mehr aus dem Bett gekommen", sagte Ava. Das hatte ich bereits gehört – allerdings waren es in der ersten Version sechs Monate gewesen. Das kam wahrscheinlich ein bisschen später.

„Versteh mich nicht falsch, Liebes", sagte sie. „Ich finde es großartig, dass du jemanden gefunden hast, mit dem du was unternimmst. Ich weiß nur, dass du zu denen gehörst, die sich immer unter Wert verkaufen. Vielleicht glaubst du, dieser Elliot wäre das Beste, was du erwarten kannst, obwohl das gar nicht der Fall ist."

„Ich verkaufe mich nicht unter Wert", widersprach ich. „Er ist großartig. Und überhaupt, ich habe ihn ja gerade erst kennengelernt."

„Nun, das ist schön für dich", sagte sie und gab Estella ein Zeichen, dass sie unsere Tassen abräumen könne. „Ich denke, es ist wunderbar. Und wenn du ihn in einer Woche immer noch magst, weißt du ja, dass wir darauf bestehen werden, ihn kennenzulernen, um ihm mal auf den Zahn zu fühlen."

Eine Woche später mochte ich Elliot sogar noch mehr, nachdem er mich am Sonntag zu sich nach Hause eingeladen und wir zusammen ein Dinner gekocht hatten. Am Tag davor, nach meinem Besuch bei Ollie, waren wir ins Kino gegangen.

Wir küssten uns oft, aber wir waren noch nicht zusammen im Bett gewesen. Elliot war ein besonnener Mann – jemand, der alle Bewertungen über ein bestimmtes Automodell las, bevor er auch nur eine Testfahrt unternahm. Wir hatten uns über Sex unterhalten. „Ich möchte, dass es wirklich gut wird", sagte er. „Ich möchte dann das Gefühl haben, dass du die letzte Frau sein wirst, die ich lieben werde. Für den Rest meines Lebens."

„Das ist aber eine ziemlich große Verantwortung", fand ich. „Es sei denn, natürlich, dass die Erfahrung dich auf der Stelle umbringt."

Ich wollte einen Witz machen, und normalerweise hatte Elliot viel Sinn für Humor. Aber nicht bei diesem Thema.

Zwei Wochen nachdem wir uns kennengelernt hatten, lud Elliot mich ein, mit ihm für ein langes Wochenende nach Mendocino zu fahren, und ich sagte zu, obwohl ich dann eine von Avas und Swifts Partys verpassen würde. Sie hatten dafür einen Sushikoch engagiert und eine Gruppe von Kodo-Trommlern, die im Poolhaus spielen würden.

„Du könntest die wunderbarsten Fotos davon machen", sagte Ava. „Die Trommler tragen traditionelle Kostüme aus dem dreizehnten Jahrhundert. Du solltest mal ihre Armmuskeln sehen. Ganz zu schweigen vom restlichen Körper."

Am Mendocino-Wochenende hatten Elliot und ich dann endlich Sex. Es war kein bewusstseinsveränderndes Erlebnis, aber es war gut – doch später auf der Fahrt mit ihm über den Highway nach Hause, als wir an einem Strand vorbeikamen, an dem Ava und ich einmal mit den Hunden gewesen waren, hörte ich ihre Stimme in meinem Kopf, und ich war beunruhigt. Ich erinnerte mich daran, wie wir zu Beginn unserer Freundschaft im Wintergarten gesessen hatten und Ava mir von dem Kennenlernen mit Swift erzählte. Wie verliebt sie gewesen war, sodass sie gar nichts hatte essen können. „Er hatte damals so richtig lange Haare, die er manchmal in einem Pferdeschwanz zusammengebunden trug", hatte sie gesagt. „Einmal, als er schlief, habe ich mir ein Stück davon abgeschnitten."

Ich betrachtete Elliots Profil, während er fuhr – den Blick immer auf die Straße vor sich gerichtet, aber auf dem Gesicht ein kleines Lächeln, das, wie ich wusste, mit uns und dem gemeinsamen Wochenende zu tun hatte. „Hast du jemals daran gedacht, dein Haar im Nacken nicht so kurz zu schneiden?", fragte ich ihn.

„Nein. Warum fragst du?"

„Aus keinem besonderen Grund, nur so."

Am nächsten Tag in der Folger Lane wollte Ava natürlich alles über unser Wochenende wissen. Diesmal achtete ich darauf, eine andere Seite von Elliot darzustellen – sodass er nicht einfach nur wie ein netter Mann erschien, der kein Axtmörder war. Ich hatte ein paar Fotos von ihm mit meinem Smartphone gemacht und scrollte durch die Aufnahmen, um eine gute zu finden.

„Er ist sehr lustig und spontan", sagte ich, während ich feststellte, dass er auf keinem der Handyfotos richtig gut aussah. „Als wir letzte Woche in seinem Apartment waren und zusammen Paella gekocht haben, hat er mich in den Arm genommen und mit mir getanzt." Ich erzählte ihr von einem anderen Abend, als ich nach einem Besuch bei Ollie in Walnut Creek zu ihm kam und er ein Bad für mich vorbereitet hatte, mit Badesalz und Kerzen überall. Er hatte mich allein im Badezimmer gelassen, aber später hatten wir zusammen auf seiner Couch gesessen – ich in seinem alten Frotteebademantel – und er hatte mir die Füße massiert. Zu diesem Zeitpunkt war er noch gar nicht mein Liebhaber gewesen – genau genommen. Aber bei keinem Mann hatte ich mich vorher so geliebt gefühlt.

„Hm", sagte Ava. Aber ich wusste, sie würde ihre Meinung nicht ändern. „Und wie ist der Sex mit ihm?"

In der Vergangenheit hätte ich sofort über alles Auskunft gegeben. Ava stand mir näher als jeder Mann, deshalb hatte ich ihr immer auch die intimsten Dinge verraten. Aber diesmal fühlte es sich anders an. Ich verspürte das Bedürfnis, gewisse Einzelheiten über meine Beziehung zu Elliot für mich zu behalten. Auch wenn ich hoffte, die Dinge, die ich erzählte, würden ausreichen, um sie zu überzeugen, dass sie gut war.

„Wir haben in Mendocino dieses Flussbett gefunden, das zu einer heißen Quelle führt", erzählte ich ihr. „Da gab es eine Stelle, wo wir bis zu den Knöcheln im Schlamm versanken. Niemand war in der Nähe. Also haben wir uns bis auf die Unterwäsche ausgezogen und uns mit Schlamm eingerieben. Danach lagen wir in der Sonne, bis alles angetrocknet war, und dann sind wir ins Wasser gesprungen."

„Er muss ja ziemlich komisch ausgesehen haben mit den dünnen Beinen und dem kleinen Bäuchlein", bemerkte Ava. Natürlich hatte ich ihr seinen Körperbau so beschrieben.

Doch in dem Moment, als sie das sagte, spürte ich, wie sich etwas in mir veränderte. Als Elliot und ich uns mit dem

Schlamm beschmiert hatten, hatte es sich wundervoll und sexy und romantisch angefühlt, wie wir fast nackt dort gelegen hatten. Aber plötzlich, nach Avas Bemerkung, sah das Bild anders aus. Durch Avas Augen betrachtet, erschien mir Elliots Aussehen plötzlich irgendwie lächerlich. Wenn nicht sogar jämmerlich.

Ich wünschte, ich hätte ihr nichts von seinem Bauchansatz erzählt.

## 29. KAPITEL

Ab und zu, wenn ich allein bei den Havillands war und an dem Kunstkatalog arbeitete, überkam mich ein sonderbares und verstörendes Gefühl. Mein Blick fiel auf irgendetwas von Avas Sachen, und mir ging durch den Kopf, wie einfach ich dieses oder jenes mitnehmen könnte. Niemandem würde auffallen, dass etwas fehlte.

Obwohl sie ständig Zwanzigdollarscheine überall herumliegen ließen, stellte ich mir nie vor, auch nur einen Cent vom Geld der Havillands zu stehlen. Ich wusste, wo Ava ihre Ringe und den Diamantanhänger aufbewahrte, den Swift ihr geschenkt hatte, und all den anderen wertvollen Schmuck. Das hätte ich niemals angefasst. Und da waren die vielen Kunstwerke – nicht die Arbeiten der Außenseiter, sondern das angesagte Zeug. Der Diebenkorn. Der Matisse. Es gab Kunstwerke im Haus, die mehr wert waren, als ich in meinem ganzen Leben verdienen würde. Ich hätte mir eher einen Finger abgeschnitten, bevor ich sie angerührt hätte.

Aber manchmal, wenn ich allein in der Folger Lane war – Ava beim Pilates, Estella beim Einkaufen, Swift bei einer seiner Sitzungen mit Ling, der chinesischen Herbalistin, beim Training mit dem Fechtlehrer oder bei einem Meeting für die Stiftung –, überkam mich plötzlich große Lust, Avas riesigen Kleiderschrank zu durchsuchen. Dieses Verlangen unterschied sich kaum von dem Gedanken an die Flasche Wein auf meinem Küchenschrank, der mich früher nicht mehr losgelassen hatte. Nachdem Ava mich das erste Mal mit nach oben genommen hatte, musste ich immer wieder daran denken. Da gab es so viele wunderschöne Sachen, die ich noch nie an ihr gesehen hatte. Ich stellte mir vor, wie es wäre, wenn eines dieser Kleidungsstücke in meinem Schrank hinge. Oder eine Perlenkette. Oder einfach nur ein Paar Ohrringe.

Es gab einen Ring, den ich liebte, in Form eines Fisches (diesmal kein Hund, das war ungewöhnlich für Ava). Dann waren da die Ohrringe mit jeweils einem einzelnen roten Stein in einer winzigen goldenen Fassung. Einmal, allein in dem begehbaren Kleiderschrank, hielt ich sie mir an die Ohren. Ich wusste nicht einmal, ob es Rubine waren, mit Edelsteinen kannte ich mich nicht aus. Sie gefielen mir einfach nur: diese roten Steine und das feine goldene Gespinst, das sie fixierte. Es wäre so einfach gewesen, sie in die Tasche zu stecken. Die Vorstellung war wie eine Versuchung.

Oder ich stand in der Küche, und während ich mir einen Tee kochte, tauchte plötzlich dieser Gedanke auf: Ich könnte den silbernen Teelöffel einfach mitnehmen – er war Teil eines Sets, in jeden war eine andere Wildblume eingraviert. Im selben Schubfach lag ein Löffel für Linkshänder. Ava und Swift waren nicht einmal Linkshänder, aber ich. Wenn dieser Löffel mir gehört hätte, dann hätte ich jeden Morgen Haferflocken zubereitet, nur damit ich sie mit diesem Speziallöffel essen könnte.

Eine ganze Woche lang ließ mich der Gedanke an Avas Teelichthalter aus Knochenporzellan nicht los – eine kleine Kuppel, die über die Kerze auf dem dazugehörigen Knochenporzellanteller gesetzt wurde. Er sah nicht so besonders aus, bis man die Kerze anzündete – am besten in einem dunklen Raum. Dann zeigte sich die ganze Szene, die in das Porzellan geschnitzt war: eine Dorfstraße, ein Pferdewagen, ein gemütliches Bauernhaus im Wald, alles leuchtete durch das Feuer der Kerze unter dem Porzellandom. Ich wusste genau, wo ich den Teelichthalter in meiner Wohnung aufgestellt hätte, wenn er mir gehören würde.

Eines Abends, als wir zusammen aßen, hatte Ava diesen Kerzenhalter auf den Tisch gestellt. Ich fragte sie, woher sie ihn habe, vielleicht weil ich überlegte, so einen für mich zu kaufen.

„Weiß Gott woher", erwiderte sie. „Wahrscheinlich haben wir ihn geschenkt bekommen, auf irgendeiner dieser schrecklichen Veranstaltungen, zu denen wir gehen mussten, als Swift noch seine Firma hatte. Ich habe Schubladen voll von diesem Zeug."

Ich hätte den Teelichthalter niemals gestohlen. Oder irgendetwas anderes. Aber wenn ich es getan hätte, das wusste ich, dann hätte ich ihn im Gegensatz zu Ava wirklich wie einen Schatz gehegt.

Tatsächlich interessierte sich Ava nicht besonders für Besitztümer. Ihr waren die Menschen wichtig, die sie mochte, und ihre Hunde.

Das war in vieler Hinsicht eine erfrischende Eigenart. Andererseits hätte man sie auch als verwöhnt ansehen können, weil sie so viel Zeug besaß, dass einzelne Dinge – sogar Schätze – ihr nichts bedeuteten. Nicht einmal ihre teure Kleidung – ihre Lederjacke von Barneys, ihr Samtcape, die Fendi-Stiefel, der Kaschmirumhang, der neben ihrem Jacuzzi hing. Sie brachte immer wieder Kleidung zur Reinigung und vergaß sie dann. Das passierte so oft, dass sie mir eines Tages ein paar Hundertdollarscheine in die Hand drückte und mich bat, alle Reinigungen in der Stadt abzufahren, um nachzufragen, ob sie dort noch Kleidungsstücke von ihr hatten.

Das dauerte Stunden. Es stellte sich heraus, dass einige der Sachen, die ich an diesem Tag abholte, dort bereits seit einem Jahr gelegen hatten. Darunter war ein Leinenrock, den ich besonders schön fand. Wenn ich den in meine Wohnung statt zur Folger Lane gebracht hätte, wäre Ava das nie aufgefallen.

„Hör auf", sagte ich laut zu mir – genauso wie ich es früher getan hatte, wenn ich nach der Flasche greifen wollte.

Manchmal fragte ich mich, was mit mir los war, dass dieser Gedanke, etwas von den Havillands zu stehlen, immer wieder in meinem Kopf auftauchte. Das konnte doch nur bedeuten, dass ich ein schrecklicher Mensch war.

Aber ich hätte niemals wirklich etwas gestohlen. Ich wusste, dass ich das Vertrauen meiner Freunde nie missbrauchen würde, besonders nach allem, was sie für mich getan hatten. Ich hätte niemals riskiert, die beiden zu verlieren, was sicher passiert wäre, hätten sie von meinen begehrlichen Gedanken erfahren. Ich liebte Ava und die Welt voller schöner Dinge, die sie erschaffen hatte. Ich wollte ein Teil ihrer Welt sein. Ich wollte, dass ein Teil ihrer Welt mir gehörte.

## 30. KAPITEL

Obwohl Ava gern behauptete, dass es Swifts vorrangige Aufgabe im Leben sei, sie zu lieben – und er sagte vieles, das diese Behauptung bekräftigte –, schloss er sich in diesen Tagen immer öfter in seinem Büro ein. Er schien intensiver mit dem Aufbau von BARK, ihrer Stiftung für herrenlose Tiere, beschäftigt zu sein. Mithilfe einiger Freunde – darunter Ling, überraschenderweise Ernesto, verschiedene junge Geldgeber, die in letzter Zeit oft vorbeikamen, ein Kumpel, der sein Unternehmen um die gleiche Zeit verkauft hatte wie Swift seines und sogar noch gewinnbringender, und natürlich Marty Matthias – hatte er eine Menge Treffen mit einigen einflussreichen Leuten, die er aus seinen alten Tagen in der Technologiebranche kannte, arrangiert. Dort sollten Sponsoren gewonnen werden. Offenbar sprach Evelyn Couture, die Witwe aus Pacific Heights, davon, eine größere Spende an die Stiftung zu überweisen, und er hatte sich deshalb mit ihren Anwälten getroffen.

Auch wenn Swift gern viel telefonierte und zu Meetings ging, so hatte ich inzwischen festgestellt, dass eigentlich Ava diejenige von den beiden war, die tatsächlich etwas in Gang brachte.

„Wenn ich Swift losschicke, damit er den Spendern Honig ums Maul schmiert, ist er sinnvoll beschäftigt und stört mich hier nicht", sagte sie zu mir. „Der Junge liebt es, in Raucherzimmern mit einer Zigarre herumzusitzen und über das Footballspiel der 49ers zu schwadronieren, und er kann die Leute auf wunderbare Weise dazu bringen, das Scheckbuch zu zücken. Aber weißt du, was? Er hat keine Ahnung davon, wie man eine Stiftung aufzieht."

In der Zwischenzeit brachte sie das Projekt in die nächste

Phase, erklärte sie. Sie hatte einen Webdesigner engagiert und eine Werbefirma, um das Konzept der Wohltätigkeitsorganisation im ganzen Land bei potenziellen Spendern bekannt zu machen. Obwohl er es hasste zu fliegen, schickte sie Swift zu einem Meeting nach New York, ein anderes Mal nach Palm Beach. Ebenso nach Atlanta, Boston und Dallas.

Irgendwann im späten Frühjahr, als ich zu ihnen fuhr, um wie gewohnt mit Ava und den Hunden spazieren zu gehen, dann zu arbeiten und schließlich mit ihnen zu Abend zu essen, saß Ava schon vor dem Haus und wartete auf mich.

„Ich habe so eine fantastische Idee", sagte sie. „Ich konnte es kaum abwarten, dir davon zu berichten."

Es stellte sich heraus, dass Swift im Oktober Geburtstag hatte und sechzig wurde. Ava wollte eine große Überraschungsparty für ihn schmeißen.

Er dachte sich natürlich, dass sie seinen Geburtstag nicht einfach ohne eine große Feier vorübergehen lassen würde. Aber sie hatte eine Idee, die alles noch viel bedeutungsvoller machen sollte. Sie wollte die Eröffnung des ersten BARK-Sterilisationszentrums in San Francisco mit seinem Geburtstag zusammen feiern, groß angekündigt, vielleicht mit einem Kurzfilm. Und – hier kam ich ins Spiel – sie wollte mit meiner Hilfe ein Fotobuch produzieren, das Swifts Karriere und sein Engagement für Hunde dokumentierte und zugleich das Leben derselben Hunde zeigte, denen die BARK-Stiftung helfen würde.

„Sollte er nicht über so ein Projekt vorher informiert werden?", fragte ich sie. „Wenn du planst, die ganze Stiftung an diesem Abend der Öffentlichkeit vorzustellen?"

Ava lachte. „Ach, meine Liebe. Du hast ja keine Ahnung. Swift hat sich noch nie um Details gekümmert. Man muss ihm nur einen seiner alten Verbindungskommilitonen und eine

Flasche Macallan zur Seite stellen, und er ist happy. Besonders wenn eine gut aussehende Kellnerin in der Nähe ist."

Ava war dagegen eine Arbeitsbiene. Genauso wie ich.

Ich sollte die alten Familienfotos durchgehen und digitalisieren. Ava würde dann die Bilder heraussuchen, die am besten geeignet waren, Swifts Leben zu umreißen – rauflustiger Draufgänger, Unternehmer, Familienmensch, Hundeliebhaber. Und Avas Geliebter natürlich. Gleichzeitig mit der Präsentation des Buches bei der Geburtstagsparty sollte dann die Eröffnung des ersten Sterilisationszentrums stattfinden, von denen Ava Hunderte im ganzen Land plante. Die Party sollte das gesellschaftliche Ereignis der Saison werden, über das garantiert in den Gesellschafts- und Wirtschaftssparten aller wichtigen Medien berichtet werden würde. Und Swifts Grinsen – von meiner Kamera eingefangen – würde uns überall begegnen.

„Folgendes ist mir heute Nacht eingefallen", sagte Ava. „Wir kombinieren die Fotos mit Bildern von allen Hunden, denen dank seiner Zuwendungen in den Tierheimen, die wir rund um die Bay Area und Silicon Valley unterstützt haben, geholfen wurde. Und du wirst natürlich diese Fotos machen.".

„Ich bin keine Tierfotografin", wandte ich ein.

Sie schüttelte den Kopf. Für Ava gab es keine nennenswerten Unterschiede zwischen Menschen und Hunden, außer dass Hunde netter waren. Wenn ich Porträtfotografin war, dann könnte ich jeden porträtieren, auch einen Dackel oder eine Promenadenmischung.

„Das wäre doch nichts anderes als die Fotos, die du von den Kindern in den Schulen machst", sagte Ava. „Nur dass du statt der Kinder die Hunde im Tierheim fotografierst. Und wie ich dich kenne, wirst du das natürlich so machen, dass alle Leute sich in die Hunde verlieben und sofort ihr Scheckbuch zücken, so wie Swift. Wir werden diese Aufnahmen dann mit denen kombinieren, die wir von Swifts Leben ausgesucht haben, um der Stiftung ein menschliches Gesicht zu geben."

„Ich habe keine Ahnung von Tierfotografie", wiederholte ich. „Das ist ein ganz spezielles Gebiet."

„Du wirst es schon lernen."

Ava hatte noch nie besonderes Verständnis für solche Probleme gehabt. „Das wird ein großartiger Fotoband, in einer limitierten Edition, nur für unsere Partygäste und die großen Spender für BARK. Ich weiß, du wirst wunderbare Arbeit leisten", versicherte sie mir. „Dieses Buch wird Menschen und Tiere einander näherbringen und zeigen, wie unser Leben mit dem der Tiere zusammenhängt."

Aber wie sollte das ablaufen, fragte ich sie. Es war ja nicht wie in der Schule, wo sie mir einen Raum zur Verfügung stellten, in dem ich meine Lampen aufstellen konnte, und ein Team von Hilfskräften dafür sorgte, dass die Fotomodelle hintereinander zu mir hereingebracht wurden.

Ava würde alle Vorbereitungen für mich treffen, die Angestellten aller Tierheime in der Bay Area kannten sie bereits sehr gut. Meine Aufgabe wäre es, das Charakteristische jedes Hundes, den ich fotografierte, herauszustellen, genauso wie ich das bei den Schulkindern tat.

Und schon war alles abgemacht. Ava war unheimlich geschickt darin, einem jedes ihrer Projekte als vielversprechend und zukunftsträchtig zu verkaufen. In ihren Augen zumindest würde alles, was sie anfasste, nicht nur einfach erfolgreich werden, sondern das Erfolgreichste überhaupt. Bevor ich mich versah, steckte ich schon mitten in der ersten Phase ihres Unternehmens: mehr als zwanzig Kartons voller Familienfotos durchzusehen. Einige waren von Swifts Familie aus seiner Kindheit in New Jersey und der Highschool-Zeit, wo er offensichtlich ein Star-Ringkämpfer gewesen war. Einige stammten aus seiner ersten Ehe: die Hochzeit, die Geburt seines Sohnes, Besuche in Disneyland und Europa. Mein Job war es, alles durchzusehen, Bilder ohne seine Exfrau Valerie herauszusuchen und die auszusortieren, die digitalisiert werden sollten. In einigen Fällen wäre es vielleicht auch möglich, Valerie einfach vom Bildrand abzuschneiden.

„Das kommt dir wahrscheinlich ziemlich gehässig vor", sagte Ava. „Aber wenn du sie kennen würdest, könntest du das verstehen. Ich kann diese Frau nicht gebrauchen."

Dann fügte sie hinzu: „Wir müssen natürlich auch Fotos von den Jahren in seiner Firma haben. Swift, der Cooper zu Footballspielen mitnimmt. Als er mich kennenlernte. Bilder von Swift im Pool und auf seinem Boot, alles, was er so liebt. Bis zu uns beiden und den Hunden.

Ich habe mir sogar schon einen Titel für das Buch überlegt", sagte Ava. „Wir nennen es: *The Man and His Dogs – Der Mann und seine Hunde.*"

Es machte mir Spaß, mich durch die Fotos zu arbeiten und alle Stationen in Swifts Leben, bevor er meine Freundin heiratete, zu verfolgen. (Meine Freundin. Allein Ava so zu bezeichnen, erfreute mich.) Es war interessant, zu sehen, was für ein unbeholfenes Kind er gewesen war – kleiner als seine Klassenkameraden, mit auffallend lockigem Haar und später außerdem einem schweren Akne-Problem. Mit sechzehn musste er wohl mit dem Ringen angefangen haben, sein Körperbau veränderte sich. Er war immer noch ziemlich klein, aber seine Arme wurden nun muskulös, seine Waden strammer. Von den Fotos her war zu erkennen, dass er sich anders verhielt: nicht großtuerisch, aber selbstsicher.

Auf den Fotos aus seiner späteren Highschool-Zeit grinste Swift fast immer, am Arm eine Parade ungewöhnlich hübscher

Mädchen, die meisten größer als er. Dann kam das College, er trat einer Studentenverbindung bei und kaufte sich ein Auto. Zuerst einen zerbeulten Mustang, dann eine Corvette. Später einen Porsche.

Swift war ein Mann, der ständig in Bewegung war. Schon als er neunzehn war, konnte man das sehen. Nichts würde ihm im Weg stehen.

Nun, vielleicht für eine Weile seine Ehe. Die erste. Doch Ava hatte mir Anweisungen gegeben, diesen Teil seines Lebens auf eine Seite zu reduzieren. Damit noch viel Platz für die Phase blieb, die wichtig war. Die Zeit mit ihr.

## 31. KAPITEL

Ava sagte, sie würde mich zu gerne auf meinen Fotoexpeditionen begleiten, doch zu Hause wartete wegen der Stiftung eine Menge Arbeit auf sie. Die Überraschung war, dass Elliot, der aufgrund seiner Selbstständigkeit flexible Arbeitszeiten hatte, sich anbot, mitzukommen und mir zu helfen.

Unglücklicherweise hatte Elliot eine Hundeallergie, aber er meinte, die Zeit, die wir auf dem Weg zu den Tierheimen gemeinsam im Auto verbringen könnten, wäre es wert, einige leichte Symptome zu ertragen. Während ich die Fotos machte, würde er im Wagen mit seinem Laptop ein paar Dateien durchgehen oder etwas lesen.

„Ich würde nichts lieber tun", sagte er, „als ein paar Nachmittage mit dir herumzufahren und dir dabei zu helfen, das zu tun, was du wirklich magst."

Während der Autofahrten zu Orten wie Napa, Sebastopol oder Half Moon Bay hatten wir eine Menge Zeit zum Reden. Wir unterhielten uns sowieso sehr viel, aber das hier war anders. Vielleicht hing es damit zusammen, dass wir nun allein im Auto saßen. Wir sprachen über Themen, die wir bis dahin noch nicht angeschnitten hatten.

Elliot war im Staat New York aufgewachsen, außerhalb von Buffalo, und seine Familie besaß damals eine Farm, auf der sie Milchkühe und Hühner hielten. Irgendwann kam der jüngere Bruder seines Vaters zu ihnen, um auf der Farm zu arbeiten. Onkel Ricky. Jeder liebte Ricky, Elliot auch. Er gehörte zu den Menschen, die nur einen Raum betreten mussten, um sofort aller Aufmerksamkeit auf sich zu ziehen und die Gespräche verstummen zu lassen.

„Solche Typen kenne ich", sagte ich und dachte dabei an Swift.

„Mein Vater war eher ruhig", sagte Elliot. „So wie ich. Langweilig könnte man wohl dazu sagen. Aber wenn man im Schneesturm stecken blieb, dann konnte man ihn anrufen, damit er einen mit dem Truck herausholte. Er war jemand, der die ganze Nacht wach blieb, wenn eine Kuh Schwierigkeiten beim Kalben hatte. Doch ansonsten war er nicht gerade das, was man ein Energiebündel nennen würde, so wie Ricky."

Ricky kümmerte sich um die Buchhaltung der Farm, den Verkauf von Milch und Sahne, die Lohnzahlungen. Der Hof war zu dieser Zeit ein großer Betrieb, der sich schon seit fünf Generationen im Familienbesitz befand. Niemand hätte die Farm als Goldmine bezeichnet, aber sie verdienten nicht schlecht.

„Obwohl ich so jung war", erzählte Elliot – den Blick immer auf die Straße vor sich gerichtet, beide Hände am Steuer –, „konnte ich spüren, dass irgendwas zwischen meinem Onkel und meiner Mutter vorging, aber ich war noch nicht alt genug, um zu begreifen, was. Ich sah nur, dass sie sich anders verhielt, wenn er da war. Glücklicher. Aber auch etwas verwirrt."

Elliots Vater musste das ebenfalls bemerkt haben. Eines Abends gab es einen großen Streit, und sie schrien sich an. Am nächsten Morgen, als Elliot aufstand, war Onkel Ricky nicht mehr da. Eine Weile danach wurde Elliots Schwester Patrice geboren. Niemand sagte etwas, aber später ahnte Elliot, dass sein Vater sich wohl immer hatte fragen müssen, ob sie überhaupt seine Tochter war. Nicht dass er sie anders behandelte. Ihr Vater war kein Mann, der ein Kind dem anderen vorzog, egal welche Umstände zu dessen Geburt geführt hatten.

„Nicht lange nachdem Ricky gegangen war", erzählte

Elliot, „stellte sich heraus, dass er überhaupt keine Rechnungen bezahlt hatte. Wir schuldeten unseren Gläubigern mehr als sechzigtausend Dollar, zuzüglich der Steuern für die Farm. Eine Menge Geld, das auf dem Einnahmenkonto hätte sein müssen, fehlte."

Natürlich wussten alle, wer dafür verantwortlich war. Sie hatten nur keine Ahnung, wo er sich aufhielt. Damals nicht und auch später nie wieder.

„Wir haben die Farm verloren", sagte Elliot. „Mein Vater ging in einer Brauerei arbeiten, und meine Mutter stand nicht mehr aus dem Bett auf. Heute wissen wir, dass meine Mutter unter Depressionen litt, aber damals bekam ich nur mit, wie sie immer im Bett lag und nichts mehr sagte. Und wenn sie redete, dann war es wirres Zeug, zum Beispiel sagte sie meinem Vater, wir müssten einen Vorrat an Konservendosen anschaffen, um für einen Atomangriff gerüstet zu sein. Sie hatte so ein Ding mit Bob Barker – er würde die Leute durch den Fernseher hypnotisieren, und wenn man *Truth or Consequences* sah, passiere etwas in unserem Gehirn. Eines Tages hatte ich verstanden, dass dieser Typ eine Projektion, ein Ersatz für Onkel Ricky war.

Ich brachte nach der Schule keine Freunde mehr mit nach Hause. Mein Vater goss sich abends nach der Arbeit nur noch ein Bier ein und setzte sich vor den Fernseher. Wenn es bei uns Abendessen geben sollte, dann musste ich es selbst zubereiten."

Ich legte meine Hand auf seine Schulter. Ich wusste genau, wie das war, wenn man sich für die Eltern schämte und nicht wollte, dass jemand mitbekam, wie man lebte.

Wir fuhren eine Weile schweigend weiter. Mir war klar, dass Elliot noch mehr dazu zu sagen hatte und weitersprechen würde, wenn er bereit wäre.

„In dem Jahr, in dem meine Schwester auf die Highschool kam, hat meine Mutter sich umgebracht", sagte er schließlich. „Hat die Garagentür geschlossen, ist in den Wagen gestiegen und hat den Motor angelassen."

Ich fragte Elliot, ob sein Vater jemals wieder geheiratet hatte. Er schüttelte den Kopf. „Ich glaube, er hat nie aufgehört, sie zu lieben", sagte er. „Er war so ein Typ."

„Ich denke, so jemanden habe ich nie kennengelernt", bemerkte ich. Ich hatte mehr Erfahrungen mit Männern, die schnell wieder weg waren, als mit solchen, die blieben.

„Jetzt kennst du einen", sagte Elliot und legte mir den Arm um die Schultern.

„Vom Farmjungen zum Buchhalter ist es ein langer Weg", bemerkte ich.

„Weißt du, wie das kam? Ich habe es nie verwunden, dass mein Vater alles bis auf den letzten Cent verloren hat, weil er seine eigenen Finanzen nicht überblickte. Er hatte keine gute Buchführung oder eigentlich gar keine. Alles, was er liebte, rieselte ihm durch die Finger, weil er zu sehr mit der alltäglichen Arbeit beschäftigt war, um mal einen Blick auf seine Konten zu werfen. Bis es nichts mehr gab, was er bewirtschaften konnte, kein Land und keine Tiere, um die er sich kümmern musste."

„Also hast du beschlossen, dich mit Zahlen zu beschäftigen", sagte ich.

„Ich weiß, in den Augen der meisten Leute ist das der langweiligste Beruf, den man sich denken kann. Aber ein Buchhalter kann auch eine Art Held sein, indem er seine Klienten vor dem finanziellen Ruin rettet."

„Das ist eine gute Sache", bestätigte ich. Obwohl die Vorstellung von Buchhaltung als langweiliger und leidenschaftsloser Erbsenzählerei genau das war, was Ava mir gegenüber geäußert hatte. Und um ehrlich zu sein, hatte ich es immer genauso gesehen.

„Man könnte mich fast schon als besessen bezeichnen", fuhr Elliot fort. „Wenn ich mir die Steuererklärung oder die Buchhaltung von jemandem ansehe, dann genau bis auf die letzte Stelle hinterm Komma. Ich bin so jemand, der Jahresberichte aus reinem Vergnügen liest. Und immer nach verdächtigen Unregelmäßigkeiten Ausschau hält."

Ich studierte sein Gesicht: Er war niemand, bei dem man ein zweites Mal hinsah, wenn er einen Raum betrat, selbst wenn er mal etwas anderes tragen sollte als seine weiten Dockers-Hosen und die geknöpften Hemden. Doch wenn man ihn näher betrachtete, war er ein gut aussehender Mann. Er gehörte einfach nicht zu denen, die die Aufmerksamkeit anderer brauchten.

„Ich wünschte, ich könnte in deinen Augen ein Held sein, Helen", sagte er. „Oder jemand wie der Ehemann deiner Freundin, der mit ihr wahrscheinlich zum Valentinstag nach Paris fliegen oder einfach mal schnell den Eiffelturm im Garten aufbauen lassen könnte, wenn es zu umständlich für sie ist, dorthin zu reisen. Aber vielleicht wird es dir ja eines Tages genügen, dass ich ein ehrlicher Mann bin, der dich von ganzem Herzen liebt."

„Ich habe dich nicht mit Swift verglichen", entgegnete ich. Obwohl ich das tatsächlich getan hatte.

„Aber ich", sagte er. „Und mir ist bewusst, dass ich für Leute wie deine beiden Freunde nicht viel hermache."

Bei der Art, wie er „deine beiden Freunde" sagte, versteifte ich mich. Das hätte der Moment sein müssen, in dem ich ihm versicherte, dass er sich irrte, dass sie glaubten, er sei sicher ein fantastischer Mann für mich, und sie ihn so schnell wie möglich kennenlernen wollten. Aber sie hatten nichts dergleichen gesagt. Ich hätte ihm nur erklären können, wie ich selbst es empfand.

„Swift und Ava waren mir gegenüber wirklich wunderbar", sagte ich. „Ich verdanke ihnen so viel."

„Ich hoffe nur, dass sie dir nicht irgendwann die Rechnung dafür präsentieren", sagte Elliot.

## 32. KAPITEL

Inzwischen hatten wir Juni, und ich war schon eine Weile nicht mehr bei Ava und Swift gewesen. Normalerweise fuhr ich fast täglich dorthin, um an meinem Fotoprojekt für Ava zu arbeiten, aber erst waren die Havillands am Lake Tahoe, und dann war ich mit Elliot in seinem Haus in Los Gatos gewesen. Er hatte Urlaub gemacht, und ich hatte auch keine Jobs, deshalb waren wir die Küste hochgefahren, um ein paar Tage zu campen. Als wir am Samstag zurückgekommen waren, hatten wir noch eine Fahrradtour unternommen und am nächsten Abend ein paar Freunde eingeladen und Hähnchen gegrillt. Es war kein Vergleich zu den Zusammenkünften in der Folger Lane, aber wir hatten zusammen einen netten Abend. *Nett.* Immer wenn mir dieses Wort durch den Kopf ging, konnte ich in Gedanken Avas Stimme hören.

*Nur nett?*

Am Morgen nachdem wir von unserem Campingausflug zurückgekommen waren, fuhr ich zu den Havillands, um die Arbeit an dem Buchprojekt wiederaufzunehmen. Aber vor allem wollte ich Ava sehen. Sie wartete in der Auffahrt, um mich zu begrüßen, und rief meinen Namen, noch bevor ich aus dem Wagen stieg. Lillian und Sammy rasten im Kreis um mich herum wie um eine lang vermisste Freundin.

„Du kannst dir nicht vorstellen, wie ich dich vermisst habe", sagte sie. „Ich weiß, dass ich früher auch gut ohne dich ausgekommen bin, aber ehrlich gesagt weiß ich nicht mehr, wie ich das gemacht habe."

Sie streckte ihre langen, wohldefinierten Arme aus und legte sie um meinen Nacken. Ich atmete ihr Gardenienparfüm ein.

„Estella ist gerade mit den Croissants vom Markt zurückgekommen, sie sind noch warm", sagte sie. „Du musst mir alles erzählen."

Es gab nicht viel zu berichten. Als ich ständig diese schrecklichen Blind Dates hatte, konnte ich eine Menge Geschichten erzählen. Jetzt, wo ich meine Zeit mit Elliot verbrachte, gab es nur noch eine.

„Ich bin glücklich", sagte ich. „Ich weiß, das klingt verrückt, aber es könnte sein, dass ich diesen Mann liebe."

„Das ist großartig, meine Liebe", sagte sie. Ich wusste nicht, warum, aber etwas an ihrer Reaktion ernüchterte mich. Ich hatte das Gefühl, als habe ich sie enttäuscht, ihre Hoffnungen nicht erfüllt. Als wäre ich ihre Tochter und hätte ihr gestanden, dass ich eine Ausbildung als Zahnarztassistentin machen wollte, nachdem sie erwartet hatte, dass ich Herzchirurgin werde.

Ich hatte gedacht, dass Ava mehr über meinen Ausflug zu den Sierras würde hören wollen. Oder dass wir über Elliot und mich sprechen würden. Ich hatte mich darauf gefreut, ihr mehr zu erzählen, allerdings nicht unbedingt die intimen Dinge.

Früher hatte ich Ava alles erzählt. Aber nun verspürte ich zum ersten Mal das mir noch unbekannte Bedürfnis, unsere Beziehung zu schützen. Trotzdem hatte ich mir ausgemalt, wie Ava und ich im Garten sitzen, vielleicht draußen am Pool, zusammen Eiskaffee trinken und über unsere Männer reden würden. Wie wir unser gemeinsames Dinner planen würden – nur wir vier. Obwohl die Havillands zu Beginn meiner Beziehung mit Elliot den Wunsch geäußert hatten, ihn kennenzulernen, waren wir nun fast zwei Monate zusammen und sie hatten ihn immer noch nicht eingeladen.

„Hör zu", sagte Ava jetzt, als wir ins Haus gingen. „Ich hoffe, du kannst mir einen Gefallen tun. Erinnerst du dich an Evelyn Couture?"

Das war die reiche Witwe aus Pacific Heights, die – mit ihrem Fahrer – auf den letzten beiden Partys der Havillands aufgetaucht war. Sie passte nicht so recht in den Kreis von Avas und Swifts anderen Freunden, aber man konnte nie wissen, wen die beiden unter ihre Fittiche nahmen. Ich glaubte, sie hatten bemerkt, dass Evelyn einsam war. Vielleicht hatte sie keine Familie, oder wenn doch, dann wollte die womöglich nur ihr Geld.

„Sie zieht aus ihrem Haus an der Divisadero in eine Eigentumsanlage in Woodside", sagte Ava. „Sie ist wohl ziemlich überfordert damit, sich zu entscheiden, was sie mit all ihren Sachen machen soll. Ich habe ihr angeboten, zu helfen."

Ava gab selten zu, dass sie durch ihren Rollstuhl eingeschränkt war. Aber jetzt musste ich danach fragen. Das Haus war sicher nicht behindertengerecht gebaut. Was hatte sie vor?

„Diese Pacific-Heights-Villen sind unmöglich", sagte sie. „Vielleicht hat sie ja einen hübschen Riesen als Angestellten, der mich die Treppen hochträgt und mich auf eines ihrer Samtsofas setzt. Wahrscheinlich wird es eher so sein, dass ich dich einfach nur dort abliefern kann. Ich weiß, du wirst sie ganz wunderbar beruhigen können. Evelyn braucht Hilfe bei der Planung. Sie hat so viel Zeug in dem Haus, dass sie nicht weiß, wo sie anfangen soll."

Natürlich gab es keinen Angestellten. Ava setzte mich an dem Haus an der Divisadero ab, fuhr zum Pilates – in einem barrierefreien Gebäude – und erledigte einige andere Termine in der Stadt – Haare, Augenbrauen, Physiotherapie. Ich verbrachte den ganzen Vormittag und den frühen Nachmittag mit Evelyn Couture und half ihr, Kleidung auszusortieren. Diese wollte sie einem Edel-Second-Hand-Laden spenden, der mit den Erlösen das Ballett unterstützte. Bevor ich ging (Ava war mit dem Wagen vorgefahren, um mich abzuholen), schenkte mir Evelyn eine Brosche in Form eines Schmetterlings und ein Paar Ohrringe, die immer noch in der Originalbox von Macy's lagen, und auf Rückseite klebte noch das Preisschild: 14,95 Dollar.

„Das sieht Evelyn ähnlich", sagte Ava, als ich ihr die Ohrringe zeigte. „Wollen wir nur hoffen, dass sie bei ihrer Spende für die Stiftung etwas generöser ist. Wir setzen auf sie."

Wir beide wussten, dass der große Moment dafür Swifts sechzigster Geburtstag sein würde, wenn die Havillands mit ihrem Projekt der kostenfreien Sterilisationskliniken in allen fünfzig Bundesstaaten an die Öffentlichkeit gehen würden. Die Havilland-Tierzentren unter der Schirmherrschaft von BARK.

„Nur weil ich dich heute gebeten habe, bei Evelyn auszuhelfen, darfst du nicht denken, dass ich deine Professionalität als Fotografin nicht würdige", sagte Ava, als wir aus der Stadt zurück nach Portola Valley fuhren. „Dieses Buch, das du für uns gestaltest, wird ein richtiges Kunstwerk werden. Das heute war einfach nur ein bisschen Räder schmieren. Du weißt schon, was man halt manchmal tun muss, um Leute, die viel Geld haben, bei Laune zu halten."

## 33. KAPITEL

„Ich bin mit einem Ehepaar befreundet", hatte ich Elliot bei unserem ersten Treffen erzählt. „Wundervolle Leute. Die besten Freunde, die ich je hatte. Man könnte fast sagen, sie haben mich unter ihre Fittiche genommen. Sie sind für mich wie eine Familie."

An dem Wochenende in Mendocino hatte ich ihm die ganze Geschichte mit Ollie erzählt. Dieser schreckliche Moment im Gerichtssaal, wie ich das Gefühl gehabt hatte, die Wände des Saals würden auf mich zukommen. Und wie ich danach die Sachen meines Sohnes in Kartons und Müllbeutel hatte packen müssen. Meine Sorgen, dass Oliver unter den Wutanfällen meines Exmanns und der Ignoranz seiner Stiefmutter litt. Meine Hoffnung, dass ich eines Tages – wenn ich das Rechtsanwaltshonorar endlich abbezahlt hatte – einen neuen Anwalt beauftragen könnte, einen besseren, um das Sorgerechtsurteil wieder rückgängig machen zu lassen. Aber das schien wie ein unerreichbares Ziel.

„Du bist nicht die erste Person, die wegen Trunkenheit am Steuer den Führerschein abgeben musste", sagte Elliot. „Du gehst zu den AA-Treffen. Du trinkst nicht mehr. Kannst du deinen Sohn nicht wenigstens manchmal zu dir in die Wohnung mitnehmen?"

„Darum bitte ich ja ständig, aber Dwight erlaubt nie, dass Ollie über Nacht bei mir bleibt. Ich komme mir immer vor, als wäre ich eine Schülerin, die zum Rektor geht. Jedes Mal, wenn ich an Dwights Türschwelle stehe, um Ollie zu besuchen, fühle ich mich wie eine bemitleidenswerte Versagerin."

„Es ist doch egal, was sie über dich denken, solange du Zeit mit deinem Sohn verbringen kannst", sagte Elliot.

„Aber Ollie scheint mich gar nicht mehr sehen zu wollen",

sagte ich leise. „Ich glaube, er ist wütend auf mich. Obwohl er zu seinem Vater kein sehr enges Verhältnis hat, bin ich diejenige, der er Vorwürfe macht. Und dann ist da noch die Sache mit den Verwandten in Sacramento. Er wird am Wochenende immer zu diesen aufwendigen Geburtstagspartys eingeladen. Hüpfburgen und Zauberer und Ausflüge zum Wasserpark."

„Eines, was Ollie dort nicht hat, bist du", sagte Elliot und nahm dabei meine Hand. „Er weiß es vielleicht noch nicht, aber er braucht seine Mutter. Wenn du erst mal wieder richtig Zeit mit ihm verbringen kannst – nicht nur eine Stunde hier und dort –, dann kannst du sein Vertrauen wiedererlangen."

Tatsächlich kam mir eine Idee, etwas, das Ollie von diesen Übernachtungsbesuchen überzeugen könnte, wenn sein Vater es erlaubte und wir ein Wochenende fänden, an dem keine Familienaktivitäten stattfanden. Ich würde ihn zu Swift und Ava mitnehmen.

In den Jahren nach meiner Scheidung hatte ich das Gefühl bekommen, dass ich Ollie nicht mehr genug bieten konnte – bei mir gab es kein spannendes Familienleben. Aber bei den Havillands war immer etwas los. Ich wusste, das Haus an der Folger Lane würde auf einen achtjährigen Jungen unwiderstehlich wirken – mit dem Pool und all den Dingen, die Swift für Cooper angeschafft hatte, als der noch ein Kind gewesen war: der Musikbox, dem Flipper, dem Lufthockey-Tisch, der DJ-Anlage. Was waren ein paar Playstation-Spiele und eine Wii-Konsole schon dagegen? Und ich könnte mit Ava und Swift aufwarten – vor allem mit Swift, der in gewisser Hinsicht selbst noch ein kleiner Junge war.

Ollie würde Swift lieben. Und als ein Junge, der sich schon seit seinem dritten Lebensjahr einen Welpen wünschte, wäre er sicher ganz vernarrt in die drei Hunde. Da sein Vater ihn ständig ausschimpfte, weil er sein Zimmer nicht aufräumte, würde

Ollie das lässige und freizügige Leben in der Folger Lane gefallen, wo es am wichtigsten war, Spaß zu haben.

Am nächsten Tag fragte ich die Havillands beim Mittagessen in ihrem Garten, ob ich Ollie an einem Wochenendtag mitbringen könne. „Es wäre schön, wenn er euch kennenlernen würde", sagte ich. „Ich bin sicher, dass es ihm hier gut gefällt. Er wird euch mögen."

Es war nicht nötig, sie zu überreden. „Es wird Zeit, dass wir mal wieder ein Kind hier im Haus haben", sagte Swift. „Jetzt, wo mein Junge zu seiner teuren Wirtschaftsschule verschwunden ist."

„Wir haben ein Kind hier", sagte Ava. „Es sitzt direkt vor mir. Was Swift tatsächlich meint, ist, dass er gern wieder einen Spielkameraden hier hätte. Also wie auch immer, bring Ollie mit, Helen. Je eher, desto besser."

An diesem Abend rief ich meinen Exmann an, um ihm vorzuschlagen, dass Ollie am folgenden Wochenende bei mir übernachten könnte. „Wenn du Oliver fragen möchtest, kannst du das gern tun", sagte er. Er holte unseren Sohn ans Telefon. „Deine Mutter wollte dich etwas fragen", sagte er und reichte ihm den Hörer.

„Ich habe Freunde, die in einem Haus mit Swimmingpool wohnen", erzählte ich Oliver. Das war Bestechung, das wusste ich, und es war mir egal. „Sie haben auch ein Boot. Ich dachte, es könnte lustig werden, wenn du am nächsten Wochenende zu ihnen mitkommst. Vielleicht könnten wir auch ein Lagerfeuer oder so was machen."

„Ich kann nicht schwimmen", sagte Ollie mit tonloser Stimme. Er klang argwöhnisch wie jetzt fast immer, wenn ich mit ihm redete.

„Das wäre eine gute Gelegenheit, das zu ändern", entgegnete ich. „Sie haben auch Hunde."

Er zögerte.

„Es sind drei. Sie heißen Sammy, Lillian und Rocco. Sammy spielt gern Frisbee."

Zum Teil fand ich es schrecklich, dass ich die Havillands und ihre Hunde als Köder benutzte. Aber ich wollte Ollie einfach wieder bei mir haben, so oder so, an irgendeinem Ort, an dem wir uns wieder aneinander gewöhnen konnten.

„Okay", sagte Ollie.

Wir verabredeten uns für das kommende Wochenende. Ich wollte Ollie am Samstagmorgen abholen und mit ihm zu Ava und Swift fahren. Swift würde Burger grillen. Ava wollte hausgemachte Eiscreme servieren. Ich wusste nicht, was Swift sonst noch einfallen würde, aber für Ollie würde es bestimmt eine ganz neue Erfahrung werden, etwas Wundervolles.

Ich fand jedoch – da ich auf keinen Fall riskieren wollte, dass etwas schieflief oder ich Ollie irgendwie durcheinanderbrachte –, ich sollte Elliot nicht mit einbeziehen. Ich war nervös, als ich ihm das sagte, aber er meinte, er würde es verstehen.

„Es ist richtig, wenn du deinem Sohn den Mann in deinem Leben noch nicht vorstellst, bevor ganz sicher ist, wohin das führt", sagte Elliot. *Der Mann in meinem Leben.* So bezeichnete er sich.

„Es ist okay. Ich bin geduldig", sagte er. „Es würde mir viel bedeuten, Ollie kennenzulernen. Ich will dabei nichts falsch machen. Ich möchte für eine lange Zeit ein Teil deines Lebens bleiben – ein Teil eurer beider Leben."

## 34. KAPITEL

Das Wochenende kam. Bevor ich die Fahrt nach Walnut Creek antrat, um meinen Sohn vom Haus seines Vaters abzuholen, zog ich mich viermal um. Kleid, Shorts, wieder Kleid, Jeans. Letztendlich beschloss ich, dass ich besser nicht den Eindruck erwecken sollte, ich hätte mir besondere Mühe gegeben, deshalb blieb ich bei den Jeans. Beim letzten Besuch war mir zudem aufgefallen, dass Ollies Stiefmutter zugenommen hatte. Es gefiel mir, dass ich etwas dünner geworden und nun ganz eindeutig schlanker war als die Frau, wegen der mich mein Exmann verlassen hatte.

„Ich finde es schrecklich, dass es mir immer noch so wichtig ist, gut auszusehen, wenn ich dorthin fahre", sagte ich zu Ava.

„Das ist doch menschlich", erwiderte sie. „Sieh doch Swift und mich an. Ich habe absolut keinen Zweifel daran, dass er mich anbetet, aber wenn ich weiß, dass wir diese Monsterfrau sehen werden", womit sie Valerie, Swifts erste Frau und Coopers Mutter, meinte, „dann mache ich irgend so was Verrücktes, wie mein Haar aufföhnen zu lassen. Das hat nichts mit Swift und mir zu tun, sondern mit mir und seiner Exfrau", erklärte sie. „Bei dir ist es wahrscheinlich genauso. Du willst zwar attraktiv sein, wenn du deinem Exmann begegnest, aber ich wette, noch wichtiger ist dir, besser als seine jetzige Frau auszusehen. Und dass es ihr auffällt."

„Es ärgert mich, wie Frauen sich manchmal untereinander verhalten", sagte ich. „Das ist ja, als wären wir nie über die Junior Highschool hinausgekommen."

„Weißt du, was ich an unserer Freundschaft mag?", sagte Ava. „Dass zwischen uns nichts von all diesem Blödsinn abläuft. Bei dir mache ich mir nie Sorgen über so etwas. Zwischen uns gibt es so einen Konkurrenzkram nicht. Und ich weiß auch, dass du nicht hinter meinem Mann her bist wie so viele andere Frauen. Mit dir ist das einfach kein Thema."

Ich wusste, dass sie das eigentlich als Kompliment meinte. Aber als ich an ihre Worte dachte, während ich den Freeway entlangfuhr, um meinen Sohn abzuholen, konnte ich nicht anders, als mich wie so oft farblos und unbedeutend zu fühlen. So unsichtbar für andere, dass ich mich nackt von einem Sprungbrett stürzen könnte, und der sexbesessenste Mann, dem ich je begegnet war, würde nicht einmal hinsehen.

Doch es gab jemanden, der mich sehen würde. Elliot. Er war nicht wie Swift, aber für ihn war ich aus irgendeinem Grund die begehrenswerteste Frau der Welt.

„Ich werde nicht so ein Blödmann sein, der dich jeden Tag ein Dutzend Mal anruft", hatte er bei einem unserer vielen Telefonate gesagt. „Aber ich möchte, dass du weißt, dass ich so oft Lust hätte, dich anzurufen. Ganz zu schweigen davon, wie oft ich an dich denke. Das tue ich fast immer."

In dieser Woche hatten wir zwei aufeinanderfolgende Nächte zusammen verbracht, aber jetzt würden wir uns das ganze Wochenende nicht sehen.

„Ich bin vielleicht in gewisser Hinsicht ein Dummkopf", sagte er zu mir. „Aber was ich auf keinen Fall tun werde, ist, mich in deine Beziehung zu deinem Sohn einzumischen. Das ist für dich das Allerwichtigste."

Ich küsste ihn daraufhin. Etwas, auf das ich bei Elliot immer zählen konnte (unter all den anderen Dingen), war sein Verständnis.

„Ich möchte nur, dass du weißt", sagte er, „dass ich dich das Wochenende schrecklich vermissen werde. Womöglich muss ich meinen Kummer vertreiben, indem ich die Abgabenordnung noch mal lese oder mir alle Fortsetzungen von *Der dünne Mann* ansehe."

Das ist typisch Elliot, dachte ich. Es könnte der wundervollste Tag sein, doch er war glücklich, wenn er in seinem Arbeitszimmer mit heruntergezogenen Rollos alte Filme sehen oder an seinem Laptop arbeiten konnte. Wohingegen jemand wie Swift auf seinem Motorrad unterwegs wäre. Oder bei einem Seminar über Tantra-Sex. Oder auch beim Praktizieren desselben.

Dann spürte ich ein leichtes Engegefühl in meiner Brust, als würde sich mein Herz zusammenziehen. Wenn eine Beziehung wirklich gut war, dachte man nicht so kritisch über seinen Partner, wie ich es manchmal tat. Man verglich ihn nicht mit dem Ehemann der Freundin oder betrachtete ihn, wie er in seinem alten Bademantel Kaffee kochte, und dachte, dass er tatsächlich eine schlechte Haltung und einen Bauchansatz hatte. Oder dass der Bademantel aus diesem billigen Frotteestoff war, den der Mann meiner Freundin nicht mal im Grab tragen würde.

Aber es gab noch diese andere Seite, und die verwirrte mich: Als Elliot sagte, wie sehr er mich an dem Wochenende vermissen würde, wurde mir klar, dass er mir auch fehlen würde. Und obwohl das so war, war ich gleichzeitig auch irgendwie erleichtert, dass Elliot an meinem Wochenende mit Ollie nicht dabei sein würde. Denn sonst hätte ich mir Gedanken darüber gemacht, was die Havillands von ihm hielten.

Und wer war ich denn überhaupt? Ich, die ich einen ebenso stillosen Bademantel besaß und darin wahrscheinlich genauso lächerlich aussah wie er in seinem. Ich, die ich ebenfalls alte Filme liebte und mir mit ihm gern den ganzen Nachmittag – selbst wenn draußen die Sonne schien – drei davon hintereinander ansah. Wenn ich mir sicher gewesen wäre, dass Elliot meinem Sohn gefallen würde, hätte ich vorschlagen können, dass er – und nicht Swift – mit uns Ausflüge machte und zusammen kochte, um Ollie aus diesem harten, verbitterten Panzer herauszulocken, in den er sich verkrochen hatte, weil er meinte, dass seine Mutter ihn verlassen hätte. Ich hätte Elliot gewählt, nicht Swift, als den Mann, der meinem Sohn an diesem Wochenende die Botschaft übermitteln sollte: *Sieh nur, du kannst einen super Tag mit deiner Mutter verbringen. Und wenn ein Tag gut ist, kann es auch noch weitere geben.*

Aber Tatsache war: Ich wusste, dass mein Sohn von Elliot wenig beeindruckt sein würde. Die Köder für Ollie waren Swift und das Leben in der Folger Lane. Der Pool, die Hunde. Aber am meisten noch Swift.

Zu jener Zeit hätte ich das nie zugegeben – nicht einmal mir selbst gegenüber. So schlecht ich mich auch fühlte, wenn ich Elliots Schwächen in Augenschein nahm, genauso plagten mich Schuldgefühle, weil ich trotzdem so zufrieden mit ihm war – und das war ich immer mehr, wenn wir allein zusammen waren. Manchmal – wenn ich daran dachte, was Ava mir alles gesagt hatte – machte ich mir Sorgen, dass mit mir etwas nicht stimmte, weil ich mit jemandem, der so normal war wie Elliot, so zufrieden sein konnte. Als hätte ich mich dafür entschieden, mich mit weniger zu begnügen, mit einem unbedeutenderen Leben. Als würde ich ein einfaches, unkompliziertes Wohlgefühl heißer, außergewöhnlicher Leidenschaft vorziehen.

„Gib dich nicht mit weniger zufrieden, als du verdienst", hatte Ava gesagt. Wenn ich mit Elliot zusammen war, hatte ich nicht das Gefühl, das zu tun. Aber immer wenn ich mit dem Auto vor der Villa an der Folger Lane hielt, kamen mir erneut Zweifel.

## 35. KAPITEL

Die Frau meines Exmanns war wie so oft am Telefonieren, als ich bei ihnen ankam, um Ollie für das gemeinsame Wochenende abzuholen – das erste nach über drei Jahren. Der Halbbruder meines Sohnes, Jared, saß auf seinem Hochstuhl vor einem halb gegessenen Pop-Tart-Keks und wedelte mit einem Filzstift ohne Kappe herum. Als Cheri mich an der Tür sah, deutete sie zum Wohnzimmer, aus dem ich die Geräusche eines Zeichentrickfilms hörte. Dwight war höchstwahrscheinlich wieder Golf spielen. Ollie saß im Pyjama auf der Couch. Er sah blass aus, und sein Hals, der aus dem Ausschnitt des viel zu engen Schlafanzugoberteils lugte, wirkte dünn und ausgemergelt wie der eines Vogels. Auf dem Kaffeetisch stand eine Schale mit Frühstücksflocken, auf dem Boden lag Spielzeug, das wohl Jared gehörte. Mein Sohn blickte nicht auf, als ich hereinkam.

Es war nicht meine Art, ihn überschwänglich zu begrüßen, obwohl ich ihn so gern umarmt hätte. Im Laufe der traurigen, öden Monate, dann Jahre, seit Ollie nach Walnut Creek gezogen war, hatte ich mich daran gewöhnt, dass er ein paar Stunden brauchte – manchmal einen ganzen Tag –, um sich in meiner Nähe wieder wohlzufühlen, nachdem wir uns eine Weile nicht gesehen hatten. Es überraschte mich nicht mehr, sein leeres, teilnahmsloses Gesicht zu sehen, wenn ich ihn abholte. Ich wusste, wenn ich ihn umarmte, würde er sich versteifen und zurückweichen. Aber wenn ich Glück hatte, würde er sich später – meist zu der Zeit, wenn ich mich wieder verabschieden musste – wieder in der gewohnten Weise an mich schmiegen, und für einen Moment würde ich spüren, wie es früher zwischen uns gewesen war. Dann war es an der Zeit, ihn zurück nach Hause zu bringen, und ich merkte, wie er seinen Panzer wieder anlegte.

„Hallo Ollie", begrüßte ich ihn. „Schön, dich zu sehen." Ich hockte mich auf den Boden neben der Couch.

Er lutschte am Daumen, eine Angewohnheit, die er abzulegen versuchte, weil er von den Kids in der Schule deshalb gehänselt wurde. Wenn er allein war oder sich unwohl fühlte, verfiel er wieder in seine alte Gewohnheit.

„Willst du mir dabei helfen, deine Sachen zu packen?", fragte ich. Natürlich hätte ich sauer auf Cheri oder Dwight sein können, weil sie sich nicht darum gekümmert hatten, aber was brachte das schon?

„Ich will den Film zu Ende sehen."

Ich setzte mich neben ihn auf die Couch und widerstand dem Drang, ihn in meine Arme zu ziehen. Stattdessen strich ich ihm über den Rücken, über das Haar. Manchmal, wenn ich ihn abholte, hatte er so einen Igelschnitt – vermutlich aus praktischen Gründen. Aber diesmal war ein Haarschnitt bei meinem Sohn längst überfällig, und seine Zehennägel waren auch zu lang. Er sah aus wie ein Junge, dessen Mutter sich nicht so um ihn kümmerte, wie sie sollte.

In den drei Jahren, seit Ollie aus meinem Apartment in das Haus seines Vaters gezogen war, hatten wir es immer noch nicht geschafft, ihm einen Koffer oder eine Reisetasche für seine Sachen zu kaufen. Während Cheri noch telefonierte, nahm ich mir eine Plastiktüte aus dem Stapel unter dem Waschbecken und begann, seine Habseligkeiten für das Wochenende zusammenzusuchen.

Zweimal Unterwäsche. Zwei Paar Socken. Früher, als er noch bei mir gelebt hatte, hatten wir immer ein Spiel daraus gemacht, die Paare zusammenzusuchen, aber jetzt lagen alle Söckchen durcheinander in der Schublade. Alle weiß. Cheri fand das offensichtlich einfacher als die lustigen Muster – Autos, Dinosaurier, Transformer –, die ich ihm immer gekauft hatte.

Ich holte sein Boston-Terrier-Shirt aus der Schublade, das er so liebte, obwohl es inzwischen etwas klein für ihn war, und noch zwei andere – ein langärmeliges und eines mit kurzem Arm.

„Wir müssen deine Badehose einpacken", sagte ich zu ihm. „Bei meinen Freunden, zu denen wir fahren, gibt es einen Pool."

„Ich hab' nie schwimmen gelernt", sagte er. Die Andeutung war nicht zu überhören: Ich hätte es ihm beibringen sollen.

„Ich werde mit dir ins Wasser kommen", sagte ich. „Sie haben bestimmt auch eine Schwimmnudel."

„Du hast gesagt, sie haben einen Hund." Er klang müde wie immer.

„Drei sogar."

„Gibt es da auch Kabelfernsehen?"

„Warte erst mal, bis wir da sind. Wir werden viel zu viel Spaß haben, um den Fernseher anzustellen."

„Ich wollte eine Sendung über Roboter sehen", sagte Ollie in diesem leicht verärgerten Tonfall, den ich inzwischen bei ihm gut kannte. Als wäre alles, was in der Welt falsch lief, meine Schuld.

„Cheri hat einen DVD-Spieler im Auto", sagte Olli, während er sich auf dem Rücksitz meines Hondas anschnallte. Ich fand es schrecklich, dass es jetzt vorgeschrieben war, Kinder auf dem Rücksitz mitzunehmen, und Ollie nicht vorne neben mir sitzen durfte, sodass wir uns unterhalten konnten. Offenbar war das so sicherer, aber auf diese Weise fühlte ich mich, als sei ich eher Ollies Chauffeurin als seine Mutter.

„Nun, ich finde es schöner, wenn wir uns unterhalten", entgegnete ich. „Wir haben uns schon zwei Wochen nicht mehr gesehen. Ich möchte gern wissen, was in der Schule los ist. Was bringt euch denn Mr. Rettstadt gerade bei?"

„Nichts."

„Das glaube ich nicht. Irgendwas wird dir doch einfallen."

„Bla, bla", sagte er. „Bla, bla, bla, bla, bla. Bla-blablubb, blablubb, blablubb, bla."

„Ich war in der Bibliothek", erzählte ich, „und habe einen Stapel Bücher für uns ausgeliehen. Eins über Insekten."

„Ich kann Insekten nicht leiden."

Das war früher anders gewesen, als wir noch zusammengewohnt hatten – da hatten wir einmal fast eine Stunde einen Ameisenhaufen beobachtet. Aber es hatte keinen Zweck, ihm jetzt damit zu kommen.

„Es gibt auch noch andere Bücher."

„Ich hasse lesen."

Schließlich schlief er auf der Fahrt ein. Ich hatte überlegt, unterwegs an einem Park zu halten, in den wir manchmal zusammen gingen und wo er gern mit seinem Roller fuhr. Aber als wir über die Brücke fuhren, war es schon nach zwölf, und ich wusste, dass Ava mit dem Lunch auf uns wartete, also fuhr ich direkt zur Folger Lane.

„Ich glaube, meine Freunde werden dir gefallen", sagte ich, als er etwa zwei Kilometer vor ihrem Haus aufwachte. „Sie freuen sich schon darauf, dich kennenzulernen."

Ich hasste meine eigene Stimme, als ich das sagte. Ich klang wie eine Flugbegleiterin.

„Ava, die Frau, kann nicht laufen", erklärte ich ihm. „Sie sitzt in einem Rollstuhl. Und sie hat ein ganz spezielles Auto mit einem Lift, der sie in den Fahrersitz hebt."

„Wie spät ist es?", wollte Ollie wissen, den Daumen wieder im Mund. Mit glasigen Augen starrte er aus dem Fenster. „Wann fahren wir nach Hause?"

Als ich in die Auffahrt der Havillands einbog, dachte ich, womöglich einen schrecklichen Fehler zu begehen. Mein Sohn würde nicht zulassen, dass er sich amüsierte. Ava und Swift würden sich die größte Mühe geben, aber später, wenn wir losfuhren, sahen sie sich wahrscheinlich an und dachten: Gott sei Dank ist das überstanden. Sie wären freundlich, würden uns aber nie wieder zu sich einladen. Womöglich kämen sie sogar zu dem traurigen, aber offensichtlichen Schluss, dass es wahrscheinlich am besten wäre, wenn ich nicht das Sorgerecht für meinen Sohn bekäme.

Dann riss Ava die Tür auf, um uns zu begrüßen. Lillian rannte sofort zu Oliver und umkreiste ihn aufgeregt, so wie sie es bei allen Leuten tat, die sie noch nicht kannte. Sammy wedelte mit dem Schwanz und fiepte erfreut. Aber die große Überraschung war Rocco, der sonst jeden außer Ava anknurrte, aber scheinbar sofort Gefallen an meinem Sohn fand. Kaum dass Ollie durch die Tür ging, leckte ihm Rocco die Hand und folgte ihm.

„Es freut mich, dich kennenzulernen, Oliver", sagte Swift und streckte ihm die Hand hin. „Kann ich dir was zu trinken bringen?" Genauso wie Ava gehörte er zu den wenigen Leuten, die ihre Stimme nicht verstellten, wenn sie mit Kindern sprachen.

„Muss man da Geld reinwerfen?", fragte Ollie. Er hatte den Flipper gesehen, den Swift ihm schlauerweise nicht gezeigt hatte. Es war besser, wenn Ollie die Dinge hier selbst entdeckte.

„Für dich kostet es nichts, Kumpel", sagte Swift. „Mein Sohn Cooper hat immer da dran gespielt. Am Anfang war er noch zu klein, deshalb haben wir ihm die Kiste hierhin gestellt, damit er an die Hebel kommt."

Ollie kletterte auf den provisorischen Tritthocker. Er strich vorsichtig über die Hebel. Dann sah er zu mir herüber, als erwarte er, dass ich ihm verbiete, das Ding anzufassen.

„Ist schon okay", sagte ich. „Das sind unsere Freunde. Du kannst machen, was dir Spaß macht."

Nach dem Mittagessen wollte er sehen, wo die Hunde schlafen. Dann zeigte ihm Swift den Hobbyraum, wo er Coopers alte Ninja Turtles gelagert hatte.

„Ist dein Sohn hier?", fragte Ollie.

„Der ist jetzt groß", erklärte ihm Swift. „Das einzige Kind hier bin jetzt ich."

Ollie sah ihn prüfend an. Versuchte ihn einzuschätzen.

„Du kannst es dir hier gemütlich machen, Kumpel", sagte Swift. „Das Einzige, wo du ganz vorsichtig sein musst, ist der Pool. Ava hat die Regel aufgestellt, dass immer ein Erwachsener dabei sein muss, wenn ich ins Wasser gehe. Das trifft auf dich genauso zu."

„Aber er ist doch kein Kind", flüsterte Ollie mir zu.

„Da hast du recht, Kumpel", sagte Swift. „Aber manchmal benehme ich mich daneben, genauso wie ein Kind. Der einzige Unterschied ist, dass mich dann keiner auf mein Zimmer schickt."

Wir gingen nach draußen. Die beiden standen einen Moment am Schwimmbeckenrand und sahen ins Wasser, der braun gebrannte Swift – er hielt nichts von Sonnencreme – und Oliver, dessen Beine in den zu großen Shorts milchweiß waren.

„Ich kann nicht schwimmen", sagte Ollie. Seine Stimme klang leise und ein bisschen heiser. Früher, als er noch bei mir gewohnt hatte, hatte ich ihn zu zwei Schwimmstunden mitgenommen, aber Ollie hatte immer Angst vor dem Wasser gehabt.

„Das meinst du nicht im Ernst?", entgegnete Swift. „Vielleicht ist es ja Zeit, dass wir das ändern."

Er hob Ollie hoch und legte ihn sich über die Schulter. Dann sprang er ins Wasser, ohne den Jungen loszulassen. Ich dachte, mein Sohn würde jetzt weinen, aber er tauchte lachend auf.

Am Ende verbrachten die beiden den größten Teil des Nachmittags im Wasser. Um vier Uhr sprang Ollie rückwärts vom Beckenrand und ließ sich auf dem Rücken von einem Ende des Pools zum anderen treiben.

„Du hast wohl Witze gemacht, was?", sagte Swift. „Als du mir erzählt hast, du könntest nicht schwimmen. Du bist ein Naturtalent. Später wirst du mal ein Champion."

„Ich wusste nicht, dass ich schwimmen kann!", rief Ollie. „Ich war ja vorher nie hier."

„Nun, jetzt weißt du ja, was du machen musst", sagte Swift. „Du solltest öfter zu uns kommen."

Der Gesichtsausdruck meines Sohnes wurde sehr ernst. Als hätte Swift ihm soeben einen Job angeboten und er nähme das Angebot nun nach reiflicher Überlegung an.

„Glaubst du, dein Sohn hat was dagegen, wenn ich noch mal auf dem Flipper spiele?", fragte Ollie. Swift hatte ihm ein Foto von Cooper beim Paragliding über der Wüste in Arizona gezeigt und ein anderes in der Skybox bei einem Giants-Spiel.

„Ich glaube, es würde ihm gefallen, wenn du damit spielst", sagte Swift. „Vielleicht wird er ja eines Tages hier sein, wenn du zu Besuch kommst, dann könnt ihr zusammen herumhängen."

Ollie spielte eine Weile am Flipper, dann warf er das Frisbee für Rocco im Garten. Ava machte Smoothies für uns und ließ Ollie alles in den Mixer werfen, was er wollte. Kurz vor dem Dinner stiegen wir in Swifts Range Rover und fuhren zum Park, um mit den Hunden spazieren zu gehen. Rocco blieb die ganze Zeit an Ollies Seite.

Wir gingen Hamburger essen. Swift bestellte für Ollie ein Malzbier mit Vanilleeis. Als Ollie mit mir auf dem Rücksitz saß, Rocco auf seinem Schoß, lehnte er sich dicht an mich.

„Ich wünschte, wir müssten nie mehr nach Hause fahren", flüsterte er.

Mein Sohn schlief im Auto ein. Das gab Ava und Swift die Gelegenheit, sich zu erkundigen, wie es mit Elliot lief, wobei wir – auch wenn Ollie schlief – bestimmte Themen aussparten.

„Dann magst du den Typen wirklich?", fragte Swift.

Das tat ich. „Es ist nichts Aufregendes", sagte ich. „Aber es ist immer schön und entspannt mit ihm."

„Entspannt", sagte Ava. Sie klang skeptisch.

„Und was sagt er zu meinem kleinen Kumpel hier?", wollte Swift wissen. „Der Kleine verdient es nämlich, einen großartigen Kerl in seinem Leben zu haben. Den besten."

„Wir wollen jetzt nicht voreilig sein, mein Schatz", sagte Ava. „Helen trifft sich doch noch nicht so lange mit diesem Elliot. Es ist ja nicht so, dass sie gleich heiraten wollen."

„Es ist aber eine berechtigte Frage", entgegnete Swift. „Helen muss doch auch vorausdenken."

„Na ja, Elliot ist vielleicht nicht ganz so gut mit Kindern wie du", sagte ich. „Aber das ist ja kaum jemand."

„Aber gut im Bett, oder?", sagte er mit seinem üblichen Grinsen.

„Psst", machte Ava und deutete nach hinten zu Ollie. „Ihr Sohn."

Es war nach zehn, als Ollie und ich bei meinem Apartment ankamen. Obwohl er eigentlich zu groß war, um ihn die Treppe hochzutragen, schaffte ich es – es war so schön, das wieder tun zu können und ihn später auf die Luftmatratze zu legen, auf der ich ihm das Bett gemacht hatte, und ihm die Schuhe auszuziehen. Das Letzte, was er kurz vor dem Einschlafen fragte, war, ob wir meine Freunde morgen wieder besuchen könnten. Swift nannte er den Affenmann – Monkey Man.

Am nächsten Morgen fragte Ollie wieder, ob wir zu Monkey Mans Haus fahren könnten. Aber ich hatte versprochen, ihn bis zwölf zurück zu seinem Vater zu bringen. Wir gingen nach draußen auf meinen kleinen Balkon, der vom Wohnzimmer ausging – mit Blick über den Parkplatz –, und ich schnitt ihm die Haare. Ich hätte dort ewig auf dem Balkon stehen und meinem Sohn, der mit einem Handtuch um den Hals auf einem Stuhl saß, die feinen blonden Haare schneiden können. Ich wollte nicht, dass dieser Moment zu Ende ging. Vielleicht täuschte ich mich, aber mir schien es, als wäre Ollie auch glücklich. Seine Schultern – die vor einem Tag noch so angespannt gewesen waren – hatten sich gelockert, und er zog sie nicht mehr hoch, wie er es sonst oft tat. Er sang *Yellow Submarine*, einen der Songs, die er am Tag zuvor aus der Musikbox in der Folger Lane gehört hatte.

Auf der Fahrt zurück nach Walnut Creek redete er bereits davon, was er machen wollte, wenn wir das nächste Mal bei Monkey Man wären. Wieder mit den Hunden spielen. Den Airhockey-Tisch ausprobieren. Und noch mal mit Monkey Man schwimmen.

„Ist der ein Superheld oder so was?", fragte er mich.

„Das kann man schon sagen", erwiderte ich.

Am Montagabend, einen Tag nachdem ich Ollie wieder nach Walnut Creek zu seinem Vater gebracht hatte, war ich mit Elliot zum Dinner verabredet.

„Ich hoffe, das klingt nicht zu verzweifelt", sagte er. „Wir haben uns ja nur drei Tage nicht gesehen. Aber ich habe dich so vermisst. Ich weiß gar nicht mehr, wie mein Leben war, bevor ich dich kennengelernt habe." Ich hätte glücklich sein können, dass er so empfand, aber stattdessen spürte ich leichten Unmut. Als hätte er nichts anderes in seinem Leben.

„Ich respektiere deine Entscheidung, dass du mich Ollie

noch nicht vorstellst", sagte er. „Aber ich freue mich darauf, wenn du dich uns betreffend so sicher fühlst, damit ich ihn kennenlernen kann."

Ich wusste nicht, was ich dazu sagen sollte. Die Wahrheit war, mein Zögern, Ollie und Elliot zusammenzubringen, hatte nur teilweise damit zu tun, dass wir uns noch nicht so lange kannten. Ein anderer Grund war meine Sorge, dass Elliot nicht wüsste, was er zu Ollie sagen sollte, wenn sie sich kennenlernen würden. Ollie könnte ihn für einen Trottel halten. Denn ich wusste, dass Elliot nie so sein könnte wie Swift. Aber Ollie würde sich genau das wünschen.

Und nicht nur meine Angst, dass Ollie nichts von ihm halten könnte, hielt mich davon ab, Elliot in unsere Besuche bei den Havillands einzubeziehen. Ich fürchtete mich auch vor Avas und Swifts Urteil über Elliot. Davor, dass Elliot mich vor meinen Freunden in Verlegenheit bringen könnte. Oder noch schlimmer, dass er sich blamierte.

„Ich bin sicher, dass ihr euch beide bald kennenlernen werdet", sagte ich. „Ich will nur den richtigen Zeitpunkt abwarten."

Schwer zu sagen, was für ein Zeitpunkt das wohl sein würde.

## 36. KAPITEL

Normalerweise saß Swift draußen im Poolhaus und telefonierte, wenn ich in die Folger Lane kam, um Ava zu besuchen oder (natürlich heimlich) am Geburtstagsbuch zu arbeiten. Wenn er in der Nähe war, scherzte er gewöhnlich eine oder zwei Minuten mit mir, bevor er wieder verschwand. Aber als ich ihn ein paar Tage nach Ollies Besuch wiedersah, wollte er mit mir über meinen Sohn sprechen.

„Dein Junge ist großartig", sagte er zu mir.

„Ollie hatte viel Spaß mit dir", erwiderte ich.

„Es ist eine echte Sauerei, dass sein Vater ihn dir weggenommen hat." Swift kaute an einer Truthahnkeule, während er mit mir redete. Er aß wie ein Steinzeitmensch. Kein Besteck. „Er würde es nicht zugeben, aber ein Junge in diesem Alter braucht seine Mutter. Sosehr mich meine Exfrau auch zur Weißglut getrieben hat, aber als Cooper noch klein war, habe ich das immer gewusst."

„Glaub mir, der Vater meines Sohnes ist ganz anders als du", bemerkte ich.

„Du bist jedenfalls eine wunderbare Mutter. Ollie sollte viel mehr Zeit mit dir verbringen können."

Am vergangenen Wochenende hatte es auf mich eher so gewirkt, als wollte mein Sohn vor allem mit Swift zusammen sein. Aber das war völlig in Ordnung. Solange Ollie gern zu den Havillands kam, würde er mich besuchen wollen. Solange Swift und Ava da waren, konnte ich ihm so etwas wie eine Familie bieten.

„Also, wann bringst du den Jungen das nächste Mal zu uns?", wollte Swift wissen. „Ich vermisse ihn schon richtig."

„Ich wollte versuchen, in den Sommerferien ein bisschen mehr Zeit mit Ollie zu verbringen", sagte ich. „Aber sein Vater wird wahrscheinlich nicht so begeistert davon sein. Und wenn er nicht von sich aus zustimmt, sehe ich im Moment kaum die Chance, wieder vor Gericht zu gehen und das dort zu regeln. Der Rechtsbeistand, mit dem ich letztes Jahr gesprochen habe, hat in meinem Fall noch keinen Finger gerührt."

Hinzu kam noch, erklärte ich ihm, dass ich im Sommer wohl kaum viel Freizeit haben würde. Zusätzlich zu der Arbeit, die ich für Ava machte, hatte ich noch den eher mäßig bezahlten Auftrag angenommen, Bilder für einen Katalog zu fotografieren, sodass mir nicht viel Zeit für Ollie blieb. Geschweige denn für Elliot.

„Hör zu", sagte Ava. „Oliver fühlt sich doch wohl hier. Und Estella ist immer da. Wenn du deinen Exmann dazu überreden kannst, dass er den Jungen im Sommer ein paar Wochen mit dir verbringen lässt, würden Swift und ich ihn gern hierhaben, während du arbeitest."

Darauf konnte ich nichts sagen. Ich war von ihrer Großzügigkeit überwältigt. Schon stellte ich mir vor, wie ich die Luftmatratze wieder als Bett herrichtete. Die Legosteine auf den Wohnzimmertisch legte. Wie wir Popcorn auf der Couch aßen.

„Ich werde ihm Schwimmen beibringen", bot Swift an. „Der Junge wird bis zum Labor Day im Schmetterlingsstil durchs Wasser pflügen können."

„Ich rede mit seinem Vater", sagte ich.

## 37. KAPITEL

Ich rief Dwight an und fragte ihn, ob ich Ollie im Sommer ein paar Wochen zu mir holen könnte. Nach einer kürzeren Diskussion, als ich befürchtet hatte, stimmte er einem zweiwöchigen Besuch zu. Das war mit Abstand die längste Zeit, die ich mit meinem Sohn verbringen durfte, seit ich den Sorgerechtsstreit verloren hatte.

„Wenn ich nur ein Wort davon höre, dass du trinkst, werde ich dem nie wieder zustimmen", sagte er.

Ich wollte etwas darauf erwidern, ließ es aber sein. Das Einzige, was zählte, war, dass ich Zeit mit Ollie verbringen konnte. Darauf hatte ich so lange gewartet.

Am darauffolgenden Abend erzählte mir Ollie am Telefon von seinen Plänen für den nächsten Besuch. Er würde Rocco ein Kunststück beibringen, sagte er. Und er würde besser schwimmen lernen. Als er mit Monkey Man im Pool gewesen war, hatten sie beschlossen, am Labor-Day-Wochenende einen Schwimmwettbewerb zu veranstalten. Jetzt, so meinte Ollie, könne er dafür trainieren.

„Wenn ich gut drauf bin, lasse ich dir vielleicht einen Vorsprung, Kumpel", hatte Swift gesagt. „Aber ich glaube nicht, dass du den brauchst. Du bist viel jünger als ich. Weißt du, wie alt ich bin?"

„Fünfundzwanzig?", hatte Ollie geschätzt. Sich das Alter von Erwachsenen vorzustellen, fiel ihm schwer, aber Swift verhielt sich tatsächlich wie ein Fünfundzwanzigjähriger.

Nicht nur Ollie schien wegen unserer Pläne für den Sommer aufgeregt zu sein. Swift war es auch. Er hatte Tickets für ein Spiel der Giants gekauft und er wollte sich erkundigen, ab welchem Alter man die Formel-4-Gokarts fahren durfte, die er auf einer Bahn in der Nähe der Interstate 280 gesehen hatte, mit Blick auf einen Ausflug mit Ollie. Nicht nur das: Coopers alter Schlagkäfig, der nun fast zehn Jahre verlassen im Garten gestanden hatte, würde wieder aufpoliert werden. Swift nahm an, dass ich sicher etwas dagegen hätte, wenn Ollie bei ihm hinten auf dem Motorrad sitzen würde. Aber was hielte ich davon, wenn er sich einen Beiwagen anschaffte?

„Ich würde den Jungen gern nach Tahoe mitnehmen", sagte Swift zu Ava und mir. „Ihn mit dem Boot rausfahren. Mit der Donzi."

Ich hatte vorher schon von dem Boot gehört. Es war ein Geschenk für Cooper zum Schulabschluss gewesen. Eine Reihe von Fotos an den Wänden im Haus zeigte die beiden auf einem stromlinienförmigen Rennboot. Wie immer lachend.

„Es geht hier nicht um irgendeinen alten Boston Whaler", erklärte Swift. „Das Baby ist ein original 1969er Donzi Zigarettenboot. Colin Farrell ist in *Miami Vice* eine Donzi gefahren. Meinst du, unser Junge hätte Lust, mal eine kleine Fahrt damit zu unternehmen?"

„Eins sollten wir nicht vergessen, mein Schatz", sagte Ava, als Swift seine zahlreichen Pläne für den Sommer mit meinem Sohn aufzählte. „Hier geht es darum, dass Helen und Ollie mehr Zeit miteinander verbringen können. Nicht dass du eine Gelegenheit bekommst, dein ganzes Spielzeug wieder mit einem kleinen Jungen auszuprobieren."

„Ich weiß, ich weiß", sagte Swift. „Das sind einfach all die Dinge, die ich tun will, wenn Cooper und Virginia ein paar Lausebengel in die Welt setzen. Das ist doch jetzt eine gute Übung."

Als ich Swift so reden hörte, empfand ich große Dankbarkeit und Zuneigung. Als wäre es nicht genug, dass die Havillands mich so herzlich bei sich aufgenommen hatten, nun bezogen sie meinen Sohn in diese warme Umarmung mit ein.

Es stimmte vielleicht, dass ich Swift und Ava benutzte, damit Ollie Lust hatte, mehr Zeit mit mir zu verbringen. Aber selbst wenn – war das so verwerflich? Wir mussten ja irgendwie anfangen.

„Ich bin mir nicht so sicher, ob ich mich alt genug fühle, um ein Großvater zu sein", fügte Swift hinzu. „Sag lieber Onkel zu mir. Der reiche Onkel." Dann brach er in sein verrücktes schallendes Gelächter aus. „Wir werden eine tolle Zeit haben!"

„Denk bitte dran, Schatz", sagte Ava, „das soll Helens Zeit mit Oliver sein. Wer weiß, vielleicht will ich ja in diesem Sommer auch noch was von dir haben."

„An welchen Teil von mir hattest du denn gedacht?", sagte er.

## 38. KAPITEL

Wer in unseren Gesprächen über die Sommerpläne überhaupt keine Rolle spielte, war Elliot – der für meinen Sohn noch nicht existierte und für meine Freunde lediglich das Objekt ihrer stillschweigenden, aber doch unmissverständlichen Geringschätzung darstellte. Wenn Ollie bei mir wohnte – zumindest für die beiden Wochen –, würde ich meine neue Gewohnheit, zwei oder drei Nächte in der Woche mit Elliot in Los Gatos zu verbringen, wieder aufgeben müssen. Aber diese Zeit mit Ollie war eine unschätzbare, lang erwartete Möglichkeit, unsere Beziehung neu aufzubauen. Ich würde niemals zulassen, dass dies durch irgendetwas verhindert wurde.

Als ich Elliot sagte, dass ich nicht bei ihm schlafen kann, wenn Ollie bei mir ist, nahm er diese Nachricht freundlich auf, so wie immer. Er freute sich für mich, dass ich meinen Sohn nun etwas länger für mich hatte. Wenn im Sommer alles gut ging, wer weiß, was dann möglich wäre? Ansonsten würden wir es langsam angehen lassen. Wenn er Ollie erst mal kennenlernte, würde sicher alles gut laufen.

„Ich weiß, ich bin nicht der aufregendste Typ", sagte er. „Aber wenn wir uns erst mal richtig nähergekommen sind, wird er merken, dass ich es gut meine. Und er mir wirklich wichtig ist."

Ich hatte bereits die Luftmatratze, aber im Hinblick auf den längeren Besuch kaufte ich einen Wandschirm, um meinem Sohn ein bisschen Privatsphäre zu ermöglichen, und besorgte außerdem einen Vorrat von seinen Lieblings-Frühstücksflocken und Eis am Stiel. Damit Ollie nicht wieder mit all seinen Sachen umziehen musste, kaufte ich ein riesiges Lego-Set, das ich in einem Karton im Wohnzimmer aufstellte, zusammen mit einer neuen Packung Tuschstifte und einer neuen Badehose (denn er würde einen großen Teil seines Sommeraufenthalts im Pool der Havillands verbringen). Abends erlaubte ich mir nun endlich, mir unsere gemeinsame Zeit vorzustellen, während ich die Tage zählte, bis ich Ollie abholen konnte. Ich würde nicht zulassen, dass wieder irgendetwas passierte. Nichts – nicht einmal dieser wunderbare Mann, den ich inzwischen so gern hatte – würde mir im Wege stehen, wenn ich Zeit mit meinem Sohn verbringen konnte.

Ende Juni holte ich Ollie ab, zwei Tage nachdem die Schulferien begonnen hatten. Als ich in die Auffahrt einbog, saß er draußen im Garten und wartete bereits auf mich. Und zum ersten Mal, seit er nach Walnut Creek gezogen war, lächelte er zur Begrüßung. Drinnen im Haus hörte ich meinen Exmann brüllen. Es klang, als würde er sich über Jared ärgern.

„Er hat nur eine Packung Cornflakes ausgekippt", sagte Ollie. „Du weißt ja, wie Dad ist."

Kurz darauf kam Dwight zu uns in die Auffahrt. Während Ollie in den Wagen kletterte und mit dem Sicherheitsgurt herumhantierte, beugte sich mein Exmann zu mir herunter und sagte mir leise ins Ohr: „Denk daran, was ich wegen des Trinkens gesagt habe. Ein Ausrutscher, und es ist vorbei."

Er richtete sich wieder auf und wandte sich an Ollie auf dem Rücksitz. „Vergiss nicht, mein Sohn, wenn es irgendwelche Probleme gibt, kannst du mich oder Cheri jederzeit anrufen. Auch wenn es mitten in der Nacht ist." Dann trat er vom Wagen zurück und winkte mit einem verkrampften Lächeln auf dem Gesicht. An der Haustür sah ich Cheri stehen, die Jared auf der Hüfte trug. Sie zeige keinerlei Gefühlsregung.

Kaum dass wir in meinem Apartment angelangt waren, wollte Ollie zu Monkey Mans Haus fahren. An den folgenden Tagen war es dasselbe. Er mochte Ava und er liebte die Hunde, aber nach Swift war er verrückt. Wenn er morgens aufwachte, war das Erste, was er sagte: „Wann besuchen wir Monkey Man?"

Ich musste auch arbeiten – aber Ava bei ihrem Buchprojekt zu helfen, fühlte sich nie wie Arbeit an, und das Beste war, dass ich dabei in der Nähe meines Sohns sein konnte. Manchmal ging Swift mit Ollie in den Pool, aber sonst folgte ihm der Junge ständig durchs Haus, sah bei seinen Qigong-Stunden zu oder machte mit. Wenn er sich zu langweilen begann, ging er mit den Hunden nach draußen.

Manchmal machte ich mir Sorgen, dass mein Sohn Swifts Freundlichkeit etwas überstrapazierte und den Havillands lästig werden könnte. Aber Swift versicherte mir, wie gern er Ollie um sich hatte. „Dieser kleine Kerl ist mein bester Kumpel", sagte er, als die beiden zum Pool liefen. „Natürlich nach Ava."

Ava fing an, über die beiden als „die Jungs" zu sprechen – und sie wurden schnell ein eingespieltes Team. Sie fuhren in Swifts Range Rover los, um Besorgungen zu erledigen. Oder sie spielten Airhockey. Swift brachte Ollie das Kartenspielen bei und meinte, der Junge habe Talent zum Mogeln. „Weißt du, wie die Leute deine Lügen am ehesten glauben?", sagte er. „Wenn du das Ausgedachte mit möglichst viel wahrem Zeug ausfüllst. Dann nehmen sie dir alles ab."

Er zeigte ihm, wie man die Börsenberichte las, und um es interessanter zu machen, kaufte er ihm drei Aktien von Berkshire Hathaway, sodass er verfolgen konnte, wie sie sich entwickelten. Vor Jahren hatte er mit Cooper das Gleiche getan. Manchmal nahm Ollie seine Legosteine mit ins Poolhaus, wo Swift arbeitete, und setzte sich eine oder zwei Stunden auf den Boden und baute etwas damit, während Ava und ich im hinteren Zimmer Fotos für das Buch auswählten – was gut voranging – oder uns unterhielten.

Aber der Pool war das Größte. Nach all diesen Jahren, in denen Ollie Angst vor dem Wasser gehabt hatte, konnte er nun gar nicht genug vom Schwimmen bekommen, solange Monkey Man dabei war. Innerhalb einer Woche bekam seine Haut eine dunkle Tönung, und ich konnte sehen, wie sich an seinen zuerst mageren Schultern und Armen Muskeln bildeten.

Natürlich wollte ich so viel Zeit wie möglich mit meinem Sohn verbringen – nicht nur tagsüber bei den Havillands, sondern auch abends zu Hause in meiner Wohnung. Und wir hatten auch dort schöne Stunden, obwohl die Arbeit für Ava mehr und mehr Zeit in Anspruch nahm. Manchmal war es bereits sieben oder acht Uhr, wenn wir bei mir zu Hause ankamen, wo Ollie badete und wir unser Buch lasen.

Die Katalogisierung von Avas gesamter Kunstsammlung wurde vorerst auf Eis gelegt, damit Ava und ich unsere ganze Energie in das heimlich produzierte Geburtstagsbuch *Der Mann und seine Hunde* stecken konnten. Und mein Tätigkeitsbereich schien sich inzwischen ausgedehnt zu haben. Immer öfter gab Ava mir andere kleine Aufgaben, die sie sonst wohl Estella aufgetragen hätte. So bat sie mich, ihre Ketten im Schubfach zu entwirren oder die Parfümflaschen auf ihrer Kommode zu ordnen.

„Vielleicht würde Estella das gern tun", sagte ich einmal. „Oder, wenn sie zu viel zu tun hat, Carmen."

„Ich habe Carmen früher um solche Sachen gebeten", sagte Ava. „Aber ich muss ehrlich sagen, ich vertraue diesem Mädchen nicht mehr. Als ich einmal nach Hause kam, hat sie gerade mit ganz schuldbewusstem Gesicht den Wäscheraum verlassen. Aber der eigentliche Bruch hatte mit Cooper zu tun."

Ich wollte wissen, wie sie das meinte.

„In der Highschool damals hat er beim Rugby einen Ring gewonnen. Als der beste Spieler. Etwa ein Jahr danach hat Carmen einmal ihre Tasche offen auf dem Tisch liegen lassen, und da habe ich ihn gesehen. Den Ring. Sie muss ihn sich einfach genommen haben."

„Was hast du getan?"

„Ich habe ihn natürlich herausgeholt und wieder an seinen alten Platz gelegt. Cooper habe ich nie davon erzählt. Es hätte ihm das Herz gebrochen. Er mochte Carmen immer so gern."

Ava meinte, wenn ich die paar zusätzlichen Aufgaben für sie erledigte, hätte sie etwas mehr freie Zeit. Aber letztendlich saß sie ziemlich oft bei mir im Zimmer, während ich arbeitete – Fotos auswählte und zusammenstellte. Draußen hörte ich meinen Sohn mit Swift im Pool planschen oder hinten im Batting Cage Bälle schlagen. Ollie war so von Monkey Man fasziniert, dass ich anfing, mir Sorgen zu machen, ob ich überhaupt so viel Zeit mit meinem Sohn verbringen könnte, wie ich gehofft hatte.

„Ich dachte, Ollie und ich könnten heute mal ein bisschen früher aufbrechen", sagte ich an einem Nachmittag, als Ollie bereits seit einer Woche bei mir war. „Vielleicht machen wir zusammen eine kleine Radtour."

„Ich mache mir nur Sorgen, dass ich das Buch nicht rechtzeitig zu Swifts Geburtstag fertig habe", sagte Ava. „Außerdem brauchst du dir um Ollie keine Gedanken zu machen. Er hat so viel Spaß mit Swift. Swift war schon immer wie der Rattenfänger von Hameln, wenn es um Kinder geht. Als wenn er sie hypnotisieren würde. Sie folgen ihm überallhin."

In diesem Moment ertönte die Stimme meines Sohnes, der vom Poolhaus herüberrief: „Hey, Mom, Monkey Man hat uns heute Abend zum Essen eingeladen. Können wir bleiben?"

„Natürlich", erwiderte ich. Was hätte ich ihm schon vorschlagen können, das interessanter wäre als das hier?

## 39. KAPITEL

So gut es mit Elliot auch vor den Sommerferien gewesen war, sobald Ollie bei mir wohnte, dachte ich nicht mehr oft an ihn. Ich war einfach nur glücklich, meinen Sohn bei mir zu haben. Und wir verbrachten unsere Tage mit den Havillands. Es lief so gut, dass Ollie seinen Vater fragte, ob er noch eine weitere Woche bleiben könne, aber Dwights Antwort war Nein. Trotzdem war es für mich gut zu wissen, dass mein Sohn bei mir bleiben wollte. Auch wenn mir klar war, dass der Grund dafür hauptsächlich Swift war.

Ein einziges Mal erkundigte sich Ava während dieser Zeit nach Elliot. Wir saßen oben im Büro und sichteten Fotos für das Jubiläumsbuch.

„Triffst du dich noch mit diesem Mann?", fragte sie. „Evan? Irvin? Dieser Buchhalter?"

„Seit Ollie bei mir ist, hatten wir keine Gelegenheit, uns zu treffen", entgegnete ich. „Aber ja."

„Als ich Swift kennengelernt habe, konnten wir es keine fünf Minuten ohne den anderen aushalten", sagte sie. „Der Sex ist wohl eher durchschnittlich?"

Ich wollte wirklich nicht darüber reden, aber es war schwierig, Ava das zu sagen. Elliot sei ein zärtlicher Liebhaber, erklärte ich ihr – nicht wild oder aggressiv, vielleicht auch nicht besonders einfallsreich, aber einfühlsamer als alle Männer, die ich kannte. Wenn ich aus der Badewanne gestiegen war – in der Zeit, bevor Ollie zu mir gekommen war –, hatte er mir die Ellbogen und Knie eingecremt – mit einer Creme, auf die er schon sein Leben lang schwor, einer, die Farmer benutzten, wie er meinte.

„Hmmm. Klingt wundervoll", sagte Ava. Zweifelnd.

Es stimmte, das musste ich zugeben: Elliot war nicht im üblichen Sinn romantisch, nicht so, wie die meisten Leute sich das vorstellten. Aber einmal, als ich drei Tage hintereinander freigehabt hatte, waren wir nach Humboldt County hochgefahren, um an einem abgeschiedenen Ort neben einer heißen Quelle zu campen. Er hatte sein Fernrohr mitgebracht, mit dem wir die Sternbilder beobachten konnten. Auf dem Weg nach Hause ging mir durch den Kopf, dass er zwar nicht zu den Männern gehörte, die einen sofort umhauten, aber jedes Mal, wenn wir uns sahen, mochte ich ihn ein bisschen mehr. Doch ich konnte mir einfach nicht vorstellen, wie ich Elliot und meinen Sohn gleichzeitig in mein Leben lassen könnte. Und ich wünschte mir meinen Sohn zurück wie nichts anderes sonst.

Ich sagte nie, dass ich in Elliot verliebt wäre oder dass ich eine unbändige Sehnsucht nach ihm verspürte, so wie Ava ihre Gefühle für Swift beschrieben hatte (die offensichtlich immer noch so waren). Tatsächlich war das, was ich über Elliot und mich erzählte, völlig anders als das, was ich von Ava über ihre Beziehung zu Swift hörte. Es war einfach unkompliziert und angenehm mit ihm. Ich fühlte mich glücklich, wenn ich mit ihm zusammen war, hatte ihn aber jetzt, wo wir uns nicht sahen, noch nicht vermisst. Er war immer lieb zu mir. Ich vertraute ihm vollkommen – wahrscheinlich mehr als mir selbst.

„Lieb ist gut, nehme ich an", sagte Ava mit einem leichten Zögern in der Stimme. Ohne dass sie es extra aussprechen musste, war klar, dass sie von einer Beziehung mehr als das erwartete.

Auch wenn Swift immer wieder andeutete, wie überwältigend ihr Sexleben für sie beide war, erzählte Ava nie Genaueres darüber. Sie machten sich nicht die Mühe, ihre Bücher über Tantra-Sex zu verstecken oder die Limitierte Ausgabe der erotischen Drucke von Hiroshige, die im ersten Stockwerk hingen. Doch wir sprachen nie darüber, was tatsächlich zwischen den beiden ablief und was für Ava mit ihrer Rückgratverletzung überhaupt möglich war.

Eines Abends ging ich zu Hause ins Internet und googelte „Sex mit Querschnittslähmung", worauf alle möglichen Webseiten erschienen, in denen es um Katheter und Sexpositionen im Rollstuhl ging. Allein dass ich danach gesucht hatte, hinterließ bei mir Schuldgefühle, als hätte ich die Tür zu einem Raum geöffnet, der verschlossen bleiben sollte. Wenn Ava über ihre intime Beziehung mit Swift sprach, blieb sie vage und erklärte lediglich, was auch immer zwischen den beiden passierte, war jenseits dessen, was andere Paare sich überhaupt vorstellen konnten.

„Swift und ich haben keine Geheimnisse voreinander", sagte sie. „Es ist, als wären wir Teil desselben Körpers. Vielleicht sehe ich es deshalb nicht so tragisch, dass ich in diesem Stuhl hier sitze. Er kann laufen, und das gibt mir das Gefühl, vollständig zu sein."

„Wir sind sehr unterschiedlich", sagte ich über Elliot und mich. „Aber es fühlt sich gut an, diesen gefestigten Mann an meiner Seite zu haben. Ich war noch nie mit einem Mann zusammen, dem ich so vertraue."

Wie immer, wenn ich über Elliot redete, fühlte sich Avas Erwiderung an wie ein Lob mit unterschwelliger Kritik. „Zweifellos ist er ein wirklich guter Mensch", sagte sie. „Aber du solltest dir überlegen, ob du einen Kumpel oder Bruder suchst. Ich würde eine leidenschaftliche Liebesaffäre vorziehen, aber das ist natürlich meine ganz persönliche Meinung."

Zu dieser Zeit erschien mir eine leidenschaftliche Liebesbeziehung sowieso unmöglich. Ava hatte keine Kinder, und vielleicht war das der Unterschied zwischen uns. Ich hatte meinen Sohn. Und für viel mehr war in meinem Leben kein Platz.

## 40. KAPITEL

Ollie und ich hatten während dieser zwei Wochen schließlich eine Routine entwickelt – das erste Mal seit seinem fünften Lebensjahr erlebte ich einen normalen Tagesrhythmus mit meinem Sohn. Da es in meiner Wohnung nur zwei Zimmer gab, hatte ich ihm seinen Schlafplatz auf der Matratze im Wohnzimmer eingerichtet. Aber morgens, manchmal noch vor Sonnenaufgang, kam er in mein Bett und brachte ein paar Bücher mit. Dann stapelten wir die Kissen übereinander und lasen, bis es hell wurde. Ich bereitete dann French Toast oder Pfannkuchen zu, und wir spielten eine Runde Anaconda, ein Kartenspiel, das Swift meinem Sohn beigebracht hatte. Meistens gewann Ollie. Wenn wir uns angezogen hatten, brachte ich ihn zu Swift und Ava, wo er fast den ganzen Vormittag mit den Hunden spielte und mit Swift im Pool schwamm, während ich ein paar Stunden arbeitete.

„Ich habe eine Idee", sagte Swift. Wir saßen draußen am Pool. Ich machte eine späte Frühstückspause, um eine Kleinigkeit zu essen. Ollie lag nach einer Runde Fangen im Pool mit Swift auf einer Strandliege und hörte Musik auf Swifts iPod. Ava las in einem Magazin. Estella hatte gerade Bloody Marys für die beiden und für uns die alkoholfreie Variante davon herausgebracht.

„Es ist schon viel zu lange her, dass wir hier das letzte Mal eine Party gegeben haben. Lass uns doch mal deinen Freund zum Dinner einladen."

„Ich weiß nicht", erwiderte ich. Tatsächlich begann ich Elliot zu vermissen, aber nachdem wir uns zehn Tage nicht getroffen hatten, erschien mir die Folger Lane nicht der richtige Ort, um ihn wiederzusehen. Außerdem würde Ollie dabei sein.

„Es wird langsam Zeit, dass wir diesen Typen kennenlernen", sagte Swift. Ava nannte ihn bevorzugt den „Buchhalter", obwohl sie eigentlich seinen Namen kannte. Offensichtlich konnte auch Swift sich nicht merken, wie Elliot hieß. „Warum rufst du ihn nicht an und fragst, ob er Lust hat, zum Dinner zu kommen?"

An welchen Tag er denn gedachte habe, fragte ich.

„Heute."

„Ich glaube nicht, dass das eine gute Idee ist", erwiderte ich. „Elliot und Ollie kennen sich noch nicht. Es ist vielleicht besser, eins nach dem anderen anzugehen. Zuerst sollte Ollie ein bisschen Zeit mit Elliot und mir verbringen. Dann können wir uns alle zusammen treffen."

„Du grübelst zu viel", sagte Ava. In ihrem Tonfall lag eine gewisse Schärfe, wie man sie bei ihr nur selten hörte, höchstens wenn sie Estella zurechtwies, weil sie das falsche Hundefutter gekauft oder beim Staubsaugen eine Ecke vergessen hatte. Oder auch – was vor Kurzem passiert war –, als sie mir davon erzählt hatte, dass Carmen Coopers Ring gestohlen hätte.

„Es wird sicher toll", sagte sie. „Wir können alle zusammen zum Jachthafen fahren und auf dem Boot zu Abend essen."

Elliot hatte an dem Tag Zeit, was wenig überraschte. Aber obwohl er sich freute, von mir zu hören, äußerte er die gleichen Zweifel, die auch ich gehabt hatte – wobei ich ihm jetzt, als er sich fragte, ob es die richtige Zeit und der richtige Ort wären, um Ollie kennenzulernen, selbst mit einer gewissen Schärfe antwortete. „Du grübelst zu viel", sagte ich. „Du machst dir zu viele Sorgen."

„Ich mache mir immer Sorgen um Dinge, die mir wichtig sind", erwiderte Elliot.

„Wie wäre es denn damit, einfach mal Spaß zu haben, ohne alles zu analysieren?"

Elliot schwieg einen Augenblick. „Ich dachte, wir hätten jede Menge Spaß zusammen gehabt", sagte er dann. „Für mich ist das einfach wichtig, das ist alles. Es bedeutet mir viel, Ollie kennenzulernen."

„Es wird schon gut", sagte ich und klang plötzlich wie Ava. „Swift hat einen Grill an Deck seines Bootes. Wir können Hamburger essen, und Ava will Marshmallows grillen und S'Mores machen. Swift will Ollie das Boot steuern lassen."

Wir verabredeten, dass Elliot am Nachmittag zur Folger Lane kommen sollte. Wir würden einen Drink nehmen, wer Lust hätte, könnte schwimmen, und dann würden wir zum Jachthafen aufbrechen, wo wir auf dem Segelschiff der Havillands zu Abend essen würden.

„Auf der Donzi?", fragte Ollie. Er hatte natürlich schon von Monkey Mans Rennboot gehört.

Swift schüttelte den Kopf. „Die Donzi liegt in Tahoe, Kumpel", sagte er. „Aber keine Sorge. Ich werde dich schon bald auf das Boot mitnehmen. Und wenn es so weit ist, dann Achtung, Baby." Er machte eine Geste wie ein Cowboy, der sein Lasso schwingt.

Wir saßen am Pool, als Elliot auftauchte. Swift war in Badehose, Ava trug eines ihrer langen Kleider. Ollie war im Wasser – er hatte beim Schwimmen schon so große Fortschritte gemacht, dass er nicht mehr unbedingt einen Erwachsenen an seiner Seite haben musste, obwohl wir ihn ständig beobachteten.

Elliots Kleidung fiel mir zuerst auf. Ein geknöpftes Hemd und weite Kakihosen, Mokassins. Er musste kürzlich beim Friseur gewesen sein. Im Nacken zeigte sich ein heller Rand verletzlicher Haut, ebenso um die Ohren. Ich wollte nicht, dass es mich störte, aber das tat es.

Ich stand auf, um ihn zu begrüßen, und legte ihm eine Hand auf die Schulter. Ich gab ihm keinen Kuss, auch wenn ich das unter anderen Umständen gern getan hätte.

„Darf ich dir meine Freunde vorstellen?" Ich fand, es wäre am besten, wenn er einen nach dem anderen begrüßte. Zuerst Swift und Ava, später dann Ollie, wenn er aus dem Pool kam.

„Ich habe eine Menge von Ihnen gehört", sagte Elliot und streckte die Hand über dem Tisch aus, auf dem eine fast leere Flasche Wein stand. Swift hatte bereits eine neue geöffnet. Elliot überreichte ihm als Beitrag zum Dinner ebenfalls eine Flasche Wein, aber ich wusste, dass sie Swifts Ansprüchen wahrscheinlich nicht genügen würde.

„Wir wissen auch alles über Sie", sagte Ava. „Na ja, nicht alles. Aber das hier ist fast so etwas wie der erste Besuch bei den Eltern."

„Es ist schön, dass Helen Freunde wie Sie hat, die sich um sie kümmern", sagte Elliot.

„Sie ist ein Mensch, den man schnell ausnutzen könnte", bemerkte Swift und sah Elliot in die Augen. „Da schwimmen eine Menge Haie im Wasser."

„Zu denen gehöre ich nicht", gab Elliot zurück und erwiderte seinen Blick.

„Natürlich nicht", sagte Ava und tätschelte Elliot den Arm. „Wir würden uns eher vor einer Maus fürchten als vor Elliot."

Sie lachten. Ich nicht.

Swift warf Elliot ein Handtuch zu – ein flauschiges, riesiges, mit blauen Rennstreifen am Rand und dem Logo einer der Firmen, die Swift gegründet hatte. Ava hatte mir einmal erzählt, dass sie die damals, als er noch im Silicon Valley gearbeitet hatte, als Weihnachtsgeschenke verteilt hatten, zusammen mit passenden und persönlichen Monogrammen versehenen Bademänteln.

Dann reichte Swift Elliot eine Zigarre aus seinem Humidor mit den echten kubanischen. Elliot wirkte leicht gequält.

„Ich hoffe, Sie haben Sachen zum Wechseln mitgebracht, mein Freund", sagte Swift. „Wir fahren nachher mit dem Segelschiff raus."

„Wenn nicht, können wir Ihnen auch was von Swift leihen", sagte Ava. Elliot war gute zehn Zentimeter größer als Swift, und sein Körperbau war ein komplett anderer, aber er sagte nichts dazu.

„Es gibt eine Regel hier bei uns", sagte Swift. „Wenn jemand nicht von selbst ins Wasser geht, werfen wir ihn in den Pool." Dann ließ er sein lautes Hyänenlachen ertönen. Ich sah Elliot an, der ernst blieb.

Ollie war jetzt auf dem Sprungbrett und machte Arschbomben, nachdem er Swift aufgefordert hatte, ihm zuzusehen. „Mein Mann hat einen Fisch aus diesem Jungen gemacht", sagte Ava zu Elliot.

„Als Nächstes kommt das Ringen", sagte Swift.

Später, als Ollie aus dem Wasser kam – in diesem Moment berührte mich sein Anblick immer: mein dünner kleiner Junge, zitternd am Poolrand, Zähne klappernd, aber glücklich –, wickelte ich ihn in eines der blau gestreiften Handtücher und brachte ihn zum Tisch, wo die Erwachsenen saßen.

„Ich möchte dir jemanden vorstellen", sagte ich. „Das ist Elliot."

Ich sah, wie mein Sohn ihn begutachtete: das Hemd, die weite Hose, seine blassen Knöchel und Hände. Elliot war nicht im Wasser gewesen.

„Er ist dein Freund, oder?", sagte Ollie zu mir.

Swift ließ erneut sein lautes Lachen hören. „Dem Jungen entgeht nichts", sagte er.

„Deine Mutter und ich sind gute Freunde", erklärte Elliot.

„Aber ich will ehrlich zu dir sein. Wenn ich Glück habe, darf ich sie manchmal ausführen. Ich hoffe auch, dass wir mal zusammen einen Ausflug machen können und irgendwohin gehen, wo man Spaß hat."

„Ich will nirgendwo hingehen", sagte Ollie. „Mir gefällt es hier." Dann wandte er sich zu Swift um. „Wollen wir Kicker spielen?"

„Ich werde dich vernichten", sagte Swift. „Vernichten und zermalmen!" Er hob Ollie schwungvoll über seinen Kopf und trug den kreischenden und lachenden Jungen zum Poolhaus, wo die Spiele standen.

So blieben Ava und ich allein mit Elliot zurück. Sie wollte ihm ein Glas Wein eingießen, aber er stoppte sie.

„Ich trinke nicht besonders viel", sagte er.

Sie stellte die Flasche wieder auf den Tisch. „Oje", sagte sie und lachte ein bisschen, als wäre das etwas ganz Erstaunliches. „Sie schwimmen nicht, Sie trinken nicht. Haben Sie denn überhaupt jemals Spaß?"

„Ja, allerdings", erwiderte er.

„Ich hoffe doch, Sie mögen Hunde", sagte Ava.

„Ich liebe Hunde", entgegnete Elliot. „Ich hätte gern selbst einen, wenn ich nicht allergisch gegen Hundehaare wäre."

Ich beobachtete Ava.

„Ist das nicht merkwürdig", sinnierte sie laut, „dass niemand je sagt, er sei gegen Menschen allergisch?"

## 41. KAPITEL

Etwa eine Stunde später kletterten wir zu fünft in den Range Rover, im Gepäck eine Kühltasche mit Steaks – dazu Austern, Wein, ein paar Salate, Frikadellen und Hamburger-Brötchen für Ollie –, und fuhren zum privaten Jachthafen, wo Swifts Segelboot lag.

„Ich bin eigentlich mehr der Rennboot-Typ als ein Segler", sagte Swift. „Aber ich habe das Schnellboot in Tahoe. Da können wir die PS wirklich ausfahren."

„Können wir das bald machen?", meldete sich Ollie.

„Pinkeln Hunde an Hydranten?", entgegnete Swift.

Swift saß mit Ava auf dem Vordersitz, zwischen ihnen Ollie, damit er mit Swifts iPod spielen konnte. Elliot und ich saßen hinten. Seit Swift dem Jungen die Musik von Bob Marley vorgespielt hatte, hatte Reggae Ollies ehemalige Lieblingsplatten abgelöst – die Musik aus den späten Achtzigern und den Neunzigern, die sein Vater gerne hörte.

„*I shot the sheriff*", sang er laut, wenn auch falsch, „*but I didn't shoot no deputy.*"

Vom Rücksitz erwähnte Elliot, dass er, als er in Ollies Alter gewesen sei, Bob Marley auf einem seiner letzten Konzerte gesehen habe. Ich spürte, wie angestrengt er versuchte, irgendetwas zu sagen, das Ollie interessieren könnte.

„Ich war mal mit einem Kumpel in Jamaika", sagte Swift. „Wir wurden zu einer Party in Bobs Haus eingeladen. Ziemlich verrückt."

„Du hast Bob Marley getroffen?", fragte Ollie.

„Wir haben zusammen Fußball gespielt."

Elliot erwähnte es nicht, aber ich wusste, dass er manchmal seekrank wurde. Da es schon später Nachmittag war, als wir auf Swifts Boot „Bad Boy" in die Bucht segelten, machte ich mir weniger Sorgen wegen Sonnenbrand, aber Elliot cremte sich mit Sonnenschutz ein. Glücklicherweise hatte er den Hut nicht mitgebracht, den er manchmal zum Wandern aufsetzte – der nicht nur das Gesicht schützte, sondern auch den Nacken und mit einer Schnur unter dem Kinn befestigt wurde. Er erinnerte mich immer an die Hauben, die die kleinen Mädchen in *Unsere kleine Farm* trugen. An diesem Tag hatte er sein Oakland-A's-Cap dabei.

„Ich bin ein Giants-Fan", sagte Swift.

„Ich auch", rief Ollie, obwohl das etwas ganz Neues für mich war.

Es war traumhaft draußen in der Bucht, aber das Wasser war kabbelig. „Ich will ja kein Spielverderber sein", meldete sich Elliot, „aber sollte Ollie nicht eine Schwimmweste anlegen?"

„Ich bin ein guter Schwimmer", sagte Ollie. „Das hat Monkey Man gesagt."

„Selbst gute Schwimmer ziehen auf dem offenen Meer Schwimmwesten über", erwiderte Elliot. „Ich wollte auch gerade eine anlegen." Er griff nach einer Schwimmweste, die an der Wand auf dem äußeren Bootsdeck hing. „Lieber auf Nummer sicher gehen, was?"

Ollie warf Swift einen Blick zu. Das Grinsen auf Swifts Gesicht kannte ich von ein paar Hundert Fotos, die ich für *Der Mann und seine Hunde* durchgesehen hatte – ein breites Lächeln mit blitzenden Zähnen, das seine Einigkeit mit dem Jungen darüber signalisierte, wie absurd Elliots Vorschlag war.

„Es ist gut, dass wir ein paar Menschen wie Sie auf dieser Welt haben, Elliot", sagte er, „um Leute wie mich davor zurückzuhalten, zu sehr durchzudrehen. Wir brauchen die gesetzestreuen Bürger als Gegengewicht zu den Outlaws. Man könnte behaupten, dass Sie ein Feigling sind, wenn Sie eine Schwimmweste anziehen. Aber das bringt ja keinen Schaden."

„Ich will nur, dass Ollie sicher ist", sagte Elliot.

Swift nahm einen Zug von seiner Zigarre. „Ich verstehe Ihren Standpunkt", sagte er. „Aber ich kann mich hier draußen in der Bucht einfach nicht in ein leuchtend oranges Plastikteil wickeln." Er nahm eine Schwimmweste, wirbelte sie über seinem Kopf wie ein Lasso und schleuderte sie ins Wasser. „Das versaut meinen Stil."

„Juchhuu!", rief Ollie. „Schwimmwesten sind für Babys!"

„Er hat erst vor Kurzem schwimmen gelernt", beharrte Elliot.

„Ich denke auch, das ist ein guter Vorschlag", sagte ich. Mein Kopf dröhnte. „Elliot hat recht."

Swift legte Ollie eine Hand auf die Schulter. „Du hast gehört, was deine Mutter sagt, Kumpel. Ihr Freund hat wirklich recht. Der Mann ist viel vernünftiger als dein alter Mister Monkey Man."

„Musste Cooper auch eine Schwimmweste tragen, als er so alt war wie ich?", wollte Ollie wissen. Obwohl er Cooper noch nie begegnet war, war er für Ollie zu einer Art Legende geworden. Monkey Mans Sohn bildete für ihn jetzt den Standard für absolute Coolness in jeder Hinsicht. Cooper und Swift waren für ihn wie zwei Rockstars.

Schließlich legte ich meinem Sohn die Schwimmweste an und verknotete die zu langen Riemen mehrmals, was Ollie wieder rückgängig machte, sodass die Weste – die normalerweise fest an der Brust sitzen musste – nur ein spärlicher Schutz für den Fall wäre, dass unser Boot kenterte oder er ins Wasser fiele.

Ich überlegte, ob ich darauf bestehen sollte, die Weste richtig zu befestigen, entschied mich jedoch dagegen. Er war schon wütend genug. Natürlich machte er Elliot dafür verantwortlich, dass er das Ding tragen musste, obwohl ich selbst daran hätte denken müssen.

„Ich habe gehört, dass du Tee-Ball spielst", sagte Elliot zu ihm. „Wie macht sich denn dein Team?"

„Die Saison ist zu Ende", erklärte ihm Ollie, während er aufs Meer blickte, „aber Tee-Ball ist sowieso blöd. Das ist was für Babys. Die Pitcher sind immer die Dads, und die werfen nur leichte Bälle. Ein paar Jungs in meinem Team sind so schlecht, dass sie nur dastehen und nicht mal ausholen. Die Dads müssen den Ball so werfen, dass er den Schläger trifft."

„Irgendwo muss man wohl anfangen, was?", sagte Elliot. „Bald bist du alt genug für die Little League. Das ist schon spannender."

„Ich hasse die Little League", sagte Ollie.

„Was willst du denn werden, wenn du groß bist?", wollte Elliot wissen. Nicht gerade eine originelle Frage, aber Elliot gab sich große Mühe.

„Müllmann. Oder Gangster. Wahrscheinlich Bankräuber."

„Wenn du anderen Leuten das Geld abnehmen willst, solltest du es auf eine schlaue Art machen", sagte Swift. „Gründe eine Internetfirma."

Draußen in der Bucht waren unzählige Segelboote auf dem Wasser. Die Sonne stand tief am Horizont. „Was haltet ihr davon, wenn wir diese kleinen Dinger hier braten?", sagte Swift und nahm vier Steaks aus der Kühltasche, zusammen mit ein paar rohen Hamburger-Frikadellen, die Estella für Ollie vorbereitet hatte.

Ich sah Elliot an, dass ihm schlecht war, aber er sagte nichts. Swift fragte Elliot, wie er sein Steak mochte. „Ich selbst stehe auf fast rohes Fleisch", sagte er.

Er und Ava tauschten einen Blick. Oft schien es, als betrachteten die beiden sämtliche Bemerkungen – die entweder andere oder sie selbst machten – als sexuelle Anspielungen. Wenn wir unter uns waren, störte mich das nicht – tatsächlich hatte ich bei dem Spielchen schon mitgemacht. Aber wenn Elliot dabei war, ganz zu schweigen von Ollie, fühlte ich mich unbehaglich in dieser aufgeheizten Stimmung, die zwischen den beiden herrschte.

„In meinem Magen rumort es gerade ein bisschen", sagte Elliot. „Ich glaube, ich werde erst mal bei Brot bleiben."

Swift griff nach einer der rohen Austern, die Ava auf einer Platte mit Meerrettich, Zitrone und einer Schüssel Vinaigrette angerichtet hatte. Er hob die Schale an die Lippen und schlürfte die Auster mit einem genüsslichen Stöhnen hinunter.

„Es gibt nichts Besseres", schwärmte er. „Na gut, eins vielleicht schon." Dabei warf er Ava einen bedeutungsvollen Blick zu.

In diesem Augenblick wirbelte Elliot so plötzlich herum, wie ich es von ihm, der sich normalerweise langsam bewegte, nicht gewohnt war. Er ging ein paar Schritte auf die Reling zu und beugte sich darüber, den Kopf über dem Wasser. Ich brauchte einen Moment, um die Situation zu erfassen. Er übergab sich.

## 42. KAPITEL

Danach veränderte sich etwas. Natürlich hatte ich Elliot alles von Avas und Swifts Plänen für die Stiftung erzählt und davon, wie sie sich für Hunde einsetzten, und Elliot schien das als eines der Dinge zu akzeptieren, die sehr reiche Leute mit ihrem Geld taten. Aber nach unserem katastrophalen Segeltrip wurde Elliot plötzlich ganz besessen davon, die inneren Strukturen von BARK zu studieren.

Ollies Zeit bei mir neigte sich dem Ende zu, und für einen gebührenden Abschluss mit einem letzten sensationellen Tag nahm Swift meinen Sohn mit zur Gokart-Strecke in Mountain View. Es war ein Ausflug, zu dem ich meinen Sohn gern begleitet hätte, aber Ollie hatte mir klar zu verstehen gegeben, dass er mit Swift allein sein wollte. Ich nutzte derweil die Gelegenheit, um zu Elliot zu fahren.

Es war das erste Mal, dass ich ihn nach dem Abend auf dem Segelboot der Havillands traf, und es war noch viel länger her, dass ich ihn das letzte Mal in Los Gatos besucht hatte. Damals war alles wie immer makellos aufgeräumt gewesen, aber nun war der Tisch im Esszimmer vollkommen von Papieren bedeckt, eine ganze Wand war mit zahllosen Notizzetteln beklebt. Als ich mich umsah, entdeckte ich ein Papier mit dem Namen *Havilland* darauf und ein anderes über die BARK-Stiftung.

„Was machst du denn?", fragte ich Elliot. „Du machst doch für Swift gar nicht die Buchhaltung. Ist das irgendein merkwürdiges Hobby, Informationen über die Firmen anderer Leute zu suchen, so wie Briefmarken sammeln oder Tischtennis spielen?"

„Die Informationen sind öffentlich", erwiderte er. „Sie sind als gemeinnützig registriert."

„Hast du nichts Besseres zu tun, als in den Finanzen meiner Freunde zu schnüffeln?" Ich wusste, dass meine Bemerkung ihn verletzen würde, aber das war mir egal.

„Irgendwas stimmt da nicht", sagte er.

„Du bist doch nur neidisch", entgegnete ich, „weil ich so viel Zeit mit ihnen verbringe."

„Ich bin besorgt", gab er zurück. „Du weißt ja, dass Fotos eine Geschichte erzählen können. Das können Zahlen auch. Und die ist nicht immer schön."

„Ist dir klar, wie viel sie für mich getan haben? Und jetzt auch für Ollie? Er betet Swift an."

Elliot schwieg einen Augenblick. „Meinst du nicht, ich würde auch gern Freundschaft mit deinem Sohn schließen?", sagte er schließlich. „Wenn du mir eine Gelegenheit dazu geben würdest."

„Diese Gelegenheit wird sicher bald kommen", sagte ich. „Ihr beide hattet einfach keinen guten Start."

„Ich könnte uns allen was kochen", schlug er vor. „Wir könnten mit meinem Teleskop an einen Ort mit ganz wenig künstlichem Licht fahren. Da könnte ich ihm den Mars zeigen."

„Vielleicht wenn ich ihn das nächste Mal bei mir habe."

„Wenn die Sterne richtig stehen", sagte Elliot mit einem bitteren Unterton. Und er redete nicht von den Gestirnen am Himmel.

## 43. KAPITEL

Es war Ollies letzter Tag bei mir, und er wollte ihn natürlich in Monkey Mans Haus verbringen. Er war im Pool und übte Kraulen für den Wettbewerb am Labor Day, während Swift mit der Stoppuhr seine Zeit überprüfte. Swift hatte versprochen, mit ihm zum Lake Tahoe zu fahren, wenn Ollie das Rennen gewann. Sie würden mit der Donzi hinausfahren – der Traum meines Sohnes. Obwohl Ollie alles begeisterte, wenn nur Monkey Man dabei war.

Ava war beim Pilates gewesen, und ich hatte im Büro ein paar Stunden an den Einladungen zur Geburtstagsparty gearbeitet – es war immer noch früh, aber Ava wollte sichergehen, dass jeder sich dieses Datum rechtzeitig notierte. Ich kam nach unten, um wie so oft mit Swift, Ava und Ollie zusammen Mittag zu essen.

Wir standen am Poolrand und beobachteten, wie Ollie seine Bahnen schwamm. „Er ist ein toller Junge", sagte Swift. „Du hast gute Arbeit geleistet."

Ich schüttelte den Kopf. „Im Moment steht mir solches Lob wohl kaum zu", sagte ich. „Du weißt ja, dass ich fast drei Jahre kaum Zeit mit Ollie verbracht habe. Diese vergangenen zwei Wochen waren die besten, die ich mit meinem Sohn seit seiner Zeit im Kindergarten zusammen hatte."

„Ich wollte mit dir darüber reden, Helen", sagte Swift. Er klang ungewöhnlich ernst. „Ava und ich haben darüber gesprochen und sind uns einig. Wir würden gern für einen Rechtsanwalt zahlen, damit du deinen Jungen dahin zurückholen kannst, wo er hingehört. Wir brauchen diesen Jungen hier."

„Ich habe noch nicht mal meinen alten Rechtsanwalt abbezahlt", sagte ich. „So etwas könnte ich niemals annehmen."

„Wozu gibt es denn die Familie?", sagte Swift. „Ich werde Marty Matthias anrufen. Wir arrangieren ein Treffen für dich."

An diesem Abend luden Swift und Ava meinen Sohn und mich in ein japanisches Restaurant zum Dinner ein. Man muss es Ava anrechnen, dass sie vorschlug, Elliot einzuladen – sie erinnerte sich sogar an seinen Namen –, aber als ich ihn anrief, um ihn zu fragen, sagte er, er sei beschäftigt.

Es war eins dieser Lokale, in denen der Kellner an den Tisch kam und das Essen vor den Augen der Gäste über einem zischenden Feuer zubereitete, während er ein Samurai-Schwert über dem Kopf schwang. Natürlich gefiel Ollie das.

„Ich werde dich unheimlich vermissen, Kumpel", sagte Swift zu ihm. „Du musst versprechen, so bald wie möglich wiederzukommen."

Danach fuhr ich mit Ollie zu meiner Wohnung. Er zog seinen Pyjama an. Ich legte mich neben ihn auf die Luftmatratze. Ich wollte kein großes Theater um seine Abreise machen, obwohl mir schon davor graute, mich am nächsten Morgen von ihm zu verabschieden.

„Ich habe nachgedacht", sagte ich zu ihm. „Wie würdest du es finden, wenn ich mit deinem Dad darüber rede, ob du für dein drittes Schuljahr bei mir wohnen könntest? Nur um es einmal auszuprobieren."

Oliver beschäftigte sich mit dem iPod, den Swift ihm an dem Abend im Restaurant geschenkt hatte. Er sah zu mir hoch. Nicht mit diesem alten misstrauischen Seitenblick, sondern direkt in meine Augen. „Das fände ich gut", sagte er.

„Ich meine nicht, dass du dann ständig ins Restaurant eingeladen wirst und teure Geschenke bekommst", sagte ich. „Ich rede vom ganz normalen Leben. Schule. Hausaufgaben. Hausarbeit."

„Ich weiß", sagte er. Ich war mir nicht sicher, ob er sich

überhaupt dessen bewusst war, aber er hatte ein Bein über meines gelegt, und sein Kopf ruhte auf meiner Schulter. In diesem Moment zählte nichts außer der Hoffnung, dass ich meinen Sohn für immer zurückbekommen könnte.

Später fielen mir andere Dinge ein. Ich hatte Ollie nicht gesagt, dass Elliot auch ein Teil unseres Lebens wäre, wenn er bei mir wohnen würde. Aber ich wollte nichts riskieren. Jetzt, wo ich mit meinem Sohn so weit gekommen war, wollte ich ihn niemals wieder verlieren. Was wir hier hatten, schien mir immer noch zu wertvoll und zerbrechlich. Und die Wahrheit war, dass ich mir nach dem Abend auf dem Segelboot nicht mehr so ganz sicher war, wie meine Zukunft mit Elliot aussehen sollte – und ob wir überhaupt eine hatten.

## 44. KAPITEL

Einen Tag nachdem ich Ollie wieder in Walnut Creek abgeliefert hatte – Mitte Juli, alle Rosen in Avas Garten waren in voller, überwältigender Blüte –, hinterließ Elliot drei Nachrichten auf meiner Mailbox. Ich nahm mir vor, ihn zurückzurufen, wenn ich mehr Zeit hätte, kam aber nicht dazu.

Er rief wieder an, kurz vor zehn Uhr abends, mitten in der Woche.

„Ich weiß, du bist wahrscheinlich schon im Bett, aber wir müssen reden", sagte er.

„Okay."

„Nicht am Telefon. Ich hatte gehofft, dass ich vorbeikommen könnte."

An Elliots Stimme hörte ich, dass es wichtig war. Wir hatten nicht darüber gesprochen, aber seit Elliot Ava, Swift und Ollie kennengelernt hatte, waren meine Gefühle ihm gegenüber irgendwie anders. So wie ich Elliot kannte, war ihm das sicher aufgefallen, aber er hatte mich während meiner kostbaren letzten Tage mit Ollie nicht darauf ansprechen wollen. Jetzt war er am Telefon und wollte mit mir reden.

Ava hatte sich seit dem Tag, als Elliot zu Besuch gewesen war, nicht mehr über ihn geäußert, aber das sagte auch schon sehr viel. Swift hatte hinterher festgestellt, dass es sicher großartig wäre, einen Mann wie Elliot hinter sich zu haben, sollten irgendwann die Geschäftsbücher überprüft werden. Ollie hatte ihn überhaupt nicht mehr erwähnt.

Dreißig Minuten nachdem ich aufgelegt hatte, stand Elliot vor meiner Tür. Ich war im Bademantel gewesen, als der Anruf gekommen war, und hatte mich nicht umgezogen.

„Ich weiß, dass deine Freunde nicht viel von mir halten", sagte er. Er stand immer noch im Flur und umklammerte eine braune Papiertüte, in der sich ein Laib Vierkornbrot befand, das er manchmal selbst buk. Er reichte es mir. Man hätte es wie immer als Briefbeschwerer benutzen können.

„Ich habe versucht, mich durch Backen von den Gedanken an dich abzulenken", sagte er. „Es hat nichts genützt."

„Meine Freunde mögen dich", sagte ich. Dann verbot ich mir, weiterzureden. Eine Sache, die ich an meiner Beziehung zu Elliot besonders schätzte, war, dass wir uns immer die Wahrheit sagten. Er hatte mir erzählt, wie er eine Panikattacke bekommen hatte, als er den Half Dome bei Yosemite hinaufgeklettert war und den Rückweg hatte antreten müssen. Oder dass er sich vor unserem ersten Treffen beim Dinner fünf interessante Themen notiert hatte, über die er sprechen wollte, um zu verhindern, dass er keinen Ton herausbrachte. Ich hatte ihm verraten, dass ich manchmal Geschichten erfand, dies aber nie bei ihm tat. Bei Elliot war ich wahrscheinlich ein noch langweiligerer Mensch als sonst, aber ein ehrlicher.

„Es ist mir egal, was meine Freunde denken", sagte ich. Dann musste ich mich erneut stoppen. Es war mir *nicht* egal. Er wusste das genau.

„Die Sache ist, ich bin in dich verliebt", sagte Elliot. „Und ich weiß auch, dass sich daran nichts ändern wird. Aber wenn du mir sagst, dass du nicht mehr mit mir zusammen sein willst, dann lieber jetzt, bevor ich noch tiefer drinstecke und es noch schlimmer wird, dich zu verlieren."

Ich sagte nicht, dass ich ihn auch liebte. Das hatte ich ihm noch nie gesagt. Ich stand einfach da und betrachtete sein freundliches, offenes Gesicht – die tiefen Falten in seinen Wangen und um die Augen. Sein Haar war verwuschelt von seiner Angewohnheit, mit den Fingern durchzufahren, wenn er sich um etwas sorgte, was er meistens tat.

„Warum kommst du nicht rein?", sagte ich. Er holte tief

Luft. Dann blickte er sich im Wohnzimmer um, als wollte er sich alles genau merken. Als wäre er zum letzten Mal hier. Er setzte sich auf die Couch wie jemand, der einen sehr langen Weg zurückgelegt hatte, um hierherzukommen. Geradewegs den Berg hinauf.

„Ich weiß, du denkst, es wäre niemals möglich, dass Ollie und ich uns näherkommen", sagte er. „Aber du irrst dich. Ich bin jemand, den die Leute meist erst mit der Zeit zu schätzen lernen. Dein Sohn würde das nach einer Weile bestimmt herausfinden. Wenn du und ich zusammen wären. Wenn du mir eine Chance geben würdest."

Ich konnte immer noch nichts sagen, stand einfach da, die braune Papiertüte mit dem Türstopper-Brot in der Hand.

„Er würde sehen, dass ich dich glücklich mache", fuhr Elliot fort. „Denn ich glaube, das könnte ich. Ich glaube, du würdest mich auch im Lauf der Zeit zu schätzen lernen."

„Ich weiß dich jetzt schon zu schätzen", sagte ich. „Du bist der beste Mann, den ich je gekannt habe." Das stimmte. Ich hatte andere Vorbehalte gegen Elliot – hauptsächlich, weil meine besten Freunde nicht viel von ihm hielten –, aber ich zweifelte nie daran, dass er ein herzensguter Mensch war.

„Manche Leute wirken auf den ersten Eindruck großartig", sagte Elliot. „Dieser Typ war ich noch nie. Der Typ, den man immer um sich haben will."

„Mit dir kann man eine Menge Spaß haben", sagte ich zu ihm. „Weißt du noch, wie ich die Porträts von den Pitbulls gemacht habe? Und der Chihuahua, der sich immer an meinem Bein gerieben hat? Das war ein lustiger Tag."

„Ich würde dir gern sieben Tage die Woche dabei helfen, Hunde zu fotografieren, wenn ich könnte", sagte er. „Ich bin immer glücklich, wenn ich mit dir zusammen bin. Fast immer. Auf dem Segelboot war ich es nicht, das muss ich zugeben."

Ich legte das Brot auf dem Tisch ab und setzte mich neben ihn aufs Sofa. „Und es hat mir gefallen, als du mit mir ins Museum für Naturgeschichte zur Insektenausstellung gegangen bist, obwohl ich zuerst dachte, dass sie mich nicht sonderlich interessieren würde", sagte ich.

„Ich wünschte, wir hätten Ollie dahin mitnehmen können", erwiderte er.

„Wir hatten eine schöne Zeit zu zweit."

„Ich habe mich mit niemandem bisher so glücklich gefühlt wie mit dir, Helen. Wobei ich dich ja in letzter Zeit nicht mehr so oft gesehen habe."

„Ich wollte dich zurückrufen. Aber ich hatte so viel zu tun."

Er schüttelte den Kopf. Plötzlich sah er schrecklich traurig aus. Es hatte keinen Sinn, ihm etwas vorzumachen.

„Du solltest dich nicht verpflichtet fühlen, mich anzurufen. Es sollte kein Zwang sein."

Meine Freundin Alice hatte immer gesagt, sie traue keinem Mann, dessen Hände zu weich seien. Elliot hatte überraschend raue Hände. Vielleicht von seiner Zeit auf der Farm, obwohl die sehr lange zurücklag. Vielleicht einfach vom Herumwerkeln in seinem Garten, wo er gerade eine Steinterrasse angelegt hatte. Wenn ich überhaupt einen Mann kannte, der glatte Hände hatte, dann war das Swift, der meinte, dass Elliot ein bisschen zu harmlos und langweilig für mich sei.

„Ich brauchte ein bisschen Zeit für mich selbst", sagte ich. „Mit meinem Sohn." Aber das war nicht die ganze Wahrheit, und das wusste Elliot. Ich hatte nie etwas dagegen, mit anderen Leuten zusammen zu sein, wenn das nur Ava und Swift waren.

„Ich weiß, dass dir deine Freunde viel bedeuten", sagte er. „Aber am Ende des Tages verschwinden sie beide in ihrem großen Haus, haben all diesen umwerfenden Tantra-Sex, wenn man ihnen glauben kann, und du liegst hier allein in deinem

Bett." Er stand auf und sah mich an, und sein Rücken – der so oft gekrümmt war – war kerzengerade.

„Ich bin der Mann, der hier bei dir sein möchte."

Dann tat er etwas Überraschendes. Er streckte seine Hände nach mir aus, strich über mein Gesicht, durch meine Haare und berührte mich mit einer Dringlichkeit, die ich bei Elliot so noch nie erlebt hatte.

Er zog mich zu sich hoch. Küsste mich. Meinen Mund, meinen Hals, meine Augenlider. Er flüsterte meinen Namen, seine Stimme klang tief und begehrlich. *Helen, Helen, Helen.*

Ausnahmsweise redeten wir nicht. Ich erwiderte seine Küsse. Erst zurückhaltend, dann drängender. Er umfasste meine Schultern, strich mir über den Rücken. Er presste sein Gesicht an meinen Hals und verharrte so eine ganze Weile, bevor er mir wieder in die Augen blickte.

„Ich weiß, ich hatte keinen guten Start mit Oliver", sagte er. „Aber ich könnte ein guter Mann für dich sein. Für euch beide."

Zum ersten Mal verstummte Avas Stimme in meinem Kopf. Ich dachte in diesem Moment nicht einmal an meinen Sohn. Ich nahm seine Hand und streichelte seine Finger. Dann zog ich ihn aufs Sofa und schmiegte mein Gesicht an seines. Ich stieß einen langen Seufzer aus und spürte, wie ich mich vollkommen entspannte. Es war so, als würde ich endlich ein zu enges Paar Schuhe ablegen oder ein unbequemes Kleid ausziehen. Ein Gefühl, wie nach einer langen Autofahrt in die eigene Auffahrt einzubiegen.

„Wir könnten eine Familie werden", sagte Elliot.

## 45. KAPITEL

Eine Woche nachdem Ollie nach Walnut Creek zurückgekehrt war, passierte etwas Überraschendes. Dwight rief mich an und schlug vor, dass unser Sohn für den Rest der Sommerferien wieder zu mir zog.

„Wir haben hier ziemliche Probleme", erklärte er. „Ollie ist so bockig geworden. Kein Respekt vor Autoritätspersonen. Plötzlich sagt er Sachen wie *Scheiße* und *Arschloch*, und wenn ich ihn zurechtweise, macht er einfach so weiter. Das ist bestimmt nur eine Phase, aber Cheri macht sich Sorgen, dass Jared sich Olivers schlechtes Benehmen abguckt. Wenn du dich damit beschäftigen willst, gern."

Ich sagte nichts dazu, aber ich wusste genau, woher unser Sohn sein neues Vokabular hatte. Swift hatte Ollie immer wieder gesagt, dass nur die Typen etwas erreichen, die sich nicht an die Regeln hielten, die Outlaws. Als wir einmal bei den Havillands waren, hatte Ollie eine Geschichte von Mr. Rettstadt, seinem Lehrer in der zweiten Klasse, erzählt. Als sie auf einem Ausflug gewesen waren und einer der Jungen in der Warteschlange einen Breakdance aufgeführt hatte, hatte er alle wieder zurück zum Bus laufen lassen.

„Was für ein Weichei", hatte Swift gesagt. „Wahrscheinlich war er nur neidisch, weil er selbst nicht so cool tanzen kann."

Jetzt, wo ich ihn im Auto wieder zu mir nach Redwood City brachte, versuchte ich, mit Ollie darüber zu reden, was mit seinem Vater und Cheri vorgefallen war.

„Cheri ist doof", sagte er. „Sie telefoniert nur den ganzen Tag."

Auch wenn ich Cheri nicht mochte, war mir klar, dass ich das nicht so durchgehen lassen durfte.

„Du weißt, ich wünsche mir sehr, dass du immer bei mir bist", sagte ich. „Aber wenn du mit deinem Vater und deiner Stiefmutter zusammen bist, ist es wichtig, dass du mit ihnen auskommst. Du musst dich schon benehmen. Kinder wissen nicht alles. Deshalb haben sie Eltern, die sich um sie kümmern."

Ollie schwieg eine Weile, während wir über die Brücke fuhren, auf seinem Schoß der Hamster, daneben sein Gepäck.

„Es ist nicht so, dass Dad mich loswerden will oder so", sagte er – so wie Kinder oft ihre größten Ängste aussprechen, damit ihnen jemand versichert, dass sie sich davor nicht fürchten müssen. „Er dachte nur, dass es gut ist, wenn ich mal eine Abwechslung habe. Jared geht immer an meine Sachen. Babys sind eine echte Plage."

Auf Ollies Gesicht lag dieser harte, abwehrende Ausdruck, der mir inzwischen vertraut war. Ich kannte meinen Sohn gut genug, um zu erkennen, was er damit verbergen wollte, nämlich dass er gekränkt war. „Außerdem glaube ich, ich gehe Dad auf die Nerven", fügte er dann so leise hinzu, dass ich es kaum verstehen konnte.

„Ich habe überlegt, was wir zusammen Schönes unternehmen können, jetzt, wo wir so viel Zeit miteinander haben", sagte ich. „Zum Beispiel campen. Das Monterey Aquarium besuchen."

Er sah mich argwöhnisch an. „Was ist mit Monkey Man?", sagte er. „Ich kann ihn doch besuchen, oder?"

„Ab und zu schon", erwiderte ich. „Aber ich dachte, es könnte auch Spaß machen, etwas mit Elliot zu unternehmen. Erinnerst du dich an ihn?" Ich nannte ihn nicht meinen Freund, sondern *einen* Freund.

„Ich möchte an Monkey Mans Pool herumhängen", sagte

Ollie. „Ich muss für den Wettkampf üben. Und wir fahren nach Tahoe, um eine Tour mit der Donzi zu machen."

„Ava und Swift wollen sicher auch mal allein sein", sagte ich. „Aber wir beide haben viel Zeit für ein paar Abenteuer."

Ollie sah eine Weile aus dem Fenster und betrachtete die Autos auf der Brücke. Er zählte, wie viele davon Mini Cooper waren. Alle ein oder zwei Minuten rief er, dass er einen gesehen habe.

„Die Leute wollen es nicht, dass Kinder da sind, wenn sie Sex haben", sagte er. Dabei sah er mich nicht an, starrte nur weiter aus dem Fenster und zeichnete imaginäre Buchstaben auf die Scheibe.

„Wenn zwei Leute sich lieben, ist das etwas sehr Privates", erwiderte ich. „Wenn du älter bist, wirst du auch jemanden treffen, den du liebst. Und dann willst du mit dieser Person auch allein sein."

„So wie wenn man auf die Toilette geht", sagte er.

„Das ist zwar was anderes, aber dabei will man auch allein sein."

„Dad und Cheri machen das, wenn sie denken, dass ich schlafe", sagte er. „Sie wissen nicht, dass ich es weiß."

Ich dachte einen Augenblick nach, bevor ich etwas dazu sagte.

„Mit Rennstreifen!", rief Ollie. Ein weiterer Mini Cooper.

„Die Leute machen das, wenn sie sich lieben", erklärte ich ihm. Oder auch nicht, hätte ich hinzufügen können, tat es aber nicht.

„Ich bin froh, dass du nicht jemand anders geheiratet hast", sagte Ollie, so als wäre es jetzt beschlossene Sache, dass ich für den Rest meines Lebens allein bliebe.

„Im Moment bin ich mit niemandem verheiratet", sagte ich.

„Aber man kann ja nie wissen. Vielleicht irgendwann später schon."

„Das wäre doof", bemerkte Ollie.

„Nun, wie auch immer, ich habe nicht geplant, in absehbarer Zeit jemanden zu heiraten", sagte ich. In diesem Moment hätte ich Elliot erwähnen können, aber ich tat es nicht.

## 46. KAPITEL

Der Juli war fast vorbei, als Ollie für den Rest der Sommerferien wieder zu mir zog. Ich brachte ihn am ersten Tag nicht in die Folger Lane. Und ich lud auch Elliot nicht zu mir ein. Ich dachte, wir sollten erst mal ein bisschen Zeit zu zweit haben, so wie früher.

Aber am nächsten Tag war es nicht mehr möglich, meinen Sohn von einem Besuch bei den Havillands abzuhalten. Er war kaum durch die Tür, als Swift ihn in den Schwitzkasten nahm. „Warum hast du so lange gebraucht, Kumpel?", sagte er.

Dann erklang Ollies Lachen. Swift hatte ihm das Hemd hochgezogen und kitzelte ihn. Alle drei Hunde streiften um seine Füße und bellten. Rocco leckte ihm die Hand.

„Ich hoffe, du magst Brownies", sagte Ava.

„Du meinst, ich soll deine köstlichen Brownies mit diesem nichtsnutzigen Kerl teilen?", sagte Swift zu ihr. Inzwischen hatte er Ollie hochgehoben, sodass er in der Luft baumelte, mit dem Kopf nach unten.

„Sag Onkel. Sag Onkel", verlangte Swift. „Dann lasse ich dich los. Vielleicht."

Wieder kreischte Ollie. Glücklich. „Onkel!", rief er. „Onkel!"

„Okay, ich denke, ich kann dich freilassen", sagte Swift. „Aber du darfst nicht vergessen, dass ich dein großer allmächtiger Anführer bin. Du befolgst meine Befehle." Seine Stimme klang jetzt tiefer als sonst, und er kniff die Augen zusammen, als er meinen Sohn wieder auf dem Boden absetzte.

Ollie krümmte sich vor Lachen. Ich befürchtete schon, dass er sich in die Hosen machte – was er früher manchmal getan hatte –, aber das passierte nicht.

„Sprich mir nach", fuhr Swift fort. „Ich verspreche, dir zu gehorchen, mein allmächtiger Anführer!"

„Ich verspreche, dir zu gehorchen …"
„Mein allmächtiger Anführer", half Swift weiter.
„Mein allmächtiger Anführer."
Ollie musste noch immer nach Luft schnappen, aber ich wusste, dass er es genoss. Er hatte den gleichen Ausdruck, den ich manchmal bei Sammy beobachtete, wenn Ava die Leine herausholte und das spezielle Gerät, mit dem sie den Tennisball besonders weit werfen konnte, was bedeutete, dass es in den Park ging. Aufregung, keine Angst. Obwohl ich ahnte, wozu diese Aufgedrehtheit nachher führen würde, wenn ich ihn ins Apartment zurückbrachte. Ollie würde heute wieder nicht zu seiner gewohnten Schlafenszeit zur Ruhe kommen. Er wäre viel zu aufgekratzt.

Draußen auf der Terrasse war der Tisch für uns gedeckt. An Ollies Platz lagen zwei Päckchen: eine Schnorchelmaske mit Schwimmflossen und eine Uhr.

„Die ist wasserdicht", sagte Swift zu ihm. „Funktioniert bis zu hundert Meter Tiefe. Das sollte reichen, bis du und ich mit dem richtigen Sporttauchen anfangen. Cooper und ich haben das oft gemacht, als er nur ein paar Jahre älter war als du."

Ollie hatte die Verpackung der Uhr schon längst aufgerissen. Er versuchte, die Zeit einzustellen.

„Und sie hat eine Stoppuhr", erklärte Swift. „Dann können wir deine Geschwindigkeit von einem Ende des Pools zum anderen messen. Oder wie lange du die Luft anhalten kannst."

„Ich habe mir schon immer so eine Uhr gewünscht", sagte Ollie leise. Seine Stimme klang fast heiser.

Das war mir neu. Aber Swift brachte eine Seite an meinem Sohn zum Vorschein, die ich vorher nicht gekannt hatte. Etwas prahlerisch und großspurig. In Swifts Gegenwart schien er sogar mit einer tieferen Stimme zu sprechen, obwohl er noch Jahre vom Stimmbruch entfernt war.

Am nächsten Tag war Sonntag. Elliot stand morgens um halb neun mit einem Geschenk für mich vor meiner Tür: ein Klammergerät. Ihm war aufgefallen, dass ich keines besaß. Ich stand unter der Dusche, deshalb öffnete Ollie ihm die Tür.

„Dieser Mann ist hier", rief er. „Der auf dem Boot gekotzt hat!" Ich zog meinen Bademantel an und ging ins Wohnzimmer.

„Ich dachte, ich könnte euch beide zum Frühstück einladen", sagte Elliot. „Ich kenne ein Café, wo sie die besten French Toasts machen."

Ollie war noch im Pyjama. Er hatte Cornflakes gegessen und Zeichentrickfilme angesehen. Ich hatte mir fest vorgenommen, dass wir die Mahlzeiten am Tisch aßen, während Ollie bei mir war, nicht vor dem Fernseher. Aber im Augenblick war ich nur froh, dass er bei mir herumhängen und sich entspannen konnte.

„Guten Morgen, Ollie", begrüßte Elliot ihn. Er streckte seine Hand aus. Mein Sohn sah ihn ausdruckslos an, gab ihm aber die Hand.

„Wir hatten dich nicht erwartet", sagte ich. Er versuchte wahrscheinlich, spontan zu sein – und ein bisschen verrückt, so wie Swift –, aber es wirkte nicht natürlich. Elliot musste seine Spontaneität planen.

„Ich habe schon gegessen", sagte Ollie.

„Nun, wie wäre es denn damit: Wir laden eure Räder auf meinen Wagen und machen einen Ausflug. Ich habe mein Rad dabei."

„Ich glaube, Ollie möchte gern noch ein bisschen zu Hause relaxen", sagte ich. „Mir geht es genauso."

Er hatte den Tacker abgelegt. Ich sah auf die Kaffeekanne. Leer.

„Ich könnte noch einen aufsetzen."

Er schüttelte den Kopf. „Ich hätte vorher anrufen sollen", sagte er. „Aber ich habe nur daran gedacht, dass ich euch beide gern sehen würde."

„Warum willst du mich denn sehen?", fragte Ollie. „Du kennst mich ja gar nicht."

„Das stimmt", entgegnete Elliot. Nachdem seine Stimme für kurze Zeit so ausgelassen geklungen hatte, kehrte er nun wieder zu seinem normalen ernsten Tonfall zurück. „Aber ich hätte dich sehr gern kennengelernt."

## 47. KAPITEL

Seit Ollie von der Donzi gehört hatte, bettelte er Swift an, dass er ihn mit auf dieses Boot nehmen sollte. Bevor er Swift kannte, hatte er von *Miami Vice* oder Colin Farrell noch nicht einmal gehört. Aber jetzt erinnerte mich mein Sohn daran, dass dieser in dem Film mit dem gleichen Boot fuhr. Die Donzi sei schneller als eine Gewehrkugel, sagte Ollie. Warp-Geschwindigkeit.

Als mein Sohn Swift gefragt hatte, ob er die Donzi auch steuern dürfe, hatte er eine sehr untypische Antwort erhalten. „Wenn du älter bist, ja", sagte Swift. „Aber du musst wirklich wissen, was du tust, um so ein Rennboot zu fahren, sonst kannst du Probleme bekommen. Deshalb habe ich damit gewartet, die Donzi zu kaufen, bis Cooper siebzehn war. Und selbst dann habe ich ihn nicht ans Steuer gelassen, wenn ich nicht direkt neben ihm stand."

Wenn Ollie das enttäuscht haben sollte, so zeigte er es nicht. Swifts Kommentar zu diesem Thema erhöhte den mystischen Reiz dieses Schiffes nur noch.

„Die Donzi hat mal ein paar bösen Jungs gehört, die Drogen aus anderen Ländern nach Amerika gebracht haben", erzählte mir Ollie. Wir fuhren gerade zur Folger Lane hinüber, als das Thema Rennboot aufkam, wie so oft.

„Und Maschinengewehre hatten sie auch", fügte er dazu. „Dann sind sie verhaftet worden, und die Polizei wollte das Boot verkaufen, und Monkey Man hat es gekauft."

Das hätte ich nicht gewusst, sagte ich zu meinem Sohn. Es war typisch Swift, ein Zigarettenboot zu übernehmen, das früher schwer bewaffneten Kokainschmugglern gehört hatte.

„Wenn ich groß bin, will ich werden wie Monkey Man", sagte Ollie. Dabei senkte er die Stimme und kniff die Augen zusammen, während er sich selbst im Spiegel beobachtete.

Als ich meinen Sohn ansah und ihn das sagen hörte, wurde mir eines klar: Obwohl ich diejenige war, die Swift in Ollies Leben gebracht hatte – und obwohl ich gern meine Zeit mit Swift verbrachte und die Havillands für mich fast wie eine Familie waren –, wollte ich nicht, dass mein Sohn später so würde wie er. Swift war unterhaltsam und amüsant und ich genoss seine Großzügigkeit und seinen Beschützerinstinkt, aber ich stellte plötzlich fest, dass ich den Mann nicht richtig respektierte. Wenn ich meinen Catering-Job noch gemacht hätte und er auf irgendeiner Party erschienen wäre, bei der ich Tabletts mit Häppchen herumreichte, hätte meine frühere Freundin Alice ihn wahrscheinlich als Arschloch abgeschrieben. Und ich hätte ihr womöglich zugestimmt.

Jetzt im Auto auf dem Weg zu den Havillands redete mein Sohn wieder einmal über Monkey Mans Rennboot.

„Monkey Man sagt, die Donzi kann zweihundertfünfzig Kilometer die Stunde fahren", schwärmte Ollie. „Einmal war er so schnell, dass dieses Mädchen auf seinem Boot ihr Bikinioberteil verloren hat."

Ich umfasste das Lenkrad fester. „Wenn wir irgendwann mit Ava und Swift zum Lake Tahoe fahren und du mit auf dem Boot bist, dann werde ich aber dafür sorgen, dass er nicht so schnell fährt", sagte ich. „Ganz bestimmt."

„Du bist aber nicht sein Boss", sagte Ollie. „Keiner ist der Boss von Monkey Man."

## 48. KAPITEL

Mein Exmann hatte zugestimmt, dass Ollie für den Rest der Sommerferien bei mir blieb und hin und wieder zu Besuch nach Walnut Creek kam. Das klang so zivilisiert, dass ich glaubte, die Dienste von Marty Matthias womöglich gar nicht mehr zu benötigen. Was auch gut war, denn Swift hatte es wohl bisher noch nicht geschafft, ihn anzurufen. Vielleicht konnte ich mich nach dem Labor Day mit Dwight zusammensetzen und freundlich und vernünftig mit ihm über das Sorgerecht reden und darüber, dass Oliver wieder bei mir einziehen könnte.

„Es scheint, als wäre Dwight dem gar nicht so abgeneigt", erzählte ich Ava und Swift. „Vielleicht sind er und Cheri ein bisschen damit überfordert, gleichzeitig für ein Kleinkind und einen Achtjährigen zu sorgen."

Von Ollies bockigem Benehmen, über das sich Dwight beschwert hatte, merkte ich nichts. Jeden Abend, wenn wir in meine Wohnung zurückkamen, badete Ollie und kletterte ins Bett, um mit mir zu lesen, so als hätte es die alten schlechten Zeiten nie gegeben.

Am ersten Wochenende im August fuhr ich Ollie zu einem Besuch bei Dwights Familie nach Sacramento. Die McCabes, die mich einst als ihre neue Tochter bei sich aufgenommen hatten, blieben im Haus, als ich Ollie vor ihrer Tür aussteigen ließ.

Am selben Wochenende wollten die Havillands zu ihrem Haus am Lake Tahoe fahren. Früher hätte Ava noch Estella gebeten, sich um die Hunde zu kümmern. Doch Rocco hatte inzwischen eine richtige Abneigung gegen sie entwickelt – noch stärker als seine Abneigung gegen mich, die sich im Laufe der Zeit etwas gelegt hatte. Und überhaupt, sagte Ava, wenn sie daran dachte, dass Carmen ihre Mutter zum Haus begleiten könnte, fühlte sie sich nicht wohl dabei, Estella dort das ganze Wochenende über allein zu lassen. Also fragte sie mich, ob ich dortbleiben könnte.

Ich wusste, dass Elliot sich über die Gelegenheit gefreut hätte, zwei Nächte mit mir zu verbringen. Das hätte er immer getan, ob Ollie da war oder nicht. Aber Ollies Anwesenheit in diesem Sommer – und mein Widerstreben, mich mit Elliot zu treffen, wenn mein Sohn da war – hatte unsere gemeinsame Zeit sehr beschränkt und es uns nahezu unmöglich gemacht, Sex miteinander zu haben.

Ich hätte Elliot anrufen und ihn einladen können, mich im Haus der Havillands zu besuchen. Aber wenn ich darüber nachdachte, stellte ich fest, dass ich eigentlich gern allein in ihrer Villa sein wollte.

Wie auch sonst bot ich an, für Ava zu erledigen, was auch immer es gerade zu tun gab. Aber ich sollte nur mit den Hunden spazieren gehen und ab und zu bei Evelyn Couture vorbeischauen, um sicherzugehen, dass es ihr gut ging. Ansonsten solle ich mich einfach nur wohlfühlen, sagte Ava. „Nimm ein schönes langes Bad im Jacuzzi und creme dich mit La Mer ein", riet sie mir, womit sie mir ihre Dreihundert-Dollar-Gesichtscreme anbot. „Außerdem habe ich ein großes Stück Wildlachs in den Kühlschrank gelegt."

„Gib mir doch irgendwas zu tun", sagte ich. „Ich kann mich hier ruhig nützlich machen."

„Dann hol doch einfach meine Sachen aus der Reinigung", sagte sie.

Auf meinem Weg von der Reinigung zur Folger Lane stellte ich einen Hard-Rock-Sender ein und drehte die Lautstärke auf. Das war sonst nicht meine erste Wahl, aber es machte Spaß, aus vollem Hals mitzusingen. Ich hielt beim Markt, wo Ava und ich immer einkauften, und besorgte einige Stücke importierten Käse und ein Baguette. Zweifellos war der Kühlschrank der Havillands bereits mit den köstlichsten Delikatessen bestückt, aber es fühlte sich gut an, selbst etwas auszusuchen. Dazu nahm ich ein großes Stück dunklen Schokoladenkuchen und ein Croissant fürs Frühstück.

Ich hatte damit gerechnet, dass Estella vorbeikommen könnte, aber ich war froh, als kein anderes Auto in der Auffahrt stand. Mit dem Stapel Kleidung über dem Arm drehte ich den Schlüssel im Schloss und wappnete mich für die Hunde, die sich, wie ich wusste, auf der anderen Seite der Tür befanden. Wie immer sprangen Lillian und Sammy aufgeregt um mich herum, sobald ich ins Haus trat. Rocco hielt sich zurück, aber er knurrte mich nicht mehr an. Trotzdem fletschte er die Zähne so, dass mir jedes Mal angst und bange wurde.

Dann wurde mir klar, ich war ganz allein und konnte in diesem Haus einmal alles tun, was ich wollte.

Ich legte die Kleidung ab. Öffnete den Kühlschrank.

Ich hatte unzählige Male mit Ava und Swift auf der Terrasse gesessen, ohne dass es mich gestört hatte, wenn sie ihren Wein tranken. Aber aus irgendeinem unbestimmten Grund ließ mich der Anblick des französischen Rosés und des gut gekühlten Chardonnays einen Augenblick zögern. Nur für ein paar Sekunden stellte ich mir vor, wie es wäre, allein am Pool zu sitzen mit einem Teller mit Weichkäse und Avas speziellen Crackern und dazu einem großen gekühlten Glas Wein. Ich schloss den Kühlschrank wieder.

Mit Avas Kleidung über dem Arm und einer Flasche Pellegrino-Wasser in der Hand stieg ich die Treppe zu Avas Ankleidezimmer hoch.

Ich wollte nur den Plastikschutz von den gereinigten Sachen nehmen und sie auf einen Bügel hängen, damit Estella später alles einräumen konnte, dann nach unten gehen und meinen Fisch braten. Doch etwas ließ mich dort verharren. Ich strich mit den Fingern vorsichtig über einen der Kaschmirpullover. Dann kickte ich meine Schuhe von den Füßen. In meinem Schulfranzösisch zählte ich laut die Seidenblusen in Avas Schrank. *Quatorze.*

Ich betrachtete ein langes Kleid zwischen den Sachen, die ich gerade abgeholt hatte. Ava hatte es kürzlich zu einem Dinner in der Stadt getragen – einem Abendessen in kleinem Kreise, von denen Swift einige für die Unterstützer von BARK veranstaltet hatte. Dieses Kleid war aus handbemalter Seide mit durchscheinenden Schmetterlingsärmeln und hatte einen tiefen Rückenausschnitt. Doch da Ava im Rollstuhl saß, war dies ihren Tischnachbarn sicher entgangen. Nur Swift und ich wussten, dass Avas Kleid rückenfrei war und sie deshalb keine Unterwäsche darunter trug.

„Manchmal auf der Fahrt nach Hause", hatte sie mir erzählt, als ich ihr half, sich fertig zu machen, „nimmt er seine rechte Hand vom Steuer, um mich zu berühren."

„Auf dem Freeway?", fragte ich.

„Nur die eine Hand. Er ist ein guter Fahrer."

In Swifts und Avas Schlafzimmer stand eine Stereoanlage mit einer Sammlung CDs daneben. Ich nahm die oberste CD vom Stapel. Andrea Bocelli. Der blinde italienische Sänger.

Ich legte die Scheibe in den CD-Player ein und drehte die Musik laut auf, sodass ich sie im Ankleidezimmer hören konnte. Andrea Bocelli sang natürlich auf Italienisch, deshalb konnte ich die Texte nicht verstehen, aber es musste etwas mit Liebe zu tun haben – leidenschaftlich, wahrscheinlich verzweifelt. Wegen dieser Art von Songs lagen die Fans des Sängers ihm wohl zu Füßen und flehten ihn an, mit ihm ins Hotel gehen zu dürfen, obwohl er blind war. Vielleicht machte ihn das sogar noch interessanter.

Ich berührte den Ärmel eines Samtjacketts und zog ihn an meine Wange. Dann nahm ich einen Schluck von meinem Pellegrino und stellte mir vor, es wäre Champagner.

Ich fragte mich, wie eine dieser vierzehn Seidenblusen sich auf meiner Haut anfühlen würde, vor allem, wenn ich nichts darunter trug. Dann überlegte ich, was ich dazu anziehen würde. Eine thailändische Seidenhose vielleicht. Oder gar nichts. Einfach nur diese schöne zarte Bluse.

Das Hemd, das ich trug, war von Gap – Baumwolle, Knopfleiste, weiß, schlicht. Ich knöpfte es auf. Nahm einen weiteren Schluck Pellegrino. Warf das Hemd auf den Boden. Hakte meinen BH auf.

Meine Brüste waren größer als Avas, aber wenn ich die oberen drei Knöpfe offen ließ, würde die Bluse passen. Ich begann sie mir über den Kopf zu ziehen, da fiel mir auf, dass ich die Manschetten vorher hätte aufknöpfen müssen.

Ich zwängte meine Hände durch die Ärmel, und ein Knopf sprang ab. Kein Gap-Hemd-Knopf. Das war echtes Perlmutt.

Andrea Bocelli sang jetzt einen anderen Song, der noch sinnlicher und tragischer klang als der vorherige, wenn das überhaupt möglich war. Ich sang laut mit, so gut ich es ohne Italienischkenntnisse und beim erstmaligen Hören des Liedes konnte.

Die Bluse war enger als erwartet, deshalb knöpfte ich sie ganz auf. Ich legte meine Hand auf die entblößte Haut und streichelte meine linke Brust. Setzte mein Pellegrino wieder an die Lippen. Stellte mir vor, ich wäre in Italien.

Die Musik auf der CD war nicht direkt tanzbar, aber ich begann mich trotzdem dazu zu bewegen. Ich griff nach einem der Kaschmirpullover – nahm beide Ärmel in die Hände. Dann zog ich den Pullover an mich, als würde eine Person darin stecken und mich umarmen.

„*Tesoro! Tesoro!*", sang ich. „*Ti amoro fino alla fine dei tempi.*"
Ich hatte keine Ahnung, was ich da sang.
Ich schlüpfte in ein Paar grüne Lederslipper. Zog einen Schal aus einer der Schubladen mit den Accessoires. Wirbelte im Raum herum, sodass der Seidenschal mich wie ein Drachen umflatterte.
So tanzte ich ins Schlafzimmer hinüber, in Avas und Swifts Zimmer. Ich legte mich quer übers Bett. Ein Slipper fiel mir dabei vom Fuß. Man hätte meinen können, dass ich betrunken war, aber es war nur das merkwürdige und wundervolle Gefühl von Freiheit, ganz allein in dem Haus zu sein, das ich so liebte.
Als ich hochblickte, sah ich zuerst die Hunde – alle drei standen nebeneinander wie eine Riege von Richtern. Lillian hatte den Kopf etwas zur Seite geneigt. Sammy bellte. Rocco fletschte die kleinen spitzen Zähne auf eine Art, bei der ich mir sofort die Reihe hellroter Wunden vorstellen konnte, die sie in meiner Haut hinterlassen würden.
Dann wurde mir bewusst, dass noch jemand im Zimmer stand. Estella.

„Ich habe nur herumgealbert", sagte ich zu ihr. „Ich wollte nichts durcheinanderbringen."
„Wir gehen nicht in das Schlafzimmer der Havillands", sagte Estella. „Das ist ein besonderer Raum."
Das war mir auch klar. Niemand brauchte mir das zu sagen. Es war eindeutig.
„Ich wollte die Sachen aus der Reinigung ablegen", sagte ich. Es hatte keinen Zweck, weitere Erklärungen abzugeben. Ich hatte keinen Grund, hier im Schlafzimmer herumzuhängen.

„Ich sage nichts", versprach Estella. „Ich weiß, wie das manchmal ist. Sie sehen die vielen Kleider. Ich auch manchmal. Ich stehe hier und bügel und wünsche, meine Tochter hätte eine solche Bluse für ihren Abschluss. Eine schöne Kette. Hübsche Schuhe."

Eine Welle der Erleichterung erfasste mich. Kurz hatte ich mir vorgestellt, wie Estella Ava von ihrer verrückten Freundin Helen berichtete, die im Ankleidezimmer mit einem Vierhundert-Dollar-Pullover tanzte. Die auf ihrem Bett lag, in dem Zimmer, das außer Ava und Swift niemand zu betreten hatte. Wie könnte sie das jemals verstehen, nach allem, was sie für mich getan hatte? Aber Estella schien es sehr gut zu verstehen.

„Ava ist so großzügig", sagte ich. „Sie hat mir so viel gegeben. Und Swift natürlich auch."

„Mr. Havilland, er ist nicht wie sie", sagte Estella. „Passen Sie auf, dass Ihr Junge ihm nicht zu nahe kommt."

„Ollie liebt Swift", sagte ich. „Er ist zwar manchmal etwas verrückt, aber er hat ein großes Herz."

„Mr. Havilland ist mein Boss", erwiderte sie. „Es ist nicht gut, darüber zu sprechen. Ich sage nur, seien Sie vorsichtig."

## 49. KAPITEL

Nachdem Swift mir angeboten hatte, Marty Matthias zu engagieren, der für mich eine Änderung des Sorgerechts für meinen Sohn erstreiten sollte, hatte ich gehofft, dass wir die Angelegenheit vielleicht noch rechtzeitig klären würden, sodass Ollie zu Beginn des neuen Schuljahrs zu mir nach Redwood City ziehen könnte.

Doch das war unrealistisch. Und soweit ich wusste, hatte Swift immer noch nicht mit Marty gesprochen. Ich hätte ihn am liebsten daran erinnert, aber ich wollte ihn nicht drängen. Swift ist eben mit der Stiftung beschäftigt, sagte ich mir. Er würde schon bald dazu kommen, und in der Zwischenzeit würde ich meinen Sohn öfter sehen als in den vergangenen drei Jahren zusammen. Wir hatten immer noch eine ganze Woche vor uns, bevor ich ihn zum Beginn seines dritten Schuljahrs wieder nach Walnut Creek bringen musste.

Das Labor-Day-Wochenende rückte näher. Für meinen Sohn bedeutete das nur eins: das große Wettschwimmen. Er gegen Monkey Man.

Ich holte Ollie aus Sacramento ab. Die Havillands kehrten vom Lake Tahoe zurück. Da Ollie immer noch auf der Luftmatratze schlief, sahen Elliot und ich uns kaum. Doch eines Abends brachte er Eiscreme vorbei, und wir setzten uns in die Küche, teilten uns die Packung und unterhielten uns flüsternd. Ollie schlief normalerweise tief und fest, aber ich fragte mich, was er davon halten würde, wenn er aufwachte und meinen Freund dort sah.

„Es gefällt mir nicht, dass wir vor deinem Sohn so tun müssen, als wäre nichts zwischen uns", sagte Elliot. „Als müssten wir uns dafür schämen, dass wir zusammen sind."

„Ollie hat viel durchgemacht", sagte ich. „Und im Moment laufen die Dinge sehr gut. Ich will das nicht aufs Spiel setzen."

Elliot sagte dazu nichts.

„Vielleicht können wir mal mit den Fahrrädern rausfahren und ein Picknick machen", schlug ich vor. „Irgendwo auf dem flachen Land, wo nicht viel Verkehr ist und Ollie mitfahren kann. Auf dem Fahrradweg neben dem Staubecken. Aber noch nicht jetzt."

„Vielleicht solltest du nicht zu sehr versuchen, deinen Sohn zu beschützen", sagte Elliot leise. „Ist dir nie in den Sinn gekommen, dass es auch gut für ihn sein könnte, mich in seinem Leben zu haben, anstatt es immer nur als großes Problem zu sehen, mit dem er fertigwerden muss?"

Tatsächlich hatte ich das so noch nicht gesehen.

Letztendlich stimmte ich zu, dass Elliot an einem Abend zu uns kommen und für uns Dinner kochen konnte. Überraschenderweise hatten wir drei wirklich einen schönen Abend. Wir spielten Scharade mit Ollie in beiden Teams und machten Popcorn. Ollie hatte nicht gewusst, dass es noch eine andere Art gab, Popcorn herzustellen, als in der Mikrowelle. Als er das Elliot sagte, blickte der ganz ernst – worin er sehr gut war – und meinte, vielleicht sollte er noch mal über unsere Beziehung nachdenken.

„Meine Mom macht super Erdnussbutterkekse", schwärmte Ollie.

„Wenn das so ist, dann bleibe ich doch", sagte Elliot. „Sie hat bis jetzt aber noch keine für mich gebacken."

Danach legten wir einen Film ein. Elliot hatte die DVD mit seinem alten Lieblingsfilm *Sein Freund Jello* mitgebracht. Ollie meinte, das sehe nicht sehr aufregend aus, er stehe mehr auf Actionfilme. Aber am Ende weinte er. „Diese Stelle berührt mich auch immer", sagte Elliot und legte Ollie den Arm um die Schulter. Früher hätte sich mein Sohn in einer solchen Situation versteift, aber er ließ es geschehen. Als er wenige

Minuten später eingeschlafen war, mit dem Kopf an Elliots Schulter, wollte der nicht mehr aufstehen, damit er Ollie nicht aufwecke.

„Du kannst aber nicht die ganze Nacht so dasitzen", sagte ich. Ein zärtliches Gefühl überkam mich bei dem Anblick. Nicht heiße Leidenschaft oder diese Abhängigkeit, die man empfand, wenn eine Beziehung dramatisch war oder zu zerbrechen drohte. Es war etwas anderes, das ich nicht benennen konnte.

„Es gibt Schlimmeres als deinen schlafenden Sohn, der sich an meine Schulter lehnt", sagte er. „Tatsächlich gibt es kaum etwas Besseres."

## 50. KAPITEL

Zwei Tage bevor Ollie zum Haus seines Vaters zurückkehren sollte, war es Zeit für den großen Schwimmwettbewerb.

„Ich weiß, ich habe dir gesagt, ich würde dir einen Vorsprung lassen", sagte Swift zu Ollie, als sie an diesem Nachmittag aus dem Pool stiegen. „Aber das muss ich zurücknehmen. Du bist einfach zu schnell. Du brauchst keinen Vorsprung."

Ich hatte meinem Sohn ein Handtuch gebracht und wickelte ihn darin ein. Es waren solche Momente – die kleinen Dinge –, die ich am meisten vermisst hatte, seit er bei seinem Vater lebte. Wie Ollie sich auf meinen Schoß setzte, während ich ihn abtrocknete und mit Sonnenschutzlotion eincremte. Beobachten zu können, wie sich sein Körperbau über den Sommer verändert hatte, wie er gewachsen war, der Babyspeck verschwunden. Eine große Packung Milch zu kaufen statt wie sonst eine kleine und zu wissen, dass er lange genug bleiben würde, um sie auszutrinken.

„Es ist aber nicht so, dass ich dich nicht fertigmachen werde, Kumpel", sagte Swift. „Ich meine nur, wir werden ein faires, ehrliches Rennen veranstalten. Keinen Babykram."

Was Ollie noch nicht richtig beherrschte, war die Rollwende, wenn er ans Ende des Pools gelangte. Swift hatte es ihm gezeigt, aber er hatte immer noch Probleme damit, und wenn er es versuchte, kam er manchmal nach Luft schnappend und hustend wieder an die Oberfläche, was ihn viel Zeit kostete.

Das Rennen war für Samstag angesetzt, Ollies letztem Tag bei mir. Swift und Ollie verbrachten den ganzen Vormittag damit, an Ollies Rollwende zu arbeiten. Ava und ich saßen auf der Terrasse und sonnten uns, während unsere Jungs – Ollie und Swift – im Pool unzählige Male hin- und herschwammen, eine Wendung vollzogen, in die andere Richtung schwammen und wieder umkehrten. Zur Mittagszeit konnte Ollie es.

„Heute Abend", sagte Swift. Er legte einen Hundertdollarschein auf den Tisch. „Zehn Bahnen. Das gehört dem Gewinner." Er hob seine Hand und Ollie schlug ein.

„Du hast gesagt, wenn ich gewinne, nimmst du mich mit zur Donzi", sagte Ollie. Er bemühte sich wieder, mit besonders tiefer Stimme zu sprechen, während er mit Swift redete – um cool und tough zu klingen, so als würde ihm das alles nicht so viel bedeuten. Dabei wusste ich, dass dieses Wettschwimmen für Ollie das Wichtigste überhaupt war.

„Das steht außer Frage, Kumpel", erwiderte Swift. „Ich denke nur, es könnte noch eine Weile dauern, bis wir beide zum Tahoe kommen. Das ist nur ein bisschen Bares auf die Kralle fürs Erste. Aber nur, wenn du mich schlägst, verstanden?"

Der Wettbewerb sollte um sechs Uhr stattfinden. Ava hatte ein paar ihrer Freunde eingeladen. Nach dem Rennen würde es ein Essen geben. Ava bereitete selbst gemachtes Eis mit Beeren vom Bauernmarkt dafür vor, das mit Estellas Keksen serviert werden sollte. Als ich Ava fragte, ob Elliot kommen könne, sagte sie Ja, natürlich. Doch wie immer, wenn sein Name fiel, hörte ich einen leicht missbilligenden Unterton bei ihr heraus.

„Wenn du es so möchtest", sagte sie.

Am frühen Abend trafen die Freunde nacheinander ein: Renata und Jo, die lesbischen Bauunternehmerinnen; Swifts Jugendfreund Bobby, der eine lange Fahrt von Vallejo hinter sich hatte; Ernesto, Avas Physiotherapeut, und eine neue Freundin Avas, Felicity, von der ich bereits gehört hatte, die ich aber noch nicht kannte.

Ava hatte Felicity beim Tierarzt kennengelernt. Sie war wohl ungefähr in meinem Alter. Felicitys Mann war vor Kurzem an Krebs gestorben, und sie musste nun ihr Haus verkaufen und sich einen Job suchen. Dazu kam noch, dass ihr Hund operiert werden musste. Letztendlich hatte Ava natürlich die Kosten dafür übernommen. Jetzt stand Felicity in einem langen grünen Kleid am Pool, das ich aus Avas Ankleidezimmer kannte. Sie hielt einen Cavalier King Charles Spaniel auf dem Arm.

„Ach, Felicity", sagte Ava, als sie ihre neue Freundin in dem grünen Kleid sah. „Du hast ja keine Ahnung, wie schön du aussiehst." Es stellte sich heraus, dass sie einen Kaschmirschal besaß, der genau zum Grünton des Kleides passte. Sie würden nach dem Dinner nach oben gehen, um ihn zu holen.

Ich stand neben dem Pool und hielt Ausschau nach Elliot – und stellte zu meiner Überraschung fest, wie gern ich ihn sehen wollte. Kurz nach sechs kam Swift in einem Bademantel mit Monogramm aus dem Poolhaus, die Arme wie Muhammad Ali beim Ersteigen des Ringes erhoben. Ollie folgte ihm in einem Bademantel mit den Initialen CAH, den Cooper wohl früher getragen hatte. Mein Sohn hatte die Schultern gestrafft und die Brust herausgestreckt, aber ich wusste, dass er wegen des Wettschwimmens nervös war, dass er Angst hatte, nicht gut zu sein, wenn alle zusahen. Doch am meisten fürchtete er, Swift zu enttäuschen.

Die beiden stellten sich an den Poolrand und legten ihre Roben ab – Swift mit seinem breiten behaarten Rücken und den muskulösen Schultern, neben ihm mein schmaler zitternder Sohn.

Swift besaß eine Miniaturkanone (natürlich), die mit richtigem Schießpulver funktionierte. Ernesto entzündete die Lunte, und *wumm*: Die beiden tauchten ins Wasser.

Ich hatte mich gefragt, wie Swift diese Sache angehen würde. Wenn man bedachte, dass die beiden sich nicht nur vom Alter und von der Kraft her unterschieden, sondern Ollie noch vor drei Monaten Angst vor dem Wasser gehabt hatte, schien es unwahrscheinlich, dass Swift in diesem Rennen seine volle Kampfkraft einsetzen würde. Natürlich wollte er Ollie nicht zeigen, wie er manipulierte, aber ich war sicher, er würde meinen Sohn gewinnen lassen.

Doch als die beiden ins Becken tauchten, begann Swift zu kraulen, als würde er gegen einen erwachsenen Schwimmer antreten, nicht gegen einen achtjährigen Jungen. Als er das Ende des Beckens erreichte, hatte er bereits gute fünf Meter Vorsprung, und der Abstand wurde immer größer.

Ollie kämpfte mit all seiner Kraft. Ich hatte ihn noch nie so schnell schwimmen sehen, so versessen, aber die Rollwenden kosteten ihn viel Zeit. Hinzu kam, dass er ein Kind war, das erst vor Kurzem schwimmen gelernt hatte.

Nur einmal, als er nach der Wende Luft holte, sah sich mein Sohn nach Swift um. Aber er konnte mit diesem kurzen Blick die Situation nicht erfassen. In diesem Moment befand sich Swift gerade neben ihm, allerdings schon mit drei Runden Vorsprung.

Als Swift kurz vor dem Ende seiner letzten Runde war, hielt er an. Drei Meter vor dem Ziel rollte er sich auf den Rücken und trat Wasser. Ollie kam hinter ihm heran, kämpfte mit vollem Einsatz, hatte aber immer noch zwei Runden vor sich. Swift blickte zu den Zuschauern am Poolrand hoch und grinste. Erst als sich Ollie auf seiner letzten Runde dem Beckenrand näherte, begann Swift weiterzuschwimmen.

Ollie berührte den Beckenrand nur einen Schwimmstoß vor Swift. Wir alle johlten.

Ich hatte bei meinem Sohn noch nie einen solchen Ausdruck

gesehen, als er sich aus dem Wasser hievte. Leicht zittrig hielt er sich kurz die Hände vors Gesicht, als wäre ihm das alles zu viel.

„Hab ich's geschafft?"

Swift stieg neben Ollie aus dem Pool. „Du warst großartig, kleiner Kumpel. Erst dachte ich, ich hätte dich, aber im letzten Moment hast du alle Register gezogen."

Ich saß ein paar Meter entfernt vom Pool neben Ava und beobachtete alles: meinen strahlenden Sohn, das unverwechselbare laute Lachen Swifts, als er Ollie die Medaille um den Hals hängte, die er vorher besorgt hatte. Ollie stand zitternd neben seinem Monkey Man, schüttelte den Kopf und sah total erstaunt aus. „Ich kann's nicht glauben, dass ich's geschafft habe", sagte er. „Ich kann's immer noch nicht glauben."

Ava berührte meinen Arm. „Das ist typisch Swift", flüsterte sie – mit einem verkrampften Lächeln auf den Lippen. „Er wusste, dass Ollie gewinnen muss, aber er konnte es sich nicht verkneifen, gegen ihn zu kämpfen. Er hasst es zu verlieren. Egal, worum es geht."

Am Pool stand Ollie, immer noch vollkommen überrumpelt von seinem Sieg. „Jetzt darf ich mit dir zum Lake Tahoe fahren, nicht?", sagte er zu Swift. „Und mit der Donzi fahren."

„Auf jeden Fall", erwiderte Swift. „Sobald wir ein schönes langes Wochenende haben, fahren wir beide."

„Das hat Ollie so viel bedeutet", sagte ich zu Ava. „Ihr beide habt seinen Sommer gerettet. Meinen auch."

„Swift ist im Grunde auch noch ein Junge", entgegnete sie. „Nur eben ein größerer, der die Pubertät schon hinter sich hat."

„Ollie vergöttert ihn", sagte ich. Nicht dass sie das nicht selbst wüsste.

„Tun wir das nicht alle?", bemerkte sie.

Später trocknete Swift sich ab und zog eines seiner bunten Hawaiihemden an. Auch Ollie gab er eines davon – mit aufgedruckten Affen auf Bananenstauden. Das Hemd war viel zu groß, aber Ollie zog es trotzdem an und trug die Gewinnermedaille gut sichtbar darüber. Als Swift ihn fragte, ob er Burger oder Steak wolle, sagte Olli, er sei zu aufgeregt, um zu essen.

Elliot kam zu mir herüber. Er hatte etwas abseits mit Evelyn Couture gestanden – die neben Elliot zu den eher ungewöhnlichen Gästen auf einer Party der Havillands gehörte.

„Worüber hast du dich mit Evelyn unterhalten?", fragte ich ihn. Die beiden zusammen waren die merkwürdigste Kombination, die ich mir vorstellen konnte.

„Ihr war zu Ohren gekommen, dass ich Buchhalter bin", sagte er. „Sie hat mir erzählt, dass sie aus ihrem Haus in der Stadt auszieht. Offensichtlich wird sie ihr Grundstück und die Villa der Stiftung von Swift und Ava vermachen."

Davon hatte ich nichts gehört. Wann immer ich bei Evelyn war, hatten wir Kartons mit Kleiderspenden und Antiquitäten für verschiedene Wohltätigkeitsvereine zusammengepackt – das Ballett und die Junior-League-Second-Hand-Shops –, wobei der größte Teil ihrer Möbel an Auktionshäuser ging. Ich hatte angenommen, dass sie das Haus verkaufen würde.

„Das ist doch großartig", sagte ich.

„Wahrscheinlich hast du sie mit deiner Hilfsbereitschaft dazu bewegt", bemerkte er.

„Das bezweifle ich", entgegnete ich. „Sie wird ihre Entscheidung, was sie mit ihrem Fünf-Millionen-Haus anstellt, wohl kaum davon abhängig machen, ob die Freundin ihrer Freunde ihr beim Packen hilft."

„Das Haus ist viel mehr wert als fünf Millionen", sagte Elliot. „Von dem, was sie erzählt hat, schätze ich es eher auf zwanzig Millionen. Das sind eine Menge Hundesterilisationen."

Normalerweise sprach Elliot mit mir immer in einem freundlichen und zärtlichen Ton, aber in diesem Augenblick hörte ich vor allem Sarkasmus in seiner Stimme.

„Ich wüsste gern, wer im Vorstand dieser Stiftung sitzt", sagte er.

„Wahrscheinlich ein paar reiche Leute, die Hunde lieben. Warum interessiert dich das?"

„Du kennst mich doch", erwiderte er. „Ich kann einer guten Tabellenkalkulation nicht widerstehen. Zahlen zu überprüfen ist wahrscheinlich meine absolute Lieblingsbeschäftigung."

Ich wollte gerade einen Scherz machen, doch plötzlich wirkte er noch ernster als sonst. „Eigentlich stimmt das nicht", fügte er hinzu. „Meine Lieblingsbeschäftigung ist, mit dir zusammen zu sein."

## 51. KAPITEL

Am nächsten Tag fuhr ich Ollie zurück zum Haus seines Vaters. Er weinte nicht, als ich ihn absetzte, und ich hatte es auch nicht erwartet. Ich hatte vor langer Zeit verstanden, dass sich Scheidungskinder schützten, indem sie ihre Gefühle beim Abschied von einem Elternteil ausblendeten, bevor sie in die Welt des anderen eintraten.

Schon am Morgen, als ich Ollie beim Packen half, konnte ich sehen, dass mein Sohn nicht mehr anwesend war. Als ich ihm den Arm um die Schultern legte, versteifte er sich wie früher. Ich wusste, ich durfte ihn nicht bedrängen.

„Du hast gesagt, dass ich vielleicht hier bei dir wohnen kann", hatte er am Abend zuvor gesagt, als ich ihn zum letzten Mal in sein Bett auf der Luftmatratze gebracht hatte. „Aber jetzt geht es doch nicht."

„Ich arbeite daran", sagte ich ihm. Oder vielleicht auch Swift. Ich hoffte es jedenfalls. Später musste ich mit ihm darüber reden.

Ollie wollte seine Siegermedaille und den Hundertdollarschein von Monkey Man mit nach Walnut Creek nehmen. Vergangene Nacht, als wir nach dem Schwimmwettbewerb nach Hause gekommen waren, hatte er in seinem neuen Hemd geschlafen. Jetzt hängte er es auf einen Bügel und betrachtete den Stoff eingehend, als wollte er sich alles einprägen. Aus Gründen, die er nicht weiter ausführte, die ich aber zu verstehen glaubte, hatte mein Sohn beschlossen, das Hemd nicht mit zu seinem Vater zu nehmen.

„Wir können sie jederzeit in ihrem Haus besuchen, wenn du zu mir kommst", sagte ich, während ich meinen Sohn beobachtete, wie er den Kragen berührte.

„Und wir fahren zusammen nach Tahoe", sagte Ollie. „Er

hat versprochen, dass wir mit der Donzi rausfahren."
„Das werdet ihr ganz sicher tun. Vielleicht nicht gleich, aber irgendwann bestimmt."
Als wir vor Dwights und Cheris Haus angekommen waren, verabschiedete ich mich auf dem Gehsteig von meinem Sohn.
„Wir werden uns sehr bald wiedersehen", versprach ich, weil mir nichts Besseres einfiel. Ich hockte mich zu ihm hinunter und umarmte ihn.
Statt sich wieder zu versteifen, schmiegte sich Ollie an mich. Wir hielten uns einen langen Augenblick fest. Ich wollte ihn nicht wieder loslassen.
Ich war kaum zu Hause, als ich eine SMS von Ava erhielt.
„Komm zum Dinner herüber", schrieb sie. Es war komisch, dass die beiden nie fragten, ob ich etwas anderes vorhätte. Tatsächlich hatte ich andere Pläne – mehr oder weniger. Ich hatte Elliot versprochen, ihn anzurufen, wenn ich am Abend nach Hause käme, und wir wollten uns treffen, wenn mir danach wäre. Aber jetzt wollte ich nur wieder an dem Ort sein, wo ich den größten Teil dieses glücklichen Sommers mit meinem Sohn verbracht hatte: im Haus der Havillands.
Ich schrieb Elliott eine SMS: *Tut mir leid. Fühle mich nicht so gut nach dem Abschied von Ollie. Schlimm, wenn ich heute Abend absage?*
Er antwortete wenige Minuten später, freundlich und verständnisvoll wie immer: *Kein Problem. Mach dir keine Sorgen und denk daran, dass ich dich liebe. Bis bald.*
Ich fuhr zur Folger Lane hinüber.
Als ich dort ankam, hatten Swift und Ava schon einige Gläser Wein getrunken. Ich hatte mir selbst die Tür geöffnet, da ich wusste, dass sie hinten auf der Terrasse sitzen und Guacamole essen würden. Ava sagte nichts, als ich zu ihnen trat. Sie umarmte mich. Swift goss mir ein Pellegrino-Wasser ein. Fast

hätte ich ihn nach einem Glas Wein gefragt. Ich fühlte mich schrecklich, nachdem Ollie wieder weg war, und hätte gern einen Drink gehabt.

„Ich werde diesen Jungen vermissen", sagte Swift.

Ich konnte kein Wort sagen. Allein der Anblick des Pools machte mich traurig.

„Ich hatte wirklich gehofft, dass er ab der dritten Klasse hier bei mir zur Schule gehen könnte", sagte ich.

Das war der Moment, in dem Swift sein Versprechen hätte erwähnen können, mir einen Anwalt zu besorgen. Um die Akten zu überprüfen. Eine neue Einschätzung zu beantragen aufgrund veränderter Umstände, meiner absoluten Abstinenz, Empfehlungen von Swift, Ava und anderen. Ich betrachtete die Gesichter der beiden, die mir am Tisch gegenübersaßen.

„Swift wird morgen Lachs grillen", sagte Ava. „Felicity kommt auch."

## 52. KAPITEL

Man hätte annehmen können, dass ich jetzt, wo Ollie nicht mehr bei mir wohnte, mehr Zeit mit Elliot verbringen würde. Aber das tat ich nicht. Der Tag der großen Überraschungsparty für Swift rückte näher, und ich musste das Layout des Buches fertigstellen und es zur Druckerei schicken. Ava wollte außerdem, dass ich ihr beim Menü und anderen Partydetails half. Aber das war nicht der einzige Grund, warum ich Elliot ein bisschen auf Abstand hielt.

Nachdem die Havillands ihn kennengelernt hatten – am Tag dieser desaströsen Bootsfahrt –, hatten Swift und Ava deutlich gemacht, dass sie ihn nicht für gut genug für mich hielten. Seitdem versuchte ich, mein Leben mit Elliot und die Zeit mit den Havillands klar zu trennen. Ab und zu erkundigten sie sich nach ihm, aber was Ava und Swift betraf, schien er aus den Augen, aus dem Sinn zu sein. Beim zweiten Mal, als ich erlaubt hatte, dass diese beiden wichtigen Bereiche meines Lebens aufeinandertrafen – am Tag des großen Wettschwimmens –, schien sich die Situation umgekehrt zu haben. Während in der Vergangenheit Swift und Ava Vorbehalte gegen Elliot gehegt hatten, begegnete dieser nun ihnen mit Skepsis.

„Weißt du denn, wie Swift zu seinem Geld gekommen ist?", fragte mich Elliot kurz nach der Party, auf der er sich mit Evelyn Couture unterhalten hatte.

„Wir reden nicht über Geschäftliches", hatte ich erwidert. „Das hat in unserer Beziehung keine Bedeutung."

„Ich bin nur neugierig, weil ich mal ein bisschen im Internet recherchiert und ein paar Dinge überprüft habe", sagte er. „Diese gemeinnützige Stiftung der beiden ist ein privat geführtes Unternehmen. Drei Vorstandsmitglieder: Swift, Ava und Cooper Havilland."

„Das ist doch nicht ungesetzlich, oder?"
„Überhaupt nicht", erwiderte er. „Bin nur neugierig."
In der folgenden Woche stellte Elliot immer wieder neue Fragen. Ich konnte sie nie beantworten und war verärgert, wenn er mich darauf ansprach. Was ging es mich an, dass Swift Aktienbestände an die Stiftung verkaufte oder eine Versicherungsgesellschaft auf den Cayman-Inseln?

Ich nahm an, dass Elliots Recherchen über BARK in die gleiche Kategorie fielen wie seine genealogischen Untersuchungen oder die Art, wie er im *Consumer Reports* die Bewertungen verschiedener Automodelle studierte, die er als Ersatz für seinen Prius in Betracht zog – die reine Neugier eines Zahlenfreaks mit zu viel freier Zeit. Deshalb verlor ich langsam die Geduld, was Elliots Besessenheit betraf. Ich konnte nicht verstehen, was so wichtig daran war, ob der Aufsichtsrat von BARK nun aus drei oder dreißig Mitgliedern bestand oder wie ihre Satzung zustande gekommen war. Dass Elliot ein dermaßen starkes Interesse daran hatte, schien für mich Avas Meinung zu bestätigen, dass er ein Mann war, der nichts Besseres zu tun hatte, als sich mit irgendwelchen Kalkulationstabellen zu beschäftigen.

Als ich eines Morgens in seinem Apartment aufwachte, entdeckte ich ihn bereits an seinem Schreibtisch, wo er schon wieder Zahlen studierte. Es konnte nicht später als sechs Uhr sein. Nach seinem verwuschelten Haar zu urteilen, musste er sehr oft mit den Fingern durchgefahren sein, so wie er es immer tat, wenn er über etwas nachgrübelte. Drei leere Kaffeebecher standen neben seinem gelben Notizblock.

Swifts Beschreibung für Buchhalter hallte in meinem Kopf wider: *Erbsenzähler*. Und Avas Frage an mich: *nur nett?*

„Was willst du denn überhaupt damit erreichen?", fragte ich ihn.

„Ich will es einfach nur verstehen", sagte Elliot. „Wie dieses ganze Ding funktioniert."

Es geschah nicht sofort, aber wie jemand, der von einer starken, stetigen Strömung flussabwärts gezogen wurde, spürte ich, wie meine Perspektive sich veränderte. Es war, als hätte ich ein Sandkorn in meinem Auge, das ich loswerden wollte, das aber meine Sicht auf alles beeinträchtigte. Vor allem meine Sicht auf Elliot.

Seine ständige Fürsorge – ich solle den Sicherheitsgurt anlegen oder antibiotische Salbe auftragen, wenn ich mich geschnitten hatte – hatte ich immer für eine Eigenschaft gehalten, die ihn als zärtlichen, liebenden Mann auszeichnete. Jetzt hallte Avas Stimme in meinem Kopf wider, wenn sie ihn kleinlich und ängstlich nannte. Ich stellte fest, dass mich Elliots hartnäckiges Interesse an Einzelheiten zu nerven begann. Wir verbrachten immer noch schöne Stunden zusammen – nur wir zwei, wenn wir über Kreuzworträtseln grübelten oder Popcorn im Bett aßen, während wir einen alten Schwarz-Weiß-Film ansahen, oder wenn wir ein paar abgelegene Restaurants ausprobierten, über die Elliot etwas im Internet gelesen hatte. Solange wir unter uns waren, in unserer eigenen kleinen Welt, fühlte es sich so vollkommen an, wie ich es nie zuvor erlebt hatte. Aber wenn er von den Havillands anfing, machte ich dicht. Elliot hatte es sich zur Aufgabe gemacht, einen Beweis dafür zu finden, dass etwas an Swifts Geschäften nicht stimmte. Das ließ mich mehr und mehr vermuten, dass stattdessen mit Elliot etwas nicht in Ordnung war.

## 53. KAPITEL

An einem Abend Ende September rief Elliot mich an, um zu sagen, dass er mich sehen müsse und zu mir kommen würde. Die vergangenen Tage war ich ihm aus dem Weg gegangen, während ich Ava bei der immer aufwendiger werdenden Vorbereitung der bevorstehenden Geburtstagsparty half. Ich war erschöpft und nicht in der Stimmung, weitere von Elliots nervigen Fragen über die finanziellen Strukturen von BARK abzuwehren.

Ich machte mir nicht die Mühe, mich irgendwie herzurichten. Als ich die Tür öffnete, trug ich schon meinen Pyjama.

„Ich sehe furchtbar aus", sagte ich.

„Ich finde, du siehst wundervoll aus", entgegnete er. „Du siehst aus wie du selbst."

Elliot war in vieler Hinsicht altmodisch. Er stand im Anzug vor der Tür und hielt einen Strauß Rosen in der Hand – die Sorte, die man im Supermarkt bekam, nicht im Blumenladen, was ihm ähnlich sah. Ich hatte einmal zu Ava gesagt, dass Elliot jedes Verständnis von Romantik abging. Einmal brachte er mir Badesalz aus der Apotheke mit. Ein anderes Mal, als wir nach Sierras zum Camping fahren wollten, schenkte er mir vorher warme Unterwäsche.

An diesem Abend stellte sich heraus, dass er mir einen Ring gekauft hatte. Für jemanden, der auf seine Ausgaben achtete, war dieser mit einem überraschend großen Diamanten besetzt, der in sehr traditioneller Art eingefasst war – die Art Ring, die mein Vater vor vierzig Jahren meiner Mutter geschenkt hätte, wenn ich einen anderen Vater gehabt hätte. Elliot wirkte so nervös, wie ich ihn nicht mal bei unserem allerersten Date erlebt hatte.

„Wahrscheinlich wirst du Nein sagen", begann er. „Aber ich

bitte dich, überlege es dir sorgfältig. Ich kann ein guter Ehemann für dich sein. Ich würde dich nicht nur einfach anbeten. Ich würde dich beschützen. Ich glaube, dass du so etwas noch nie erlebt hast."

*Überlege es dir sorgfältig.* Das war typisch Elliot. Sogar in einem solchen Moment, in dem die Leidenschaft über den Verstand siegen sollte, argumentierte er ruhig, vernünftig und wohlbedacht.

„Ich weiß, dass ich nicht der große Aufreißertyp bin", sagte er, „aber eins ist sicher: Niemand könnte dich mehr lieben als ich, Helen. Ich werde dich nie verletzen. Du kannst dich auf mich verlassen."

Ich hatte bisher immer andere – meist Männer – entscheiden lassen, was ich mit meinem Leben anfangen sollte. An diesem Abend, als ich Elliot in die freundlichen und auch ängstlich blickenden Augen sah, die tiefen Furchen in seinem Gesicht betrachtete, das blaue Samtkästchen in seiner Hand, da wusste ich, dass ich diesen Mann liebte. Er berührte mich. Und ich vertraute ihm. Ich stellte mir vor, wie er beim Juwelier diesen altmodischen Ring aussuchte, und eine Welle von Zärtlichkeit erfasste mich. Ich sah ihn vor mir, wie er zu mir fuhr – ein paarmal den Häuserblock umrundete, bevor er vor der Tür parkte, immer mit dem Gedanken, dass das die letzten hoffnungsvollen Minuten sein könnten, sollte ich ihm eine Absage erteilen. Ich würde diesem wundervollen Mann nicht das Herz brechen.

„Heirate mich", sagte er.

Ich saß da und sah ihn an, studierte sein Gesicht und die großen, erstaunlich rauen Hände, die noch immer aussahen wie die eines Farmers, und dachte daran, wie er jedes Mal den Arm ausstreckte, um mich anzuschnallen, bevor wir mit dem Auto losfuhren, und wie geduldig er gewartet hatte – zwei Stunden oder sogar drei –, bis ich mit den Fotos, die ich von all diesen Hunden hatte machen müssen, fertig gewesen war.

Ich blickte ihm in die Augen.

„Okay", sagte ich. „Ich mache es."

Während ich das sagte, sah ich Swifts Gesicht auf dem Boot vor mir, als Elliot vorgeschlagen hatte, Ollie die Rettungsweste anzulegen. Hörte Avas Stimme. *Keine hohen Erwartungen.*

„Du machst mich zum glücklichsten Mann der Welt", sagte er. „Na ja, so glücklich, wie ein Mann wie ich eben sein kann."

Ich nahm den Ring an. Aber ich streifte ihn nicht über den Finger, sondern betrachtete ihn einen Moment auf der Handfläche und legte ihn dann wieder in die Samtschachtel zurück.

„Ich bin aber noch nicht bereit, es den anderen zu sagen", erklärte ich ihm. „Zuerst muss ich mich selbst an den Gedanken gewöhnen."

Allerdings wusste ich genau, warum ich den Ring noch nicht tragen wollte. Ich wusste nicht, was Ollie sagen würde, wenn ich ihm erklärte, dass ich wieder heiraten möchte. Vor allem wenn es um Elliot ging, den Mann, der darauf bestanden hatte, dass er eine Schwimmweste anlegte, und der sich nachher über die Reling von Swifts Segelboot gebeugt und sich übergeben hatte. Bei den wenigen folgenden Begegnungen hatte Elliot zwar ein paar Fortschritte mit Ollie gemacht, aber Tatsache blieb, dass mein Buchhalter-Freund in den Augen meines Sohnes einfach kein Monkey Man war.

Vor allem lag es jedoch an Ava und Swift, dass ich zögerte, den Ring anzulegen, denn in deren Ansehen war Elliot keineswegs gestiegen. Ich setzte den Ring nicht auf, weil ich meine Entscheidung nicht vor den Havillands rechtfertigen wollte.

## 54. KAPITEL

Nachdem ich Elliots Antrag angenommen hatte, ging ich ihm aus dem Weg. Manchmal sah ich seinen Namen auf dem Display meines Handys und ließ es einfach klingeln. Abends, wenn ich von der Folger Lane nach Hause kam oder vom Dinner beim Birmanen oder Vinnie's oder nachdem ich Evelyn Couture geholfen hatte, war meistens eine Nachricht von ihm auf dem Anrufbeantworter.

„Ich bin's", sagte er. Zuerst hoffnungsvoll, später dann besorgt und schließlich entmutigt. „Dein Verlobter …?"

Manchmal rief ich zurück. Wenn wir dann miteinander sprachen, waren wir erstaunlich kurz angebunden. Ich spürte, wie er am anderen Ende der Leitung die Vertrautheit wiederherstellen wollte, die früher zwischen uns geherrscht hatte – er redete über die Arbeit oder etwas, das er in der Zeitung gelesen hatte, oder einen Arzttermin an diesem Tag, Themen, über die ein Paar redete. Normales Leben. Während er sprach, scrollte ich durch meine E-Mails.

„Ich glaube, ich werde mir ein Elektroauto anschaffen", sagte er zu mir. „Wenn wir zusammenwohnen", was in seinem Haus wäre, „könnten wir Solarzellen auf dem Dach installieren und bräuchten kein Benzin mehr zu kaufen."

„Das klingt gut."

Immer öfter sendete ich Elliot eine SMS, wenn ich abends nach Hause kam, in der ich ihm mitteilte, dass ich zu müde zum Telefonieren sei und mich am nächsten Tag melden würde. Dann kam der nächste Tag, und ich war wieder bei den Havillands, um die letzten Handgriffe am Geburtstagsbuch vorzunehmen, oder ich fuhr zu Evelyn Couture, um ihr beim nicht enden wollenden Packen zu helfen, oder besorgte irgendetwas für die Party – antike chinesische Laternen, eine Seifenblasenmaschine, die Tischsets, die Ava bestellt hatte, mit einem großen Foto von Swift darauf, der die Gäste dann angrinsen würde, wenn sie sich an den Tisch setzten ... zumindest bis die Catering-Firma die Teller aufdeckte, ebenfalls eine Spezialanfertigung mit zehn verschiedenen aufgedruckten Hunderassen.

Schließlich, nachdem ich fünf Tage nur Textnachrichten geschrieben hatte, rief ich Elliot an. „Ich weiß, ich hätte mich früher melden sollen", sagte ich. „Aber es ist zurzeit so chaotisch mit den ganzen Partyvorbereitungen. Vor allem, wenn man alles vor Swift geheim halten muss."

„Glaubst du tatsächlich, Swift weiß nicht, dass für ihn eine Party stattfindet?", fragte Elliot. „Der Mann wird sechzig. Und er ist ein Egoman. Natürlich kann er sich denken, dass seine Frau aus diesem Anlass eine große Feier veranstalten wird. Es würde mich nicht überraschen, wenn sie versucht, den Candlestick Park zu mieten."

Ava hatte tatsächlich eine Reihe von extravaganten Veranstaltungsorten für die Party in Betracht gezogen, jedoch letztendlich beschlossen, ein paar Tische zu mieten und sie in einem Zelt auf dem weitläufigen Gelände hinter ihrer Villa aufzustellen. Dann könnten sie sich freier fühlen, sagte sie. „Wenn jemand sich die Kleider vom Leib reißen und in den Pool springen will zum Beispiel." Wir wussten beide, wer diese Person sein würde.

Nach langen Überlegungen hatte sich Ava bei der Dekoration endlich für ein Thema entschieden. Da Swift den Lake Tahoe so liebte – den er am allerliebsten im Winter besuchte –, hatte sie eine Maschine bestellt, die den ganzen Garten mit Schnee bedecken würde. Dazu hatte sie die Anfertigung einer lebensgroßen Eisskulptur von Swift in der Pose des David von Michelangelo in Auftrag gegeben, aus dessen wichtigstem Körperteil allerdings Champagner floss.

Elliot wollte natürlich wissen, wie Ava das alles vor Swift geheim halten wollte.

„Sie wird dafür sorgen, dass Swift an diesem Tag etwas außerhalb der Stadt erledigen muss", erklärte ich ihm. „Auf diese Weise hat sie ihn aus dem Haus, während sie die letzten Vorbereitungen trifft."

„Ich dachte, Swift fährt so ungern weg? Vor allem ohne Ava?"

„Sie organisiert für ihn und Ollie einen Ausflug zum Monterey Aquarium", sagte ich – obwohl das ein Trip war, den Elliot und ich mit meinem Sohn geplant hatten. „Natürlich will Ollie mit Swift vor allem zum Lake Tahoe, aber das ist für einen Tagesausflug zu weit entfernt. Und außerdem möchte ich nicht, dass er ohne mich dorthin fährt. Deshalb hatten wir uns auf das Monterey Aquarium geeinigt."

„Der große Magier", sagte Elliot trocken. „Der Mann schwingt seinen Zauberstab und lässt all deine Träume wahr werden. Wenn Swift hier wäre, würde er natürlich einen Witz über seinen mächtigen Zauberstab reißen."

Ich beschloss, diese Bemerkung zu ignorieren.

Wir würden uns natürlich beeilen müssen, um die ganze Arbeit an einem einzigen Tag zu schaffen. Unser Plan war, dass alles fertig vorbereitet sein sollte und alle Gäste bereits anwesend, wenn Swift mit Ollie durch die Tür kam. Draußen am Poolhaus würde eine Reggae-Band spielen, hinten, mitten im schneebedeckten Garten, sollte ein Feuer prasseln, und es würden verschiedene Vorführungen, unter anderem Poledancing und Feuerschlucken, stattfinden, die der extravaganten Szenerie noch mehr Dramatik verleihen sollten – nur für den Fall, dass es sonst nicht genug wäre.

Zunächst würden Foie Gras, Austern, Dungeness-Krabben, Kaviar und Champagner in kostbaren Kristallflöten serviert werden, gefolgt von einem Dinner am Tisch mit Lammbraten, Kartoffelgratin, grünen Bohnen, dazu Endiviensalat mit Birnen und Walnüssen. Für jeden Gast (es waren mehr als hundert, vor allem gut betuchte Personen, die große Schecks ausschreiben konnten, sowie die üblichen Partybesucher) würde eine Ausgabe des Buches *Der Mann und seine Hunde* am Platz bereitliegen. Wir hatten tausend Kopien bestellt, sodass die Havillands später weitere Bücher verteilen konnten, wenn ihre Stiftung wuchs.

Ich hatte Elliot das alles bei einem Dinner in einem Restaurant in der Stadt – einem seltenen Ereignis – beschrieben. Nun saßen wir uns gegenüber und tranken Kaffee. Ich hatte für diese Gelegenheit den Ring aufgesetzt, aber an diesem Abend herrschte zwischen uns eine angespannte Stimmung, obwohl wir beide versuchten, so zu tun, als wäre alles in Ordnung.

„Wenn sie so schon Swifts sechzigsten Geburtstag feiern, dann möchte ich nicht wissen, was Ava zu seinem siebzigsten auffährt", sagte Elliot. „Vorausgesetzt, dass die beiden dann noch zusammen sind."

„Was redest du denn da? Wenn es eine Beziehung auf dieser Welt gibt, auf die ich Wetten abschließen würde, dann ist es die der Havillands. Ich habe noch nie ein Paar gesehen, das sich mehr liebt."

„Liebe zeigt sich nicht unbedingt immer so offensichtlich", bemerkte Elliot. „Nicht jedes Paar muss ständig in die Welt hinausposaunen, wie unglaublich seine Beziehung ist. Manche Leute zeigen ihre Gefühle mit ihrem Verhalten."

## 55. KAPITEL

Ich musste zur Folger Lane fahren, um Ava das fertige Layout des Geburtstagsbuchs zu zeigen, das am nächsten Tag in die Druckerei sollte. Gerade als ich in die Auffahrt einbog, fuhr Ava mit dem Mercedes vor. Estella saß auf dem Beifahrersitz.

„Ich habe sie zur Maniküre und Pediküre mitgenommen", sagte Ava, als sie aus dem Wagen gestiegen waren. „Kannst du dir vorstellen, dass sie so was noch nie gemacht hat?"

Ja, das konnte ich. Jetzt streckte Estella ihre Hände aus – die kurzen Fingernägel ihrer vom Arbeiten rauen Hände glänzten in knallrotem Nagellack. Aus den Flipflops, die sie den Kundinnen im Nagelsalon gaben, lugten rote Zehennägel heraus. Ihre eigenen Schuhe – ein altes Paar Nikes – trug sie unter dem Arm.

„Ich habe versucht, sie zu etwas weniger Auffälligem zu überreden", sagte Ava. „Aber unser Mädchen hier wollte das volle Programm."

Ich beugte mich vor, um das Werk näher zu betrachten.

„Wie gefällt Carmen denn das Studium?", erkundigte ich mich.

„Es geht gut", erwiderte Estella. „Mein Mädchen wird eine *Doctora*. Kann sich dann um die Familie kümmern."

„Darüber brauchst du dir doch keine Gedanken zu machen, Estella", sagte Ava. „Egal was Carmen tun wird, du weißt doch, dass Swift und ich uns immer um dich kümmern werden."

„Wenn Carmen fertig ist, können wir selbst für uns sorgen", entgegnete Estella. „Ich habe eine kluge Tochter."

„Ein Medizinstudium ist nicht einfach, Estella", sagte Ava. „Ich hoffe, sie schafft es, aber gib deine Arbeit vorsichtshalber nicht auf."

„Nein, Miss Havilland", sagte Estella und ging ins Haus. Die Hoffnung und die Euphorie, die sich eben noch in ihrem Ton gezeigt hatten, schienen sich schlagartig gelegt zu haben.

„Und außerdem", fügte Ava hinzu, „was sollten wir ohne dich anfangen?"

## 56. KAPITEL

Ava und Swift mussten am Lake Tahoe einige Angelegenheiten regeln. Normalerweise hatten sie einen Hausverwalter, der sich um ihren Besitz dort kümmerte, aber es hatte Probleme mit ihm gegeben. Sie suchten jemand Neues für diesen Job.

„Wahrscheinlich könnte ich das auch telefonisch machen", sagte Ava, „aber das Haus bedeutet uns so viel, ich will keinem die Schlüssel dafür geben, den wir nicht kennen."

Sie bat mich, zum Lake Tahoe zu fahren und mit ein paar Hausverwaltern zu reden. „Du kannst es als eine Art Urlaub betrachten", sagte sie. „Nimm ein paar Magazine mit. Sprich mit den Leuten, die auf unsere Anzeige geantwortet haben, und überlege, wer dir gefällt. Swift und ich vertrauen vollkommen darauf, dass du die richtige Entscheidung triffst."

Das war nicht alles. Ava und Swift hatten offenbar vor, das Haus irgendwann im Frühjahr komplett sanieren zu lassen. Sobald das große Geburtstagsevent vorüber wäre, würde Ava sich mit einigen Architekten unterhalten.

„Wir hatten gehofft, dass du die Kamera mitnimmst und ein paar Fotos vom Grundstück und dem Haus machst", sagte sie. „Um dem Architekten eine ungefähre Vorstellung davon zu vermitteln, worum es geht, bevor er selbst dorthin fährt."

Sie wartete kurz, bevor sie hinzufügte: „Du könntest ja deinen Freund mitnehmen, wenn du möchtest." Es war komisch, dass die beiden Elliot nie beim Namen nannten.

Ich versprach ihr zu fahren. Aber allein. Ich fand es schrecklich, dass es so war, aber ich fühlte mich nicht danach, Zeit mit Elliot zu verbringen. Was ich wirklich brauchte, war etwas Zeit für mich.

Ich war vorher noch nie am Lake Tahoe gewesen. Zum einen fuhr ich nicht Ski – doch das tat Ava natürlich auch nicht.

Aber hauptsächlich hatte ich das immer als einen Ort für Leute gesehen, zu deren Welt ich nicht gehörte – Leute, für die es von Kind auf selbstverständlich war, Ski und Wasserski zu fahren und Tennis zu spielen, die segeln konnten und Rennboote besaßen. Schon die Art, wie sie diesen Ort *Tahoe* nannten – niemals *Lake Tahoe* –, suggerierte eine Vertrautheit, die mich außen vor ließ.

Aber nachdem die Havillands all die Monate davon gesprochen hatten, wollte ich es mir selbst ansehen. Und ich war stolz, dass sie mir die Entscheidung über den neuen Hausverwalter anvertrauten. Wenn ich dort wäre, schlug Ava vor, könnte ich vielleicht die Teppiche und Gardinen reinigen lassen und jemanden beauftragen, sich um den Geschirrspüler zu kümmern, der bei ihrem letzten Aufenthalt im Haus merkwürdige Geräusche von sich gegeben hatte.

Von meinen Aufgaben im Haus interessierte mich das Fotografieren natürlich am meisten. Bis auf Hunde- und Schülerporträts am Fließband für meinen Job hatte ich schon eine ganze Weile nichts mehr fotografiert. Mir gefiel die Vorstellung, einen ganzen Tag durch das Haus der Havillands am See und über das Grundstück zu laufen und in meinem eigenen Tempo Fotos zu machen.

Die Fahrt dauerte mehr als vier Stunden, aber das war mir egal. Ich dachte an Swifts Versprechen, mit seinem Anwalt über die Wiederaufnahme meines Sorgerechtsfalls zu reden, und daran, dass er es bisher anscheinend nicht geschafft hatte, das in Angriff zu nehmen. Ich hatte gezögert, Swift danach zu fragen, aber aus Angst, dass er es vergessen haben könnte, hatte ich das Thema vor zwei Tagen dann doch angesprochen. „Ich bin dran, Baby, keine Sorge", hatte er geantwortet und mir den Arm getätschelt. Da war ich mir nicht so sicher, aber was sollte ich tun?

Inzwischen waren mehr als drei Jahre vergangen, seit ich wegen Trunkenheit am Steuer festgenommen worden war, und es hatte nicht das geringste Problem gegeben. Ich hatte zwar noch immer Schulden, verdiente aber wenigstens ganz ordentlich. Am wichtigsten war jedoch, dass mein Sohn selbst sagte, er wolle wieder bei mir wohnen. Ein Grund für diesen Wunsch war sicher seine Heldenverehrung für Monkey Man, ein weiterer, dass er so gern mit Rocco im Garten Frisbee spielte. Aber er wollte auch mit mir zusammen sein. Wir hatten in den Sommerferien große Fortschritte gemacht. Mein Sohn vertraute mir wieder.

Das alles ging mir während der langen Fahrt nach Truckee durch den Kopf und dann noch die etwa fünfundzwanzig Kilometer weiter zum Haus von Ava und Swift am Ufer des Lake Tahoe. Ich hatte mir vorgenommen, erst mal in Ruhe anzukommen und mich nach der langen Fahrt zu entspannen und dann am nächsten Morgen in die Stadt zu fahren und Avas Kandidaten für den Hausverwalterjob zu treffen. Wenn ich mittags das Haus verließ, könnte ich immer noch rechtzeitig zurück sein, um während der goldenen Stunde vor Sonnenuntergang einige Bilder vom Besitz der Havillands zu schießen.

Auf dem Weg zu Avas und Swifts Haus fuhr ich an einer Menge großer Villen am Wasser vorbei: riesig, zweifellos teuer, auf Kundenwunsch zugeschnitten, mit allem möglichen Luxus, aber keine davon besaß einen besonderen Reiz. Dann kam die Abzweigung zum Havilland-Besitz.

Ich hatte prächtigere Häuser gesehen, aber keines war so bezaubernd wie Swifts und Avas. Beim Anblick der Villa fragte ich mich sofort, warum man auch nur die kleinste Kleinigkeit daran verändern sollte. Das Gebäude stand am Ende einer langen Auffahrt, ohne andere Häuser in Sichtweite, umgeben von Bäumen, und ein moosbesetzter Pfad führte hinunter zum

Ufer des Sees. Das Haus war ziemlich groß, vermittelte aber eher die Atmosphäre eines Cottages statt die einer Villa – eine Veranda lief um das ganze Gebäude, und auf dem Dach war ein gemauerter Schornstein zu sehen.

Es war mit roten Schindeln gedeckt, hatte rote Fensterläden und war umgeben von Bäumen, die anders aussahen als die, die ich auf meiner Fahrt hierher gesehen hatte und die anscheinend erst kürzlich von irgendwelchen hoch bezahlten Gartenplanern gepflanzt worden waren. Es waren alte Kiefern und Rotholzbäume, die über einem Teppich von Farnen wuchsen. Zwischen zwei der Stämme war eine Hängematte gespannt, und zum See ausgerichtet stand eine Hollywoodschaukel.

Auf dem Grundstück befanden sich außerdem ein Gästehaus und ein Bootshaus, in dem Swift und Ava, wie ich annahm, ihre Kajaks und Paddleboards aufbewahrten, zusammen mit dem Birkenrinden-Kanu, das Swift extra von einem Profi in Kanada hatte anfertigen lassen, und der Wasserski-Ausrüstung. Im Bootshaus lag außerdem Swifts Stolz und Freude, die Donzi. Von meinem Sohn wusste ich natürlich alles über das Boot. Wie viel PS es hatte, wie die Vorbesitzer mit Drogen im Wert von einigen Millionen Dollar und einem AK-47 Maschinengewehr an Bord in einer verrückten Fünf-Stunden-Jagd irgendwo in Florida vor der Polizei geflohen waren. Als er mir diese Geschichte erzählt hatte, hatte Ollies Stimme einen fast andächtigen Tonfall bekommen. „Die Bösen kamen dann ins Gefängnis", hatte er gesagt. „Und Monkey Man hat die Donzi bekommen."

Als ich den Motor abstellte, sah ich schon den See blau vor dem Horizont glitzern. Zu der Zeit waren nicht viele Boote auf dem Wasser, und wahrscheinlich fuhr nicht ein einziges davon so schnell wie die Donzi.

„Ich habe das schärfste Boot auf dem ganzen See", hatte Swift dem Jungen erzählt.

Mich beeindruckte vor allem das Grundstück, auf dem sich das Haus befand – ein Ort, der auch um 1900 so ausgesehen haben könnte, es gab kaum Hinweise auf modernes Leben.

Ich parkte das Auto in der Auffahrt, stieg aus und sah mich um. Es war inzwischen ungefähr halb sechs, und das Licht traf im perfekten Winkel auf das Wasser des Sees. Ich holte meine Kamera heraus.

Immer wenn ich zu fotografieren beginne, passiert etwas mit mir. Alles andere existiert nicht mehr. Es könnte ein Waldbrand in der Nähe lodern – wenn ich ihn nicht in meinem Sucher sehe, ist er für mich nicht da. Jetzt war ich gebannt von dem Anblick der Sonne, die über dem See unterging. Ich entdeckte einen Seetaucher, der übers Wasser glitt, von vollkommenem goldenem Licht umgeben.

Er tauchte unter. Ich erwischte ihn gerade, als er wieder an die Oberfläche kam.

Wer weiß, wie lange ich dort stand. Es hätten fünf Minuten sein können oder auch eine halbe Stunde. Aber plötzlich vernahm ich aus dem Haus Musik – Hip-Hop oder etwas in der Art. Ich drehte mich um, blickte zum Haupthaus hinüber und nahm das Gebäude erst jetzt richtig in Augenschein.

Da entdeckte ich es: ein Auto, das an der Seite parkte – ein gelbes Cabriolet mit offenem Dach. Jetzt sah ich auch, dass Rauch aus dem Schornstein stieg, dann hörte ich Lachen aus einem geöffneten Fenster.

Ich hätte vielleicht Angst bekommen sollen, aber die Empörung darüber, dass jemand in Swifts und Avas geliebtes Heim eingedrungen war, blendete jeden Gedanken an eine mögliche Gefahr aus. Alles, was ich spürte, war der Drang, sie zu verteidigen.

Aus einem Impuls heraus richtete ich die Kamera auf den Wagen. Wenn jemand in das Haus eingebrochen war, schien es sinnvoll, das Kennzeichen dieses gelben Sportwagens zu fotografieren, und das tat ich auch. Danach ging ich zur Haustür und drehte den Knauf, ohne lange nachzudenken. Die Schlüssel brauchte ich nicht, es war nicht abgeschlossen.

Zuerst sah ich nur einen Lederkoffer, der sehr teuer aussah. Auf dem Boden daneben lag ein abgenutzter Rucksack. Kein Mensch war zu sehen, aber ich hörte das Feuer knistern und roch den Rauch, der aus dem Raum kam, in dem ich das Wohnzimmer vermutete. Wie ferngesteuert ging ich durch die Eingangshalle und trat in dieses Zimmer, das mit schönen alten Samtsofas eingerichtet war, daneben ein paar Lederklubsessel, ein Schaukelstuhl, ein Teppich im Südstaatenstil und ein Kunstwerk, das ich sofort als die Arbeit desselben Ausnahmekünstlers erkannte, dessen Hundebild das Thema meines ersten Gesprächs mit Ava gewesen war.

Ich roch, dass gekocht wurde. Fleisch. Dann hörte ich Stimmen – eine hohe, kichernde und eine tiefere. Ein mir irgendwie vertrautes Lachen, das aber doch anders klang. Mittlerweile war mir klar, wer auch immer sich hier im Haus aufhielt, war kein Einbrecher.

Ich stand dort und überlegte, was ich als Nächstes tun sollte, als die Tür am anderen Ende des Zimmers aufgerissen wurde. Es war Swifts Sohn Cooper mit einem Martiniglas in der Hand. Obwohl wir uns nie getroffen hatten, erkannte ich ihn sofort. Hinter ihm erschien, mit nichts als einem aufgeknöpften Männerhemd bekleidet, Estellas Tochter Carmen.

## 57. KAPITEL

Einen Moment lang standen wir alle nur da. Ich sagte kein Wort, genauso wie Cooper, der eine lange, leicht blutverschmierte Grillzange in der einen Hand hielt, seinen Drink in der anderen.

Wir drei sahen uns nur an. Das Letzte, was ich über Cooper gehört hatte, war, dass seine Eltern auf seine Verlobung mit der schönen Virginia angestoßen hatten. Das letzte Mal, als ich Carmen begegnet war, hatte sie die Toilette bei den Havillands geputzt.

Ich betrachtete ihre Gesichter. Sie studierten meines.

Dann drehte ich mich um. Ich lief durch die Tür nach draußen, stieg die Verandastufen hinunter und ging zu meinem Wagen. Die Kamera legte ich auf den Beifahrersitz, aber erst nachdem ich ein Foto des Anwesens gemacht hatte – als ich ein Stück die Auffahrt hinuntergefahren und außer Sichtweite war. Das hatte ich Ava und Swift versprochen. Ich hatte Ollie gesagt, ich würde ein Foto von der Donzi machen, aber auf keinen Fall würde ich jetzt zum Bootshaus hinuntergehen.

Es war eine lange Fahrt zurück nach Portola Valley. Irgendwann gegen halb neun klingelte mein Handy. Ava.

„Lass mich raten", sagte sie. „Du hast dich auf die Couch vor den Kamin gekuschelt, mit einem Glas Pellegrino als Ersatz für den guten Cabernet, den du stattdessen trinken könntest. Und wahrscheinlich warst du verrückt genug, deinen Freund nicht mitzunehmen, obwohl du heute Nacht in dem wahrscheinlich romantischsten Haus am ganzen See schlafen wirst. Wodurch dir womöglich klar wird, was deiner Beziehung fehlt. Nicht dass ich jetzt näher auf dieses Thema eingehen möchte."

„Ich bin auf dem Weg nach Hause", sagte ich. Obwohl es mir noch nie schwergefallen war, eine Geschichte zu erfinden, hatte ich bisher keine Zeit gehabt, mir zu überlegen, wie ich Ava meine überstürzte Abreise vom Lake Tahoe erklären sollte.

Sie wollte natürlich wissen, was passiert war. „Ich fühle mich irgendwie schlecht", sagte ich. „Als wenn ich mir einen Magen-Darm-Virus eingefangen hätte."

„In diesem Fall solltest du sofort hierherkommen, wenn du die Stadt erreicht hast", entgegnete sie. „Wir werden dich mit einer Wärmflasche und einem heißen Pfefferminztee ins Bett bringen. Ich warte auf dich."

„Es geht schon", sagte ich. „Ich muss nur nach Hause."

„Du kommst her", sagte sie. „Keine Diskussion. Wir müssen uns um dich kümmern."

Es war fast elf Uhr, als ich in die Folger Lane einbog. Es brannte noch Licht. Die Hunde warteten. Ava empfing mich an der Tür.

„Okay", sagte sie und schob mich ins Wohnzimmer. „Was ist los? Denn die Geschichte mit der Magen-Darm-Grippe kaufe ich dir nicht ab. Du bist doch nie krank."

Sie hatte recht. In diesem Augenblick wurde mir wieder einmal klar, wie gut mich Ava kannte, wie nahe wir uns standen.

„Lass mich mal raten", sagte Swift, der hinter ihr mit einem Drink in der Hand erschien. „Du hast deinen Buchhalter doch mit nach Tahoe mitgenommen. Dann habt ihr euch gestritten. Ich nehme an, du wolltest beim Scrabble ein ungültiges Wort legen und er bestand darauf, nach den Regeln zu spielen. Deshalb musstest du weglaufen."

Ich schüttelte den Kopf. Ich konnte ihnen nicht weismachen, dass ich mich mit Elliot gestritten hätte. Wie konnte man sich mit Elliot streiten?

„Es ist nur ... Frauenprobleme", sagte ich und ging davon

aus, dass es Swift dazu bringen würde, sich aus dem Staub zu machen, was er auch tat. Ich hatte vor langer Zeit gelernt, dass man einen Mann am schnellsten loswerden konnte, indem man irgendwie die Menstruation erwähnte.

„Okay", sagte Ava, als er verschwunden war. „Jetzt setzt du dich erst mal hin, und dann erzählst du mir die Wahrheit. Ich bin's, vergessen? Deine beste Freundin. Wir haben keine Geheimnisse voreinander."

Sie hatte mich vorher noch nie als ihre beste Freundin bezeichnet. Aber jetzt, wo sie das sagte, fiel ich in mich zusammen. Ich ließ mich auf die Couch fallen. Ava lehnte sich in ihrem Rollstuhl vor und legte die Arme um mich. „Du kannst es mir sagen. Es wird alles gut."

„Cooper war da", sagte ich. „Er war im Haus, und ich habe ihn dort überrascht. Carmen war bei ihm."

Mit einer flüssigen Bewegung zog Ava sich zurück, setzte sich gerade in den Rollstuhl und legte ihre schönen langen Arme wieder auf die Armlehnen. Sie sah mich mit ihrem direkten, besonnenen Blick an.

„Das ist alles?", sagte sie in einem Tonfall irgendwo zwischen verärgert und belustigt. „Die große Katastrophe?"

„Sie haben gerade zusammen gekocht", sagte ich, als wären überhaupt weitere Informationen notwendig. „Sie hatte sein Hemd an. *Nur* sein Hemd. Sie waren *zusammen*."

Ich konnte den Ausdruck auf Avas Gesicht nicht deuten. Sie wiegte den Kopf leicht und hatte ein kleines Lächeln auf den Lippen. Aber nicht das gleiche, das sie zeigte, wenn einer der Hunde den Kopf auf ihren Schoß legte oder wenn Swift hinter sie trat und das Gesicht in ihrem Haar vergrub.

„Hör zu", sagte sie. „Was auch immer zwischen Cooper und diesem Mädchen vor sich geht ..." *Diesem Mädchen*, sagte sie. „Es hat nichts zu bedeuten. Er ist eben ein Mann."

„Er ist verlobt", entgegnete ich. „Ich dachte, er will Virginia heiraten."

Ava lachte nicht wirklich, aber sie war kurz davor. „An den entscheidenden Dingen wird das nichts ändern. Cooper wird im nächsten Juni sein Examen machen und nach New York gehen. Und es wird eine große Hochzeit geben. Er und Virginia werden ein sehr nettes Leben haben."

*Nett.* Das Wort, das sie in Bezug auf meine Beziehung zu Elliot so infrage gestellt hatte.

„Ich bezweifle, dass Virginia das auch so sieht", hielt ich ihr entgegen.

„Das tut sie", sagte Ava. „Meinst du, sie weiß nicht, dass sich Cooper hier und da ein bisschen umsieht? Glaubst du, das ist das erste Mal in den acht Jahren, die sie schon zusammen sind? So was machen Männer nun mal, Helen."

Ich hätte ihr widersprechen können, ließ es aber sein.

„Aber was ist mit Carmen?", sagte ich. „Sie denkt wahrscheinlich, dass es mehr ist. Bestimmt ist sie in ihn verliebt. Und Estella …" Ich wusste nicht, wie ich diesen Satz beenden sollte. Wie auch immer Ava Coopers Verhalten rechtfertigen konnte, Estella würde ganz sicher anders darüber denken.

„Du bist nicht für Carmen verantwortlich", sagte Ava. „Du nicht und ich auch nicht. Oder Cooper. Carmen ist erwachsen. Sie kann ihre eigenen Entscheidungen fällen, und offensichtlich hat sie das auch getan."

„Weiß Swift davon?", fragte ich. Ich war immer noch schockiert von ihrer Reaktion. Ava wirkte jetzt fast etwas ungeduldig.

„Vielleicht ja, vielleicht auch nicht. Wie auch immer, es würde ihn nicht sonderlich interessieren. Und das sollte es dich auch nicht." Sie rückte die Räder ihres Rollstuhls gerade, um zu signalisieren, dass sie den Raum verlassen wollte.

Die Unterhaltung war offensichtlich beendet.

„Du bleibst doch über Nacht, oder?", sagte sie. „Nach dieser langen Autofahrt? Wir haben schon ein Schlafzimmer für dich vorbereitet."

Ich sagte ihr, dass ich so schnell wie möglich nach Hause wollte. Sie versuchte nicht, mich umzustimmen.

„Die ganze Geschichte ist wahrscheinlich passiert, bevor du Gelegenheit hattest, dich um irgendwas zu kümmern, oder?", sagte Ava auf dem Weg zur Tür.

„Mich zu kümmern?"

„Mit den Hausverwaltungsfirmen zu reden. Und diese Fotos für den Architekten zu machen."

„Ich habe nur ein Foto von außen gemacht", erwiderte ich. „Tut mir leid."

Es gab noch ein paar weitere Fotos – vom Sonnenuntergang, den Seetauchern, dem Kennzeichen des gelben Cabriolets. Keines davon wäre irgendwie hilfreich.

„Mach dir deshalb keine Sorgen", sagte Ava. „Nicht so schlimm. Lass uns einfach an die Geburtstagsparty denken, okay? Kannst du dir den Gesichtsausdruck von Swift vorstellen, wenn er hereinkommt und den Schnee im Garten hinten sieht? Er weiß bestimmt, dass ich für seinen Geburtstag etwas plane, aber so eine Party habe ich noch nie organisiert."

Als ich in dieser Nacht nach Hause fuhr, dachte ich nicht an die Party oder an Swift. Ich dachte an Coopers Gesichtsausdruck, als er im Haus am Lake Tahoe aus der Küche gekommen war.

Jemand anders wäre womöglich ängstlich oder entsetzt gewesen, wenn man ihn in einer solchen Situation erwischt hätte, aber davon hatte ich bei Cooper nichts gesehen. Er war ein junger Mann von gerade mal zweiundzwanzig Jahren, der sich jetzt schon sicher zu sein schien, dass sich die ganze Welt nach ihm richtete. Und wenn andere Leute Probleme mit seinem Verhalten hatten – wenn ihn zum Beispiel eine Vertrauensperson seines Vaters kurz nach seiner Verlobung mit einer anderen Frau mit der Tochter seiner Haushälterin sah –, dann war das deren Problem, nicht seins.

Cooper wusste offensichtlich, wer ich war. Er hatte tatsächlich etwas gegrinst, als er mich gesehen hatte. Ein bisschen schief, so als hätte er bereits ein paar Drinks gehabt, aber vielleicht war es auch einfach sein gewöhnliches jungenhaftes Grinsen, mit dem er die Leute sonst um den Finger wickelte. Wenn Cooper an meinem unangekündigten Besuch etwas gestört hatte, dann wohl, dass dadurch die Stimmung ruiniert war. Denn die dritte Person im Raum – Carmen – hatte mich angesehen, wie es der Situation angemessen war (und wie ihre Mutter womöglich vor Jahren nach dem Durchqueren der Wüste von San Ysidro nach Texas die Grenzkontrolle angesehen hatte).

Beunruhigt und erschrocken.

## 58. KAPITEL

Ich hätte sofort ins Bett gehen sollen, als ich nach Hause kam, aber das tat ich nicht. Um ehrlich zu sein, fuhr ich auch nicht direkt nach Hause.

Auf dem Weg vom Haus der Havillands zu meinem Apartment gab es ein Wein- und Spirituosengeschäft. Ich musste schon einige Hundert Mal an diesem Geschäft vorbeigefahren sein, ohne es zu beachten. Aber diesmal hielt ich an. Ich kaufte eine Flasche Cabernet und legte sie neben meine Kamera auf den Beifahrersitz. Als ich in meinem Apartment ankam, holte ich den Korkenzieher, öffnete die Flasche und goss mir ein Glas ein. Nach dieser ganzen Zeit, die ich bei den AA-Treffen verbracht und die Anzahl der Tage meiner Abstinenz notiert hatte, ging jetzt alles ganz schnell.

Als die Flasche leer war, stellte ich mich vor den Spiegel und betrachtete mein Gesicht, um zu überprüfen, ob ich irgendwie anders aussäh. Vielleicht tat ich das, aber in diesem Moment, nach der Menge Alkohol und nachdem ich den ganzen Tag nichts gegessen hatte, war ich wohl kaum in der Lage, irgendetwas klar zu beurteilen.

Dann tat ich etwas Merkwürdiges, obwohl es in diesem Moment nur logisch schien. Vielleicht wollte ich diesen Augenblick dokumentieren, um mich daran zu erinnern und es nie wieder passieren zu lassen. Vielleicht tat ich es aus der verzweifelten Erkenntnis heraus, dass ich es immer noch nicht geschafft hatte, mein Leben zu ändern.

Ich stellte die Kamera auf einen Stapel Bücher, genauso wie ich es getan hatte, um mich für das Match.com-Profil zu fotografieren, und stellte den Timer ein. Dann postierte ich mich vor dem Sucher und wartete auf das Klicken der Blende.

Anschließend nahm ich das Telefon. Ich hätte meine Betreuerin anrufen können, aber Ava war jetzt die Person, bei der ich mich im Notfall meldete. Wenn ich nicht betrunken gewesen wäre, hätte ich sie niemals so spät angerufen. Aber das war ich und daher tat ich es auch. Wie immer – selbst um diese Zeit und obwohl ich sie höchstwahrscheinlich geweckt hatte – war Avas Stimme am anderen Ende der Leitung voller Mitgefühl und Besorgnis.

„Ich hab's versaut", sagte ich. „Ich habe getrunken."

Wie bei den AA-Treffen sagte ich laut: „Ich bin Helen, und ich bin Alkoholikerin."

Am nächsten Morgen versuchte ich, das Ganze zu vergessen. Die Fahrt nach Lake Tahoe. Was ich dort gesehen hatte. Avas Reaktion. Am meisten aber, dass ich mich betrunken hatte. Bei meinem AA-Treffen am Abend musste ich es jedoch zugeben, und das tat ich. Bis zu diesem Zeitpunkt hatte ich 1121 Tage der Abstinenz gezählt. Nun war ich wieder bei null.

Bevor ich die ganze Geschichte vergessen konnte, musste ich noch eines machen: Ich druckte das Bild aus, das ich in der letzten Nacht von mir selbst im betrunkenen Zustand aufgenommen hatte. Ich legte es in die Schublade mit der Unterwäsche, sodass ich es jeden Tag sah. Es sollte eine Erinnerung daran sein, dass ich so etwas nie wieder zulassen durfte.

Nachdem meine Kopfschmerzen sich gelegt hatten, fuhr ich in die Folger Lane. Ich hatte beschlossen, Swift geradeheraus zu fragen, ob er noch immer daran dachte, einen Anwalt zu engagieren und mir zu helfen, Ollie zurückzubekommen. Sobald er den Anruf wie versprochen getätigt hätte, würde ich meine Bankunterlagen zusammenstellen und mich um mein Leumundszeugnis kümmern. Wobei ich natürlich zunächst Swift und Ava fragen würde. Und vielleicht Evelyn Couture.

Dann fiel mir plötzlich etwas auf: Es gab in meinem gegenwärtigen Leben nichts mehr, das nicht direkt mit den Havillands verbunden war. Meine Freunde, mein Lebensunterhalt, mein zukünftiger Rechtsanwalt, selbst meine Kleidung. Das alles kam von Swift und Ava, mit der einzigen Ausnahme des kleinen Jungen, den ich geboren hatte, und dem Mann, mit dem ich schlief – obwohl das kaum noch stattfand. In gewisser Weise hatten sie meine Beziehung zu Elliot ebenfalls beeinflusst, indem sie mir ständig seine Schwächen aufzeigten, sodass ich nach einer Weile seine Stärken gar nicht mehr sah.

Das war verblüffend, sogar für mich. Nachdem ich von Ava erfahren hatte, wie gleichgültig ihr Stiefsohn, sein Vater, die Verlobte des Stiefsohns und sie selbst der Treue einem Partner gegenüber waren, hätte das meinen Respekt für den so loyalen Elliot stärken sollen. Doch ich sah nur, dass ich mich durch die Beziehung zu Elliot von all dem wegbewegte, wofür Swift und Ava standen. Und Swift und Ava waren diejenigen, die mein jetziges Leben möglich gemacht hatten – inklusive Ollies Bereitschaft, mir endlich wieder sein Herz zu öffnen. So unbehaglich ich mich nach meiner Entdeckung am Lake Tahoe auch fühlte, das musste ich ausblenden, wenn ich meinen Sohn zurückhaben wollte.

## 59. KAPITEL

Ich hatte bisher immer noch niemandem von meiner Verlobung mit Elliot erzählt. Es gab nicht viele Menschen, denen ich es hätte anvertrauen können, aber Ava und Swift gehörten natürlich dazu, und dann war da noch Ollie. Ich wollte meinem Sohn diese Nachricht erst überbringen, wenn er Elliot besser kennengelernt hätte.

Es gab noch einen weiteren wichtigen Grund, warum ich beschlossen hatte, meine Verlobung mit Elliot geheim zu halten: mein bevorstehendes Gerichtsverfahren, bei dem es um das Sorgerecht für Ollie ging. Wenn Ollie wüsste, dass ich beabsichtigte, einen Mann zu heiraten, von dem er nicht viel hielt, wollte er womöglich nicht mehr bei mir wohnen. Ich hatte Elliot bereits erklärt, dass dies der Grund sei, warum ich seinen Ring nicht trug (obwohl ich den Teil mit Ollies geringer Meinung über ihn ausließ). Ich sagte einfach, dass Ollie ihn noch nicht gut genug kenne und dass Elliot mehr Zeit mit meinem Sohn verbringen solle, bevor ich ihm unsere Absichten mitteilte. „Wenn er dich erst mal kennt, wird er dich lieben", versprach ich. Obwohl ich im Stillen Zweifel daran hegte.

So schwierig es auch sein würde, Ollie von Elliot und mir zu erzählen, der Gedanke daran, den Havillands von der Neuigkeit zu berichten, erschien mir noch viel beängstigender. Es gab im Grunde niemanden sonst in meinem Leben, mit dem ich gerne darüber gesprochen hätte – ganz bestimmt nicht meine Mutter. Aber aus irgendeinem Grund verspürte ich das Bedürfnis, die Zustimmung der Havillands, wenn nicht sogar ihren Segen zu erhalten, bevor ich mich wirklich zu so einem großen Schritt entschloss. Sie waren mir wichtig.

Wenn ich darüber nachdachte, wurde mir bewusst, dass Ava und Swift, nachdem Alice aus meinem Leben verschwunden war, die Einzigen waren, denen ich davon erzählen sollte. Mir war klar, ich konnte diese Ankündigung nicht mehr viel länger hinauszögern, und ich fand es wichtig, dass wir uns zu viert zum Dinner trafen. Da die Havillands nach dem desaströsen Ausflug mit ihrem Segelboot nie mehr vorgeschlagen hatten, mit Elliot und mir essen zu gehen, beschloss ich, ausnahmsweise selbst die Initiative zu ergreifen.

„Ich weiß, ihr seid nicht besonders scharf darauf, aber ich wünsche mir wirklich, dass ihr Elliot ein bisschen besser kennenlernt", sagte ich zu Ava. „Deshalb dachte ich, dass ich zur Abwechslung mal für euch ein Dinner kochen könnte. Nichts Großartiges. Einfach ein gebratenes Huhn und meine speziellen Kartoffeln. Vielleicht einen Caesar-Salat? Bei den ganzen Geburtstagsvorbereitungen wäre das mal ein entspannter Abend für dich."

„Ich versuche ihn zu überreden", erwiderte Ava. „Aber du kennst ja Swift."

Erstaunlicherweise sagten sie zu, mich in meiner kleinen Wohnung zu besuchen. Ich hatte nicht vor, ihnen gleich von unserer Verlobung zu erzählen. Aber wenn alles gut lief – was ich mir wirklich wünschte –, könnte es danach, so hoffte ich, weitere gemeinsame Abendessen geben, sodass meine Freunde im Laufe der Zeit Elliots positive Seiten erkennen würden: wie humorvoll er sein konnte – in seiner trockenen Art – und vor allem, wie gut er zu mir war.

Ich verbrachte fast den ganzen Tag mit den Vorbereitungen, obwohl das Essen selbst nicht so aufwendig war. Ich kaufte Blumen und Kerzen und verschob die Möbel im Wohnzimmer, um Platz für Avas Rollstuhl zu schaffen. Ich begutachtete das Badezimmer und überlegte, wie es weniger schäbig aussehen könnte. Da mir nichts Besseres einfiel, stellte ich eine Orchidee hinter die Toilette und verstaute meine Kosmetika unter der Ablage. Ich stellte eine teure Duftkerze auf und hängte hübsche Handtücher an die Haken. Ich rahmte einen Druck mit einem Boston Terrier, ein Geschenk von Ava, und hängte ihn auf.

„Das sind deine *Freunde*", sagte Elliot, der meine Vorbereitungen beobachtete und sah, wie nervös ich war. „Du solltest dir um diese ganzen Sachen keine Sorgen machen. Sie kommen her, um einen Abend mit uns zu verbringen, nicht, um deine Wohnung kritisch zu begutachten."

Und auch nicht, um ihn kritisch zu begutachten, hoffte ich. Gleichzeitig betete ich darum, dass er sie nicht angreifen würde. Denn genauso wie Ava sehr schroff sein konnte, wenn es um Elliot ging, zeigte Elliot seinerseits oft eine überraschende Schärfe, wenn er seine Meinung über die Havillands äußerte. Ich hatte ihm natürlich keine Einzelheiten über mein Erlebnis am Lake Tahoe verraten. Wenn ich das getan hätte, dann wäre er nicht mehr bereit gewesen, mit Ava und Swift ein freundschaftliches Verhältnis einzugehen. Aber selbst ohne dass er wusste, dass Cooper seine Verlobte betrog und Ava dies als unwesentlich abtat, war mir klar, dass Elliot nicht viel von meinen Freunden hielt. Und zusätzlich zu all den Dingen, die ihm an den Havillands nicht gefielen, war er nun auch noch wie besessen von der Recherche über die finanziellen Strukturen von BARK, die offenbar öffentlich einzusehen waren, wenn sich irgendein Verrückter, der nichts Besseres zu tun hatte, durch eine Masse von langweiligen Dokumenten arbeitete. Jemand wie Elliot.

Die Vorstellung, dass der Mann, den ich zu heiraten beabsichtigte, meine Freunde jetzt verdächtigte, irgendwelche krummen Geschäfte zu tätigen, machte mich krank. Und da er seine unermüdlichen Studien über die BARK-Stiftung niemals begonnen hätte, wenn er mich, die ich mit den Havillands befreundet war, nicht kennen würde, fühlte ich mich irgendwie schuldig und schämte mich.

Swift und Ava erschienen pünktlich um halb sechs. Als es an der Tür klingelte, bat ich Elliot, ihnen zu öffnen. Ich war gerade in der Küche, nicht mehr als fünf Schritte von der Eingangstür entfernt, aber ich hielt mich zurück, um so zu zeigen, dass wir ein Paar waren, und um Elliot ein Gefühl von Zugehörigkeit zu vermitteln. Als Swift ihm die Flasche Wein reichte – einen guten Rotwein –, bat ich Elliot, sie zu öffnen und jedem einzugießen. Jedem außer mir, natürlich.

Wie ich mir gedacht hatte, entdeckte Ava sofort den Druck, den sie mir geschenkt hatte. Swift machte Elliot gegenüber eine Bemerkung über die Giants, die offensichtlich eine gute Saison spielten.

„Ich muss gestehen, dass ich kein großer Baseballfan bin", sagte Elliot. „Allerdings habe ich von Basketball sogar noch weniger Ahnung. Die Play-offs fallen immer genau in die Zeit, in der ich so viel mit den Steuererklärungen zu tun habe."

„Das wäre für mich ein Grund, über einen Berufswechsel nachzudenken", kommentierte Swift. „Aber natürlich sprechen Sie hier mit einem Faulenzer, der keinem Job mehr nachgeht. Inzwischen muss ich nichts weiter tun, als herumzusitzen und mir auszudenken, auf welche neue Art ich meiner Frau einen Orgasmus verschaffen kann."

Ich war an diese Sprüche von Swift gewöhnt, aber ich bemerkte, dass Elliot nicht wusste, wie er darauf reagieren sollte. Ava kam ihm zu Hilfe – mehr oder weniger.

„Das ist nicht allzu schwierig", erklärte sie.

„Soll ich was in der Küche helfen?", rief Elliot mir zu. Ich wusste, er hoffte darauf, dass ich Ja sagte, aber das tat ich nicht. Ich wollte, dass er meine Freunde kennenlernte. Und noch wichtiger: Ich wollte, dass sie ihn kennenlernten.

Ich hatte so viele glückliche Abende mit diesen Personen erlebt – mit Swift und Ava und auch mit Elliot. Nur eben nicht mit allen zusammen. Jetzt waren wir um meinen kleinen Tisch versammelt, das Brathuhn in der Mitte wie ein Feueropfer, während ich versuchte, Swift und Ava beizubringen, wie gut und liebenswert Elliot war. Und Elliot wollte ich wiederum verzweifelt davon überzeugen, dass meine Freunde, auch wenn mindestens einer von ihnen (Swift) ständig unanständige Bemerkungen machte, während die andere (Ava) sich öfter herablassend gab, nicht wirklich unanständig und herablassend waren.

„Erzähl Swift mal davon, wie alle Kühe weggelaufen sind, als du als Kind auf der Farm gelebt hast", schlug ich Elliot vor. Denn das war eine schöne Geschichte, und er hatte sie vor ein paar Wochen wirklich lustig erzählt. Außerdem zeigte sie, dass er auf eine Art die Initiative ergreifen konnte, die selbst Swift anerkennen und bewundern müsste.

„Sie sind ein Farmerjunge?", sagte Swift. „Hatten Sie auch irgendwelche Techtelmechtel in der Scheune?"

„Meine Eltern haben die Viehzucht aufgegeben, als ich sieben war", erklärte Elliot. „Sie haben die Farm verkauft und sind nach Milwaukee gezogen, wo mein Vater dann in einer Brauerei arbeitete."

Ich wusste, dass an dieser Geschichte viel mehr dran war. Aber Elliot führte das nicht weiter aus. Es schien an diesem Abend sein Ziel zu sein, die Unterhaltung so knapp und unverbindlich wie möglich zu halten. Aber Swift, immer noch der alte Verbindungbruder, konnte das nicht so stehen lassen.

„Eine Brauerei, was?" Bier war ein Thema, das er vertiefen konnte. „Haben Sie selbst auch in dieser Branche gearbeitet?"

„Eigentlich habe ich mich schon ziemlich früh für Buchführung begeistert. Ich liebe die Klarheit der Zahlen. Mir hat es schon immer gefallen, dass ein Wirtschaftsbuch eine ganze Geschichte erzählt. Natürlich nicht immer eine gute. In unserem Fall war es ein Desaster. Wir haben die Farm verloren."

„Das tut mir leid zu hören", sagte Swift und griff nach seinem Weinglas.

„Da wurde mir klar, wie wichtig es ist, immer die Bilanzen im Auge zu behalten", fuhr Elliot fort. „Das hatte mein Vater versäumt, und es hat ihn das Land gekostet, das er liebte und das über hundert Jahre im Besitz seiner Familie war."

„Jedem das Seine", kommentierte Swift. „Ich brauche nur einen Taschenrechner oder eine Rechnungstabelle zu sehen, dann nehme ich Reißaus. Das überlasse ich den Leuten, die für mich arbeiten."

„Dann hoffe ich, dass sie ihre Arbeit gut machen", erwiderte Elliot.

Ich hatte einen Kuchen vorbereitet, aber er brauchte länger, als ich erwartet hatte, und die Havillands blieben nicht lange genug, um ihn zu kosten.

„Du weißt ja, wie wir sind, meine Liebe", sagte Ava, während sie ihre Jacke anzog. „Früh ins Bett. Das ist für Swift wie eine Religion."

„Ins Bett", sagte Swift augenzwinkernd. „Was nicht unbedingt schlafen bedeutet."

Nachdem sie gegangen waren und der Kuchen abgekühlt war, schnitt ich für Elliot ein Stück ab. Ich selbst hatte keinen Appetit darauf.

„Ich weiß, dass du die beiden liebst, und ich bemühe mich, das zu respektieren", sagte er. „Aber merkst du nicht, wie du dich plötzlich so klein fühlst, wenn sie da sind? Wie Swift die ganze Luft im Raum einzunehmen scheint?"

„Ich weiß nicht, wie du das meinst. Swift und Ava kümmern sich immer um das, was in meinem Leben vor sich geht.

Swift hat in diesem Sommer Stunden damit verbracht, Ollie das Schwimmen beizubringen."

„Aber was wissen sie denn wirklich von dir, von dem Teil deines Lebens, mit dem sie nicht unmittelbar zu tun haben?"

„Sie interessieren sich für mich", sagte ich. „Sie wollen meine Geschichten hören. Sie finden mich unterhaltsam."

„Unterhaltsam", wiederholte er. „So wie einen Hofnarr?"

Ich hatte Elliot noch nie so sprechen gehört. Bisher hatte ich ihn immer als sehr sanften Mann erlebt. Jetzt sah ich Verachtung in seinem Gesichtsausdruck. Nicht für mich, aber das hätte ebenfalls der Fall sein können.

„Du fühlst dich durch meine Freundschaft zu ihnen bedroht, oder?", sagte ich. „Ich soll mich zwischen dir und den Havillands entscheiden."

Er schüttelte den Kopf. „Ich würde einfach gern sehen, dass du dich mal für dich selbst entscheidest, Helen. Statt jedes Mal loszurennen, wenn Ava mit dem Finger schnippt und möchte, dass du irgendwelche Besorgungen für die unglaubliche Swift- und-Ava-Roadshow machst. Die ununterbrochene Aufführung ihres bewundernswerten Daseins."

Ich hatte Elliot noch nie so gehässig über jemanden reden gehört. Als er jetzt so etwas sagte, wurde mir ganz schwindlig.

„Sie haben alles für mich getan. Im Grunde sind sie meine Familie", sagte ich.

„Ich hatte gehofft, dass ich deine Familie werde", erwiderte er. „Ollie und ich. Die Art von Familienmitgliedern, die sich nicht um acht Uhr verabschieden, um sich gegenseitig zu massieren."

„Sie sind leidenschaftliche Menschen, das ist alles. Sie haben eben so eine intime Verbindung, die andere Leute nicht verstehen."

„Er ist ein Narzisst", entgegnete Elliot. „Welche Rolle sie

spielt, habe ich noch nicht herausgefunden. Vielleicht ist sie sein paraplegischer Schoßhund. Die Frau, die immer zu ihm aufsehen wird, weil sie rund um die Uhr in diesem Stuhl festsitzt."

Von allem, was er bisher von sich gegeben hatte, war dies das Schlimmste. Ich spürte, wie ich innerlich zu Eis wurde. Mir wurde übel.

„Ava hat die vergangenen zwölf Jahre im Rollstuhl verbracht, um Himmels willen!", rief ich. „Meinst du etwa, das ist leicht? Wie kannst du dir erlauben, über ihr Leben zu urteilen?"

„Die Sache ist", erwiderte er beängstigend leise, „die Sache ist, dass sie über meins urteilen. Das tun sie seit dem Tag, an dem sie mich kennengelernt haben. Und sie haben in den ersten zehn Minuten entschieden, dass ich es nicht wert bin, ihre Zeit mit mir zu verschwenden."

„Sie kennen dich doch nicht. Das war der Grund, warum ich sie eingeladen habe. Und sie sind gekommen. Aber du wolltest nur über *Buchführung* reden."

Das Wort Buchführung hatte ich praktisch ausgespuckt, als handle es sich um eine Obszönität. „Zahlen. Tabellen. Bilanzen", sagte ich. „Ich kann mir gar nicht vorstellen, warum sie das nicht genauso *faszinierend* fanden wie du."

„Tut mir leid, dass ich nicht so ein aufregender Typ bin, wie du es gern hättest, Helen. Aber die aufregenden Leute sind nicht unbedingt die, auf die man sich verlassen kann."

„Ava und Swift lieben mich", sagte ich. „Swift wird einen Anwalt bezahlen, der mir hilft, das Sorgerecht zurückzubekommen. Ich habe keine Ahnung, wie viel das genau kosten wird, aber es ist ganz sicher eine Menge."

„Ich dachte, Swift wollte sich schon vor langer Zeit darum kümmern. Da er offensichtlich keine Anstalten dazu macht, warum lässt du dir nicht von mir helfen?"

„Swift hat nur gerade viel um die Ohren, das ist alles", entgegnete ich. „Er wird schon noch dazu kommen. Er und Ava sind die besten Freunde, die ich habe."

„Du erkennst einen richtigen Freund nicht, wenn du einen hast", sagte Elliot. „Und wenn wir von Liebe sprechen: Wenn du an meiner immer noch zweifelst, dann weiß ich nicht, was ich noch tun kann, um dich zu überzeugen."

In der Vergangenheit hatte ich mich immer auf seine zärtliche Art mir gegenüber verlassen können, auch in schwierigen Gesprächen. Aber jetzt hatte Elliots Stimme einen harten Tonfall angenommen. In seinem Gesicht war nichts von seiner gewohnten Freundlichkeit.

„Ich weiß, dass richtige Freunde nicht in den Finanzen anderer herumschnüffeln, ständig auf der Suche nach einem Skandal", sagte ich. „Die laufen nicht herum und denken, jeder hat irgendein schlimmes Geheimnis und es ist ihre Aufgabe, es herauszufinden."

Meine Stimme war in den vergangenen Minuten immer lauter geworden. Bei Elliot war es genau umgekehrt. Er wurde ruhiger, und wenn er etwas sagte, dann kam es fast gequält.

„Ich höre aus dem, was du sagst, eine Menge Emotionen heraus, Helen. Aber ich kann kaum Liebe dabei entdecken."

„Nun, im Moment fällt es mir nicht gerade leicht, Liebe für dich zu empfinden", entgegnete ich. „Du hast gerade die beiden Menschen angegriffen, die netter zu mir waren als irgendjemand sonst."

Elliots Stimme war jetzt so leise, dass ich ihn kaum noch verstehen konnte. „Echte Liebe kommt und geht nicht so einfach wie eine Stimmung."

Bis zu diesem Zeitpunkt hatten wir uns beide über den Tisch hinweg angesehen, den kaum angerührten Kuchen zwischen uns. Die Kerzen, die ich an diesem Nachmittag gekauft hatte – ängstlich darauf bedacht, alles perfekt zu gestalten –, waren heruntergebrannt und hatten kleine Pfützen von geschmolzenem Wachs auf der Tischdecke hinterlassen. Elliot stand nun langsam auf und kam zu mir herüber, mit seinen zu kurzen Haaren und den weiten Hosen. In diesem Moment hätte ich mir wohl gewünscht, er würde mich an den Schultern packen, mich an sich drücken und mir sagen, dass ich unfair zu ihm sei und er etwas Besseres verdient habe. Er hätte sogar seine Stimme erheben und mir sagen können, dass ich die falsche Entscheidung treffe. Vielleicht wusste ich das im tiefsten Innern.

Aber es war nicht Elliots Stil zu kämpfen. Also zog er seine Anzugjacke an, sehr langsam, als würde jedes Nervenende und jeder Muskel seines Körpers schmerzen, wie ein hundertjähriger Mann mit Rückenproblemen und Arthritis. Er ging zur Tür, als wäre dies der längste Weg, den er jemals hatte gehen müssen.

„Ich wollte dein Partner sein, Helen. Ich wäre treu und ehrlich gewesen. Ich hätte gern deinen Sohn kennengelernt, wenn du es zugelassen hättest. Ich wäre gern sein Stiefvater geworden, wie immer das auch hätte aussehen sollen."

„Treu und ehrlich", entgegnete ich bitter. „Solange ich meine Freunde verlasse. Was hast du für uns getan, außer sie herabzusetzen? Und sie nicht nur herabzusetzen, sondern auch noch in ihren Finanzen herumzuschnüffeln, als wären sie Kriminelle. Ich war tief unten, als Swift und Ava in mein Leben traten. Sie haben mich gerettet."

„Das glaubst du tatsächlich, oder?", sagte er fast flüsternd. „Du brichst mir das Herz, Helen."

Ich stand mitten im Zimmer und sah ihn an. Ich wusste, wenn ich nur sagte, dass es mir leidtäte, würde er umkehren und zu mir zurückkommen. Aber ich sagte nichts. Ich ließ ihn gehen.

## 60. KAPITEL

Am selben Abend, nachdem Elliot mich verlassen hatte, ging ich zu einem späten AA-Treffen. Es war nicht meine übliche Zeit, deshalb befanden sich diesmal nur mir unbekannte Gesichter im Raum – Leute, die nicht wegen kleiner Kinder zu Hause sein mussten, wie es aussah. Leute, die normalerweise in Bars herumhingen und für die nun die AA-Sitzungen das neue Nachtleben darstellten. Es waren durchweg junge Leute, die meisten Geschichten hatten mit meinem Leben gar nichts zu tun, nicht einmal mit dem, das ich damals geführt hatte, als ich noch getrunken hatte. Nach zehn Minuten fragte ich mich, was ich eigentlich dort sollte.

Der Großteil der Leute war in den Zwanzigern. Sie machten auf mich den Eindruck, als gehörten sie zu den Trinkern, die sich mit fünfzehn gefälschte Pässe besorgt hatten, die vor Schnapsläden herumgelungert und auf jemanden gewartet hatten, der ihnen eine billige Flasche Gin kaufte, oder die mit ein paar Sechserpackungen Bier im Auto durch die Gegend gefahren waren. Ich sah nicht eine Person in der Gruppe, die aussah, als hätte sie gewartet, bis der Sohn im Bett war, um dann die Flasche Wein herauszuholen und allein in der Wohnung zu trinken – die ganze Flasche –, immer in der Gewissheit, dass am Morgen der Wecker klingeln würde und der Sohn für den Kindergarten fertig gemacht werden müsste. Das waren keine Leute, die sich mit Sorgerechtsstreits auskannten, mit Gesprächen mit Prozesshelfern oder gerichtlich angeordneter Besuchserlaubnis.

Doch nachher, als ich zur Tür ging, sprach mich eine Frau Anfang zwanzig an. „Sie kennen die Havillands", sagte sie. Es war eine Feststellung, keine Frage. Nach ihrem Gesichtsausdruck zu schließen, kannte sie sie ebenfalls.

Ihren Namen hier in diesem Raum zu hören, überrumpelte mich. Ich hatte Ava und Swift nie mit meinen AA-Treffen in Zusammenhang gebracht. Das war die dunkle Seite meines Lebens – mein wirkliches Leben wahrscheinlich, auch wenn es mir nicht gefiel. Bei Ava und Swift konnte ich so tun, als gäbe es das alles nicht. Keine Trunkenheit am Steuer. Kein Prozesshelferbericht. Keine Handschellen.

„Woher wissen Sie das?"

„Meine Freundin, mit der ich hergekommen bin, arbeitet bei Vinnie's als Kellnerin. Sie hat Sie wiedererkannt. Sie kennt die Havillands auch."

Es überraschte mich nicht, dass die Havillands mit einer jungen Frau bekannt waren. Ava fand überall neue Freunde. Das hatte ich auch selbst schon mitbekommen. Trotzdem fragte ich, woher sie sie kannte. Hatte es etwas mit Kunst zu tun? Mit Hunden? Oder vielleicht – wahrscheinlich war es das – gehörte sie zu den Dutzenden von Personen, die das eine oder andere Mal von Avas Hilfsbereitschaft und Freundlichkeit profitieren durften.

Sie zögerte. „Ich kenne ihren Sohn. Oder besser gesagt, ich *kannte* ihn."

„Cooper", sagte ich. „Er ist offensichtlich bei allen beliebt."

„Ja, klar. Das kommt darauf an, mit wem man spricht. Sein Vater glaubt auf jeden Fall, sein Sohn kann über Wasser gehen und pinkelt Parfüm."

Ich spürte sofort, dass hier etwas nicht stimmte. Wenn es auch viele Leute gab, die behauptet hätten, dass Swift und Ava die freundlichsten und großzügigsten Menschen wären, die sie kannten, so gehörte diese junge Frau sicher nicht zu ihnen. Ich wollte gar nicht hören, warum das so war, aber sie blieb vor mir stehen. Es fühlte sich an, als wollte sie mich mit ihrem Blick bezwingen.

„Ich heiße Sally", sagte sie. „Wahrscheinlich erinnern die Havillands sich nicht an mich. Und Sie brauchen sie auch nicht auf mich ansprechen."

Ihre Stimme klang hohl, und eine gewisse Bitterkeit in ihrem Ausdruck ließ sie plötzlich älter wirken, als sie aussah.

„Cooper und ich haben oft zusammen getrunken. Wenn er in den Semesterferien nach Hause kam, hingen wir mit ein paar Leuten herum. Er nannte uns seine Stadtmädels. Wir sind sogar ein paarmal zu diesem verrückten teuren Haus seiner Eltern am Lake Tahoe gefahren und haben uns alle ins Squaw Valley Resort geschlichen. Er war nicht mein Freund, einfach nur einer der Jungs, mit denen ich zusammen einen trinken ging."

Dann waren sie einmal zusammen zum Strand gefahren, Sally und ihre beiden Freundinnen Savannah und Casey, Cooper und zwei seiner Kommilitonen.

„Wir waren draußen in den Dünen mit einer Flasche Jim Beam und irgendeinem Pfefferminzlikör", sagte sie. „Sie müssen uns noch irgendeine Droge gegeben haben. Als Savannah und ich aufwachten, waren unsere Jeans und die Unterwäsche verschwunden. Wir hatten nur noch unsere T-Shirts. Keine Handys, kein Geld, um nach Hause zu fahren."

„Woher wissen Sie, dass Cooper und seine Freunde das getan haben?", fragte ich. Vielleicht waren die gegangen, und jemand anders war vorbeigekommen. Man konnte nie wissen.

„Es gab ein Foto von mir …" Jetzt blickte sie zu Boden. „Sie können sich sicher denken, was für eins. Er hat es ein paar Freunden geschickt."

„Wenn das wirklich passiert ist, hätten Sie ihn anzeigen können", sagte ich. „Wenn das stimmt, warum waren Sie nicht bei der Polizei?"

„Da waren wir", entgegnete sie. „Aber die Havillands haben

einen Anwalt eingeschaltet. Irgend so ein skrupelloses Arschloch. Sie würden alles Mögliche über mich an die Öffentlichkeit zerren. Wie ich beim Ladendiebstahl erwischt wurde, als ich auf der Junior High war. Ich sagte, das wäre mir egal, es war schon lange her. Dann zogen sie meinen Vater mit in die Sache. Er ist Bauunternehmer und hatte einige Häuser für den Markt bauen lassen und dadurch eine Menge Kredite am Laufen. Auf einmal verlangten die Banken, dass er seine Schulden sofort bezahlt."

Ich stand nur da und hörte zu. Um uns herum stellten Leute Stühle zusammen und schalteten die Lichter aus. Ich wollte nichts mehr darüber erfahren. Ich wollte nur nach Hause.

„Dann, oh Wunder, gab es plötzlich kein Problem mehr. Coopers Vater hat dafür gesorgt, dass alles verschwand."

Inklusive Cooper selbst. Er war rechtzeitig zum Semesterbeginn zurück in Dartmouth.

„Diese Leute bekommen alles, was sie wollen", sagte Sally. „Es muss großartig sein, mit ihnen befreundet zu sein. Man möchte sie nur nicht zum Feind haben."

## 61. KAPITEL

Es war Mittwoch, nur noch vier Tage vor der großen Geburtstagsparty. Oliver würde, wie geplant, an diesem Wochenende zu mir zu Besuch kommen. Ava trug mir auf, Oliver in unseren Plan einzuweihen. Er war begeistert. „So als wäre ich ein Geheimagent", sagte er. Nur war Monkey Man natürlich keiner von den Bösen. Monkey Man war wie immer der Held der Geschichte.

Als Ava Swift vorschlug, mit Ollie ins Monterey Aquarium zu gehen, hatte er nichts dagegen. Wir saßen beim Dinner im Restaurant, als sie ihm ihre Idee erklärte. „Du erinnerst dich doch, dass du Ollie im Sommer versprochen hast, einen Ausflug mit ihm zu machen, wenn er das Wettschwimmen gewinnt?", sagte sie. „Nun, dann wird es Zeit, das in die Tat umzusetzen, Kumpel. Und da Tahoe etwas weit ist, um ohne seine Mutter mit ihm hinzufahren, dachten wir, ein Tagesausflug zum Monterey wäre optimal."

Ich hatte mit Ollie bereits lange darüber gesprochen, dass er niemandem von der Überraschungsparty erzählen dürfe. Dabei sagte ich nicht ausdrücklich, er sollte es Dwight verschweigen, aber Ollie schien schnell begriffen zu haben, dass er bestimmte Aspekte des Lebens in der Folger Lane am besten nicht vor seinem Vater oder seiner Stiefmutter zur Sprache brachte. Außerdem würde Ollie niemals die Überraschung für Swift verderben wollen.

Am Nachmittag vor der großen Party fuhr ich nach Walnut Creek, um Ollie abzuholen. Wir würden den Abend in meiner Wohnung verbringen, bevor Ollie am Samstagmorgen mit Swift nach Monterey aufbrechen sollte – mit der ausdrücklichen Vorgabe, nicht später als sieben Uhr abends wieder zu Hause zu sein.

An diesem Abend in meinem Apartment ließ ich ein Bad für Ollie ein. Während er sich aus seiner Kleidung schälte, griff ich nach der Kiste mit Spielsachen, die ich für seine Besuche bei mir aufbewahrte: ein G.I. Joe, eine Handvoll Plastikdinosaurier, sein Piratenschiff.

In letzter Zeit wollte Ollie im Bad seine Ruhe haben. Er war alt genug, um allein zu bleiben, aber ich setzte mich mit einer Zeitschrift vor die Badezimmertür und hörte ihm zu. Das war etwas, das ich schon immer geliebt und das ich zusammen mit vielen Hundert anderen Dingen vermisst hatte, nachdem er zu seinem Vater gezogen war: meinem Sohn zuzuhören, wenn er badete.

Ich liebte es, zu lauschen, wenn Ollie sich allein in der Badewanne Spiele ausdachte und zum Beispiel die Dinosaurier miteinander sprechen ließ. Der eine – weiblich offensichtlich – hielt dem anderen einen Vortrag, weil er gemein zu seinem kleinen Bruder gewesen war. „War ich nicht", entgegnete der. „Warst du doch", widersprach der weibliche Dino mit verstellter Stimme. „Du bist gemein", kam es wieder vom Jungen-Dinosaurier. „Du gehst mir echt auf die Nerven", klagte der weibliche. „Wenn du das noch mal sagst, bekommst du eine Ohrfeige."

Dann waren glucksende Geräusche zu hören – Ollie tauchte kurz unter, was er gern machte, und kam dann platschend und nach Luft schnappend wieder hoch. Jetzt imitierte er das Geräusch eines Motors – das Schiff, nahm ich an. Der weibliche Dino rief um Hilfe. G.I. Joe kam zur Rettung.

In diesem Augenblick wünschte ich, Ollie würde am nächsten Morgen nicht mit Swift wegfahren. Ich hätte ihn lieber bei mir zu Hause behalten, wo er sicher war und wo ich ihm vorlesen oder mit ihm Memory spielen konnte, später Makkaroni mit Käsesoße kochen und ihn dann ins Bett bringen und dem

Geräusch seines Atems lauschen. Ich wollte, dass er ein kleiner Junge blieb, und plötzlich spürte ich, dass die Zeit, in der er klein war, schon bald vorüber sein würde. Dann kam mir ein Gedanke, so deutlich und klar wie eine Anzeigentafel auf dem Highway: *Lass ihn nicht mit Swift wegfahren.*

Wenn ich Ollie gesagt hätte, er könne doch nicht mit Swift zum Aquarium fahren, hätte er mir das natürlich nie verziehen – genauso wie er Elliot immer noch nicht verziehen hatte, dass er seinetwegen eine Schwimmweste hatte anziehen müssen. (Elliot. An ihn zu denken, hinterließ ein leicht dumpfes Gefühl in meiner Brust. Seit unserer schrecklichen Dinnerparty bei mir hatte ich mein Handy immer griffbereit und aufgeladen, nur für den Fall, dass er anrief. Das war wohl ziemlich paradox, wenn man bedachte, wie ich seine vielen Anrufe all die Wochen davor ignoriert hatte. Ich dachte daran, ihn anzurufen, konnte mich aber nicht dazu durchringen. Ich hatte so schreckliche Dinge zu ihm gesagt – warum hätte er mir verzeihen sollen? Wie hätte er das tun können? Noch seltsamer war, dass Ollie mich nach Elliot fragte. Obwohl mein Sohn seinen Monkey Man anbetete, schien er auch mitbekommen zu haben, dass Elliots solide, zuverlässige Art etwas Beruhigendes hatte. Erst nachdem er nicht mehr da war, wurde Ollie und mir klar, wie gut Elliot uns getan hatte.)

Aber jetzt war Ollie wieder bei mir, und wenn er mit seinem Helden einen Ausflug machen wollte, dann würde ich ihm das nicht verbieten. Die beiden würden sich großartig amüsieren, wenn sie zusammen den Delfinen zusahen, den Haien und den Seehunden – und dann nach Hause fuhren, um die große Überraschung zu erleben. Die Party. Ollie gefiel es, dass er bei der Planung eine so wichtige Rolle spielte. Er musste Swift aus der Stadt locken, damit wir alles unbemerkt vorbereiten konnten.

Swift sollte am Samstagmorgen um sechs zu uns kommen. Ich packte Ollies Tasche am Abend vorher: Kleidung zum Wechseln, ein paar Müsliriegel, eine Tüte mit Goldfish-Crackern, ein paar Bücher zum Ansehen (obwohl ich bezweifelte, dass er das tun würde). Ollie hatte mich gebeten, den Akku der Kamera aufzuladen, die ich ihm zum Geburtstag geschenkt hatte, damit er all die coolen Dinge im Aquarium fotografieren konnte.

Um fünf war Ollie bereits aufgestanden und angezogen – er trug die San-Francisco-Giants-Jacke, die er von Swift hatte, und darunter das Hemd mit den aufgedruckten Affen, das er in die Hose gesteckt hatte, damit es ihm nicht bis auf die Knie herunterfiel. Wir standen im Dunkeln an der Tür, als der Land Rover vorfuhr, Swift die Fahrertür öffnete und ausstieg.

„Hallo Sportsfreund!", rief er Ollie zu. „Bist du bereit für einen echten Männerausflug an diesem Wochenende? Ich habe ein paar Macheten mitgebracht, nur für den Fall, dass uns unterwegs ein paar böse Jungs entführen wollen."

Swift band ein buntes Tuch um Ollies Kopf und ein anderes um seinen eigenen. „Nehmt euch in Acht!", rief er mit seinem lauten Hyänenlachen. „Wir sind Piraten!"

Ollie warf mir einen Blick zu. Er kannte Swift gut genug, um zu wissen, dass es einfach nur Blödsinn sein könnte, aber er war sich nicht ganz sicher und wollte es nicht falsch verstehen.

„Er macht Witze, mein Schatz", sagte ich zu ihm. „Es wird keine bösen Entführer geben."

„Nur diesen einen hier", sagte Swift und öffnete ihm die Beifahrertür, während er sich eine Zigarre zwischen die Zähne schob. „Steig ein, Kumpel."

„Wir sind zwei Piraten", sagte Ollie, während er sich anschnallte.

„Fahr ein bisschen vorsichtig, Swift, okay?", sagte ich, als der sich wieder hinters Lenkrad gesetzt hatte und das Verdeck öffnete. „Du hast eine wertvolle Ladung im Wagen."

„Als wenn ich das nicht wüsste. Ich werde auf ihn achten wie auf meinen eigenen Jungen."

## 62. KAPITEL

Den ganzen Vormittag über unterdrückte ich den Impuls, Swifts Handynummer zu wählen und nach meinem Sohn zu fragen. Ollie wollte einen Männertag, keine Kontrollanrufe von seiner Mutter. Und überhaupt, ich war sicher, die beiden hatten so viel Spaß miteinander, dass mein Sohn keine Minute damit verschwenden wollte, mit mir zu telefonieren.

Nachdem ich meinen Kaffee getrunken hatte, fuhr ich zur Folger Lane hinüber, wo die Partyvorbereitungen begonnen hatten, sobald Swifts Wagen aus der Auffahrt gebogen war. Jetzt parkten drei Lkw vor dem Haus, die Blumen, Tische, Tischdecken und Gläser lieferten. In der Küche bereitete ein Catering-Team Tabletts vor.

Ava hatte mich am Tag vorher angerufen, um mir zu sagen, dass die Bücher gekommen seien – *Der Mann und seine Hunde*, tausend gedruckte Exemplare.

„Ich kann es kaum abwarten zu sehen, wie sie geworden sind", sagte sie. „Aber ich will sie erst auspacken, wenn du dabei bist."

Ava wartete auf mich in dem großen Wäscheraum, der von der Küche abging. Fast hundert Wellpappenkartons standen an der Wand aufgestapelt. Irgendwie hatte Ava es geschafft, die Bücherboxen durch den Hintereingang hereinbringen zu lassen, ohne dass Swift es bemerkt hatte, sodass sie bis zur Party in dem Raum gelagert werden konnten, den er nie betrat. Das war Estellas Bereich, und Swift hatte sowieso kein Interesse daran, die Waschmaschine zu benutzen.

Wir öffneten den ersten Karton. Ich nahm das oberste Buch heraus, fühlte das Gewicht in meiner Hand und strich mit den Fingern über die erhabenen Buchstaben auf dem Cover. Ava hatte die teuerste Version ausgewählt, roter Ledereinband mit goldenem Druck. Es dauerte eine Weile, bis ich den Fehler sah.

Da war ein Druckfehler. Der Untertitel war richtig: *Das unglaubliche Leben von Swift Havilland*. Doch statt *The Man and His Dogs* – Der Mann und seine Hunde – stand dort *The Man Is a God*. Der Mann ist ein Gott.

Ich sah Ava an, um herauszufinden, wie schlimm das wohl war. Aber sie lachte.

„Na ja, das ist nicht allzu weit von der Wahrheit entfernt, oder?", sagte sie. „Der Mann *ist* quasi so etwas wie ein Gott. Er hat vielleicht nicht die Welt erschaffen. Aber er denkt, dass er es getan hat."

Estella kam in den Wäscheraum, um zu sehen, was wir hier taten. Sie nahm ein Buch heraus, blätterte es durch und betrachtete jedes Foto eingehend.

Nachdem sie wieder in den Garten hinausgegangen war, schüttelte Ava den Kopf. „Ich bin doch eine Idiotin", sagte sie. „Monatelang haben wir an diesem Buch gearbeitet und all die Fotos von Partys und Freunden ausgesucht, und ich habe vergessen, ein Bild von Estella mit hineinzunehmen."

„Ich glaube nicht, dass sie sich deshalb beleidigt fühlt", sagte ich. Tatsächlich gab es auch von mir kein Foto im Buch. Es wäre etwas komisch gewesen, wenn ich es selbst eingefügt hätte, und Ava hatte es nie vorgeschlagen.

Es gab noch viel zu tun, aber ich wollte mir erst ein paar Minuten Zeit nehmen, um mir den fertigen Fotoband anzusehen. Ich nahm eines der Bücher zusammen mit einem Glas Limonade mit in den Garten. Obwohl ich so viele Stunden an diesem Projekt gearbeitet hatte – und jedes einzelne Bild kannte –, wollte ich das Buch jetzt betrachten, als würde ich es zum ersten Mal sehen. Als wäre ich ein Gast auf der Party – Swifts Automechaniker oder seine Masseurin oder Evelyn

Couture vielleicht –, nähme das Buch zum ersten Mal in die Hand und wollte wissen: Wer ist dieser Mann?

Erstes Bild: ein Babygesicht, das die ganze Seite einnahm. Selbst mit sechs oder sieben Monaten waren seine Züge schon erkennbar. Den Mund hatte er zu einem Lachen weit aufgerissen.

„Für meinen Mann, allzeit mein Liebhaber und Seelenverwandter" – die Widmung. „Zur Feier seiner ersten sechs Dekaden auf dem Planeten Erde. Die Milchstraßengalaxie wird nie wieder die alte sein".

Darauf folgten einige Seiten mit Fotos aus Swifts Kindheit. Ava hatte beschlossen, diese Phase kurz abzuhandeln, und die Bilder ließen den Grund dafür erahnen. Swift war ein unscheinbares Kind gewesen, das sich auf den frühen Aufnahmen immer im Hintergrund hielt. Auf den Bildern waren auch ein älterer Bruder und eine jüngere Schwester zu sehen. (Merkwürdig, hatte ich gedacht, als ich die Fotos für das Buch zusammengestellt hatte, dass ich ihn nie über sie sprechen höre. Sie standen auch nicht auf der Gästeliste für die Party. Ebenso wenig wie irgendwelche anderen Familienmitglieder Swifts, wenn außer seinem Sohn noch welche existierten. Das Gleiche galt für etwaige Verwandte Avas. Über die ich, wie mir auffiel, gar nichts wusste.)

Es gab ein förmliches Familienporträt aus Swifts Jugendzeit. Swifts Vater wirkte äußerst kühl und streng, mit einem energischen Kinn, dunklen zusammengekniffenen Augen und einer Haltung, die auf militärischen Drill schließen ließ. Neben ihm – aber ohne ihn zu berühren – stand Swifts Mutter. Sie war sehr dünn, fast knochig, mit hohlen Wangen und tief liegenden Augen, und sah niedergeschlagen aus. Auf dem Foto hatte sie den Mund geöffnet, als würde sie nach Luft schnappen. Eine Hand lag auf der Schulter ihres jüngeren Sohnes, aber das wirkte nicht liebevoll, sondern eher kontrollierend. Sie versuchte, ihn von Problemen fernzuhalten. Das sollte ihr nicht lange gelingen.

Dann kam die Pubertät, die auch nur kurz gestreift wurde. Swift war klein und schmal, hatte einen schlimmen Haarschnitt und schlechte Haut. Auf einem Bild war er auf einem Campingausflug der Schule zu sehen – mit einem Rucksack auf dem Rücken stand er in einer Reihe von anderen Schülern vor einer Kulisse, bei der es sich um den Yosemite Nationalpark zu handeln schien. Inzwischen schien er den Klassenclown zu spielen, vielleicht weil er gemerkt hatte, dass die besten Rollen bereits vergeben waren. Er hatte einen Arm hinter dem Jungen neben sich ausgestreckt – Bobby, der immer noch zu den Dinnerpartys der Havillands kam –, hielt seine Hand über dessen Kopf (gar nicht so einfach, da der Junge gute fünfzehn Zentimeter größer war) und spreizte zwei Finger als Teufelshörner.

Die Verwandlung kam danach. Das Ringerteam. Bessere Mittel gegen Akne vielleicht. Ein Date zum Abschlussball. (Nicht unbedingt das schönste Mädchen, aber sie hatte große Brüste. Und obwohl es sich um das offizielle Schulfoto handelte, war Swifts Blick unverkennbar genau auf diese gerichtet.)

Das nächste Bild zeigte Swift, wie er zum College aufbrach: mit zwei Samsonite-Koffern und einem Bass. (Er hatte etwa zehn Minuten in einer Rockband gespielt. Damit wollte er wahrscheinlich vor allem sein Ansehen bei den Mädchen steigern, wenn man bedachte, dass der Swift, den ich kannte, kein großes Interesse an Musik zeigte.) Er trug jetzt enge Hosen und lange Koteletten und die obersten drei Hemdknöpfe geöffnet. Neben ihm standen ziemlich steif: seine jüngere Schwester und die Eltern, die leicht erstaunt dreinblickten, als könnten sie es nicht fassen, dass sie mit dieser Person verwandt waren. Der ältere Bruder war zu dieser Zeit wohl bereits weitergezogen.

Das war das letzte Foto in diesem Buch, auf dem Swifts Familie zu sehen war. Soweit ich es nachverfolgen konnte, hatte sie nach diesem Zeitpunkt in seinem Leben keine erwähnenswerte Rolle mehr gespielt.

Was folgte, war ein überraschend rasanter Aufstieg. Die Mitgliedschaft in einer Studentenverbindung. Ein gut aussehendes Mädchen an seinem Arm. Dann ein besser aussehendes. Die Corvette. Eine ganze Reihe Bilder, die Verbindungs-Faxen aus seiner Studienzeit zeigten (Swift in Frauenkleidung, Swift, der aus einem Mustang Cabriolet herausgrinst, Swift in einer Badewanne mit drei Frauen. Offensichtlich alle betrunken).

Doch es gab auch Hinweise auf den Beginn seiner steilen Karriere, die ihm diese Villa einbrachte und das Haus seiner Exfrau sowie die Möglichkeit, eine Party wie diese hier und alles andere zu finanzieren. Er trug nun einen Anzug. Der erste sah billig aus. Der nächste nicht mehr.

Dann kam seine Ehe mit Valerie, Coopers Mutter. Valerie erschien auf genau zwei Fotos: ihrem Hochzeitsporträt und einem zweiten, das einige Jahre später aufgenommen worden war, nachdem sie offensichtlich zugenommen hatte. Darauf hielt sie ein Baby in den Armen, Cooper, und sah zutiefst unglücklich aus. Etwas weiter hinter ihr stand Swift, der eine Zigarre rauchte und seine üblichen Späße für die Kamera machte.

Der Rest der Geschichte verlief wie erwartet. Eine Reihe von Autos und nachehelichen Bekanntschaften (mehr Fotos von diesen als von seiner Exfrau). Cooper, der größer wurde (wie gewünscht hatte ich mit Photoshop seine Mutter aus diesen Bildern entfernt). Der Mietvertrag seines ersten Hauses in Redwood City. Die Ankündigung, dass seine Firma Theracor an die Börse geht. Dann Ava.

Im Buch gab es eine Aufnahme von den beiden, kurz nachdem sie sich kennengelernt hatten – sie musste aus ihren ersten gemeinsamen Jahren sein, denn sie saß noch nicht im Rollstuhl. Wie ich geschätzt hatte, war sie größer als Swift und hatte wunderschöne Beine. Ihre Figur war runder, voller und sinnlicher als jetzt. Nachdem ich dieses Foto und andere Bilder von früher gesehen hatte, war mir klar geworden, wie sehr der Unfall sie hatte altern lassen. Ihm sah man das weniger an.

Es war Avas Idee gewesen, den Seiten mit den Fotos aus Swifts Leben meine Aufnahmen der Hunde aus den Tierheimen gegenüberzustellen, die sie und Swift rund um die Bay Area unterstützten – die Bilder, die ich auf all diesen glücklichen Fahrten mit Elliot gemacht hatte. Als Ava mir erstmals ihr Konzept vorgestellt hatte, die Bilder von Swift mit denen der Heimhunde zu kombinieren, war mir diese Idee ziemlich merkwürdig vorgekommen. Doch ich hatte versucht, dem Ganzen eine thematische Struktur zu geben. Deshalb sahen die Hunde auf meinen Porträts nach der Scheidung glücklicher aus. Die Hunde auf den Seiten davor waren ebenfalls liebenswert, wirkten aber etwas melancholisch. Gegenüber dem Bild mit Swift und seinen Eltern platzierte ich einen Dachshund und einen einäugigen Mischling. Neben die Seite mit Swift im Teufelskostüm, wie er den Verkauf seiner Firma an Oracle verkündet, setzte ich das Foto eines Hundes, den wir in einem Tierheim in Sonoma gefunden hatten und der aussah wie eine Kreuzung aus einem Pitbull und einem Löwen. Keine Frage, dass dies ein Alphahund war. Doch von den beiden Individuen, die sich auf den Buchseiten gegenüberstanden, leckte sich nicht der Hund die Lippen, sondern der Mann. Swift.

Während ich im Buch blätterte, kam Ava hinter mir herangerollt. Ich roch zuerst ihr Gardenienparfüm, dann fühlte ich, wie sie ihren langen Arm um meine Schultern legte, und spürte den Silberreif an meiner Haut. Sie strich mir übers Haar, dann manövrierte sie ihren Stuhl neben meinen.

„Du hast wirklich großartige Arbeit geleistet, meine Liebe", sagte sie. „Du hast Swifts Wesen gut eingefangen."

„Ich habe doch nur die Fotos zusammengestellt", erwiderte ich. „Die Aufnahmen waren alle schon da. Es geht ja mehr darum, wer er ist, als darum, was ich getan habe."

Ich drehte mich zu ihr um. Bisher hatte ich Ava nie ohne Make-up gesehen, aber jetzt war sie ungeschminkt. Es erschreckte mich, wie alt sie aussah. Ihre Beine, die sie sonst immer bedeckt hielt, waren bis kurz über die Knie entblößt. Ich war schockiert, wie dünn und formlos sie aussahen. Wie zwei Stöcker, die auf dem Trittbrett ihres Rollstuhls ruhten, geschmückt mit teuren, aber nutzlosen Schuhen.

„Ich käme ohne ihn nicht zurecht, weißt du", sagte sie. Ihre Stimme klang fremd. Weicher und verletzlicher, als ich Ava jemals erlebt hatte.

„Du bist auch stark", sagte ich. Doch sie schien es nicht zu hören.

„Es ist, als würden wir beide jetzt eine Person sein", fuhr Ava fort, und für einen kurzen Moment hätte man ihren Tonfall als verbittert beschreiben können. „Wie siamesische Zwillinge mit einem gemeinsamen Herzen. Wenn einer stirbt, geht der andere auch ein."

## 63. KAPITEL

Es war Mittag, und ich half der Catering-Crew, die Platten und das Silberbesteck hineinzubringen, als die Firma mit der Schneemaschine eintraf. Die Idee war, den Garten der Folger Lane in eine Kopie ihres Grundstücks in Lake Tahoe inklusive einer riesigen Schneewehe vor dem Haus zu verwandeln. Während die Maschine den Schnee ausspuckte, erklärte mir Ava, dass es, da wir dies für Swift machten, nicht genug wäre, einfach nur eine hübsche verschneite Winterlandschaft zu kreieren. Wenn die Schneewehe perfekt sei, werde sie an einer gut sichtbaren Stelle noch mit einem Spritzer gelber Lebensmittelfarbe garniert, sodass es aussehe, als hätte dort ein Hund hingepinkelt.

Was die tatsächlich vorhandenen Hunde anging, hatte Ava sie mit zahlreichen Hundesnacks in ihrem Schlafzimmer eingesperrt, hauptsächlich, damit Rocco, der nervöseste von ihnen, nicht mit den fremden Leuten und den hektischen Partyvorbereitungen konfrontiert wurde. Riesige falsche Eiszapfen hingen von den Dachvorsprüngen des Hauses, und entlang der vorderen Auffahrt standen Schneeskulpturen von Pinguinen (nicht direkt die heimische Fauna des Lake Tahoe, aber Ava nahm sich jede Menge Freiheiten). In den Bäumen waren Lichter installiert, und daneben stand ein Iglu, das von innen beleuchtet werden würde, wodurch es auf wundervolle Weise mysteriös glühen sollte.

Ollie würde das gefallen. Ollie, der jetzt um diese Zeit wahrscheinlich schon im Aquarium war und Barrakudas und riesige Rochen bewunderte. Ein harmloseres Abenteuer, als Swift es gewohnt war. Aber da er Ollie so mochte und es Ollie sehr gefallen würde, war ich sicher, dass Swift sich darauf einlassen würde. Ich wünschte plötzlich, ich hätte meinem

Sohn das Aquarium zeigen können. Oder Elliot und ich zusammen.

*Elliot. Schluss jetzt damit.*

„Ich kann es kaum erwarten, zu sehen, wie das Iglu im Dunkeln erleuchtet aussieht", sagte Ava, nachdem die Männer es aus blassblauen Eisblöcken zusammengebaut hatten. „Es erinnert mich an meinen kleinen Teelichthalter aus Knochenporzellan."

Ava hatte Eisskulpturen der drei Hunde in Auftrag gegeben, die im Wohnzimmer stehen sollten: eine, die Sammy und Lillian zusammengerollt auf ihrem Hundebett darstellte, eine andere von Rocco, das Maul wie immer aufgerissen, bellend.

Draußen hinter dem Haus bei der Rosenlaube setzten zwei Männer, die Overalls mit der Aufschrift „Schmelzende Erinnerungen" auf dem Rücken trugen, eine weitere Eisskulptur zusammen, in die Fotos von Cooper eingefügt waren – fast als wäre er ein Lawinenopfer, begraben und erfroren, und würde nun aus seiner Eisewigkeit in die Welt der Lebenden hinausgrinsen. Am hinteren Ende des Pools war ein Plasmabildschirm aufgestellt worden, auf dem ein Video von Swift in Endlosschleife lief: Swift beim Qigong, Swift beim Joggen, Swift beim Schwimmen, Swift beim Tanzen. Swift in Kriegerpose, Swift, der den Hunden Frisbeescheiben zuwirft, Swift, der sich in einer schwimmenden Liege zurücklehnt, in einer Hand die Zigarre, in der anderen ein Drink. Die größte der Eisskulpturen stand in der Mitte des Gartens – der lebensgroße nackte Swift, in dessen Penis ein Schlauch steckte, aus dem Champagner floss. Ein Konzept, das wirklich zu Swift passte.

„Irgendjemand wird sicher einen Witz darüber machen, dass der Penis etwas unproportioniert zur restlichen Figur erscheint", sagte Ava. „Und Swift wird sich dann wahrscheinlich genötigt fühlen, denjenigen vom Gegenteil zu überzeugen."

„Apropos", sagte ich. „Vielleicht könnten wir die beiden jetzt anrufen. Sie sollten sich bald auf den Heimweg machen." Ich war stolz, dass ich mich so lange mit dem Kontrollanruf hatte zurückhalten können.

Swift ging nicht ran. „Sie haben wahrscheinlich die Zeit vergessen", sagte Ava. „Ich denke, sie werden so gegen halb acht eintreffen."

Ich versuchte, mir keine Sorgen zu machen. Ava hatte recht. Die beiden amüsierten sich wahrscheinlich so prächtig, dass sie nicht mehr an die Uhrzeit dachten, aber sie würden rechtzeitig zur Party erscheinen.

Die Arbeit ging weiter. Es war faszinierend, zu beobachten, wie sich Avas und Swifts Haus veränderte. Zwischen all den Eisskulpturen und Lichtern hatte Ava, nicht gerade passend, eine Feuerstelle herrichten lassen, an der der Feuertänzer auftreten sollte. Es würde außerdem eine Poledancing-Show geben, nur aus dem Grund, dass Swift diese Stangentänze liebte. Ein Dutzend Tische war mit den extra angefertigten Tischsets gedeckt worden, von denen Swift die Gäste mit einer besonders langen Zigarre zwischen den Zähnen angrinste. Auf jedem Platz lag eingewickelt in silberfarbenes Papier und mit einem eisblauen Band umwickelt eine Ausgabe des Fotobands *Der Mann ist ein Gott*, zusammen mit einem Umschlag, in dem sich ein Formular befand, das die Gäste zwecks einer Spende ausfüllen konnten, die zu Ehren des Geburtstagskindes an BARK gehen sollte. Empfohlener Beitrag: zweitausend Dollar.

Um vier Uhr rief Ava Swift auf dem Handy an, doch er ging wieder nicht ran. „Die beiden haben wahrscheinlich so viel Spaß, dass sie einfach zusammen herumalbern wollen, solange es nur irgend geht", sagte sie. „Ich wette, sie fahren auf dem Rückweg noch auf einen Riesen-Burrito zu Swifts Lieblings-Mexikaner."

„Sie haben immer noch genügend Zeit, um rechtzeitig hier anzukommen, bevor die Gäste eintreffen", sagte ich, obwohl ich gleichzeitig eine langsam wachsende Sorge verspürte. Inzwischen wünschte ich, dass der Plan, Swift aus der Stadt zu locken, meinen Sohn nicht mit eingeschlossen hätte.

Coopers Verlobte Virginia erschien – sehr hübsch, aber auch irgendwie nichtssagend. Virginia hatte das vergangene Wochenende mit ihren Eltern in Palo Alto verbracht, um Hochzeitspläne zu schmieden. Cooper sei in New York geblieben, erzählte sie uns, um an irgendeinem wichtigen Deal zu arbeiten. Aber sein Flugzeug sollte an diesem Nachmittag in San Francisco ankommen. Er würde am Flughafen einen Wagen mieten und direkt hierherfahren.

Virginia verabschiedete sich, um zur Pediküre zu gehen. Estella ging mit den Hunden spazieren. Ava erschien mit einer ihrer speziellen Hautregenerationsmasken auf dem Gesicht. „Swift reagiert immer noch nicht auf meine Anrufe", sagte sie und sah nun selbst leicht beunruhigt aus. „Schlechtes Handynetz, nehme ich an."

Jetzt bekam ich wirklich Angst. Ich versuchte, mich nicht verrückt zu machen, wollte meinem Sohn die Freude lassen, einen Tag mit seinem Idol zu verbringen. Warum hatte ich Ollie nicht eines dieser billigen Handys gekauft, das er sich immer gewünscht hatte?

Um halb sieben kamen die ersten Gäste. Ava war jetzt unverkennbar nervös, weil sie Swift nicht erreichen konnte, genauso wie ich es war, weil er Ollie dabeihatte.

Virginia war längst von der Nagelpflege zurückgekehrt und hatte ihre Mutter mitgebracht – die beiden schwebten jetzt in ihren Abendkleidern in Blau und Silber durch den Garten und präsentierten ihren darauf abgestimmten silberfarbenen Nagellack. Doch von Cooper war noch nichts zu sehen.

„Du kennst ja Cooper", sagte Ava. „Er kommt immer zu spät."

Swifts Freund Bobby war einer der ersten Gäste, zusammen mit seiner neuesten viel zu jungen Freundin, die sich Cascade nannte. Ernesto kam ebenfalls früh, in Begleitung von Geraldine, einer Frau, die für Swift in seinem letzten Start-up als persönliche Assistentin gearbeitet hatte. Ich begrüßte Ling und Ping, Swifts Herbalistin und ihren Mann, und noch ein paar andere Leute, die ich nicht kannte – alte Geschäftsfreunde wahrscheinlich. Renata kam, allerdings ohne Jo, die sie offenbar vor Kurzem wegen einer anderen Frau verlassen hatte. Avas neuer Schützling Felicity erschien als Schneehase gekleidet. Evelyn Couture trug ein Vintage-Kleid, das aussah wie ein Modell, das Nancy Reagan während ihrer Zeit im Weißen Haus im Schrank gehabt haben könnte.

Die Mariachi-Band – ebenfalls nicht gerade zum winterlichen Ambiente passend (aber Swift liebte diese mexikanische Musik) – begann, *La Bamba* zu spielen. Die Poledancerin hatte ihre Stange am Pool aufgebaut. Sie hatte Anweisung erhalten, ihre Vorführung in der Minute zu beginnen, in der Swift durch die Tür kam. Das Catering-Team reichte, unterstützt von Estella, die ersten Appetizer herum: roher Wildlachs auf dünnen Scheiben Roggenbrot mit Crème fraîche und Kaviar. Lillian und Sammy trugen für den Anlass besondere Geburtstagshalsbänder. Da Rocco große Menschenansammlungen nervös machten, war er wieder oben im Schlafzimmer von Swift und Ava, mit einem besonders großen Knochen, der ihn beschäftigen würde. „Er kommt mit so vielen Menschen nicht klar", sagte Ava. „Aber er muss die Gewissheit haben, dass ich in der Nähe bin."

Es gab immer noch kein Anzeichen von Cooper.

„Das sieht Cooper so ähnlich", bemerkte Ava mit einem

Blick auf ihre Uhr. „Er will sichergehen, dass alle schon da sind, wenn er kommt, damit sein Auftritt möglichst dramatisch wird." Doch ich wusste, dass sie sich eigentlich wegen Swifts Abwesenheit sorgte. Und ich dachte natürlich an Ollie.

Um halb neun bahnte sich Ava einen Weg zu Swifts Statue im Garten und hielt ihr Glas unter den Champagnerspender-Penis, dann schlug sie mit einem Löffel dagegen – gegen das Glas, nicht den Penis.

„Wie alle wissen", sagte sie laut, während die silbernen Perlen auf ihrem langen Abendkleid im Licht glitzerten, „sind wir hier, um den Geburtstag meines großartigen Ehemanns zu feiern. Das soll eine Überraschung für ihn werden, doch sobald er in die Auffahrt einbiegt und eure Wagen sieht, was jede Minute passieren wird, kann er sich garantiert denken, was hier los ist. Bis er eintrifft, möchte ich euch empfehlen, schon mal einen Blick in den Fotoband zu werfen, den ich mit unserer wunderbaren Freundin Helen für euch alle zusammengestellt habe und der Swifts bewundernswerte Arbeit für herrenlose Hunde in der Bay Area und bald im ganzen Land würdigt. Willkommen bei uns zu Hause!"

Ich sah mich um. Die Gäste schienen hingerissen zu sein. All die Wochen der Arbeit hatten sich ausgezahlt, wie es aussah.

„Viele von euch werden sich gefragt haben, was sie einem Mann schenken können, der schon so viel hat", fuhr Ava fort. „Die Antwort ist: Ihr könnt unsere Stiftung BARK unterstützen, unsere Homepage wird heute Abend online gehen. Mit eurer Hilfe können herrenlose Hunde in Kalifornien und darüber hinaus im ganzen Land kostenlos sterilisiert werden."

„Und bumsen, was das Zeug hält, ohne Konsequenzen!", rief Swifts Freund Bobby. „Das ist eine gute Sache ganz nach dem Geschmack meines Freundes Swift!"

„Dann danke ich euch für euer Kommen. Und zum Wohl!"
Ava hob ihr Glas in Richtung des Champagnerpenis. Ich griff nach meinem Mineralwasser.

Die Mariachi-Band spielte weiter. Die meisten Gäste hatten sich um den Pool versammelt, um die Künste der Stangentänzerin zu bewundern, der Ava gesagt hatte, sie könne auch genauso gut schon anfangen. Coopers Verlobte sah auf ihr Handy.

Estella kam aus der Küche, doch diesmal ohne Tablett. Sie hielt Avas Smartphone in der Hand und hatte einen Gesichtsausdruck, den ich vorher noch nie bei ihr gesehen hatte. Was auch immer vorgefallen war, es war nichts Gutes.

In dem Moment, als Ava das Handy ans Ohr hielt, wusste ich, dass es etwas mit Swift zu tun hatte, und das hieß, es ging auch um Ollie. Ich rannte zu ihr hinüber.

Sie hielt immer noch das Telefon ans Ohr, hörte zu und schüttelte den Kopf. Die Musik war so laut, dass man kaum etwas verstehen konnte. Ich schrie jetzt.

*Was ist los? Was ist los?*

Es hatte einen Unfall gegeben. Nicht in Monterey, sondern am Lake Tahoe. Dorthin waren Swift und mein Sohn offensichtlich gefahren.

Jemand sagte irgendetwas von einem Boot.

## 64. KAPITEL

Die Fahrt von Portola Valley nach Lake Tahoe dauert vier Stunden und zwanzig Minuten. Dreieinhalb Stunden, wenn Swift fährt. Wir legten die Strecke mit Bobbys Wagen in dreieinviertel Stunden zurück.

Die Informationen, die Ava am Telefon von der Polizei bekommen hatte, waren verwirrend gewesen. Irgendwann an diesem Nachmittag war Swifts Boot auf dem See mit einem Jetski zusammengestoßen. In den Unfall waren insgesamt vier Personen verwickelt gewesen – zwei Männer, eine junge Frau und ein Kind. Einer von ihnen hatte eine lebensgefährliche Verletzung erlitten, aber der Beamte, mit dem Ava gesprochen hatte, konnte nicht sagen, um wen es sich dabei handelte.

„Ihr Mann ist im Krankenhaus", hatte er zu Ava gesagt. „Wir möchten Ihnen raten, so schnell wie möglich dorthin zu fahren."

„Ollie!", sagte ich zu ihr – oder schrie vielmehr. „Was ist mit Ollie?"

Sie schien mich nicht zu hören. „Wir müssen sofort losfahren", sagte sie – zu niemandem im Besonderen. Sie manövrierte ihren Rollstuhl bereits Richtung Tür, wie eine Person in einem Traum. Einem schlimmen.

Ernesto hob sie auf den Beifahrersitz von Bobbys Wagen – ausnahmsweise wehrte sich Ava diesmal nicht gegen die fremde Hilfe. Sie wollte einfach schnell los. Ich schlüpfte auf die Rückbank. Ernesto verstaute Avas Rollstuhl im Kofferraum. Einige der Gäste wollten wissen, was passiert war, aber Ava schien sie nicht wahrzunehmen. Oder wenn sie es tat, dann konnte sie nicht antworten. Kurz bevor die Autotür zugemacht wurde, legte mir Estella den Arm um die Schulter.

„Ich bete für Ihren Jungen", versprach sie. Dann sagte sie noch etwas auf Spanisch.

„Fahr einfach los", sagte Ava zu Bobby. Er schoss so schnell aus der Auffahrt heraus, dass die Reifen quietschten. Hinter uns glitzerten die Lichter auf dem unechten Schnee, aber wir blickten uns nicht um.

Was ich von diesen drei Stunden und fünfzehn Minuten erinnere: Ava wählte eine Nummer auf ihrem Handy, was völlig sinnlos erschien. Ich griff nach meinem Mobiltelefon – aber wen sollte ich anrufen? Swift kam nicht infrage. Ich wählte die Nummer der Polizeistation in Truckee, aber als ich endlich die richtige Person erreichte, konnte ich über Avas lautes Weinen kaum noch etwas verstehen.

„Ich brauche dringend eine Auskunft über einen Jungen", sagte ich. „Acht Jahre alt. Er war in einen Unfall verwickelt."

„Sind Sie die Mutter?", erkundigte sich eine Beamtin am anderen Ende. „Er ist im Krankenhaus. Es wäre gut, wenn Sie so schnell wie möglich dorthin kämen." Noch mehr Anrufe danach, keine klaren Auskünfte. Bobby fuhr hundertfünfzig, aber es schien immer noch nicht schnell genug.

Auf der ganzen Fahrt redeten wir nicht. Bobby hatte anfangs versucht, ein Gespräch zu beginnen, aber Ava bat ihn zu schweigen. Danach sagte niemand mehr etwas. Während wir im dunklen Wagen saßen und den Highway hinunterrasten, war mir klar, dass in einer schrecklichen, aber unvermeidbaren Art jede von uns beiden darum beten musste, dass die Person verletzt war, die die andere am meisten liebte. Nicht die, die zu uns gehörte.

## 65. KAPITEL

Bobby fuhr die Auffahrt zur Notaufnahme hoch. Ich sprang aus dem Wagen, bevor er richtig zum Halten kam. In diesem Moment dachte ich nicht darüber nach – ich wollte nur wissen, ob es meinem Sohn gut ging –, aber später kam mir in den Sinn, dass dies einer der Momente in Avas Leben gewesen sein musste, in dem sie ihre Unfähigkeit zu laufen am brutalsten spürte. Ich konnte ins Krankenhaus rennen, um endlich mit jemandem zu reden. Sie musste warten, bis Bobby ihren Rollstuhl aus dem Kofferraum geholt, auseinandergefaltet und sie aus dem Beifahrersitz gehoben hatte. Obwohl sie, wenn er noch fünf Sekunden länger gebraucht hätte, womöglich aus dem Sitz gerutscht und auf allen vieren über die Rampe auf die Doppeltüren zugekrochen wäre.

Ein Kind namens Oliver McCabe war nicht ins Krankenhaus eingewiesen worden. Ein Swift Havilland auch nicht.

„Aber der Unfall", sagte ich, „der Bootsunfall?"

„Da müssen Sie jemand anders fragen", erklärte mir die Frau. „Ich habe nichts von einem Bootsunfall gehört. Bin gerade erst zum Dienst gekommen."

Jemand sagte mir, ich solle in den dritten Stock gehen. Dort fand ich sie endlich: meinen Sohn und Swift, der neben einem Polizisten saß. Und außerdem – zu meiner größten Verblüffung – Cooper.

Swift und Cooper saßen nebeneinander an einem Tisch, auf der anderen Seite der Polizeibeamte, der sich Notizen machte. Swift hatte ein Pflaster auf der Stirn, weiter nichts. Coopers rechter Arm hing in einer Schlinge.

Ich rannte natürlich zuerst zu Ollie hinüber, der auf der anderen Seite des Raumes allein auf einer Couch hockte. Er hatte keine sichtbaren Verletzungen, doch ich brauchte ihn nur einmal anzusehen, um zu wissen, dass etwas passiert war, das ihn tief erschüttert hatte. Er starrte nur geradeaus. Man hatte ihn in eine Decke gewickelt, aber er zitterte am ganzen Körper. „Ich hasse das Boot", sagte er. „Ich fahre nie wieder mit irgendeinem Boot."

„Ist ja gut", versuchte ich ihn zu beruhigen. „Komm einfach erst mal zu mir in den Arm." Jetzt, wo ich endlich bei ihm und er am Leben war, schien es unwichtig, was im Detail geschehen war, auch wenn wir später darüber würden sprechen müssen.

Oliver hörte nicht auf zu zittern. Ich blickte zu Swift hinüber, der mit dem Polizeibeamten redete. Ganz anders als bei Ollie wirkte sein Gesichtsausdruck erstaunlicherweise kein bisschen verändert – er war ruhig, vernünftig, sachlich, allerdings fehlte sein typisches Grinsen. Wenn der Officer etwas sagte, schien er aufmerksam zuzuhören, obwohl er größtenteils selbst redete und Cooper ab und zu Zwischenbemerkungen beisteuerte.

Was hatte Cooper am Lake Tahoe zu suchen gehabt? (Was hatten überhaupt alle drei am Lake Tahoe zu suchen gehabt?) Ich wusste nur, dass Cooper von New York nach San Francisco fliegen sollte (wo er ein Auto hätte mieten und zur Party seines Vaters hätte fahren sollen, um seine Verlobte dort zu treffen und eine große Ansprache zu Ehren des Geburtstagskinds zu halten). Jetzt lehnte er sich in diesem Plastikstuhl leicht zurück, die Beine breit gespreizt – so wie ein bestimmter Typ Mann gern dasaß, wahrscheinlich um seine Männlichkeit zu demonstrieren. *Hier ist mein Schwanz. Hier sind meine Eier. Noch irgendwelche Fragen?*

Cooper hatte eine Cola vor sich stehen und sein Smartphone in der Hand. Er trug ein rosafarbenes Polohemd mit dem kleinen Krokodil auf der linken Brust, seine Ray-Ban-Sonnenbrille hing an einem Band um seinen Hals, und der

Zweitagebart störte sein gutes Aussehen nicht im Geringsten. Sein Gesichtsausdruck erinnerte mich an ein Foto, das ich in *Der Mann und seine Hunde* eingefügt hatte und das Cooper mit sechzehn oder siebzehn zeigte, als er gerade die Wahl zum Abschlussball-König gewonnen hatte.

Ich hatte erwartet, im Warteraum mit Swift zu sprechen, aber trotz unserer monatelangen scheinbar engen Freundschaft schien er meine Ankunft gar nicht zu registrieren und, was noch merkwürdiger war, auch meinen Sohn nicht weiter zu beachten. Jeder von uns blieb auf seiner Seite des Raumes – er mit seinem Sohn, ich mit meinem. Die unausgesprochene Botschaft war klar. So würde es auch bleiben. Wenn ich Ollie jetzt einfach hätte nehmen und mit ihm fortgehen können, dann hätte ich das getan. Ich spürte durch die Decke, dass er immer noch zitterte, und nach diesen ersten zwei Sätzen, bevor ich ihn in den Arm genommen hatte, war kein Wort mehr über seine Lippen gekommen.

Ich blickte wieder zu Swift hinüber. Auch wenn er nicht lächelte, wirkte er merkwürdig gelassen. Ich musste an Elliot denken, wie er sich ständig mit den Fingern durchs Haar fuhr, wenn er nervös oder verärgert war. Elliot, der normalerweise so ruhig war, wirkte dann völlig aufgeregt. Swift, der oft laut und ausfallend wurde, schien in einem Moment, in dem er außer Fassung hätte sein müssen, erstaunlich ruhig und gefasst.

Ich vermisste Elliot. Ich wünschte, er wäre hier.

Mit meinem Sohn fest im Arm beobachtete ich, wie Swift mit dem Polizisten sprach. Er gestikulierte dabei, so als würde er dem Gärtner erklären, wo er die Tulpenzwiebeln einpflanzen sollte, oder als würde er einem Freund von einem bestimmten Spielzug der 49ers letzten Sonntag erzählen. Cooper, der neben ihm saß, wirkte ernst und nachdenklich, besorgt. Ab und zu, wenn sein Vater etwas sagte, nickte er, manchmal schüttelte er den Kopf – nicht wie jemand, der einen Einwand gegen das erhob, was gesagt wurde, sondern einfach in einer Geste des Bedauerns.

„Er ist ja noch ein Kind", sagte Cooper gerade in gesetztem Tonfall. Der immer zu Scherzen aufgelegte Verbindungsstudent war verschwunden. „Es ist nicht seine Schuld."

Cooper und Swift tauschten einen Blick. Mir war vorher nie aufgefallen, wie ähnlich sich die beiden sahen. Dann wurde mir klar, dass sie über meinen Sohn redeten.

„Haben Sie Kinder, Norman?", sagte Swift jetzt. Irgendwann war er dazu übergegangen, den Beamten mit Vornamen anzusprechen. „Sie wissen doch, wie sie in dem Alter sind."

Der Polizist sah zu Ollie herüber. Was auch immer Swift dann sagte, hörte ich nicht mehr, ich konzentrierte mich nur noch auf Ollie.

In dem Moment kam Ava mit dem Rollstuhl herein. Sie steuerte geradewegs auf Swift zu, ohne Ollie und mich zu beachten. „Na endlich!", rief sie. „Kein Mensch konnte mir sagen, in welchem Stockwerk du bist." Sie streckte ihre langen schlanken Arme aus – immer noch in ihrem mit silbernen Perlen besetzten Abendkleid – und strich ihm über die Brust und übers Haar. Die Art, wie sie ihn berührte, erinnerte mich daran, wie sie ihre Hunde streichelte.

„Dir geht es gut", sagte sie zu ihm. „Das ist das Einzige, was zählt, dass es dir gut geht."

Ein zweiter Polizeibeamter betrat den Warteraum. „Bitte, Madam", sagte er. „Ich weiß, es ist nicht leicht, aber Ihr Mann muss sich konzentrieren. Wir versuchen, einen Bericht über den Vorfall aufzunehmen."

Ein Arzt in OP-Kleidung betrat den Raum.

„Sie hat die Operation überstanden", sagte er. „Aber ihr Gehirn hat eine Menge Druck aushalten müssen. Der Stoß war ziemlich stark. Wir wissen noch nicht, welche Folgen die Verletzung haben wird."

„Von wem spricht er?", fragte ich den zweiten Polizisten, der gerade eingetreten war.

„Ms. Hernandez", erwiderte er. „Soviel ich weiß, war sie bei der Familie angestellt. Oder ihre Mutter? Sie ist vom Jetski geschleudert worden. Die junge Frau kann sich glücklich schätzen, überhaupt noch am Leben zu sein."

*Carmen.*

Später. Ich hatte das Gefühl für die Zeit verloren, aber es musste früh am Morgen sein, und wir befanden uns auf der Polizeistation – mein Sohn war endlich eingeschlafen und lag auf einem Klappbett, das sie für ihn aufgestellt hatten, mit einer Decke zugedeckt und noch einer zweiten darüber, weil er so zitterte, was nichts mit der Temperatur zu tun hatte. Einer der Polizisten hatte mir ebenfalls eine Liege angeboten, aber ich hätte nicht schlafen können, deshalb saß ich neben Ollie am Boden und hatte die Arme um ihn gelegt.

Irgendwann kurz vor Tagesanbruch kam der Polizist zu uns herein und sagte, er habe seinen Bericht fertig geschrieben – „nur die ersten Ermittlungsergebnisse". Er sei jetzt so weit, mir den mutmaßlichen Ablauf der Ereignisse zu erläutern, wie er ihn aus dem Gespräch mit Swift und Cooper rekonstruiert habe. Keiner der beiden hatte mit mir gesprochen.

„Natürlich wollen wir uns auch mit Ihrem Sohn unterhalten", sagte er. „Aber zurzeit ist er nicht in der Verfassung dazu. Es wäre vielleicht gut, jemanden von der Jugendhilfe dabeizuhaben, der einschätzen kann, inwiefern er belastbar ist."

Ich wollte Ollie nicht allein lassen, aber er schien endlich tief zu schlafen, deshalb folgte ich dem Polizisten in den Nebenraum und setzte mich ihm gegenüber an den Schreibtisch.

Auf seiner Plakette stand „Reynolds". „Also", sagte ich. „Was können Sie mir berichten?"

„Ich habe erfahren, dass Mr. Havilland Ihren Sohn Oliver nach Lake Tahoe gebracht hat, um mit ihm eine Fahrt mit dem Rennboot zu machen", begann Officer Reynolds.

„Das war nicht verabredet", wandte ich ein. „Die beiden wollten einen Tag im Monterey Aquarium verbringen."

„Mr. Havilland meinte, er wollte Ihren Jungen überraschen", sagte Reynolds. „Ich habe es so verstanden, dass die beiden schon lange darüber gesprochen hatten."

„Sie sollten ins Aquarium fahren", wiederholte ich. Warum auch immer. Offensichtlich tat es nichts zur Sache.

„Ohne Mr. Havillands Wissen hatte auch sein Sohn Cooper beschlossen, dem Haus einen Besuch abzustatten – und zwar schon am Tag vorher –, und eine Freundin mitgebracht, Ms. Hernandez", fuhr der Officer fort.

Wie er es erzählte – basierend auf dem, was Cooper ihm gesagt hatte, nahm ich an –, klang das Ganze wunderbar unkompliziert. Ein Grillabend. Schwimmen im See. (Zweifellos auch ein bisschen Herummachen. Aber das interessierte die Polizei ja nicht.) Dann, am Samstagnachmittag, holten sie den Jetski heraus. Der jüngere Mr. Havilland dachte sich, er könnte der jungen Frau mal den See zeigen.

Irgendwann am späten Nachmittag erschien Mr. Havilland senior mit Ollie am Lake Tahoe.

Am späten Nachmittag? Die beiden waren um sechs Uhr morgens losgefahren. Warum hatten sie so lange für diese Vier-Stunden-Fahrt gebraucht? Und was hatte sich Swift dabei gedacht, am späten Nachmittag zum Lake Tahoe zu fahren, wo er doch wusste, dass er an diesem Abend rechtzeitig zum Dinner zurück sein sollte?

Auf all das gab es keine Antworten. Der Polizeibeamte

konnte nur berichten, dass Mr. Swift Havilland nach eigener Aussage gegen vier oder fünf Uhr nachmittags dort angekommen war. Es hatte ihn nicht beunruhigt, den anderen Wagen dort in der Einfahrt zu sehen, denn er erkannte den gelben Dodge Viper, den sein Sohn Cooper gern mietete, wenn er nach San Francisco kam. Er dachte sich, dass Cooper an die Westküste geflogen war, um ihn zu seinem Geburtstag zu überraschen, und vorher noch am See ausspannen wollte. Der Sohn hatte seinen eigenen Schlüssel für das Haus, und es war nicht ungewöhnlich, dass er es ab und zu als Rückzugsort nutzte.

„Da sein Sohn nicht auf dem Grundstück zu sehen war, nahm Mr. Havilland an, dass er eine Fahrt auf dem See machte, so wie er es mit Oliver vorhatte", berichtete Officer Reynolds.

„Seine Annahme bestätigte sich, als er bemerkte, dass einer der beiden Jetskis nicht im Bootshaus stand. Also fuhr er hinunter zum Landesteg, um das Rennboot ..." Der Polizist blickte auf seinen Bericht. „Die Donzi ... ins Wasser zu lassen."

Ich hörte zu, aber nur halb. Ich fand es schwer, mich zu konzentrieren, während Ollie im Nebenraum lag. Ich wollte ihn nicht allein lassen. Wenn er aufwachte und Angst bekam oder einen schlechten Traum hatte, sollte er wissen, dass ich bei ihm war. Aber ich wurde aus dem Bericht des Officers, was an diesem Nachmittag passiert sein sollte, nicht schlau. Und verstand auch nicht, was Cooper und Swift sich dabei gedacht hatten, noch nachmittags mit dem Boot und dem Jetski auf den See zu fahren, obwohl sie spätestens um halb acht in der Folger Lane hätten sein sollen. Zumindest wusste ja einer der beiden – Cooper –, dass eine große Party vorbereitet wurde, auf der seine Anwesenheit erwartet wurde, ganz zu schweigen von der seines Vaters. Selbst Swift musste doch klar gewesen sein, dass seine Frau etwas vorbereitete, nachdem sie so hartnäckig darauf bestanden hatte, dass er allerspätestens um acht wieder zurück sein sollte. Als er sich auf den Weg gemacht hatte, war uns doch beiden klar gewesen, dass er Ava nur den Spaß nicht verderben wollte und deshalb so tat, als wäre es gar nichts Ungewöhnliches für ihn, einen Tag mit Ollie wegzufahren.

„Offensichtlich sind Mr. Havilland und Ihr Sohn kaum fünfzehn oder zwanzig Minuten mit dem Boot unterwegs gewesen, als das Unglück passierte", fuhr Officer Reynolds fort. „Mr. Havilland hat gesagt, dass dieses bestimmte Bootsmodell bis zu zweihundertfünfzig Stundenkilometer schnell fahren kann. Er hatte Ollie erklärt, sie würden aber nicht so rasen. Es sollte ein Ausflug speziell für das Kind sein."

Ich nickte. Weniger zustimmend als nachdenklich. Der Swift, den ich kannte, wäre einem kleinen Nervenkitzel für den Jungen nicht abgeneigt gewesen.

„Mr. Havilland hat uns darauf hingewiesen, dass er sehr streng ist, was Sicherheit auf dem Wasser angeht", sagte der Officer. „Zuerst hatte er überlegt, den Jungen mit dem kleineren Schlauchboot mit Außenbordmotor herumzufahren, oder mit dem Kajak. Aber Ihr Sohn hat so energisch darauf bestanden, mit dem Rennboot zu fahren, dass er letztendlich nachgegeben hat."

Sie waren von vornherein nach Lake Tahoe gekommen, um die Donzi zu nehmen. Das war der ganze Sinn dieses Trips gewesen. Die beiden waren nicht vier Stunden für einen Ausflug mit dem Schlauchboot gefahren. Das sagte ich nicht. Ich dachte es nur.

„Unglücklicherweise wehrte sich Ihr Sohn vehement dagegen, eine Rettungsweste anzulegen", berichtete Officer Reynolds weiter. „Wie ich hörte, war Oliver schon die ganze Zeit streitlustig und bockig, aber Mr. Havilland hat das wohl der Übermüdung des Jungen zugeschrieben."

„Vielleicht war er müde", sagte ich. Aber nichts von alldem ergab einen Sinn. Es war schwer vorstellbar, dass es Swift großartig gekümmert hätte, wenn Ollie die Rettungsweste nicht hatte anlegen wollen. Noch schwieriger war es, sich vorzustellen, dass Ollie gegenüber Swift jemals „streitlustig und bockig" sein könnte. Immer wenn ich die beiden zusammen gesehen hatte, war Ollie wie ein gehorsamer, anhänglicher Welpe hinter Swift hergelaufen.

„Wie Sie sich denken können, hat Mr. Havilland nicht nachgegeben. Er erklärte dem Jungen, dass es keine Bootsfahrt mit der Donzi geben würde, wenn er die Weste nicht anlegte. Da hat Ollie widerwillig nachgegeben."

Der Unfall, dachte ich. Was war mit dem Unfall?

„Aber offensichtlich machte Ihr Sohn noch weiter Ärger wegen dieser Rettungsweste", sagte der Officer. „Sie wissen ja, wie Kinder sein können."

Vielleicht wusste ich das. Aber nicht Ollie, und nicht Swift gegenüber.

Dem Polizeibeamten zufolge hatte Ollie wegen dieser Weste weiterhin gegen Swift „gestänkert". Er habe auch eine Bezeichnung für Leute gehabt, die so etwas tragen.

„Ich will das Wort nicht wiederholen, Ms. McCabe", sagte er zu mir. „Jedenfalls beginnt es mit einem W. Dann hat Ollie immer wieder gefragt, ob er das Boot steuern dürfe. Mr. Havilland hat Nein gesagt. Unter keinen Umständen. Sie umrundeten gerade die Stelle südlich von Rubicon Bay, falls Sie sich in der Gegend auskennen."

Ich schüttelte den Kopf. „Ich war erst einmal kurz am Lake Tahoe", erklärte ich ihm.

„Da hat Mr. Havilland an Steuerbord den Jetski entdeckt. Er näherte sich in normaler Geschwindigkeit, war aber so nah, dass man ihn im Auge behalten musste. Als der Jetski dann weiter auf sie zukam, bemerkte Mr. Havilland, dass sein Sohn Cooper am Steuer saß. Natürlich wollten die beiden ihre Boote dann längsseits aneinander manövrieren, um sich begrüßen zu können. Als sie fast nebeneinander waren, rief Mr. Havilland senior zu seinem Sohn herüber, ob er Sonnencreme dabeihätte."

Der Officer unterbrach seinen Bericht, um dies näher zu erläutern. „Mr. Havilland senior wollte Lichtschutzfaktor 20", sagte er. „Er hat seinem Sohn erklärt, dass er Faktor 7 habe, was auf dem Wasser aber keinen ausreichenden Schutz bietet."

Ausgerechnet in diesem Moment hatte Swift über Sonnencreme gesprochen? Was sollte das? Ich erinnerte mich daran, wie Ollie mit ihm am Pool Poker gespielt und Swift ihn in das Geheimnis des guten Lügens eingeweiht hatte.

*„Weißt du, wie die Leute deine Lügen am ehesten glauben? Wenn du das Ausgedachte mit möglichst viel wahrem Zeug ausfüllst. Dann nehmen sie dir alles ab."*

Das wusste ich auch von den Geschichten, die ich mir selbst immer ausgedacht hatte. Es stimmte, dass Audrey Hepburn sich für UNICEF engagiert und einen Film mit Gregory Peck gedreht hatte. Sie war eben nur nicht meine Großmutter.

„Sie waren so dicht beieinander, dass Mr. Havilland senior sich hinüberbeugen und die Sonnencreme von seinem Sohn entgegennehmen konnte. In diesem kurzen Augenblick, als er sich kurz abwandte, drängte Ollie sich ans Steuer und gab Gas."

Ich holte tief Luft und sah dem Officer direkt in die Augen. Diesen Mann kannte ich nicht, aber ich kannte meinen Sohn.

So etwas würde er nie tun. Ich hatte gedacht, ich würde Swift ebenfalls kennen, aber ich hatte mich geirrt. Er hatte gelogen. Swift hatte noch nie Sonnencreme benutzt. Ollie hatte er erzählt, Sonnencreme wäre was für Weicheier.

„Als der Kleine Gas gab, schoss das Boot herum", fuhr der Officer fort, „und rammte den Jetski mit voller Kraft. Mr. Havillands Sohn wurde vom Sitz geworfen, erlitt aber nur eine kleine Verstauchung am Handgelenk. Unglücklicherweise hat sich Ms. Hernandez eine ernstere Verletzung zugezogen. Als sie vom Jetski fiel, muss sie mit dem Kopf aufgeschlagen sein. Sie verlor das Bewusstsein. Es ist zweifellos dem Einsatz Mr. Havillands – dem älteren – zu verdanken, der ins Wasser gesprungen ist, um sie zu retten, dass diese junge Frau überhaupt noch am Leben ist. Wenn man bedenkt, was er getan hat", sagte der Officer, „könnte man den Mann als Helden bezeichnen."

Ich fragte ihn, ob er Genaueres über Carmens Zustand wisse. „Hat jemand ihre Mutter benachrichtigt?"

„Die Ärzte meinen, es sei zu früh, um mehr zu sagen. Die Mutter der jungen Frau ist auf dem Weg hierher", erwiderte Reynolds. „Natürlich ist Ollie zu jung, um für die Sache verantwortlich gemacht zu werden", fuhr der Officer fort. „Er konnte die Konsequenzen seines Handelns nicht einschätzen."

„Mein Sohn hätte so etwas nie getan", sagte ich. „Ollie betet Swift Havilland geradezu an. Ich kann mir nicht vorstellen, dass er einfach nach dem Steuer greift und selbst zu fahren versucht. Das würde er sich niemals trauen. Das ist eher etwas, was Swift tun würde. Oder Cooper."

„Bei allem Respekt, Ms. McCabe", sagte Officer Reynolds, „Mütter sehen ihre Söhne nie ganz unvoreingenommen. Meine Frau würde in Bezug auf unseren Sohn genauso reagieren."

„So ist das aber nicht", entgegnete ich.

„Natürlich werden wir mit Ihrem Sohn über all das reden, wenn er so weit ist. Inzwischen wird mit Rücksicht auf sein Alter keine Anklage gegen ihn erhoben. Was er getan hat, ist laut Mr. Havilland ein Streich gewesen. Ein dummer Streich mit schrecklichen Auswirkungen für die junge Frau. Doch wir können dankbar sein, dass keine weiteren Personen ernstlich zu Schaden gekommen sind. Und niemand sagt, dass Ihr Sohn Ms. Hernandez absichtlich wehtun wollte."

„Er hat es überhaupt nicht getan", sagte ich.

„Was Oliver betrifft, so denken wir, dass Ihr Sohn eine Menge traumatischer Erlebnisse durchgemacht hat", fuhr Officer Reynolds fort. „Wir haben seinen Vater am frühen Abend kontaktieren können. Er hat sich natürlich große Sorgen gemacht, aber er hat auch bestätigt, dass Oliver sich in letzter Zeit Autoritätspersonen gegenüber oft respektlos verhalten hat."

Sie hatten mit Dwight gesprochen. Die Wände schienen sich wieder auf mich zuzubewegen. So ähnlich wie damals im Gerichtssaal vor über drei Jahren. Nur schlimmer.

„Kinder aus Scheidungsfamilien können sich manchmal merkwürdig aufführen", sagte der Officer. „Ihre Verhaftung wegen Trunkenheit am Steuer hat Ollie sicher verstört. Zu sehen, wie eine Autoritätsperson festgenommen wird."

„Wer hat Ihnen das erzählt?"

„Mr. Havilland hat gesagt, dass Ihr Alkoholproblem kein Thema mehr sei. Sie gehen anscheinend regelmäßig zu den AA-Sitzungen."

Das konnte nicht wahr sein. Doch, das passierte tatsächlich.

Vielleicht hätte ich etwas darauf erwidert, aber in diesem Moment hörte ich Ollie nach mir rufen und rannte sofort in den Nebenraum.

Natürlich wollten sie mit Ollie sprechen. Er war nicht in der richtigen Verfassung dafür, aber es schien wichtig zu sein.

Besonders nachdem ich den Bericht darüber gehört hatte, was auf dem See geschehen war – Swifts Version.
Zuerst besorgten sie ihm eine Cola. Die Polizisten setzten ihn in einen bequemen Stuhl. Diesmal war eine Polizistin dabei und jemand, von dem ich annahm, dass er von der Jugendhilfe kam. Ich durfte nicht im Raum bleiben.
„Es tut mir leid", sagte Officer Reynolds. „Aber so ist das Verfahren."
Er war nur kurz drinnen – höchstens fünf Minuten. Als Ollie wieder aus dem Zimmer gekommen war – das Gesicht blass, die Augen tief in den Höhlen liegend –, nahm mich die Polizistin beiseite, während Ollie auf die Toilette ging.
„Er beantwortet unsere Fragen nicht", sagte sie. „Er hat nur aus dem Fenster gestarrt und ab und zu genickt, als wir ihm den Bericht von Mr. Havilland vorgelesen haben. Meist hat er nur gesagt, es täte ihm leid, immer wieder."
„Ollie ist acht Jahre alt", sagte ich.
„Natürlich fühlt er sich schuldig und verantwortlich. Er hat gefragt, ob er ins Gefängnis muss. Ich habe ihm ausdrücklich erklärt, wir wissen, dass er die Konsequenzen nicht einschätzen konnte. Und dass wir jemanden in seinem Alter nicht wegen einer strafbaren Handlung anklagen."
„Ollie hat zugegeben, dass er ans Steuer ist und Gas gegeben hat?", fragte ich. „Er hat gesagt, er sei derjenige gewesen, der das Boot in den Jetski gefahren hat?"
„Er redet nicht wirklich. Aber er hat alles bestätigt, was Mr. Havilland und sein Sohn berichtet haben."
„Er ist erschöpft", sagte ich, „und durcheinander."
„Im Moment geht es Ihrem Sohn sehr schlecht", bestätigte sie. „Es wäre sicher gut, wenn Sie einen Therapeuten aufsuchen, um nicht nur über seine versteckten Aggressionen zu sprechen, sondern auch über die Schuldgefühle und die Scham,

die er angesichts dieses Vorfalls empfindet. Man darf nicht vergessen, dass er noch ein Kind ist. Das ist uns allen klar."

Später könnte es weitere Fragen geben, aber vorerst gab es keinen Grund, noch länger dort zu bleiben. Ich hatte gehört, dass Estella von einer Freundin zum Krankenhaus gefahren wurde, aber ich könnte nicht viel für sie tun. Sie würde ihre Familie um sich haben, und was sollte ich ihr sagen? Die Ärzte warteten auf die Ergebnisse einiger Tests, die sie bei Carmen vorgenommen hatten, die immer noch auf der Intensivstation lag, ohne ihr Bewusstsein wiedererlangt zu haben.

Bis jetzt hatte ich nicht die Zeit oder Ruhe gehabt, darüber nachzudenken, aber nun tat ich es: In der ganzen Zeit von unserer Ankunft im Krankenhaus bis jetzt – mindestens acht Stunden – hatten weder Ava noch Swift oder Cooper ein Wort mit mir oder meinem Sohn gewechselt. Wo auch immer sie jetzt gerade waren – in ihrem Haus am See, wo sie duschten und in frische Kleidung schlüpften, oder auf dem Weg zurück zur Folger Lane –, sie waren verschwunden, ohne sich um mich oder Ollie zu kümmern.

Und was nun? Ich hatte keine Ahnung, wie wir nach Hause kommen sollten, obwohl das im Moment meine geringste Sorge war.

Als ich überlegte, wen ich anrufen könnte – wer an diesem Sonntag etwas über vier Stunden hierher nach Lake Tahoe fahren würde, um eine verzweifelte Frau und ihren verstörten Sohn abzuholen –, fiel mir auf, dass es, jetzt wo Ava und Swift nicht in Betracht kamen, niemanden gab.

„Jetzt kannst du unsere Telefonnummer dort eintragen", hatte Ava mir damals gesagt und ihren Namen auf die Karte für Notfälle geschrieben, die ich in meiner Brieftasche trug. Das nützte mir nun nichts mehr.

Früher wäre es Alice gewesen, aber diese Verbindung hatte

ich gekappt, als ich unsere Freundschaft wegen meiner beiden aufregenden neuen Bekannten beendet hatte.

Dann gab es noch Elliot.

Er nahm den Hörer beim ersten Klingeln ab. Natürlich war er zu Hause, wie immer, selbst wenn draußen die Sonne schien. Im Hintergrund hörte ich die Geräusche eines Spielfilms. Ich stellte mir vor, wie er in seinen weiten Hosen auf dem alten Cordsofa saß, die Rollos geschlossen, um das Licht auszublenden, und sich zum etwa hundertsten Mal *Eine Dame verschwindet* oder *Zwölf Uhr mittags* ansah.

Ein Gefühl der Liebe überkam mich. Liebe und Bedauern.

„Ich würde es dir nicht verübeln, wenn du jetzt auflegst", sagte ich, als er sich meldete. Ich brauchte nicht sagen, wer am Telefon ist. Er wusste es natürlich.

„Ich würde niemals einfach wieder auflegen, wenn du anrufst, Helen", erwiderte er.

„Ich bin hier etwas in Schwierigkeiten", sagte ich. „Ollie und ich. Ich habe mich gefragt, ob du uns vielleicht abholen könntest."

## 66. KAPITEL

Elliot kam kurz vor Sonnenuntergang an und hatte für mich einen Apfel und für Ollie eine Tüte Erdnüsse mitgebracht.

„Wahrscheinlich möchtest du was Richtiges essen", sagte er zu Ollie und hob ihn hoch. Es überraschte mich, dass mein Sohn sich gar nicht dagegen sträubte. „Aber ich dachte, das ist vielleicht gut zur Überbrückung."

Es war nicht kalt, aber er hatte für Ollie eine Decke und ein Kissen dabei. „Du kannst mir davon erzählen, wenn du möchtest", sagte er zu mir, nachdem er Ollie auf den Rücksitz gesetzt und angeschnallt hatte. „Und wenn nicht, dann nicht."

Aber Ollie saß im Auto. Und wo sollte ich anfangen? Tatsächlich wusste ich ja selbst nicht mal genau, was wirklich vorgefallen war – nur dass es ganz schrecklich war und plötzlich die Welt ganz anders aussah.

„Du hattest recht", sagte ich.

„Womit?"

„Was meine Freunde angeht. Die Menschen, die ich für meine Freunde gehalten habe."

„Wenn du denkst, dass ich mich darüber freue, dann irrst du dich", sagte er. „Es tut mir nur leid, dass man dir wehgetan hat."

Danach fuhren wir schweigend weiter. Nach einer Weile schlief Ollie auf dem Rücksitz ein. Ich wollte nicht das Risiko eingehen, dass er irgendetwas mitbekam, deshalb blieb ich bei harmlosen Themen.

„Es ist schön, dich zu sehen", sagte ich. „Wie ist es dir ergangen?"

„Ach, Helen", erwiderte er. „Was soll ich denn darauf antworten?"

Es war bereits dunkel, und wir fuhren schon fast zwei Stunden auf dem Highway, als Ollie aufwachte. Elliot fragte ihn, ob er Hunger habe, und er schüttelte den Kopf.

„Ich denke, ich fahre trotzdem mal zu diesem Lokal, das ich kenne", sagte Elliot. „Wenn du deine Meinung änderst, kannst du ja auch was essen."

Es stellte sich heraus, dass Ollie ganz ausgehungert war. Er verschlang zwei Chicken-Tacos und eine Schale mit Schokoladenpudding. Als er damit fertig war, fragte er, ob er noch einen Taco haben könne. Mir wurde klar, dass er wohl schon lange Zeit nichts mehr zu essen bekommen hatte. Er trank ein Glas Milch, dann noch eins.

„Du hast wahrscheinlich seit dem Mittagessen mit Swift nichts mehr gegessen", sagte ich zu ihm.

Er schüttelte den Kopf. „Wir wollten nach der Bootsfahrt Mittag essen. Aber dann ist ja das alles passiert."

„Dann seid ihr schon vormittags mit dem Boot draußen gewesen?"

„Ich war so aufgeregt", sagte Ollie. „Als wir am See angekommen sind, haben Swift und ich sofort die Donzi rausgeholt."

„Aber es war noch dunkel, als ihr von zu Hause losgefahren seid. Ihr müsst doch ziemlich früh am Lake Tahoe angekommen sein", sagte ich und rechnete nach. Zehn Uhr vielleicht. Wenn sie zum Frühstücken angehalten hatten, spätestens um elf.

„Wir haben nicht gefrühstückt unterwegs. Monkey Man und ich haben eine Banane im Auto gegessen."

„Das verstehe ich nicht", sagte ich zu ihm. „Dann seid ihr den ganzen Vormittag über auf dem See herumgefahren? Und nachmittags auch?" Ich war verwirrt. Es war fast sechs Uhr abends gewesen, als Swift vom Boot aus den Notdienst angerufen hatte.

Oliver fühlte sich offensichtlich unbehaglich. Er begann, mit dem Salzstreuer herumzuspielen, streute kleine Häufchen Salz auf den Tisch und fuhr mit dem Pfefferstreuer dazwischen. So etwas hatte er getan, als er fünf gewesen war – während der Gespräche mit der Prozesshelferin –, und dass er das jetzt tat, zeigte, es war genug für Ollie. Er wollte nicht mehr über dieses Thema reden, vorerst jedenfalls.

Als wir wieder unterwegs waren, ging mir nicht mehr aus dem Kopf, was Ollie gesagt hatte – dass er und Swift das Boot noch vor dem Mittagessen herausgeholt hatten. Das ergab keinen Sinn. Ich wusste, er wollte davon nichts mehr hören, aber ich versuchte immer noch, das Ganze zu verstehen. Ich sprach ihn wieder darauf an.

„Ollie, ich verstehe das nicht", sagte ich. „Du bist mit Monkey Man vormittags beim Lake Tahoe angekommen. Aber die Rettungssanitäter meinten, dass es sechs Uhr abends war, als ihnen der Unfall gemeldet wurde. Was hast du denn mit Monkey Man den ganzen Tag gemacht? Ihr müsst ja stundenlang auf dem See herumgefahren sein."

Bis jetzt hatte Ollie nichts über seinen Tag mit Swift und der Bootsfahrt auf dem See erzählt. Aber plötzlich platzten die Worte nur so aus ihm heraus.

„Wir sind gar nicht lange mit dem Boot gefahren", sagte er. „Dann war der Zusammenstoß, und danach sind wir nicht mehr gefahren."

„Aber es wurde doch schon dunkel, als der Rettungsdienst dort ankam."

Elliot und ich wechselten einen Blick. Von meinem Platz auf dem Beifahrersitz aus konnte ich sehen, wie Ollie auf dem Rücksitz die Sohle seines Turnschuhs untersuchte.

„Ich hasse das Boot", rief er plötzlich. „Ich will nie wieder auf einem Boot fahren."

Dann hielt er sich die Ohren zu und begann zu singen. Es war kein richtiges Singen. Er schrie die Töne mehr heraus. *Bla, bla, bla, bla, bla.*

„Ich weiß, du möchtest nicht darüber reden, Ollie", sagte ich. „Aber ich muss es wissen. Was ist denn in der ganzen Zeit passiert, nachdem ihr mit dem Boot losgefahren seid, bis die Rettungsleute gekommen sind?"

Ich hatte das Gesicht meines Sohnes zuerst im Rückspiegel betrachtet, aber jetzt drehte ich mich zu ihm um und sah ihn direkt an, wie er auf dem Rücksitz von Elliots Wagen in der Ecke zusammengekauert saß, angeschnallt und in eine Decke gewickelt. „Was habt ihr die ganze Zeit gemacht?"

Ollie hielt sich wieder die Ohren zu. „Wäre ich bloß nie zu dieser blöden Bootsfahrt mitgegangen", sagte er. „Danach war alles nur Chaos."

„Du kannst mir erzählen, was passiert ist", sagte ich zu ihm. „Was auch immer es ist, es ist okay."

„Sie hat einfach nur dagelegen", sagte er so leise, dass ich es kaum verstehen konnte. „Ihre Augen waren zu, und sie hat geblutet." Dann fing er an zu weinen.

Elliot fuhr auf den Seitenstreifen und hielt an. Ich stieg aus und setzte mich zu Ollie nach hinten, wo ich ihn fest in die Arme nehmen konnte.

Es dauerte ein paar Minuten, bis Ollie sich genug beruhigt hatte, um weiterzureden. Diesmal war seine Stimme fast nur noch ein Flüstern. Als hätte er Angst, dass jemand anderes als wir beide ihn hören könnte.

„Monkey Man hat gesagt, wir müssen uns ausruhen", begann Ollie. „Cooper hat gekotzt und dann hat er so alberne Sachen gemacht wie neunundneunzig Flaschen Bier an der Wand zu singen. Aber er hat die Zahlen immer verwechselt. Er hat siebenundzwanzig Flaschen gesagt, dann wieder zweiundvierzig Flaschen. Dann wieder neunundneunzig. Er hörte sich an, als wenn er verrückt wäre."

„Und was ist mit Monkey Man?", fragte ich. „Was hat der gemacht?"

„Monkey Man wollte immer, dass Cooper ganz viel Wasser trinkt. Er hat ihm immer wieder gesagt, er soll noch mehr Wasser trinken und sich ausruhen."

„Du meinst, ihr habt euch ausgeruht, *bevor* der Zusammenstoß kam? Cooper hat das ganze Wasser getrunken, und ihr habt Pause gemacht, und dann passierte der Unfall?"

Ollie schüttelte den Kopf. „Der Zusammenstoß war erst. Wir sollten uns danach ausruhen. Wir haben ganz lange Pause gemacht. Monkey Man hat immer gesagt, wir müssen warten, bis das Mädchen aufwacht, aber sie ist nicht aufgewacht. Sie sah ganz komisch aus, und sie hat sich nicht bewegt, und Monkey Man hat Cooper immer wieder Wasser gegeben, aber Cooper hat sich wie ein Irrer benommen."

Ich sah zu Elliot hinüber. Er kannte die Geschichte noch nicht – genauso wenig wie ich –, aber er hatte genug mitbekommen, um zu begreifen, dass sie weit entfernt von Swifts Version war.

„Ich hatte wirklich Hunger. Dann bin ich irgendwann eingeschlafen. Und nach ganz langer Zeit hat sich Cooper nicht mehr so verrückt benommen, und Monkey Man hat gesagt, jetzt können wir ein paar Leute anrufen, damit sie uns holen."

Wieder sah ich zu Elliot nach vorn. Er war nicht der Typ, der den Blick von der Straße abwandte, aber sein Gesichtsausdruck sagte alles.

„Das Mädchen ist trotzdem nicht aufgewacht. Und sie hat immer noch so komisch ausgesehen."

„Hast du das alles der Polizei erzählt?", wollte ich von Ollie wissen. „Das mit der Pause und dem Mädchen? Und mit dem vielen Wasser, das Cooper trinken sollte?"

Ollie schüttelte den Kopf. Er studierte eingehend einen Faden in der Decke und zwirbelte ihn zwischen seinen Fingern. „Monkey Man hat gesagt, das soll ich nicht erzählen. Dann würde alles ganz schlimm werden, wenn ich das mache."

Elliot warf mir über den Rückspiegel einen Blick zu. „Es wird alles gut werden", sagte er. „Gott sei Dank hat er es dir erzählt."

Ich wusste, dass ich am nächsten Morgen bei Officer Reynolds anrufen musste, um ihm zu sagen, was er wissen sollte. So schwer es auch sein würde, ich würde mit meinem Sohn wieder zum Lake Tahoe fahren müssen, damit wir noch einmal mit der Polizei sprechen konnten. Diesmal wäre Swift nicht im Nebenraum. Dann nicht und auch, wie ich jetzt wusste, niemals wieder.

## 67. KAPITEL

Als wir vor meinem Apartmenthaus ankamen, fragte ich Elliot, ob er noch mit uns nach oben kommen wolle, aber er schüttelte den Kopf. „Du musst dich um Oliver kümmern", sagte er, womit er natürlich recht hatte. Wir würden später reden.

Obwohl Ollie fast die ganze Fahrt über im Wagen geschlafen hatte, wollte er sich sofort in mein Bett legen, als wir in der Wohnung waren. Fünf Minuten später war er eingeschlafen.

Ich sah mich in meinem Apartment um. Lange Zeit war ich eigentlich nur zum Schlafen hergekommen. Im Kühlschrank waren keine Lebensmittel, in den Regalen standen nur ein paar Tüten Popcorn-Mais und eine Flasche Rapsöl. Fast ein Jahr lang hatte sich mein ganzes Leben in der Folger Lane abgespielt. Damit würde jetzt Schluss sein.

Ich rief im Krankenhaus von Lake Tahoe an, um nach Carmens Zustand zu fragen. Weil ich keine Familienangehörige war, konnte mir niemand eine Auskunft geben. Ich wünschte, ich hätte Estellas Telefonnummer. Doch auch wenn ich sie gehabt hätte, was hätte ich ihr sagen sollen? Ich dachte daran, wie sie in Avas Ankleidezimmer die Wäsche gefaltet und mir von den großen Hoffnungen für ihre Tochter erzählt hatte. *Mi corazón.*

Dann fiel mir meine Kamera ein. Ich hatte sie im Haus liegen lassen, als wir, nachdem wir von dem Unfall erfahren hatten, überstürzt aufgebrochen und in Bobbys Auto gestiegen waren. Irgendwann müsste ich zurückgehen und sie holen.

Aus dem Schlafzimmer konnte ich Ollies Atmen hören – das jetzt gleichmäßiger klang als vorher auf der Polizeistation. Was für dunkle und beunruhigende Bilder auch in seinem

Kopf umherschwirrten, er schien sich endlich etwas beruhigt zu haben.

Ich wusste, dass ich Dwight, auch wenn es mir widerstrebte, spätestens am nächsten Tag anrufen musste. Ich hatte versprochen, Ollie abends nach Walnut Creek zurückzubringen, und das war vollkommen unmöglich. Ich musste meinen Sohn länger bei mir behalten. Offensichtlich hatte die Polizei schon mit Dwight gesprochen und ihm genug erzählt, dass er sich bemüßigt gefühlt hatte, meine Verhaftung wegen Trunkenheit am Steuer zu erwähnen. Aber ich konnte mir im Moment den Luxus nicht leisten, sauer auf ihn zu sein. Wir mussten über das sprechen, was passiert war. Auch wenn ich immer noch nicht genau wusste, was ich ihm sagen sollte, oder unserem Sohn.

*Manchmal enttäuschen uns Menschen. Auch Erwachsene. Vielleicht sogar besonders die Erwachsenen. Wenn du eine Person sehr, sehr gern hast und glaubst, du kannst ihr vertrauen, kann es trotzdem passieren, dass sie dich enttäuscht. Das soll aber nicht heißen, dass du niemanden mehr lieben sollst. Du musst eben nur vorsichtig sein, wem du vertraust.*

Nicht dass ich meinem achtjährigen Sohn so etwas gern sagen wollte. Aber das musste ich tun.

Es klingelte an der Tür. Ich dachte, es wäre Elliot – und so schlimm alles auch war, spürte ich plötzlich, wie mir das Herz etwas leichter wurde, weil er zurückgekommen war. Doch als ich öffnete, stand Marty Matthias vor mir, in Golfkleidung – hellgelbes Hemd und hellgrüne Hose –, aber mit einer Aktentasche in der Hand. Was wollte er hier?

Er trat durch die Tür. „Schöne Wohnung", sagte er, obwohl wir beide wussten, dass das nicht stimmte. Er stellte seine Tasche ab. „Gemütlich."

Dann kam er zum Thema. „Mein Freund Swift hat mich heute Vormittag angerufen", sagte er. „Er hat mich gebeten, die benötigten Unterlagen zusammenzusuchen, um den Fall zum Sorgerecht Ihres Sohnes wieder zu eröffnen."

Mein Sorgerechtsfall. Jetzt?

Der Detektiv, den Swift vor einer Weile beauftragt hatte, um sich mit meinem Exmann zu befassen – etwas völlig Neues für mich –, hatte anscheinend ein paar belastende Informationen zutage gebracht. „Scheint so, als hätte Ihr Ex seinen Job verloren. Er hat schon eine Weile seine Hypotheken nicht mehr bezahlt", berichtete Marty. „Er steht kurz vor der Zwangsvollstreckung."

*Zwangsvollstreckung.* Ich hatte Mühe, das alles zu verarbeiten.

„Aber es wird noch besser", fuhr Marty fort (Marty, der Anwalt, von dem Swift behauptete, er könnte jemandem das Ohr abbeißen, sollte der seinen Klienten, also Swift, bedrohen). „Es scheint so, als hätte der Mann ein kleines Problem damit, seine Wut zu beherrschen. Vor einer Weile hat seine Frau bei der Polizei in Walnut Creek angerufen und einen Fall von häuslicher Gewalt gemeldet. Sie hat dann zwar keine Anzeige erstattet, doch es ist in den Akten."

Dass Dwight Wutausbrüche hatte, war für mich natürlich keine Überraschung. Nur die Sache mit Cheri, die das bei der Polizei gemeldet hatte. „Bitte sprechen Sie leiser", sagte ich. „Mein Sohn schläft im Nebenzimmer."

„Verstanden", sagte er. „Ist das nicht schön, wenn man die Kleinen endlich ins Bett bringen und dann ein bisschen leben kann?"

Ich sah ihn nur schweigend an.

„Die Dinge stehen gut für Sie, Helen", fuhr Marty fort. „Wenn wir das vor Gericht bringen, bin ich sicher, dass wir Ihren Sohn wieder dorthin zurückbekommen, wo er hingehört. Obwohl ich fast davon ausgehe, dass wir nichts von alldem wirklich vor den Richter bringen müssen. Wenn der Ex erst mal erfährt, was wir haben, wird er uns sicher schnell geben, was wir uns wünschen. Vor allem, wenn man bedenkt, dass der Mann kein Geld für irgendwelche Gerichtskosten hat. Im Gegensatz zu Ihnen."

Das war schon seltsam. Fast drei Jahre lang hatte ich mir nichts mehr gewünscht, als meinen Sohn zurückzubekommen, um wieder ein Leben mit ihm zu beginnen. Jetzt stand hier dieser Anwalt und erklärte mir, dass dies bald geschehen würde – wahrscheinlich schon sehr bald. Doch ich fühlte mich nur wie betäubt.

„Swift hat sich schon um das Honorar des Detektivs gekümmert", fuhr Marty fort. „Wie Sie ja wissen, sind die Havillands sehr großzügige Menschen."

Wir standen immer noch in der Diele meiner Wohnung. Ich hatte Marty nicht eingeladen, hereinzukommen und sich zu setzen. So wenig ich auch verstand, was hier vor sich ging, ich wusste, das hier war kein Freundschaftsbesuch.

„Nun wird natürlich ein Vorschuss für laufende Rechtsdienstleistungen fällig werden."

*Ein Vorschuss.*

„Ich denke, diesen Fall können wir für weniger als dreißigtausend angehen", sagte er. „Nicht dass Sie sich darum kümmern müssten. Swift übernimmt gern die volle Summe. Wir müssen nur sicher sein, bevor wir hier weitermachen, dass wir uns über die Ereignisse am Lake Tahoe dieses Wochenende einig sind. Mit Ihrem Sohn."

Ich sagte nichts. Mir war klar, dass Marty mich ganz genau wissen lassen würde, was er von mir erwartete.

„Es wäre wirklich sehr unangenehm, wenn irgendwelche Unstimmigkeiten bezüglich des Unfallhergangs entstünden", sagte Marty. „Nicht dass jemand von uns so etwas erwartet.

Aber da Kinder die Dinge ja gerne mal durcheinanderbringen, wollte ich das nur klarstellen. Sie können sich bestimmt denken, dass unser Freund Ihnen kein so großzügiges Angebot machen kann, wenn die Möglichkeit besteht, Sie oder Oliver würden eine Aussage über die Ereignisse am Lake Tahoe machen, die zu der Mr. Havillands und seines Sohnes im Widerspruch steht. Und natürlich sind es ja die beiden, die tatsächlich anwesend waren."

„Das war Ollie auch", sagte ich. „Er ist sehr erschüttert."

„Kinder haben auch manchmal die verrücktesten Ideen, was?", sagte Marty. „Es ist schon großartig, was sie für eine unglaubliche Fantasie haben. Nicht dass sie die Geschichten, die sie erzählen, irgendwie beweisen könnten. Aber das muss man ihnen lassen, sie sind schon sehr unterhaltsam. Wenn ich es richtig verstanden habe, sind Sie selbst ja auch eine gute Geschichtenerzählerin. Swift hat mir von diesen aufregenden Abenteuerstorys berichtet, die Sie manchmal zum Besten geben."

„Ich würde unter Eid niemals lügen, falls Sie so etwas andeuten wollen", entgegnete ich.

„Aber natürlich nicht."

Marty drehte sich halb zur Tür, wandte sich dann aber noch einmal zu mir um. Er hatte eines von Ollies Stofftieren aufgehoben. Jetzt betrachtete er das Spielzeug eingehend. „Ava hat mir erzählt, Sie hätten vor Kurzem einen kleinen Rückfall bei ihrem Alkoholproblem gehabt", sagte er. „Aber ich denke, es gibt keinen Grund, sich deshalb Sorgen zu machen. Die Havillands sind ja die Einzigen, die davon wissen. Wir haben sicher kein Interesse daran, diese Information weiterzugeben."

„Ava hat Ihnen das gesagt?"

„Eines, was Sie über mich und die Havillands wissen sollten, meine Liebe", sagte Marty, „ist, dass sie mir alles erzählen."

## 68. KAPITEL

Ich rief Officer Reynolds nicht an. Aber ich wählte die Nummer meines Exmanns. Vielleicht aus Gründen, die ich von Marty Matthias erfahren hatte, zeigte Dwight keinen Widerstand, als ich ihm eröffnete, dass ich Ollie noch ein oder zwei Tage bei mir behalten wolle. Wenn Dwight tatsächlich kurz davorstand, sein Haus zu verlieren, dann erklärte das seine Unkonzentriertheit, als ich ihm zu berichten versuchte, was ich von dem Unfall wusste.

„Behalte ihn ruhig die ganze Woche bei dir, wenn du meinst, das wäre gut für ihn", schlug Dwight vor und klang dabei fast erleichtert.

Am nächsten Tag, einem Montag, rief ich Elliot an. Ich hoffte, dass unsere Begegnung am Tag zuvor etwas zwischen uns geändert hatte. Aber als ich seine Stimme am Telefon hörte, war mir klar, die Fürsorglichkeit, die er Ollie und mir gegenüber am Abend nach dem Unfall gezeigt hatte, hatte lediglich aus Freundschaft und Mitgefühl resultiert. Nichts an seinem Ton deutete darauf hin, dass er davon ausging, wir könnten wieder zusammenkommen. Elliots Loyalität war unerschütterlich, aber er konnte meinen Verrat nicht vergessen. Ich hatte erkannt, wie falsch es gewesen war, ihn wegen seines Misstrauens den Havillands gegenüber anzugreifen. Aber das kam zu spät.

Jetzt bot er aus reiner Freundschaft an, mich und Ollie zu den Havillands zu fahren, damit ich meinen Wagen und die Kamera abholen konnte.

Als wir die Folger Lane erreichten, stieg Elliot mit aus, aber nur, um mir die Tür zu öffnen. Er stand neben der geöffneten Fahrertür und bückte sich in einer unmissverständlich endgültigen Geste zu Ollie hinunter, um ihm die Hand zu geben.

„Du bist ein toller junger Mann", sagte er zu Ollie. „Was auch immer da auf dem Wasser passiert ist, lass dir dadurch nicht einreden, dass es anders ist."

Das war die Art von Ansprache, die jemand hielt, der davon ausging, dass man sich nie wiedersehen würde.

Zu mir sagte er: „Gib auf dich acht, Helen." Dann umarmte er mich sehr kurz und sehr steif, drehte sich zu seinem Wagen um, stieg ein und fuhr los.

Mein Sohn und ich standen in der Auffahrt und schauten ihm hinterher. Dann drehte ich mich zum Haus um. Die Kamelien, der Jasmin, die klingelnden Windspiele, das Schild „Alle Hunde sind willkommen – und ein paar Leute auch" – es war ein Anblick, bei dem mir normalerweise das Herz aufging, sobald ich in die Auffahrt einbog. Nun fühlte ich mich lediglich erleichtert, dass die Havillands anscheinend nicht da waren. Keiner ihrer Wagen parkte vor dem Haus, nur ein Auto der Reinigungsfirma und ein weiteres von der Firma, die das Partyzubehör vermietet hatte und offensichtlich nun die Tische und Stühle und was auch immer von der gescheiterten Geburtstagsparty übrig geblieben war abholte.

„Ich will da nicht reingehen", sagte Ollie.

„Das ist schon okay. Du kannst hier warten. Es wird nicht lange dauern."

Er stieg in mein Auto und legte sich auf den Rücksitz. Ich ging den Weg zur Eingangstür hoch. Zu beiden Seiten standen Wasserpfützen von den geschmolzenen Eispinguinen, die noch vor anderthalb Tagen den Weg gesäumt hatten.

Estella würde jetzt natürlich im Krankenhaus bei ihrer Tochter sein. Cooper war sicher mit seiner Verlobten abgereist – zurück zu seinem Betriebswirtschaftsstudium und seinem normalen Leben. Ich nahm an, dass Ava und Swift noch länger in ihrem Haus am Lake Tahoe blieben und die Folger

Lane mieden, bis die letzten Überbleibsel der desaströsen Festlichkeiten beseitigt waren. Ich hatte kein Problem damit. Was hätte ich zu ihnen sagen sollen? Jetzt und überhaupt? Und ganz offensichtlich hatten sie meinem Sohn und mir auch nichts zu sagen.

Immer wenn ich hierhergekommen war, hatten mich die Hunde begrüßt (Lillian und Sammy zumindest, während Rocco irgendwo im Hintergrund knurrte). Doch es waren keine Hunde da. Als ich die Tür öffnete – die nicht verschlossen war –, empfing mich eine ganz ungewohnte Atmosphäre. Stille.

Irgendwo draußen am Pool mussten die Arbeiter mit dem Packen beschäftigt sein, aber hier im Haus war niemand. Überall waren Wasserpfützen von den geschmolzenen Skulpturen, und ein paar Tischsets mit Swifts grinsendem Gesicht flogen herum. Ein Berg ungeöffneter Geschenke lag auf dem Wohnzimmertisch neben einem Korb voller Umschläge, in denen sich wahrscheinlich die Spenden von den Geburtstagsgästen an die Havilland-Stiftung befanden, und Stapel der Bücher, die wir hatten drucken lassen, *Der Mann ist ein Gott*.

Ich nahm eins in die Hand und blätterte es durch. So vertraut mir die Fotos inzwischen auch waren, ich wollte sehen, ob ich jetzt in den Gesichtern etwas erkannte, das mir vorher entgangen war. Vielleicht war sie die ganze Zeit zu sehen gewesen: die Wahrheit über den Mann, mit dem ich in den vergangenen Monaten so viel Zeit verbracht hatte und der mir nun vor vierundzwanzig Stunden sein wahres Gesicht gezeigt hatte. Vielleicht war sie die ganze Zeit schon hier auf diesen Seiten gewesen, und ich hatte sie nur nicht bemerkt.

Ich legte das Buch gerade beiseite, als ich hinter mir eine Stimme vernahm.

„Sie sind so wundervolle Menschen, nicht?" Ich drehte mich um. Avas neue Freundin Felicity stand dort.

„Sie sind unglaublich, ja", erwiderte ich. „Leute wie die beiden habe ich noch nie vorher kennengelernt."

Ich fügte nicht hinzu, dass ich in Zukunft auch lieber darauf verzichten würde.

„Es ist ja so tragisch, was passiert ist", sagte sie. „Die beiden sind so gut zu mir. Avas Freundschaft hat mein ganzes Leben verändert."

„Das tut sie, ja", sagte ich. „Haben Sie denn etwas Neues von Carmen gehört?"

„Carmen?", sagte Felicity. „Wer ist das? Ich habe von Avas Hund gesprochen."

„Der Hund? Welcher Hund?", wollte ich wissen. Ich hatte keine Ahnung, wovon sie redete.

„Rocco", sagte sie. „Ich dachte, Sie wüssten es schon. Es ist kaum zu fassen, dass diese beiden wunderbaren Menschen nach allem, was passiert ist, auch noch das durchmachen mussten. Als wäre es nicht genug, dass die ganze Party ruiniert war. Ich weiß nicht, ob Ava jemals darüber hinwegkommen wird."

Rocco. In Gedanken sah ich seine kleinen scharfen Zähne vor mir, die er bei meinem Anblick immer gefletscht hatte. Ich starrte Felicity verständnislos an.

„Nachdem die Hölle ausgebrochen und Ava losgefahren war, ist Rocco aus dem Schlafzimmer entwischt, wo er während der Party bleiben sollte. Sie kennen ja Rocco. Er kam die Treppe heruntergestürzt und hat den ganzen Geburtstagskuchen verschlungen. Schokolade. Davon muss er wohl durstig geworden sein, denn er hat den ganzen Champagner aus dieser verrückten Skulptur gesoffen. Wir haben ihn gestern Abend tot im Wäscheraum gefunden. Wer konnte denn wissen, dass Schokolade und Alkohol Gift für Hunde sind?"

Sie erzählte weiter, dass Ava und Swift gerade im Krematorium seien, um Roccos Bestattung vorzubereiten. Lillian und Sammy waren bei ihnen, „damit sie es begreifen und sich verabschieden können".

Ich konnte nur den Kopf schütteln.

In der Küche hörte ich das Telefon klingeln. „Bestimmt ist es Ava", sagte Felicity und rannte los, um abzunehmen. „Sie macht gerade eine so schwere Zeit durch."

Meine Kamera war dort, wo ich sie liegen gelassen hatte, auf dem Stuhl neben der Tür. Aber ausnahmsweise verspürte ich keinerlei Drang, die Szene fotografisch festzuhalten. Ich brauchte kein Foto. Ich würde mich an alles erinnern, auch wenn ich wünschte, dass es nicht so wäre.

Ich stand allein im Raum und ließ die Szenerie auf mich wirken – diesen Ort, wo ich fast ein Jahr geglaubt hatte, mein Zuhause gefunden zu haben. Ich blickte in den Garten hinaus – die Papierlaternen, die Schneeflocken-Lichterketten, die immer noch blinkten, weil niemand daran gedacht hatte, sie auszuschalten, der letzte schmelzende Schnee – und atmete den noch verbliebenen Duft der Eukalyptuskerzen ein. Ich entdeckte den Kaschmirpullover, den Ava mir geschenkt hatte, auf einer Stuhllehne. Ich ließ ihn dort liegen.

Ich war gerade auf dem Weg nach draußen, als ich die kleine, aus Knochen geschnitzte chinesische Figur sah, den Mann und die Frau: den Glücksbringer, die freudigen Sünder, die selig auf ihrem winzigen geschnitzten Bett lagen. Ich ließ sie in meine Tasche gleiten und lief hinaus zu meinem Auto. Zu meinem Sohn.

## 69. KAPITEL

An diesem Abend kochte ich Ollie das tröstlichste Essen, das ich kannte: Makkaroni mit Käsesoße. Danach bereitete ich ein Bad für ihn vor und ließ ihn, wie er es inzwischen am liebsten mochte, in der Wanne allein. Doch ich setzte mich vor die Tür, um zu hören, ob alles in Ordnung war.

Zuerst vernahm ich nur das letzte Plätschern des einlaufenden Wassers, dann Ollie, wie er ein Motorengeräusch imitierte. Er nahm oft seine Matchbox-Autos mit zum Baden und ließ sie auf dem Wannenrand entlangfahren.

„Schneller, schneller!", rief er. „Jippieeh!"

Dann senkte er die Stimme, als wollte er einen erwachsenen Mann imitieren. Eine seiner Plastik-Actionfiguren musste die Bühne betreten haben. „Langsam, Kumpel, langsam", sagte er.

Wieder eine andere Stimmlage, noch tiefer als die erste. „Willst du mal sehen, wie schnell dieses Baby hier sein kann?"

„Ich will nicht mehr", sagte eine dritte Stimme. Höher, kindlicher. Ollies Stimme. „Das gefällt mir nicht."

„Was soll das denn", kam die Antwort der tiefen Männerstimme. „Bist du etwa ein Weichei?" Dann folgte ein unheimliches Lachen, das mir ziemlich bekannt vorkam.

„Ich habe Angst. Mir ist schlecht", sagte die Kinderstimme.

Wieder das dröhnende Lachen, das irgendwie klang wie aus dem Gruselkabinett.

„Bist du ein Baby?", sagte die tiefe Stimme. „Und ich dachte, du wärst ein großer Junge."

Dann kam ein anderes Geräusch, etwas Undefinierbares, nur irgendwelche Laute aneinandergereiht. Der Seifenhalter polterte gegen den Wannenrand. Metall schlug gegen Metall – der Duschkopf vielleicht, der gegen den Wasserhahn krachte, dann ein Platschen und eine hohe Piepsstimme, so wie ein Mädchen sich nach der Vorstellung meines Sohnes anhörte.

„Hilfe, Hilfe! Ich ertrinke!"

Dann ein leiser Schrei, gefolgt von einer heiseren tiefen Stimme.

„Neunundneunzig Flaschen Bier an der Wand."

„Ich habe gesagt, du sollst dich ausruhen."

„Ich will zu meiner Mom. Wir müssen die Polizei rufen."

„Halt den Mund."

„Ist alles in Ordnung da drinnen bei dir, Ollie?", rief ich durch die geschlossene Tür.

„Alles gut!", kam es zurück, diesmal mit seiner normalen Stimme. Die Stimme meines kleinen, blassen, verstörten Sohnes.

Nachdem Ollie aus dem Bad gekommen und abgetrocknet war, legte ich eine DVD ein. Ich suchte einen Film aus, den Elliot uns geschenkt hatte und den Ollie liebte: Dick und Doof schieben ein Klavier den Berg hoch und über eine Brücke. Er hatte sich diese DVD schon ein Dutzend Mal angesehen, aber immer wieder an der Stelle gelacht, an der Dick an der Seite der Brücke hängt. Diesmal blieb er merkwürdig still.

Als der Film zu Ende war und Ollie sich die Zähne geputzt hatte, brachte ich ihn ins Bett.

„Du musst nicht über das reden, was auf dem See passiert ist, wenn du nicht möchtest. Aber vielleicht fühlst du dich danach besser."

„Wenn ich dir alles erzähle, bist du böse auf mich."

„Ich werde nicht böse sein. Versprochen."

„Ich will nicht, dass Monkey Man Ärger bekommt", sagte er. „Ich musste ihm versprechen, nichts zu sagen."

„Das ist schon in Ordnung", versprach ich ihm. „Ein Kind kann seiner Mutter alles erzählen."

Das tat er dann. Die ganze Geschichte diesmal, mit allem, was er auf der Fahrt nach Hause vom Lake Tahoe ausgelassen hatte. Und anders als seine Mutter dachte sich Ollie nie Geschichten aus. Was er erzählte, war immer die reine, unausgeschmückte Wahrheit.

## 70. KAPITEL

Sie waren kurz nach zehn am Samstagmorgen in Swifts Haus am Lake Tahoe angekommen. Ollie wusste das genau, weil er die Uhr trug, die Monkey Man ihm geschenkt hatte und die er nie abnahm – seine Spezialtaucheruhr, die bis zu hundert Meter unter Wasser funktionierte.

Als sie in die Einfahrt einbogen, stellten sie fest, dass Cooper da sein musste. Der knallgelbe Sportwagen stand dort.

„Das Baby hier nennen sie Viper", erklärte Swift meinem Sohn. „Du musst mir versprechen, Kumpel, dass du niemals einen langweiligen Wagen fahren wirst."

Das versprach er. Wenn er groß wäre, dann würde er auch eine Viper fahren, so wie Cooper.

Sie dachten, er wäre im Haus, aber drinnen fanden sie ihn nicht. Doch es gab Anzeichen dafür, dass er dort gewesen war. („So ähnlich wie in der Geschichte mit den sieben Zwergen", erzählte Ollie. „Wo sie sagen: Jemand hat auf meinem Stuhl gesessen.")

Monkey Man bot Ollie an, Frühstück zu machen – nach seiner Tahoe-Tradition –, aber Ollie wollte nicht („Nein danke", sagte er). Sie hatten im Auto schon eine Banane gegessen, und sowieso wollte er einfach nur mit dem Boot fahren. Auf diesen Tag hatte er so lange gewartet.

Also gingen Ollie und Monkey Man zum Bootshaus. Einer der Jetskis fehlte, weshalb Monkey Man wusste, dass Cooper auf dem See sein musste. Aber die Donzi stand dort.

„Es sah aus wie ein Raketenschiff", sagte Ollie. Selbst jetzt, nach allem, was vorgefallen war, sprach er mit einer gewissen Ehrfurcht von dem Boot. Ehrfurcht gemischt mit Grauen.

Monkey Man sagte, sie würden erst schnell eine Rundfahrt

machen, Cooper suchen und dann zum Haus zurückkommen und ein schönes Frühstück essen.

„Es sollte Speck und Pfannkuchen geben", sagte Ollie, „und dann wollten wir noch mal mit dem Boot rausfahren."

Weil es bereits Nachsaison war, sahen sie an diesem Vormittag kaum andere Boote auf dem See. „Das ist sehr gut", erklärte Monkey Man meinem Sohn. „Das heißt, dass wir unser Baby in Warp-Geschwindigkeit bringen können."

„Ich muss eine Rettungsweste anziehen", sagte Ollie zu ihm. „Das habe ich meiner Mom versprochen."

„Ganz wie du willst, Kumpel", entgegnete Monkey Man. „Ich war ja nie einer von denen, die immer machten, was ihre Mom gesagt hat, aber wenn du der Typ dafür bist, schön."

Ollie hatte seine Kamera mitgenommen. Monkey Man hatte eine Kühltasche mit Getränken dabei. Er öffnete eine Dose Bier. „Willst du probieren?", fragte er.

„Ich bin zu jung, um Bier zu trinken", antwortete Ollie.

Dann startete er den Motor, und sie flogen über das Wasser – so schnell, sagte Ollie, dass er das Gefühl hatte, seine Wangen würden ihm aus dem Gesicht gerissen, weshalb er sie festhielt. Sein Giants-Cap wehte davon, aber Monkey Man sagte, er solle sich keine Sorgen machen, er kaufe ihm ein neues.

Sie rasten in dieser Geschwindigkeit ein paar Minuten über den See. Monkey Man lachte und wedelte mit einer Hand in der Luft. Ollie wollte etwas Lustiges rufen, aber tatsächlich wurde ihm ein bisschen schlecht. Er hatte Angst, dass er sich übergeben müsste.

Eigentlich gefiel Ollie diese Bootsfahrt überhaupt nicht. Er kniff die Augen fest zu, klammerte sich an die Reling und hoffte, dass es bald vorbei wäre.

„Ich wollte nicht, dass Monkey Man denkt, ich wäre ein

Baby", sagte Ollie. „Monkey Man hat immer wieder 'Jippieeeh!' und solche Sachen gerufen, als wären wir Cowboys oder Fallschirmspringer oder so was."

Dann entdeckten sie den Jetski. Selbst von Weitem erkannte Swift seinen Sohn Cooper. Wahrscheinlich an der Art, wie er im Zickzack fuhr, als er Swifts Donzi gesichtet hatte.

Er fuhr auf sie zu, und sie konnten sehen, dass noch jemand auf dem Rücksitz saß, auch wenn Monkey Man nicht erkannte, wer das war. Als der Jetski ziemlich dicht am Motorboot war, fing Cooper an, verrückte Sachen zu machen. Er wackelte hin und her und manövrierte den Jetski über die Wellen, die die Donzi machte. Der Jetski schien aus dem Wasser zu hüpfen, wenn er über eine Welle fuhr, als würde er gleich fliegen. Dann krachte er aufs Wasser zurück, *klatsch*. Wieder ein paar Runden Zickzack und wieder über die Wellen. Cooper warf den Kopf zurück und lachte laut, fast so wie Monkey Man, aber noch viel lauter.

Dann riss er die Hände hoch. Er war nun so dicht an der Donzi, dass Ollie das Mädchen auf dem Sitz hinter ihm sehen konnte. Sie schrie ihn an, er solle die Hände wieder aufs Steuer legen.

Monkey Man fing nun ebenfalls an, Zickzack zu fahren. Es sah jetzt aus, als würden die beiden – die Donzi und der Jetski – zusammen auf dem Wasser tanzen oder Fangen spielen.

Dann schoss der Jetski auf sie zu, so als hätte Cooper noch einmal extra Gas gegeben, denn er war noch viel schneller als vorher und raste direkt auf die Donzi zu. Zu schnell, als dass Monkey Man noch hätte ausweichen können.

Dann war ein Krachen zu hören. Ollie wurde zu Boden geworfen. Der Jetski lag plötzlich kopfüber im Wasser, der Motor stotterte und verstummte. Cooper war ins Wasser gefallen, aber Sekunden später wieder aufgetaucht. Er sah aus, als wäre nichts passiert; er rieb sich nur die Hand. Er lachte zwar nicht mehr, grinste aber noch.

Das Mädchen war auch ins Wasser gefallen, aber es tauchte nicht mehr auf. Coopers Beifahrerin hatte im Fallen geschrien, aber dann war sie unter dem Boot verschwunden und nicht mehr zu sehen gewesen.

„Ich glaube, sie hat sich den Kopf gestoßen", sagte Cooper. Er redete komisch, so als hätte er Murmeln im Mund.

„Sie hatte ihre Rettungsweste nicht an", sagte Ollie. „Ich habe geguckt, ob ihr Kopf wieder auftaucht, aber sie war nicht mehr da."

Da stellte Monkey Man den Motor der Donzi ab und sprang ins Wasser. Er tauchte immer wieder unter, und dann kam er hoch und hatte das Mädchen im Arm. Er hielt ihren Kopf über Wasser, was nicht so einfach war, weil sie so schlaff da hing.

Cooper hielt sich immer noch an der Seite des Jetskis fest und sah zu, als würde er fernsehen. Er sang dieses Lied über die Bierflaschen auf dem Regal. Es ging darum, dass die Zahl immer niedriger wurde, aber er konnte nicht richtig rückwärts zählen und vertat sich immer.

„Er hat es einfach nicht kapiert, Mom", sagte Ollie. „Es sah aus, als würde er das immer noch komisch finden. Aber ich habe gleich gewusst, dass es nicht komisch ist, auch wenn ich noch ein Kind bin."

Monkey Man zog das Mädchen aus dem Wasser und hob es auf das Boot. Cooper tat nichts weiter, als zuzusehen.

Seine freundin bewegte sich nicht und lag einfach nur da wie eine Tote. Als Monkey Man sich über sie beugte, dachte Ollie erst, er würde sie küssen, aber dann stellte sich heraus, dass er prüfen wollte, ob sie noch atmete.

„Sie wird wahrscheinlich gleich aufwachen", sagte Monkey Man zu Cooper. „In der Zwischenzeit müssen wir dich nüchtern bekommen, Junge. Sieht so aus, als hättest du heute ein bisschen früh angefangen."

Cooper sagte seinem Vater, er habe vier Bloody Dingsbums gehabt. Und er dachte wohl, das wäre komisch. Er fand alles komisch.

Sie banden den Jetski längsseitig an das Boot. Und dann fing Monkey Man an, Cooper das ganze Wasser einzuflößen.

Sie saßen eine ganze Weile dort herum. Ollie schlug vor, dass sie vielleicht jemanden anrufen sollten. Seine Mutter.

„Mein Handy funktioniert hier draußen nicht", sagte Monkey Man zu ihm.

Zu dem Zeitpunkt war Ollie bereits ziemlich hungrig. Er war vorher zu aufgeregt gewesen, um zu frühstücken. Inzwischen war es Nachmittag, und sie hatten ihre Pfannkuchen nicht gegessen. Aber das Mädchen war immer noch nicht aufgewacht. Sie sah auch gar nicht so aus, als würde sie einfach nur schlafen. Sie atmete nicht gleichmäßig, und sie bewegte sich überhaupt nicht.

„Das ist so wie damals im ersten Semester, als ich den Lacrosseschläger an den Kopf gekriegt habe", sagte Cooper. „Ich war eine Weile bewusstlos. Es heißt ja, dass man dann Sterne sieht, und so war es auch. Aber dann war alles wieder okay."

Er lachte nicht mehr. Ollie fand, dass er jetzt ein bisschen besorgt klang. Aber er redete immer noch komisch, und Monkey Man sagte ihm, er solle noch mehr Wasser trinken. Er hatte eine alte Packung Cracker an Bord und sagte Cooper, er solle die essen. Cooper meinte, sie seien durchgeweicht und fade.

„Es ist mir scheißegal, ob du die magst oder nicht", sagte Monkey Man seinem Sohn. „Ich will, dass du alle aufisst."

Zu diesem Zeitpunkt hatte Ollie solchen Hunger, dass er wünschte, er könnte einen Cracker abhaben, aber Monkey

Man bot ihm keinen an. Es war heiß auf dem Boot, und Ollies Cap war weggeweht. Da ich ihn immer wieder gedrängt hatte, es in der Sonne aufzusetzen, machte er sich Sorgen, dass er einen Sonnenbrand bekommen und ich böse sein würde. Sie hatten das Mädchen mit Monkey Mans Jacke zugedeckt. Ollie bekam Durst, und Monkey Man reichte ihm das Wasser.

„Aber trink nicht zu viel davon", warnte er ihn. „Cooper muss so viel trinken wie möglich. Wenn du Durst hast, kannst du das hier nehmen." Er griff in die Kühltasche und gab Ollie eine Büchse Bier. Ollie wusste, dass Kinder kein Bier trinken sollten, aber weil er solchen Durst hatte, nahm er einen Schluck.

Die drei trieben eine Weile auf dem Wasser herum. Oder besser die vier, wenn man das Mädchen mitzählte. Irgendwann musste Ollie so dringend auf die Toilette, dass er dachte, er würde jeden Moment platzen.

„Pinkel über Bord", riet ihm Monkey Man.

Aber da war ein Mädchen auf dem Boot.

„Die merkt das nicht", beruhigte ihn Monkey Man.

Erneut sagte Ollie, dass er seine Mom anrufen wolle. „Erinnerst du dich, was ich gesagt habe?", erwiderte Monkey Man. „Wir haben kein Handynetz hier auf dem See. Und warum willst du sie überhaupt anrufen? Du bist doch kein Baby, oder?"

Um sich die Zeit zu vertreiben, stellte Ollie sich vor, er sähe *Toy Story 2*, und ließ den Film in seinem Kopf ablaufen. Von Anfang an und immer darauf bedacht, nicht zu schnell zu den Stellen vorzupreschen, die er besonders mochte. Aber es funktionierte nicht so gut. Dann versuchte er, sich an die Shel-Silverstein-Gedichte zu erinnern, die wir zusammen gelesen hatten.

*Zwei Kisten trafen sich auf der Straße,* rezitierte er. Nicht laut, nur in Gedanken. Er vergaß, was als Nächstes kam, deshalb begann er mit einem anderen. *Bist du ein Vogel, dann steh früh auf.*

„In meinem Kopf ging alles durcheinander", sagte er. „Ich konnte mich an nichts mehr erinnern."

Schließlich erzählte er sich in Gedanken die Geschichte von *Gute Nacht Mond*. Es ist ein Buch für Babys, aber aus irgendeinem Grund erinnerte er sich immer noch an den ganzen Text. *In dem großen grünen Zimmer stand ein Telefon, und da war ein roter Ballon ...* Er fühlte sich ein bisschen besser, sagte er, als er daran dachte, wie er vor langer Zeit auf meinem Schoß gesessen und mit mir zusammen dieses Buch gelesen hatte.

Es wurde spät. Die Sonne stand jetzt schon viel tiefer am Himmel – die Zeit des Tages, so erinnerte er sich, zu der Fotografen ihre besten Aufnahmen machten. Es war auch nicht mehr so heiß. Dann schlief er ein, und als er aufwachte, saßen Monkey Man und Cooper immer noch hinten im Boot und redeten.

„Ich denke, wir können jetzt jemanden anrufen", sagte Monkey Man. Das war merkwürdig, denn er hatte ja den ganzen Tag erklärt, das Handy würde auf dem See nicht funktionieren.

Die ganze Zeit schien Monkey Man Ollie vollkommen vergessen zu haben, außer wenn Ollie ihn etwas gefragt hatte, aber jetzt sprach er ihn an.

„Wir müssen mal etwas besprechen, Kumpel", sagte Monkey Man zu Ollie. „Nur wir zwei. Von Mann zu Mann."

Es kämen bald ein paar Männer, um dem Mädchen beim Aufwachen zu helfen. Sie würde wahrscheinlich zum Arzt gebracht werden. Im Krankenhaus bekäme sie Medizin, damit es ihr wieder besser gehe.

„Es kann sein, dass sie dir später ein paar Fragen stellen werden", sagte Monkey Man. „Zum Beispiel, wie sie sich den Kopf gestoßen hat und wie das Boot in den Jetski gekracht ist."

Monkey Man hatte es verwechselt. Der Jetski war ins Boot gefahren. Ollie machte ihn darauf aufmerksam.

„Ein paar Sachen, die heute passiert sind ... es wäre nicht gut, sie zu erzählen", sagte Monkey Man ihm. „Die Polizei könnte vielleicht böse auf Cooper werden, wenn sie hört, dass er ein bisschen verrückt gefahren ist."

Cooper redete nicht mehr so komisch. Er grinste auch nicht mehr wie vorher. Eigentlich sah er ziemlich ernst aus, so wie jemand, der sein Geld verloren hat oder dessen Hund gestorben ist.

„Wir werden nicht davon sprechen, wie komisch Cooper auf dem Jetski gefahren ist", sagte Monkey Man. „Die Männer, die auf das Boot kommen, um uns zu helfen, könnten das vielleicht falsch verstehen. Dann lassen sie Cooper vielleicht nie wieder mit dem Jetski fahren, und beim nächsten Mal kann er dich dann nicht hinten mitnehmen."

Ollie wollte überhaupt nicht auf diesem Jetski fahren. Er wollte nur noch aus dem Wasser und nie wieder an den Lake Tahoe zurückkommen.

„Noch etwas", sagte Monkey Man. „Wir werden auch lieber nicht sagen, dass wir eine kleine Pause gemacht haben. Wir sagen besser, wir sind nur kurz gefahren und hatten diesen Unfall, und jetzt müssen wir unsere Freundin ins Krankenhaus bringen."

Ollie verstand nicht, warum es so wichtig war, ob sie nun eine Pause gemacht hatten oder nicht. Vielleicht wäre seine Mom böse auf Monkey Man, dass er ihren Sohn so lange ohne die Kappe draußen auf dem Wasser in der Sonne hatte sitzen lassen.

„Ein paar Dinge", sagte Monkey Man, „sollten unter uns Kumpels bleiben. Zum Beispiel das Bier, das du getrunken hast. Ich möchte nicht, dass du deshalb Ärger bekommst und womöglich noch ins Gefängnis musst. Dann könntest du deine Mom gar nicht mehr wiedersehen."
Monkey Man holte sein Handy vor und tippte eine Nummer ein. Und überraschenderweise funktionierte es einwandfrei. Ein paar Minuten später kam ein anderes Boot angefahren. Es war die Wasserpolizei. Da waren zwei Männer in Uniform und eine Frau in einem Arztkittel.

Nachdem sie an Bord gekommen waren, gingen sie als Erstes zu dem Mädchen, um es zu untersuchen. Sie lag immer noch in derselben Position da wie vorher. Sie legten ihr eine Manschette um das Handgelenk und horchten ihr Herz ab. Sie zogen ihre Augenlider hoch und leuchteten ihr in die Augen.

Kurz darauf sagten sie, sie müssten das Mädchen ins Krankenhaus bringen. Sie legten sie auf eine Liege, brachten sie auf ihr Boot und fuhren weg.

Einer der Polizisten blieb mit Monkey Man, Cooper und Ollie auf der Donzi. Er fuhr mit ihnen zum Anleger zurück, den Jetski im Schlepptau.

Ollie hoffte, dass er endlich etwas zu essen bekäme, wenn sie an Land wären. Er wusste, dass es wahrscheinlich keine Pfannkuchen geben würde. Aber selbst ein paar Chips oder ein Erdnussbutterbrot wären gut gewesen. Doch der Polizist sagte, sie müssten auch mit ins Krankenhaus kommen. Sie sollten untersucht werden, und dann wollte er aufschreiben, was passiert war.

Als der Polizist das sagte, warf Monkey Man Ollie einen Blick zu. Er sagte nichts, aber Ollie hatte verstanden. Er wollte ihn an ihr Geheimnis erinnern. An den Teil der Geschichte, den die Polizei nicht verstehen würde.

Ollie nickte. Was auch immer Monkey Man wollte, er würde sich große Mühe geben, es zu tun.

Nachdem der Arzt Ollie untersucht hatte, sagten sie ihm, er solle sich im Warteraum auf die Couch setzen. Als er dorthin kam, saßen Monkey Man und Cooper bereits am Tisch. Dort fand ich sie dann, als ich ins Krankenhaus kam.

Danach hatte Monkey Man nicht mehr mit ihm gesprochen. Mein Sohn und ich lagen zusammen auf dem Bett, während er mir die Geschichte erzählte. Als er fertig war, spürte ich, wie sich etwas in ihm veränderte. Nachdem er die ganze Zeit über angespannt und steif gewesen war, entspannte er sich langsam wieder, so als hätte jemand die Saiten einer Gitarre etwas gelockert. Die ganze Zeit, während er mir die Ereignisse geschildert hatte, war Ollies Stimme gleich geblieben – leise und ein bisschen monoton, aber seine Worte waren überraschend klar und präzise gewesen. Jetzt brach er zitternd in meinen Armen zusammen und weinte.

„Ich sollte es nicht verraten", schluchzte er. „Monkey Man hat gesagt, ich soll es nicht."

„Du hast nichts falsch gemacht", beruhigte ich ihn. „Monkey Man und Cooper sind diejenigen, die etwas Falsches getan haben. Ich hätte dich niemals mit ihm losfahren lassen sollen. Es tut mir so leid."

„Ich will nie wieder auf ein Boot", schluchzte Ollie.

Ich hielt ihn fest und sang ihm ein Lied vor – *You are my Sunshine* –, das ich für ihn gesungen hatte, als er ein Baby gewesen war. Nach einigen Minuten versiegten seine Tränen, und sein Atem ging gleichmäßig.

„Mom", sagte er, kurz bevor er einschlief. „Ich habe es Monkey Man nicht gesagt, aber ich habe Fotos gemacht."

## 71. KAPITEL

Nachdem Ollie eingeschlafen war, öffnete ich seinen Rucksack und holte die Kamera heraus.

Die ersten Fotos zeigten Dinge, die ein Achtjähriger eben auf einer langen Autofahrt knipste. Ein Foto von Swift, die Hände am Steuer, eine Zigarre zwischen den Zähnen. Bilder von Hinweisschildern an der Straße, aus dem Fenster heraus aufgenommen. Ein McDonald's. Ein Minigolfplatz, bei dem Ollie wahrscheinlich gehofft hatte, dass sie auf dem Rückweg dort anhalten könnten, mit einem riesigen Tyrannosaurus Rex vor dem Eingang und einer Statue von Paul Bunyan.

Dann kam ein Foto von Swifts Bein und eines von seinem Ohrläppchen, dann Ollie selbst: Nur ein Auge und ein Teil seiner Nase waren zu sehen, und der Mund, der zu einem albernen Grinsen verzogen war.

Es folgten Bilder vom Haus am Lake Tahoe, das ich von meinem Besuch dort vor ein paar Wochen sofort wiedererkannte. Das gelbe Viper Cabriolet. Der Pfad zum See hinunter. Die Donzi neben dem Landesteg. Rot und stromlinienförmig wie eine Rakete, der Traum jedes Jungen. Und offenbar der eines erwachsenen Mannes.

Die nächsten Fotos waren augenscheinlich während der Fahrt mit dem Boot entstanden. Sie waren verwackelt und unscharf. Oft waren auf den Bildern nur die Wasseroberfläche und ein bisschen Himmel zu sehen, ab und zu auch Swifts Gesicht im Profil, und er schien ständig zu lachen. Auf den ersten Fotos war aufgrund des Sonnenstands leicht zu erkennen, dass sie noch am Vormittag aufgenommen worden waren.

Dann kam eine Aufnahme von einem weit entfernten Fahrzeug auf dem Wasser, bei dem es sich um den Jetski handeln musste.

Zu diesem Zeitpunkt hatte Ollie sich wohl wieder an die Videofunktion erinnert. Ein kurzer Clip erschien – nicht länger als sieben Sekunden –, auf dem der Jetski auf das Boot zuraste, im Hintergrund Swifts Stimme: „Juhuuu!"

Dann geriet das Bild ins Wackeln. Der Himmel war zu sehen, dann Wasser, der Boden des Boots, wieder Himmel. Jemand schrie „Scheiße!", eine andere Stimme „Hilfe!"

Danach hatte Ollie noch ein paar Fotos gemacht. Alle fast gleich – die Arbeit eines Jungen, der zu lange auf einem Boot festsaß – hungrig, durstig, müde, verängstigt – und nichts zu tun hatte, als die Kamera auf jedes mögliche Objekt zu richten, das er vor die Linse bekam: der Bootsboden. Der Motor. Der Gastank. Die Rettungsweste, die Swift nicht angezogen hatte. Swift, der sich über die Kühltasche beugte und eine weitere Flasche von ihrem angeblich sehr begrenzten Vorrat an Wasser herausholte.

Es gab ein Foto von Cooper, der schief auf dem Bootssitz hing und so aussah, als wüsste er nicht, wo er war. Neben ihm auf dem Boden lag Estellas Tochter Carmen. Jemand, wahrscheinlich Swift, hatte ihr eine Rettungsweste unter den Kopf gelegt und sie mit einer Jacke zugedeckt, als würde sie friedlich schlafen. Doch selbst auf den unscharfen Fotos meines Sohnes war deutlich erkennbar, dass Carmen nicht einfach schlief. Dass etwas mit ihr nicht stimmte.

Auf Ollies Kamera konnte man sich zu jedem Bild die Uhrzeit anzeigen lassen, zu der die Aufnahme gemacht worden war. Ich drückte den Knopf, scrollte die Fotos zurück und begann von vorn.

Es war kurz nach zehn gewesen, als mein Sohn und Swift mit der Donzi hinausgefahren waren. Das Bild, auf dem der Jetski auftauchte, zeigte 10:27 Uhr als Uhrzeit.

Das Foto, auf dem Carmen zu sehen war – auf dem Boden

der Donzi mit noch nassem Haar –, war um 11:15 Uhr aufgenommen worden.

Bei der ganzen Aufregung hatte Swift wahrscheinlich überhaupt nicht bemerkt, dass Ollie fotografiert hatte. Ollies Anwesenheit auf dem Boot war ihm kaum noch bewusst gewesen.

Aber ich wusste, wen diese Fotos interessieren könnten. Officer Reynolds.

## 72. KAPITEL

Cooper wurde zur Befragung bestellt. Die Aussage meines Sohnes zu Coopers Verhalten und die deutlichen Indizien, dass Swift und Cooper den Notruf mehr als sechs Stunden hinausgezögert hatten, um offensichtlich Coopers Promillegehalt im Blut auf ein gesetzlich vertretbares Maß zu bringen, reichten aus, um Cooper wegen fahrlässigen Führens eines Fahrzeugs (dem Jetski) unter Alkoholeinfluss sowie für grob fahrlässige Gefährdung einer Person und unterlassene Unfallmeldung anzuklagen. Das schwerwiegendste dieser Vergehen, dessen auch Swift angeklagt wurde, betraf die anscheinend gemeinsam getroffene Entscheidung der Havillands, erst mit beträchtlicher Verzögerung Hilfe zu rufen, was zur Verschlimmerung der Kopfverletzung beigetragen haben könnte, die Carmen Hernandez davongetragen hatte.

Swift hatte natürlich die besten und teuersten Rechtsanwälte. Nicht nur Marty Matthias, sondern ein ganzes Team. Für einige Zyniker – und vielleicht entwickle ich mich langsam dazu – zählt letztendlich mehr, von welchen Anwälten jemand vertreten wird und was er in der Lage ist, finanziell für seine Verteidigung aufzubringen, als der Umstand, ob derjenige die Straftat tatsächlich begangen hat, wegen der er angeklagt wird.

Was Cooper und Swift betraf, wurde zumindest weder der Vater noch der Sohn einer Straftat für schuldig befunden, abgesehen von der fahrlässigen Führung eines Wasserfahrzeugs in Coopers Fall. Die Strafe dafür war der einjährige Entzug seines Bootsführerscheins sowie die Auflage, einen Kurs in „defensivem Fahren eines Wasserfahrzeugs" zu absolvieren. Swift erhielt eine Geldstrafe für die Haltung eines nicht registrierten Jetskis.

Wenn man das Ausmaß der Verletzung ihrer Tochter bedachte, hätte Estella jeden Grund für eine Zivilrechtsklage gehabt, doch in dieser Hinsicht passierte nichts. Über die Gründe kann ich nur spekulieren. Einige Monate nach dem Unfall, während eines seltenen Besuchs des lächerlich teuren Marktes, bei dem Ava und Swift ihre Lebensmittel kauften, entdeckte ich Estella auf dem Parkplatz. Sie saß am Steuer eines Mercedes SUV, der offensichtlich ihr gehörte; auf der Stoßstange klebte ein Sticker mit der guatemaltekischen Flagge, und auf dem Armaturenbrett stand eine kleine Figur der Jungfrau von Guadalupe.

In der ganzen Zeit hatte ich nichts von den Havillands gehört. Nachdem ich beschlossen hatte, Swifts Aussage bezüglich der Ereignisse an jenem Tag am Lake Tahoe anzufechten – unterstützt durch die Fotos und die Aussage meines Sohnes als Augenzeuge –, hatte ich natürlich jede Aussicht darauf verwirkt, dass Swift mich bei einem neuen Verfahren zum Sorgerecht für meinen Sohn unterstützte. Aber wie sich nach all diesem Kummer und den schweren Verlusten herausstellte, benötigte ich Swifts teuren Anwalt überhaupt nicht.

Ich hatte meinem Exmann gegenüber nie erwähnen müssen, welche Informationen mir Marty Matthias an jenem Abend in meiner Wohnung zugetragen hatte. Die Situation in Walnut Creek war für Dwight und Cheri inzwischen dermaßen schwierig geworden, dass Dwight selbst vorschlug, Oliver solle vielleicht von nun an bei mir leben. „Wenn du das willst", hatte er gesagt.

Natürlich wollte ich das. Ich hatte immer noch das Foto von dem schrecklichen Abend meines Rückfalls in der Schublade. Ganz sicher würde ich davor wohl nie sein, doch ich war entschlossen, so etwas nie wieder zuzulassen.

Und das habe ich bisher auch nicht.

Es gibt mir keine Genugtuung, dass Dwight und Cheri in dem Winter, nachdem Ollie zu mir gezogen war, ihr Haus durch eine Zwangsvollstreckung verloren. Sie zogen zu Dwights Eltern nach Sacramento, wo Ollie sie immer noch regelmäßig besucht – inzwischen in seinem eigenen Auto, nachdem er sich mit sechzehn von dem Geld, das er in vielen Sommerferien durch Gartenarbeit und Hundeausführen verdient hatte, einen alten Toyota gekauft hat.

Wahrscheinlich würde er seinen Vater in Sacramento noch öfter besuchen, wenn er nicht so einen straffen Schwimmtrainingsplan hätte. Mit Training und Wettkämpfen sind seine Wochenenden normalerweise schon ziemlich verplant. Im Fünfhundert-Meter-Kraulen ist Ollie der Beste seines Schwimmteams. Zumindest dies verdanken wir Swift Havilland.

Und es gibt weitere positive Entwicklungen. Ollie gefällt inzwischen seine Rolle als Jareds großer Bruder. So merkwürdig das auch ist – aber vielleicht ist es das auch gar nicht: Die schwierigen Zeiten, die Dwight durchmachen musste, haben ihn verändert, und er ist liebevoller und weniger streng geworden. Das Verhältnis zwischen ihm und Ollie scheint sich nach und nach zu entspannen. Vielleicht werden sie eines Tages sogar Freunde.

Freunde. Das ist ein wenig gewürdigter Begriff. Es gibt Leute, die, wenn sie über ihre Beziehung zu einer anderen Person sprechen, gerne sagen, sie sei „nur ein Freund" oder „nur eine Freundin". Als wäre das eine weniger bedeutsame Verbindung als die zu einem Geliebten oder einem sogenannten Seelenverwandten. Doch für mich gibt es keine Verbindung zu anderen Menschen, die letztendlich wichtiger ist als Freundschaft. Wahre und dauerhafte Freundschaft.

Alice war so eine Freundin. „Treu wie eine Hündin", hatte

sie immer gesagt. Ich wünschte, ich könnte dasselbe von mir behaupten.

Ich habe sie einmal angerufen. Es war im Sommer nach dem Unfall, und es gab einen neuen Film von den Coen-Brüdern. Ich musste tatsächlich ihre Nummer heraussuchen, so lange war es her, dass ich sie das letzte Mal gewählt hatte.

„Ich war eine Idiotin", sagte ich ihr. „Schlimmer als das. Ich war eine schlechte Freundin."

Schweigen am anderen Ende der Leitung. Wer konnte da schon widersprechen?

„Ich dachte, wir könnten uns vielleicht mal treffen und reden", schlug ich vor. „Becca muss doch inzwischen ihren Schulabschluss haben. Du wirst nicht glauben, wie groß Ollie geworden ist."

Wieder Schweigen am anderen Ende. Sehr untypisch für Alice, die sonst immer etwas zu sagen hatte.

Schließlich antwortete sie: „Ich wünschte, ich könnte sagen, dass es einfach wieder so werden kann, wie es mal war, Helen."

Sie habe an diesem Abend schon etwas vor, sagte sie. An diesem Abend und an allen folgenden.

## 73. KAPITEL

Bis auf diesen kurzen Moment, als ich Estella auf dem Parkplatz vor Bianchini's Market gesehen hatte, war ich Avas Haushälterin nicht mehr begegnet, und ich hatte keine Ahnung, wie es Carmen ging. Ich hatte Estellas Telefonnummer nicht, und die einzigen Personen, von denen ich wusste, dass sie mir etwas über Estella und ihre Tochter hätten sagen können, waren die beiden Menschen, für die ich nicht mehr existierte.

Also parkte ich meinen Wagen eines Tages, über ein Jahr nach dem Unfall, ein paar Querstraßen von der Folger Lane entfernt, weil ich wusste, dass Estella zu dieser Tageszeit gewöhnlich mit den Hunden auf ihrem Spaziergang dort vorbeikam. Und tatsächlich sah ich sie auch.

Ich sprang aus dem Auto und rannte ihr entgegen. In der ganzen Zeit, die ich in der Folger Lane gewesen war, hatte ich bis auf das eine Mal, als Estella mir von Carmens Universitätsbesuch und ihrem Traum vom Medizinstudium erzählt sowie an dem Abend, als sie mich mit Avas Pullover im Ankleidezimmer überrascht hatte, kaum mit Estella gesprochen. Trotzdem hatte ich immer ihre Wärme und Herzensgüte gespürt. An dem Abend auf der Party, als ich um Ollies Leben fürchtete, hatte sie mich getröstet und versprochen, für meinen Sohn zu beten. Jetzt umarmte ich sie. Ich brauchte nichts weiter zu sagen als den Namen ihrer Tochter.

Sie schüttelte den Kopf. Man brauchte kein Spanisch zu sprechen, um die universelle Sprache der Trauer zu verstehen.

In ihrem gebrochenen Englisch berichtete sie mir von den Entwicklungen, soweit es diese gab. Carmen war in ein Heim verlegt worden. Ein wunderbares Haus (ich konnte mir denken, wer für die Kosten aufkam). Sie erhielt Physiotherapie, doch bisher schien sie niemanden zu erkennen.

„Ich gehe jeden Tag, um sie zu füttern", sagte Estella. „Sie isst nicht viel. Babyessen. Sie guckt Fernsehen. Musikvideos. Eine Salsatänzerin ist sie, *mija*. Das war sie."

Ich stand dort schweigend vor ihr auf dem Fußweg. Manchmal gibt es einfach nichts zu sagen. Da kann man nur zuhören.

„Ich sitze an ihrem Bett", erzählte Estella weiter. „Ich singe für sie. Ich bete. Sie ist wie ein Engel. Dann öffnet sie die Augen. *Gracias a dios*, sie sieht mich an. Aber es ist nicht wie früher, diese leuchtenden Augen. Die Ärzte können nichts machen. Nur Gott, eines Tages."

Ich erkundigte mich nach Swift und Ava. Sie halfen ihr doch, oder?

Estella nickte. „Ich habe eine Cousine in Oakland. Nach dem Unfall hat sie gesagt, ich kann einen Anwalt besorgen. Damit sie viel Geld bezahlen müssen." Wieder schüttelte sie den Kopf. „Ich habe zu meiner Cousine gesagt, nein. Wird der Richter auf mich hören? Der Richter sieht mich an und schickt mich zurück nach Guatemala. Was passiert dann mit meiner Tochter? Mr. Havilland kümmert sich um uns. Er sagt, ich muss mir keine Sorgen machen. Sie helfen mir, damit es Carmen gut geht."

Die Hunde zerrten ungeduldig an ihrer Leine. Es waren jetzt nur noch Lillian und Sammy.

„Sie kommen nicht mehr zu Besuch", sagte Estella, und es klang nicht überrascht. Es war wohl nicht das erste Mal, dass eine Freundin von Ava plötzlich aus der Folger Lane verschwand, nahm ich an. „Ihr geht es nicht so gut in letzter Zeit, Mrs. Havilland."

„Ist Ava krank?", fragte ich.

„Nachdem Rocco gestorben ist. Sie kommt nicht darüber hinweg. Sie macht sich Vorwürfe."

Ava fühlte sich schuldig, weil ihr Hund gestorben war. Carmens Hirntrauma schien sie weniger zu belasten. Es gab keinen Grund, eine Bemerkung dazu zu machen. Estella wusste selbst, wie paradox das war.

„Nächstes Wochenende ist Coopers Hochzeit", sagte Estella. „Ich passe auf die Hunde auf. Die Familie ist in Mexiko."

Cabo San Lucas. Alles wurde so gemacht wie geplant. Was auch immer Virginia über Cooper erfahren hatte – was er an jenem Tag getan hatte und an all den anderen –, sie ließ sich dadurch offensichtlich nicht von ihren Hochzeitsplänen abbringen. Estella und ich standen uns gegenüber und ließen uns all das schweigend durch den Kopf gehen.

„Meine Tochter hat diesen Jungen geliebt", sagte Estella schließlich. „Er hat ihr einmal seinen Ring geschenkt. Von seinem Sportteam. Sie haben die Meisterschaft gewonnen."

Der Rugby-Ring. Ava hatte mir davon erzählt. Sie hatte angenommen, dass Carmen ihm den Ring gestohlen hätte. Das war ihre Geschichte. Dass Cooper ihr den Ring tatsächlich geschenkt haben könnte – dass er womöglich, irgendwann einmal, etwas für Carmen empfunden haben könnte –, war jenseits ihrer Vorstellung.

„Ich hoffe, Sie bekommen Ihren Jungen zurück", sagte Estella. „Das ist das Wichtigste im Leben. Unsere Kinder."

„Das habe ich schon", erwiderte ich. „Oliver wohnt wieder bei mir."

Trotz all ihrer Traurigkeit hellte sich Estellas Gesicht auf.

„Familie", sagte sie. „Das Wichtigste."

Es hatte Zeiten gegeben, da hatte ich mir eingebildet, ein Teil der Familie Havilland zu sein. Und es hatte Zeiten gegeben, als sie Estella zur Familie gezählt hatten.

Sie war schon ein ganzes Stück die Straße hinuntergegangen, als ich ihr hinterherrief. Ich rannte zu ihr. Da gab es noch etwas, das ich sie fragen musste.

„Ich weiß, Sie haben viele Jahre für die Havillands gearbeitet", sagte ich. „Noch bevor sich Swift und Ava kennengelernt haben, oder?"

„Ich kenne Cooper noch als kleinen Jungen", sagte sie. „Er und Carmen haben gespielt. Das war im anderen Haus, im Haus von Coopers Mom."

„Avas Unfall", sagte ich. „Was ist passiert?"

Estella schüttelte den Kopf. Einen Augenblick dachte ich schon, sie will nicht darüber reden.

„Schlimme Zeit", sagte sie. „Ganz schlimme Zeit. Keiner spricht darüber."

Ich dachte, sie würde es dabei belassen, aber dann redete sie weiter.

„Sie waren unterwegs. Auf der Straße nach Los Angeles oder so. Nicht auf dem Highway. Sie wollten den Ozean sehen."

„Wahrscheinlich nach Big Sur", vermutete ich. „Sie lieben diesen Ort."

„Er hatte ein neues Auto. Ohne Dach. Mr. Havilland fährt gerne schnell."

„Ich weiß", bestätigte ich. Was hatte ich mir nur dabei gedacht, Ollie in Swifts Auto steigen zu lassen? Hatte ich mir so verzweifelt gewünscht, meinen Sohn zurückzubekommen, dass ich dabei sogar seine Sicherheit riskierte?

Offensichtlich.

„Sie sagen, ein Auto vor ihnen war zu langsam. Sie mussten rechtzeitig ins Hotel. Großes vornehmes Haus. Dinnerreservierung. Große Neuigkeiten. Feiern. Er will das Auto überholen. Das langsame Auto. Da kommt ein Lkw. Kein Platz, um vorbeizufahren."

Der Wagen hatte sich überschlagen. Swifts Auto, das neue, teure. Swift war mit einigen Kratzern davongekommen. Ava nicht.

„Als die Männer mit dem Rettungswagen kamen, haben sie gesagt, man muss sie vorsichtig aus dem Auto befreien. Eine falsche Bewegung kann sie töten. Es war ihr Rücken. *Espina.* Danach konnte sie die Beine nicht mehr benutzen. Zuerst haben sie es nicht geglaubt, als der Doktor es gesagt hat. Mr. Havilland brachte sie in ein großes Krankenhaus. In mehrere. Sie waren lange weg. Dann Reha. Da hat sie den Rollstuhl bekommen."

Lillian bellte. Weiter vorn hatte sie einen anderen Hund entdeckt und wollte weiter. Estella machte ebenfalls den Eindruck, als hätte sie jetzt genug.

„Was kann man machen?", sagte sie. „Es gibt Leute, die haben Glück. Und andere nicht so viel. Mr. Havilland, er hat immer Glück gehabt. Mrs. Havilland hat an dem Tag auch das Baby verloren. Fünf Jahre haben sie es versucht, und sie wurde nicht schwanger. Dann hat es geklappt. Deshalb haben sie die Reise gemacht, sie waren so glücklich. Wissen Sie, was sie nach dem Unfall zu mir gesagt hat? Er kann machen, was er will. Ich werde nie wieder mit ihm ins Bett gehen."

„Was soll das heißen?", sagte ich. „Sie haben doch immer von ihrem unglaublichen Sexleben erzählt."

Estella sah mich an. Wir waren im gleichen Alter, aber in diesem Moment wirkte sie wie eine Hundertjährige und ich wie ein neugeborenes Kind. Sie schüttelte den Kopf.

„Leute erzählen Geschichten", sagte sie. „Wissen Sie das nicht? Wollen Sie die Wahrheit über Ihre Freunde hören, über Ava und Swift? Sie hasst ihn. Sie braucht ihn, aber sie hasst ihn."

## 74. KAPITEL

Es sind mehr als neun Jahre vergangen, seit ich das letzte Mal durch die Tür in der Folger Lane getreten bin. Seit ich das Haus das letzte Mal durch diese Tür verlassen habe. Irgendwann hatte ich bei Happy Times Schulporträts gekündigt und einen besseren Job gefunden. Eine Fotografin aus Piedmont, die einige meiner Arbeiten in einer kleinen Galerie gesehen hatte, kam auf mich zu und bot mir eine Partnerschaft an. Sie meinte, ich hätte ein gutes Auge und schaffe es, den wahren Charakter einer Person in meinen Porträts einzufangen. Ich würde erkennen, was sich unter der Oberfläche eines Gesichts befand.

Elsie und ich leiten das Studio nun gemeinsam. Wir haben uns auf Porträts spezialisiert – meist Familienfotos, hin und wieder Hochzeiten. Da wir nicht ganz billig sind, besteht unsere Kundschaft fast durchweg aus Leuten mit viel Geld – meist nicht so reich wie die Havillands, aber an der Kleidung der Kinder und den Pilates-trainierten Müttern mit ihrer gut gepflegten Haut ist zu erkennen, dass es sich hier nicht um Menschen handelt, die mit einem zwanzig Jahre alten Auto wie meinem Honda Civic herumfahren oder eine ausziehbare Couch im Wohnzimmer als Bett für ihr Kind benutzen.

Alleinerziehende sind unter unseren Kunden eher die Ausnahme. Alleinerziehende Mütter sowieso. Wenn man sich die Aufnahmen ansieht, die ich von unseren Kunden mache, bekommt man den Eindruck, als wäre ihr schlimmstes Problem ein schlechter Tag auf dem Tennisplatz. Natürlich weiß ich, dass ein Foto, auf dem jemand gut aussieht, nicht unbedingt die wahre Geschichte erzählt.

Oliver hingegen ist genau der Mensch, der er zu sein scheint. Er ist immer noch ein bisschen zurückhaltend und kein Junge, der Hunderte von Freunden hat – dafür aber zwei oder drei wirklich gute. Er ist seinem Vater gegenüber loyal, lieb zu seiner Großmutter, und er betet seinen kleinen Bruder an. Mit Mädchen ist er ein bisschen schüchtern. Doch inzwischen gibt es da eine, Edie, die verrückt nach ihm ist. Und eine reicht Oliver vollkommen.

Im letzten Jahr der Highschool hat Ollie mehrere Angebote für einen Studienplatz an erstklassigen Universitäten bekommen. Ballspiele konnten ihn nie besonders begeistern, aber er ist ein herausragender, naturbegabter Schwimmer. Was bedeutet, dass ein Großteil unserer Wohnzimmerwand mit Medaillen und Trophäen von seinen Wettkämpfen bedeckt ist. Aber eines hat sich seit dem Tag auf dem Lake Tahoe nicht geändert: Für einen Jungen, der das Wasser liebt, hegt er einen bemerkenswerten Hass auf Boote. Er will nicht einmal mit der Fähre nach San Francisco fahren.

## 75. KAPITEL

Natürlich dachte ich in den Jahren nach unserem Abschied von der Villa in der Folger Lane oft an Elliot. Eines Abends verirrte ich mich wieder auf die Homepage von Match.com. Nicht dass ich vorgehabt hätte, ein Profil zu posten. Ich war einfach neugierig, wer alles immer noch daran glaubte, dass so etwas funktionierte – was ich längst nicht mehr tat.

Ich hatte mir für meine hypothetische Suche ein paar Eckdaten überlegt: männlich, zwischen fünfundvierzig und fünfundfünfzig Jahre alt, wohnhaft in einem Radius von fünfzig Kilometern von mir, die Stichworte „Filme", „Fotografie", „Wandern" und „Sinn für Humor". Es gab keine Möglichkeit, zusätzlich anzugeben, dass man sich Beständigkeit oder Freundlichkeit oder Integrität wünschte. Wie ich sehr gut wusste, konnte niemand besser vorgeben, die Wahrheit zu sagen, oder jemanden von seiner Aufrichtigkeit überzeugen, als ein brillanter Lügner und Hochstapler.

Ich scrollte an diesem Abend durch mehr als ein Dutzend Profile und war fast erleichtert, niemanden zu entdecken, mit dem ich mir vorstellen könnte, zum Dinner auszugehen. Und dann tauchte er auf – er lächelte nicht wirklich, denn Elliot lächelt nie für die Kamera, sondern er blickte mir mit einem fast perplexen Gesichtsausdruck vom Bildschirm meines Laptops entgegen. Vielleicht konnte man es als amüsiertes Erstaunen interpretieren. *Was mache ich hier eigentlich? Wieder?* Sein Nickname war wie vorher auch schon „JustaNumbersGuy".

„Um ehrlich zu sein", hatte er geschrieben, „– und etwas anderes gelingt mir dummerweise nicht –, ich bin wahrscheinlich nicht der beste Fang. Eher ein verkalkter Trottel. Ich liebe alte Filme und neue Zahnseide. Und ich studiere die Jahresberichte von Firmen, manchmal auch, um meinen Lebensunterhalt zu verdienen. Ob ihr es glaubt oder nicht, aber das ist meine verrückte Vorstellung von Spaß. Es ist wie eine Detektivaufgabe: Zahlen sind vielleicht von außen betrachtet eine trockene Angelegenheit, aber die Geschichten, die dahinterstecken, können dramatisch, verblüffend oder sogar kriminell sein.

In jüngeren Jahren habe ich für den Staat gearbeitet, als eine gefürchtete Person: Buchprüfer beim Finanzamt. In letzter Zeit – nachdem mir klar geworden ist, dass ich sicher nicht als Pitcher für die Giants oder als neuer James-Bond-Darsteller engagiert werde –, unterhalte ich, immer noch im treuen Glauben an die Wahrhaftigkeit der Zahlen, ein unabhängiges Buchhaltungsbüro. Nimm es als gut gemeinte Warnung: Selbst wenn ich mich in dich verlieben sollte – wenn ich herausfinde, dass an deiner Steuererklärung etwas faul ist, ist das Spiel aus."

Er hatte kein „LOL" dahinter gesetzt. Wenn Elliot jemandem erklären musste, dass er einen Scherz gemacht hatte, dann passte die Person sowieso nicht zu ihm.

Es wüsste wohl nicht jede Frau Elliots Eigenschaften zu schätzen, aber ich tat es. Auch wenn ich dafür eine Weile gebraucht hatte. Zu lange. Aber hier war die gute Nachricht: Er hatte keine Freundin. Es bestand womöglich noch eine Chance.

„Wer mich sieht, würde es wahrscheinlich nicht vermuten", schrieb er weiter, „aber ich bin hoffnungslos romantisch. Ein Mann, für den es nur eine Frau gibt. Ich dachte zuerst, ich hätte sie gefunden, aber dann stellte sich heraus, dass ich mich geirrt hatte. Deshalb bin ich sehr vorsichtig, wem ich mein Herz schenke. Es könnte leichter sein, sich Zugang zum Fort Knox zu verschaffen. Aber wenn es dir gelingt … Nun, du wirst nie einen anderen Mann finden, der so treu ist und so bedingungslos liebt."

Ich saß eine ganze Weile vor meinem Laptop und las Elliots Text auf dem Bildschirm. Ich brauche wohl nicht zu sagen, wie sehr mich das berührte. Jemanden zu verlieren, ist eine Sache. Noch schlimmer ist das Gefühl der Reue über einen Verlust, der nicht hätte sein müssen, wenn man schlauer gewesen wäre.

„Du kannst es mit mir versuchen", stand dann noch da. „Sieh es als Gefallen an deine Mitbürger – an diejenigen, die versuchen, den Staat zu beschummeln. Je länger ich jedes Wochenende zu Hause sitze und die Wirtschaftsberichte studiere, desto mehr Gauner (mit denen es wahrscheinlich unterhaltsamer ist, einen Abend zu verbringen, als mit mir) werden da draußen gegrillt. Und das nur, weil ich nichts Besseres zu tun habe, als mich über die Jahresberichte ihrer Firmen herzumachen."

Den ganzen restlichen Abend dachte ich darüber nach, auf das Profil von „JustaNumbersGuy" zu antworten. Am folgenden Morgen überlegte ich erneut, ob ich mich bei Elliot melden sollte. Doch ich verwarf diese Idee.

Eines Abends – unter dem Einfluss von drei Tassen grünem Tee, dieser Tage mein Lieblingsgetränk – ging ich online und war entschlossen, ihm eine Mail zu schreiben. Ich klickte die Stichwörter seines Profils an. Es war nicht mehr da.

Das verstand ich als Zeichen. Er hatte jemanden getroffen. Es lief gut. Ich erinnerte mich daran, wie schnell er – bereits nach dem ersten Treffen mit mir – sein Profil von der Seite genommen hatte.

„Ich bin wirklich nicht der Typ, der sich oft mit Frauen trifft", hatte er gesagt. „Wenn ich eine gute Partnerin gefunden habe, schaue ich mich nicht mehr weiter um."

## 76. KAPITEL

Kurz vor Beginn von Ollies letztem Schuljahr an der Highschool zogen wir aus meiner alten Wohnung in Redwood City in ein Apartment mit zwei Schlafzimmern in East Bay um. Mir blieb noch ein Jahr mit meinem Sohn zu Hause. Nun konnte ich mir endlich eine größere Wohnung leisten, und ich wollte, dass Ollie zumindest sein eigenes Zimmer bekam. Bevor er auszog, um ans College zu gehen.

An dem Tag, als wir aus der alten Wohnung zogen, kam mir ein merkwürdiger Gedanke. Ich hatte mir immer vorgestellt, dass es eines Abends, wenn ich es am wenigsten erwartete, an meiner Tür klopfen und Elliot davorstehen würde. Und vorschlagen, dass wir es noch einmal versuchen.

Wenn er jetzt vorbeikäme, wäre ich nicht mehr dort. Nicht dass es wahrscheinlich ist, sagte ich mir. Nicht dass er jemals so etwas tun würde. Ich hatte es mir nur einfach gewünscht, und nun könnte es niemals passieren.

## 77. KAPITEL

Wir wohnten bereits seit sechs Wochen in der neuen Wohnung, was bedeutete, dass ich seitdem nicht mehr nach Portola Valley gefahren war. In diesem Winter würde Ollie achtzehn werden. Im Juni sollte er seinen Abschluss machen, das hieß, er würde bald ausziehen. Allerdings nicht so wie damals, als er fünf Jahre alt war. Diesmal würde er an einen Ort gehen, den er sich selbst ausgesucht hatte – das College –, und so traurig es auch war, ihn gehen lassen zu müssen, es machte mich auch glücklich. Was mich betraf, ich würde bald neunundvierzig werden. Auf dem kürzesten Weg auf die fünfzig zu.

Wir hatten gerade nach dem Abendessen die Küche aufgeräumt, und ich saß mit meinem Tee im Sessel. Aus dem Nebenzimmer hörte ich die Stimme meines Sohnes, der mit seiner Freundin telefonierte. Wahrscheinlich hatte er eine Schüssel Popcorn neben sich stehen. Ich hörte Hip-Hop-Musik aus der Stereoanlage und leises entspanntes Lachen.

„Nein, wirklich", sagte Ollie, „wir müssen das mal testen. Ich könnte dich Samstag früh abholen. Unglaublich, aber wahr, ich habe nicht einen einzigen Wettkampf an diesem Wochenende. Ich könnte wetten, meine Mutter würde uns Pizza machen, wenn ich sie frage."

Es war nichts Weltbewegendes, aber das liebte ich so. Ein normales Leben. Ruhige Abende, die man mit einer geliebten Person verbringt, in vertrauter Nähe und Regelmäßigkeit.

Unsere Familie bestand aus zwei Personen, das reichte.

Ich zog meine Schuhe aus und legte die Füße auf die Fußbank. Dann wickelte ich mein Stück Schokolade aus, die einzige Schwäche, der ich abends nachgab, und griff nach dem *San Francisco Chronicle*, den ich am Morgen nicht gelesen hatte. Eine Überschrift fiel mir sofort ins Auge:

„Leiter von Tierschutz-Stiftung wegen Betrugs vor Gericht".

Darunter ein Foto von Swift Havilland, Geschäftsführer von BARK USA. Natürlich grinsend.

Die Wirtschaftsseite der Zeitung las ich sonst nie – und die Einzelheiten des Betrugs, von dem hier berichtet wurde, waren für mich nicht leicht zu verstehen. Im Kern ging es darum, dass ein Geschäftsmann in Portola Valley, der ein Vermögen mit einem Internet-Start-up gemacht hatte, offensichtlich nach privaten finanziellen Verlusten mehrere Millionen Dollar von seiner Familienstiftung abgezogen hatte (deren Vorstand aus ihm, seiner Ehefrau und seinem Sohn bestand). Intensive Untersuchungen hatten nun zur Folge, dass Swift sich wegen Versicherungsbetrug, Überweisungsbetrug, illegaler Geschäfte, Geldwäsche und einer langen Liste von weiteren Delikten vor Gericht verantworten musste.

„Swift Havilland stellte sich am Montag im Büro seines Anwalts der Polizeibehörde", hieß es weiter im Artikel. Weil ein großes Fluchtrisiko bestand, wurde die Kaution auf zehn Millionen Dollar festgelegt. Da er nicht in der Lage war, diese zu bezahlen, stand in der Zeitung, wurde Mr. Havilland nun ins Bundesgefängnis von Mendota, Kalifornien, gebracht. Weitere Anklagen würden in Kürze gegen Mr. Havillands Sohn Cooper Havilland – einen Börsenmakler für DCY Capital Partners in Greenwich, Connecticut – erwartet, ebenso gegen seine Ehefrau Ava Havilland.

Es war ein langer Zeitungsartikel. Ich griff nach meinem Tee.

Swifts finanzielle Probleme schienen sich langsam entwickelt zu haben. Er besaß zwar zahlreiche Vermögenswerte, doch seine Ausgaben waren zu hoch. Um seinen Lebensstil zu finanzieren, hatte er erste und zweite Hypotheken auf die im

Familienbesitz befindlichen Häuser aufgenommen und seine Anteile an Theraco, der Firma in Silicon Valley, als zusätzliche Sicherheit für mehr Kredite verpfändet.

Swifts eigentliche Probleme begannen mit dem großen Börsencrash 2008. Das war der Zeitpunkt, zu dem er vermeintlich begann, von der BARK-Stiftung, die er und seine Frau einige Jahre zuvor gegründet hatten, Geld abzuzweigen.

Das hatte er ziemlich clever angestellt, hieß es in dem Bericht – er übertrug Millionen Dollar der BARK-Stiftung auf eine Auslandsfirma, die er im Geheimen leitete. Nach einer Reihe von Fusionen und Namensänderungen hatte Swift die Firma liquidiert und mutmaßlich das Geld eingestrichen.

Im nächsten Absatz des Artikels fiel mir ein Name ins Auge: „Evelyn Couture, bekannte Philanthropin aus San Francisco." Dem Verfasser des Zeitungsberichts zufolge war Mrs. Couture anscheinend unter Swift Havillands Einfluss geraten und seinen Überredungskünsten erlegen, denn sie hatte seiner Stiftung Millionen zukommen lassen. Doch das war nicht alles.

Nach Evelyns Tod 2006, so berichtete der *Chronicle*, hatte sie der BARK-Stiftung ihr Haus in Pacific Heights im Wert von zwanzig Millionen Dollar vermacht. 2009 verkaufte die Stiftung das Haus an eine Firma auf den Cayman Islands für zwei Millionen Dollar in bar sowie achtzehn Millionen in Wertpapieren. Diese Cayman-Firma war eingebettet in ein Netzwerk von weiteren Firmen und befand sich letztlich im Besitz eines Konzerns in Liechtenstein, der – und hier tauchte ein weiterer bekannter Name auf – in Cooper Havillands Händen war.

Die Wertpapiere, die BARK für Evelyns Haus erhielt, waren im Grunde wertlos. Der Konzern verkaufte Evelyn Coutures Villa dann wiederum an eine Investmentfirma, die das Haus in Eigentumswohnungen umwandelte und das Geld dann den Havillands, Vater und Sohn, wieder zuschleuste, die so mehr als dreißig Millionen Dollar machten.

War ich überrascht oder schockiert? Komischerweise überraschte mich an dieser Geschichte am meisten, dass Swift erwischt worden war. Denn er hatte doch stolz von sich behauptet, alle Tricks zu kennen und zu wissen, wie er mit dem System zu spielen hatte. Ich hörte immer noch Swifts laute Stimme – und dieses dröhnende Lachen –, als er sich über die kleinlichen, fantasielosen Erbsenzähler dieser Welt lustig gemacht hatte. Er hätte sicher niemals erwartet, dass einer dieser Akten schiebenden Bürokraten die inneren Strukturen des komplizierten Gebildes, das sich hinter der Fassade der Tierschutz-Stiftung verbarg, ans Licht bringen könnte. Doch offensichtlich war dies geschehen.

Erst ein paar Tage später erfuhr ich aus einem kleineren Artikel dieser Zeitung, wie dieser Betrug, der inzwischen als „Köter-Skandal" bekannt war, aufgedeckt worden war. Es wurden keine Namen genannt, und die einzige Quelle war ein „hochrangiger Mitarbeiter im Büro des Bundesstaatsanwalts".

Offenbar hatte nicht die Staatsanwaltschaft selbst, sondern jemand von außerhalb Swift Havillands kriminelle Geschäfte aufgedeckt. Es handelte sich um eine Privatperson, die auf jegliche Belohnung durch den Staat verzichtet hatte.

„In einer Zeit, in der es von Bürgern wimmelt, die nach ihren fünfzehn Minuten des Ruhms suchen, ganz zu schweigen vom großen Geld", hieß es im Leitartikel, der am gleichen Tag im *Chronicle* erschien, „hat diese unbekannte Person aus Wut über die Unehrlichkeit und Ungerechtigkeit Jahre damit verbracht, sich durch Zehntausende von zweifelhaften öffentlichen Wirtschaftsberichten zu arbeiten, um die Details dieser skandalösen Machenschaften zu einem Bild zusammenzusetzen. Diese Person legte ihre Beweise der Bundesstaatsanwaltschaft vor. Als sie zunächst ignoriert wurden, blieb derjenige hartnäckig, bis man sich endlich damit beschäftigte."

Nun konnte dank der Mühen dieses einsamen Helden der Täter eines Vierzig-Millionen-Dollar-Betrugs vor Gericht gebracht werden.

In dem Artikel stand, dass diese Person anonym bleiben wollte, doch ich kannte natürlich ihren Namen.

Ich saß noch lange so da, in den Händen die Zeitung, und betrachtete das Foto von Swift. Doch der Mann, an den ich dachte, war Elliot.

In den vergangenen Jahren hatte ich, vor allem nachts, wenn mein Sohn nebenan in seinem Zimmer schlief und alles still war, sehr oft den Impuls verspürt, die Hand nach ihm auszustrecken. Wenn ich noch getrunken hätte, hätte ich in diesen Momenten die Weinflasche hervorgeholt, und nach ein oder zwei Gläsern wäre es mir sicher wie eine gute Idee erschienen, Elliot zu schreiben.

Aber ich trank nicht mehr. Geschichten dachte ich mir auch nicht mehr aus. Oder träumte von Dingen, als wären sie real. Ich war einmal eine Frau gewesen, die sich mehr als alles andere gewünscht hatte, Teil einer Familie zu sein. Und elf Monate lang hatte ich geglaubt, dass die Havillands mich in ihre aufgenommen hätten. Ich hatte einen wundervollen Mann abgewiesen, der mich liebte und immer bei mir geblieben wäre – nur aus dem Wunsch heraus, zu diesen beiden Leuten zu gehören, denen ich nicht mehr bedeutete als ihre Eisskulpturen. Heute da, morgen verschwunden.

Wie könnte ich Elliot jetzt bitten, mir jemals wieder zu vertrauen und mir irgendetwas zu glauben, das ich ihm sagte?

An jenem Abend im Krankenhaus, als ich mit meinem schlafenden, in eine Decke gewickelten Sohn im Warteraum gesessen hatte, hatte ich noch geglaubt, dass wir wieder zueinanderfinden könnten. In den wenigen Stunden in dieser Nacht war mir klar geworden, wie wundervoll dieser Mann schon immer gewesen war, und ich hatte noch Hoffnungen auf ein gemeinsames Leben mit ihm gehegt.

Nach all dieser Zeit hatte ich keinen einzigen Moment dieser Nacht vergessen – der längsten meines Lebens.

Es war wohl irgendwann ganz früh am nächsten Morgen gewesen, nachdem die Polizisten und die Frau von der Jugendhilfe die Befragung meines Sohnes beendet hatten. Swift und Ava waren längst weg, zurück in ihrem wunderschönen Haus am Ufer dieses wunderschönen Sees, wo sie ihren Sohn zu seinem gelben Sportwagen zurückbrachten, mit dem er zu seiner wunderschönen Verlobten fahren würde. Carmen hatte sich ebenfalls an einem anderen Ort befunden, an einem Ort, von dem sie nicht nach Hause zurückkehren würde, mit ihrer verzweifelten Mutter an ihrer Seite.

An diesem Morgen hatte ich Elliot angerufen und ihn gefragt, ob er uns abholen könnte. Er hatte gleich nach dem ersten Klingeln abgenommen und versprochen, so schnell wie möglich zu uns zu kommen. Ohne die Geschwindigkeitsgrenze zu übertreten, natürlich.

Irgendwann während der vier Stunden, die ich auf dem Polizeirevier saß und auf Elliot wartete, hatte ich meine Brieftasche hervorgeholt. Darin steckte eine Karte, auf die Ava einmal ihren Namen und ihre Telefonnummer geschrieben hatte – als die Person, die im Notfall angerufen werden sollte.

An diesem Morgen hatte ich ihren Namen durchgestrichen und Elliot eingetragen.

Diese Karte mit seiner Nummer hatte ich immer noch.

Ich legte die Zeitung beiseite. Und nahm das Telefon.

## DANKSAGUNG

Ich begann im Frühjahr 2014 mit dieser Erzählung – obwohl ich anfangs noch nicht wusste, was für eine Geschichte das werden würde. Ich war in das Haus des Mannes gezogen, den ich vor Kurzem geheiratet hatte, Jim Barringer – doch es gab ein Problem (oder vielmehr etwas, das ich in jenen Tagen als Problem empfand). Ich hatte keinen Arbeitsplatz.

Meine Freundin Karen Mulvaney und ihr Mann Tom hatten mir ein unglaublich großzügiges Angebot gemacht: Sie überließen mir ein schönes kleines Haus, das sie zu der Zeit nicht nutzten, für so lange, wie ich es benötigte. Sie nannten es Buds Haus, und bei mir heißt es jetzt auch so.

Eines habe ich in den vielen Jahren gelernt, in denen ich mich zum Schreiben in verschiedenen Hütten, Motelzimmern, Dachkammern – und einmal auch in einer Tiefgarage – verkrochen hatte: Der Raum muss weder groß noch luxuriös sein (und sollte es vermutlich auch nicht). Doch er muss eine gewisse Atmosphäre haben, die der Imagination förderlich ist. Buds Haus – mit dem großen Fenster vor dem Schreibtisch, durch das die Sonne scheint, dem roten Kühlschrank, der großen Veranda, auf der ich saß, meinen Kaffee trank und den Text vom Vortag las, während eine Rotwildfamilie unter den Obstbäumen graste, mit dem kleinen Schuppen hinterm Haus, in dem der Traktor parkt, den Bud gefahren war – besitzt diese Eigenschaft im Übermaß.

Jeden Morgen kurz nach Sonnenaufgang, das ganze Frühjahr hindurch bis in den Sommer, machte ich mich auf den Weg über den Berg nach Lafayette, Kalifornien, um mich in diesem kleinen roten Haus an den Schreibtisch zu setzen und diese Geschichte zu schreiben. Der erste Entwurf entstand dort.

Ich sollte dazusagen, dass ich, als ich die Tür zu Buds Haus aufschloss und dort meinen ersten Kaffee kochte, noch keine Ahnung hatte, worüber ich schreiben würde. Die Idee für diese Geschichte entstand, während ich über das große Geschenk der Freundschaft nachdachte, das ich kürzlich wieder von Karen erfahren hatte, sowie bei der Erinnerung an eine Zeit, als ich auf eine Freundschaft vertraut hatte und dann enttäuscht worden war – so wie zweifellos auch ich andere Menschen im Laufe meines Lebens als Freundin enttäuscht hatte. Noch Jahre nach diesem Verlust muss ich beim Gedanken daran schaudern. Es gibt nicht viele Verluste, die schmerzlicher sind.

Zwei sehr unterschiedliche junge Frauen – die mir beide teuer und lieb sind – inspirierten mich auf andere Art zusätzlich zu dieser Geschichte. Melissa Vincel ist seit ihrem siebzehnten Lebensjahr ein Teil meines Lebens – seit sie auf die Bühne im Kennedy Center trat, um von mir einen der nur zwanzig nationalen Scholastic Writing Awards entgegenzunehmen. Jahre später trafen wir uns bei meinem Schreib-Workshop in Guatemala wieder. Seit mehr als zehn Jahren hilft mir Melissa nun bei der Organisation dieses Workshops und bei noch viel mehr – mit ihrem Schreibtalent, einem guten Instinkt, außerordentlich gutem organisatorischen Können, unvergleichlich gesundem Menschenverstand sowie mit ihrer grenzenlosen Lebensfreude.

Auf eine Art, die der meiner Erzählerin Helen (bis auf das Alkoholproblem und den Sorgerechtsfall) nicht unähnlich ist, hat Jenny Rein für mich gearbeitet – manchmal bezahlt, manchmal nicht – und sich um die weniger glamourösen Angelegenheiten im Leben einer Autorin gekümmert. Wenn diese Dinge nicht erledigt werden, kommt die Autorin vielleicht nie zum Schreiben ihres Buches. Jenny übernahm Dinge wie

Verträge verschicken und Rechnungen begleichen, doch sie hat auch eine Waschbärenfamilie zum Auszug aus dem Haus gezwungen, geholfen, den Transport eines Wohnwagens quer durchs Land zu arrangieren, mir ein Paar Wanderstiefel zum Parkplatz gebracht, und einmal hat sie mich sogar – als sie spürte, dass ich unbedingt Dampf ablassen musste – zu ihrem Lieblingsschlagkäfig gebracht und mir ihren Helm geliehen, sodass ich ein paar Dutzend Bälle abfeuern konnte. Jenny hat ihren eigenen kleinen transportablen Aktenschrank über mein Leben angelegt, dessen Einzelheiten sie in vielerlei Hinsicht besser kennt als ich. Die Telefonnummer, die ich im Notfall anrufe, ist ihre. Sie antwortet immer.

Meine Schwester Rona Maynard war – so wie immer in meinem Leben – eine zutiefst einfühlsame Leserin meines Manuskriptes. Ebenso mein jüngerer Sohn Wilson Bethel. Es ist ein großartiger Moment im Leben einer Mutter (und von diesen Momenten gibt es nun viele), wenn eines ihrer Kinder sie auf etwas aufmerksam macht oder ihr etwas erklärt, das sie selbst nicht gesehen hat. Wilson hat dies mit seinen redaktionellen Anmerkungen oft getan.

Als ich die Figur des äußerst liebenswürdigen und irgendwie uncoolen Freundes der Erzählerin, Elliot, entwickelte – ein sehr zuverlässiger, integrer Mann, der es sich zu seiner Lebensaufgabe gemacht hat, finanziellen Betrug aufzudecken, durch den ehrliche Bürger um ihr schwer verdientes Geld gebracht werden –, fand ich mein Vorbild (mit einigen Details, die sichtbar geändert wurden) in meinem langjährigen Freund David Schiff, einem Mann, bei dem ich mein Geld in weit besseren Händen wüsste als bei mir selbst und der unendlich loyal ist. Die Details von Swift Havillands Schwindel hat David konstruiert, der Finanzbetrügereien mit der gleichen Hingabe aufdeckt, mit der andere sie begehen.

Im Alter von noch nicht ganz fünf Jahren leistete Landon Vincel einen Beitrag mit seinen Lieblingsgedichten von Shel Silverstein, die nicht zufällig von Ollie, dem Jungen in diesem Roman, geliebt werden. Rebecca Tuttle Schultze und die Truppe am Mousam Lake in Maine – wo ich zum ersten Mal einer Donzi begegnet und damit gefahren bin – unterrichtete mich in der Kunst des Wellenspringens auf einem Jetski. Margaret Tumas steuerte einen wichtigen veterinärmedizinischen Rat zur Geschichte bei, nämlich dass man seinem Hund gewisse Speisen niemals geben sollte. Die Frauen aus der Lafayette Bibliothek nahmen mich genauso herzlich auf wie Joe Loya, Bankräuber im Ruhestand, Autor und mein Co-Gastgeber der Lafayette Library Writers' Series. Der treueste und eifrigste Schirmherr, den man sich vorstellen kann.

Um sicherzugehen, dass ich sorgfältig und genau über das Leben einer unabhängigen Frau mit Rückgratverletzung schreibe, suchte ich den unschätzbaren Rat von Molly Hale, einer quadriplegischen Kampfkünstlerin sowie Mitbegründerin und Co-Direktorin von Ability Production, einer Organisation, die es sich zur Aufgabe gemacht hat, Menschen, die im Rollstuhl sitzen, Informationen und Finanzmittel zur Verfügung zu stellen. Ich würde im Zusammenhang mit Molly niemals die Wendung „an den Rollstuhl gefesselt" oder „vom Rollstuhl abhängig" benutzen, denn Molly sieht keine Einschränkungen, nur Möglichkeiten.

Mein Dank gilt wie immer David Kuhn von Kuhn Projects und seinem Pendant an der West Coast, meiner zuverlässigen Beraterin Judi Farkas und dem Team bei William Morrow: Kelly Rudolph, Kelly O'Connor, Tavia Kowalchuk und Liate Stehlik. Vom anderen Ende des Ozeans spüre ich die unermüdliche Unterstützung und Begeisterung des außerordentlichen Teams meines französischen Verlags Philippe Rey. Ich möchte – unter den vielen ausländischen Verlegern, die meine Arbeit unterstützen – außerdem meine liebenswerte ungarische Verlegerin Eszter Gyuricza hervorheben. Das höchste Lob für meine Agentin Nicole Tourtelot von der DeFiore Agency, die mein Manuskript wieder und wieder gelesen und mir unschätzbare redaktionelle Vorschläge gemacht hat, die dabei halfen, aus dieser Geschichte einen reichhaltigeren und stärkeren Roman zu entwickeln als den, den ich ihr anfangs geliefert hatte. Und die, nachdem das alles erledigt war, ihre Ukulele hervorholte und sang.

Wie immer hebe ich mir meine geschätzte Verlegerin und nun auch teure Freundin Jennifer Brehl bis zum Schluss auf. Sie hat mir versichert, dass sie an mich als Romanautorin seit 2008 glaubt, und sie hilft mir seitdem unermüdlich dabei, mich mit jedem Buch weiterzuentwickeln (und sie hat mich bei diesem – während die Monate vergingen – daran erinnert, dass kein Veröffentlichungstermin wichtiger ist als die Gesundheit eines Menschen, den man liebt).

Das ist nun das vierte Buch, das wir zusammen herausgebracht haben. Jennifer ist eines dieser seltenen Exemplare von Verlegern, die tatsächlich jede einzelne Seite lesen, Zeile für Zeile, Wort für Wort, und dabei nie die richtige Kommasetzung aus dem Auge verlieren. Schreiben ist eine sehr einsame Tätigkeit, aber bei Jennifer spüre ich die Präsenz einer ungemein scharfsichtigen und großzügigen Mitstreiterin, die immer an meiner Seite steht.

Schließlich danke ich meinem Ehemann James Barringer, der zehn lange Monate, denen weitere folgen, gegen den härtesten Gegner anzukämpfen hatte – Bauchspeicheldrüsenkrebs – und der mich fortwährend gedrängt hat, mit meiner Arbeit fortzufahren, in meinem eigenen Raum, den er mir schließlich ermöglicht hat. Während unserer bisher vier gemeinsamen Jahre hat Jim mir gezeigt, was es heißt, einen echten Partner zu haben und eine wirkliche Partnerin zu sein.

Und diese Zeit ist noch lange nicht zu Ende, Jim. Mein Herz gehört dir.